insel taschenbuch 5088

Lucy Gilmore

Die Bibliothek der geborgten Herzen

Ein charmanter, witziger und bewegender Roman darüber, wie Bücher einsame Herzen zusammenbringen.

Die Hilfsbibliothekarin Chloe hat beim Aussortieren im Keller ihrer Bibliothek einen kleinen Schatz gefunden: eine alte, seltene Ausgabe eines Buches von Henry Miller. Das Geld könnte Chloe, die allein für ihre drei jüngeren Geschwister sorgt, gut gebrauchen. Die Enttäuschung ist zunächst groß, als Chloe darin handschriftliche Notizen entdeckt. Doch als sie zu lesen beginnt, wird ihr klar, dass es sich um einen romantischen Dialog zweier Liebender handelt.

Als sie mit dem Buch nach Hause kommt, trifft sie zufällig auf ihren grummeligen alten Nachbarn Jasper, der das Buch entdeckt und ihr einen astronomischen Preis dafür anbietet. Chloe nimmt seinen Scheck an, doch ihre Neugier ist geweckt: Sie begibt sich auf eine literarische Schatz- und Spurensuche in ihrer Bibliothek und findet bald ein zweites Buch mit Notizen ... Wer waren die Liebenden, und was hat ihr Nachbar Jasper damit zu tun?

Lucy Gilmore ist eine amerikanische Autorin mit einer Schwäche für Bücher und Liebesgeschichten. Wenn sie nicht schreibt, verbringt sie am liebsten Zeit mit ihren Hunden. Sie lebt mit ihrer Familie in Spokane, Washington.

Susann Urban studierte Germanistik, Anglistik und Politikwissenschaft. Sie übersetzt u. a. John Steinbeck, Nadifa Mohamed, Nuruddin Farah und Edwidge Danticat.

LUCY GILMORE

DIE BIBLIOTHEK DER GEBORGTEN HERZEN

Roman

Aus dem amerikanischen Englisch
von Susann Urban

Insel Verlag

Die Originalausgabe erschien im Jahr 2024 unter dem Titel
The library of borrowed hearts bei Sourcebooks Casablanca, Naperville.

Erste Auflage 2025
insel taschenbuch 5088
Deutsche Erstausgabe

Umschlaggestaltung: Zero Media, München,
unter Verwendung einer Illustration von Sandra Chiu
Satz: Satz-Offizin Hümmer GmbH, Waldbüttelbrunn
Druck: CPI books GmbH, Leck
Printed in Germany
ISBN 978-3-458-68388-9

Insel Verlag Anton Kippenberg GmbH & Co. KG
Torstraße 44, 10119 Berlin
info@insel-verlag.de
www.insel-verlag.de

Nicht der Dornbusch wuchs dem Geißblatt entgegen:
das Geißblatt umrankte den Dornbusch.
Emily Brontë, *Sturmhöhe*

Erster Teil

1

Chloe

Ich entdeckte das Buch hinter einer Kiste mit verrosteten Siphons.

Feuchtigkeit und Milben hatten dem mittlerweile verblichenen grünen Leineneinband zugesetzt. Er hatte sich vom Block gelöst und die Ecken waren schwer bestoßen. Allem Anschein nach gehörte das Ding in die nächste Mülltonne, wenn nicht gar dreifach in gelbes Gummi eingewickelt auf den Wertstoffhof.

Natürlich behielt ich es.

Bis jetzt war dies das einzige Buch, das ich aus dem Lagerraum im Keller retten wollte, in dem ich den Großteil der Woche damit verbracht hatte, die »unerwünschten Massen« auszuräumen, wie es mein Chef nannte. Seit Jahrzehnten hatte die Colville Public Library in diesen unterirdischen Gängen alte Bücher gelagert, die nicht mehr in unserem Katalog verzeichnet waren. Obwohl etliche von ihnen bei den monatlichen Ausräum- und Verkaufsaktionen der Bibliothek ein gutes neues Heim fanden, türmten sich im Laufe der Jahre die Stapel immer höher.

Die Leute horteten Bücher nicht mehr wie früher. Vor allem keine Bücher, die ihr Verfallsdatum schon lange überschritten hatten.

Selbst schuld.

Als ich über den Einband fuhr, den geprägten Titel mit dem Zeigefinger nachzeichnete, wurde mir geradezu euphorisch zumute. Obwohl ich genau genommen keine Bibliothekarin war – dazu musste man ein Studium absolviert haben –, machte ich hier einen exzellenten Job. An manchen Tagen übernahm ich Hausmeistertätigkeiten. An anderen sprang ich an der Ausgabe ein. Diese Woche bestand meine Aufgabe einzig und allein darin, das zu tun, wozu sonst niemand den Nerv gehabt hatte: die letzten fünfzig Jahre zu verabschieden.

Ich verabschiedete eselsohrige Liebesromane, auf denen die verblichene Lockenpracht Fabios wehte, schlecht gealterte Ratgeber, in denen es nur so vor Tipps wimmelte, wie man sich klapperdürr hungerte, sowie Kochbücher, deren enorme Versessenheit auf Aspik und Gelatine in keiner Relation zu dem standen, was ein heutiger Verdauungstrakt verkraften konnte.

Auch diese Aufgabe bewältigte ich hervorragend. Schon immer war ich gut darin gewesen, die Schmutzarbeit zu erledigen, die sonst niemand übernehmen wollte. Hätte ich in einer mondänen Großstadt gelebt oder Verbindungen zu den oberen politischen Etagen gehabt, wäre ich womöglich als »Fixer« bekannt gewesen.

Stattdessen lebte ich in einer Kleinstadt mit fünftausend Einwohnern, die tief in den Wäldern Washingtons und eine Autostunde von der kanadischen Grenze entfernt lag, und war ... ja, was war ich eigentlich?

Putzfrau? Mädchen für alles? Eine Lohnsklavin, die tun musste, was man ihr auftrug, weil sie ansonsten den Job riskierte, bei dem sie der wunderbaren Welt der Bücher so nahekam, wie es nie wieder der Fall sein würde?

Okay, Letzteres klang vielleicht ein wenig übertrieben, aber mein Rücken tat aufgrund der dämlichen Kartonschlepperei treppauf, treppab weh. Außerdem hingen mir Spinnweben im Haar und ich hatte dermaßen viele Papierschnittwunden in den Fingern, dass sie aussahen, als wären sie mit Müh und Not einem Slasherfilm entronnen, der unter Winzlingen spielte. Einzig der Hang zum Drama hielt mich aufrecht.

»Ich habe kein Geld, keine Zuflucht, keine Hoffnungen«, las ich laut, nachdem ich den Buchdeckel aufgeschlagen und die ersten Zeilen überflogen hatte. *»Ich bin der glücklichste Mensch der Welt.«* Ich wusste, was passieren würde, wenn ich weiterblätterte. Obwohl ich in meiner Washingtoner Kleinstadt kaum mehr als eine Lohnsklavin war – oder wahrscheinlich gerade deshalb –, verbrachte ich meine Freizeit größtenteils mit der Nase in einem Buch. Wenn man nicht aufs Jagen oder Fischen versessen war, gab es hier wenig Ablenkung. Ich arbeitete und kümmerte mich um meine Familie. Ich erledigte, was sonst niemand tun wollte.

Und ich las. Ich las ständig.

Beglückt schmunzelte ich vor mich hin und steckte das Buch in meine Umhängetasche, wo es niemand entdecken würde. *Wendekreis des Krebses* war kein Roman, den man im Aufenthaltsraum herumliegen lassen sollte – besonders nicht in einem Aufenthaltsraum wie unserem, wo der Kühlschrank mit Tupperdosen vollgestopft war, die sämtlich und sonders Selbstgekochtes enthielten, und am Schwarzen Brett zuhauf Hinweise auf Gebetsversammlungen hingen. Wenn eine der Kolleginnen das Buch aufschlagen und zählen würde, wie häufig die Wörter *Schwanz* oder *Rosenstrauch* oder – Verzeihung, ihr Literaturzensorinnen – *Fotze* vorkamen, würde ich wahrscheinlich wegen Körperverletzung mit Tötungsabsicht angeklagt.

Wendekreis des Krebses war vor allem dafür bekannt, dass es in den Vereinigten Staaten noch Jahrzehnte nach der Erstveröffentlichung auf dem Index stand. Keine Ahnung, wann oder wie die Colville Public Library ein Exemplar in die Hände bekommen hatte, aber mir war klar, weshalb jemand es im Keller versteckt hatte. In den 1950ern und 1960ern waren Leute wegen dieses Buchs buchstäblich ins Gefängnis gekommen.

»Hey, Chloe.« Ein Kopf tauchte in der Kellertür auf.

Er gehörte meiner Kollegin Pepper, der Fahrerin des Bücherwagens und einzigen Person, der ich meinen illegalen Schatz anvertrauen würde. »Gunderson lässt dir ausrichten, dass du verschnaufen darfst. Bis der Müll abgeholt worden ist, brauchst du keine Bücher mehr auszumisten. Offenbar stellen die ausrangierten Kandidaten ein Brandrisiko dar.«

Ich seufzte dankbar und wischte mir die Hände am Hosenboden meiner Jeans ab. Normalerweise kleidete ich mich nicht so leger, aber wie gesagt, diese Woche war die Kellerspezialreinigung angesagt. Ein Kopftuch bedeckte meine schulterlangen roten Haare, die zum Pferdeschwanz zusammengebunden waren, das übergroße T-Shirt hatte ich an der Taille zusammengeknotet. Nicht gerade glamourös, aber das war ich ja auch nicht.

»Ich dachte, die Feuerwehr sorgt sich eher um das Brandrisiko hier unten«, sagte ich und trat gegen einen der staubigen Kartons. »Für eins von beiden müssen sie sich entscheiden.«

Pepper zuckte mit den Schultern. »Die Regeln stammen nicht von mir, ich befolge sie bloß.« Sie zeigte mit dem Kopf auf einen der Kartons, aus dem ausrangierte Fabios herausquollen.

»Zumindest meistens. Was hast du mit diesen Schätzchen vor?«

»Mit dem ganzen Rest rausschmeißen. Auch wenn es wehtut, all diese Bücher wegzuwerfen, ich habe strikte Anweisung, dass mir kein einziges durch die Finger schlüpft.«

»Hast du was dagegen, wenn ich sie in die Finger kriege? Meine Oma ist ganz versessen auf die alten Nackenbeißer. Ich erkläre ihr immer wieder, dass es heute viel diversere Liebesromane gibt, aber sie mag deren Geruch so.«

Ich kannte Peppers Oma schon mein ganzes Leben lang. Lonnie Pakootas hatte ein eisernes Rückgrat – eine Frau, die sich der Tradition verpflichtet fühlte, wenn es ihr in den Kram passte, aber darauf pfiff, wenn das nicht der Fall war. Pepper war genauso, auch wenn ich das nicht laut sagen durfte. Einmal hatte ich versucht, ihr die Gemeinsamkeiten klarzumachen – und zwar nicht die offensichtlichen wie die weitauseinanderstehenden braunen Augen, das unglaublich lange schwarze Haar und das fröhliche Lachen, das selbst die dunkelsten Gedanken verscheuchte –, doch danach hatte Pepper eine Woche lang nicht mehr mit mir geredet. Die Pakootas-Frauen legten Wert darauf, dass sie einzigartig waren, Ende der Diskussion, und wehe selbst der besten Freundin, die da etwas anderes behauptete.

»Ich rette diese armen Verschmähten gern, aber wir müssen sie an Gunderson vorbeischmuggeln«, sagte ich. »Du weißt, wie sehr er am Regelwerk unserer Bibliothek hängt.«

Pepper senkte ihre Stimme und imitierte unseren Chef aufs Beste, ganz nasaler Pomp. »Jeder Angestellte der Colville Public Library nimmt eine tragende Rolle in der Gemeinde ein und hat ein Vorbild an Anstand und Würde zu sein«, sagte sie. Sie schürzte sogar die Lippen, dass es aussah, als trüge sie einen Schnurrbart wie ihn sich Gunderson seit zwei Monaten zu wachsen lassen versuchte. »Wir dürfen nicht dabei ertappt werden, wie wir die Schmuggelware durch die Straßen schleppen.«

»Apropos Schmuggelware …« Ich griff in meine Umhängetasche und fischte *Wendekreis des Krebses* heraus. »Sieh dir mal diesen Bürgerschreck an.«

Sie warf einen neugierigen Blick auf das Buch, ehe sie es irgendwo in der Mitte aufschlug.

»Er ist im Begriff wegzugehen, als er plötzlich bemerkt, dass sein Penis auf dem Gehsteig liegt. Er ist etwa von der Größe eines abgesägten Besenstiels. Er hebt ihn lässig auf und schiebt ihn unter den Arm«, Pepper verzog das Gesicht beim Vorlesen. »Was ist das denn, Chloe? Igittigitt.«

Ich konnte mir ein Kichern nicht verkneifen. »Ich weiß, das Buch ist grässlich. Aber das ist der Grund, weshalb es so enorm berühmt ist. Sogar noch fünfzig Jahre nach Erscheinen war in den Vereinigten Staaten kein Exemplar zu bekommen. Man konnte es nicht im Buchladen kaufen und schon gar nicht aus der Bibliothek ausleihen.«

Damit hatte ich eindeutig ihre Aufmerksamkeit erregt. »Und du hast es hier im Keller gefunden?«, fragte Pepper.

»Ja.« Ich nahm das Buch wieder an mich, schlug die letzte Seite auf und tippte mit dem Zeigefinger aufs Kleingedruckte: Imprenta en México, 1940. »Wenn ich mich nicht täusche, ist das eine der Raubkopien, die kursierten, als das Buch auf dem Höhepunkt seiner Beliebtheit war. Sie wurden von diesem Verlag namens Medusa Publishing gedruckt und dann in die Staaten geschmuggelt. Das Buch ist, selbst in diesem Zustand, wahrscheinlich tausend Dollar wert.«

»Oha.« Pepper nickte, als wüsste sie genau, worum es ging. Was auch zutraf, denn sie kannte mich und meine Lebensumstände gut. »Das würde enorm helfen. Neues Dach?«

»Eine Anzahlung zumindest, wenn ich Glück habe. Oder ich bin ganz tollkühn und kaufe mir stattdessen eine Geschirrspülmaschine.« Ich wollte mich ungern darauf versteifen, dass ein derartiger Luxus in möglicher Reichweite war. Allzu große Hoffnungen wurden ohnehin immer enttäuscht. »Ich muss erst mal herausfinden, was mir das Schnuckelchen hier tatsächlich einbringt – ach, scheiße. Vergiss es.«

»Was ist los?«

Meine Laune fiel abrupt in den Keller und gesellte sich zu meinen Finanzen, denn ich hatte auf den letzten Seiten des Buchs eine handschriftliche Bemerkung entdeckt. Trotz aller Obszönitäten endet *Wendekreis des Krebses* erstaunlich harmlos, geradezu lieblich: *Die Sonne geht unter. Ich fühle diesen Fluss durch mich hindurchfließen – seine Vergangenheit, seine altehrwürdige Erde, das wechselnde Klima. Die Hügel umgürten ihn sanft, sein Lauf ist festgelegt.*

Ich konnte eine krakelige Anmerkung ausmachen, die vor langer Zeit ein Leser hinterlassen hatte.

Prima Vorschlag. Wir treffen uns bei Sonnenuntergang an unserem Fluss.

In einer anderen Handschrift, die viel verschnörkelter war, wurde darauf geantwortet.

Bei Sonnenuntergang? Nicht eher zur Zeit der »Fiesta«?

Och, nö. Nie wieder Hemingway. Hast Du mir versprochen.

»Das ist ja süß«, meinte Pepper, die über meine Schulter mitgelesen hatte. »Jemand hat Anmerkungen gemacht.«

»Das ist überhaupt nicht süß.« Ich klappte das Buch wütend zu. »Das drückt den Verkaufspreis um mindestens die Hälfte. Hat denn niemand mehr Respekt vor Bibliothekseigentum?«

»Fragst du das die Frau, die gleich einen Karton mit dreißig Jahre alten Schmachtfetzen für ihre Großmutter rausschmuggelt?«

»Berechtigter Einwand.« Ich stopfte das Buch wieder in meine Umhängetasche. Ein halber Schatz war besser als gar keiner.

»Wie willst du vorgehen?«, fragte Pepper »Wenn Gunderson dahinterkommt, steht dein Job auf dem Spiel, nicht meiner. Mich kann er nicht abschießen. Ich bin die Einzige, die mit der Kupplung des Bücherbusses zurechtkommt.«

Ich spielte im Kopf einige Varianten durch, bis mir die einfachste Vorgehensweise einfiel.

»Am besten, ich trage den Karton raus, als ob ich ihn zum Haufen nach draußen stellen würde«, verkündete ich. »Du musst Gunderson nur lang genug ablenken, dass ich die Beute unter den Beifahrersitz im Bücherbus schieben kann. Dann kannst du den Karton morgen irgendwann auf deiner Tour bei deiner Oma abliefern.«

Pepper verzog das Gesicht. »Wie enttäuschend. Kein Feueralarm, der ausgelöst wird? Keine heimliche Übergabe im Aufenthaltsraum? Ich habe immer geglaubt, du wärst einfallsreich und verschlagen.«

Womit sie nicht unrecht hatte. Ich *war* einfallsreich und verschlagen, aber nur weil mir keine andere Wahl blieb. In der Not tut der Mensch seltsame Dinge. Manchmal musste man sich um eines Gehaltsschecks willen ein Kopftuch umbinden und gefährliche Kellerdämpfe einatmen. Ein anderes Mal stibitzte man, denn richtiger Diebstahl war es ja nicht, uralte, zerbröselnde Schätze, die ohnehin weggeworfen würden.

»Es ist ein Karton mit verstaubten, alten Bücher, kein Kandinsky«, sagte ich. »Hilfst du mir jetzt oder nicht?«

»Schon gut. Mit dir hat man echt Spaß.« Da Pepper dabei die Augen auf so übertriebene Weise verdrehte, ging ich davon aus, dass sie mich verstand.

Das war das Schöne an Pepper, sie verstand vieles: Dass ich das Geld vom Verkauf dieses ramponierten Buchs mehr brauchte, als ich zugeben wollte. Dass ich ein Dutzend ramponierter Bücher mitgehen lassen würde, wenn ich damit meiner Familie einen weiteren Tag ein Dach über dem Kopf sichern konnte.

Wenn es also einen Menschen gab, der Pepper verlässlich durch alle Untiefen des Lebens steuern konnte, falls nötig, dann war das Chloe Sampson.

Fixer. Mädchen für alles. Lohnsklavin.

Und stolze neue Besitzerin einer Raubkopie von *Wendekreis des Krebses.*

2

Chloe

Unser Kunstraub ging ohne Panne über die Bühne.

Für Pepper war es ein Leichtes, Gunderson abzulenken, da er zu den Menschen gehörte, die zwanzig Minuten brauchen, um ihren Einkaufszettel zu lesen. Unser Gunderson war ein großer Pedant und deshalb ein großartiger Bibliothekar, weniger großartig jedoch, wenn es um Mitarbeitermeetings ging. Einmal hatte er eine ganze Powerpoint-Präsentation erstellt, in der es einzig darum ging, wie man beim Alphabetisieren Bindestriche und Apostrophe korrekt verwendet – wichtig und richtig in der Welt der Bücher, damit ich hier nicht missverstanden werde, aber das hätte man auch mittels zweier zackiger Sätze in einer E-Mail mitteilen können.

Pepper stellte ihm also die Frage, welche bibliografischen Daten unser Online-Katalogsystem seit Neuestem denn nun genau verlange, und er stürzte sich für die nächsten dreißig Minuten in eine seiner drögen, weitschweifigen Ausführungen. Als ich mit meinen gestohlenen Büchern durch den Hinterausgang verschwand, schenkte Gunderson mir lediglich einen kurzen Blick, ehe er sich wieder seinen Lieblingsthemen Verschlagwortung und ISBN-13 widmete.

Die bedauernswerte Pepper hatte bei unserer Aufgabenverteilung definitiv den Schwarzen Peter gezogen. Ich hebelte die Beifahrertür des Bücherbusses auf, schob die Nackenbeißer unter den Sitz und verstaute *Wendekreis des Krebses* im Handschuhfach meines riesigen, verrosteten Kombis, bis es Zeit zum Heimfahren war.

Und das war genau jetzt: Feierabend, halleluja. Acht Stunden lang Bücher ausmisten strengt den Körper mehr an, als man denken würde, sogar einen, der erst vierundzwanzig Jahre alt ist.

Gerade war ich vor unserem Haus ausgestiegen, da knallte die Eingangstür auf, die nur zur Hälfte in Meerschaumgrün glänzte, die andere Hälfte rostete vor sich hin, denn die Farbe war ausgegangen.

»Chloe, endlich!«, rief Trixie, das älteste meiner Geschwister, und stürmte die Verandatreppe herunter.

Sie war ein fünfzehnjähriges Teenagerprachtexemplar, das mit seiner reinen Haut, den geraden Zähnen, die sich keiner Spange verdankten, und einem Selbstbewusstsein, das normalerweise mittelmäßige vierzig Jahre ältere Männer gepachtet haben, sämtlichen Pubertätsklischees widersprach. Sie war ständig in Bewegung, zappelte, hampelte herum, schlug Purzelbäume und fiel gelegentlich hin. Jede ruhige Gangart konnte ihrer Bewegungslust gestohlen bleiben.

»Du glaubst nicht, was heute passiert ist«, verkündete sie strahlend. Das war gleichfalls typisch für Trixie – sie strahlte. Sie war der einzige Mensch, den ich kannte, dessen sonniges Gemüt so sehr Teil von ihr war, dass es sich in ihrem Äußeren widerspiegelte. »Rate mal, welches zweite Ersatzmitglied sich heute einen Startplatz im Debattierteam ergattert hat?«

»Penny Harlow?«, riet ich. Zwar kannte ich die Antwort,

konnte mir aber nicht verkneifen, meine Schwester aufzuziehen. Während wir uns unterhielten, ging ich durch unseren winzigen Eingangsbereich ins Wohnzimmer und bemühte mich nach Kräften die Schuhhaufen, Rucksäcke und den sonstigen Krempel der im Haus ansässigen Jugend zu ignorieren.

»Ih, natürlich nicht. Penny kann sich während des Unterrichts nicht mal melden, ohne dass sie Ausschlag kriegt.«

»Jacob Jarabecki?«

»Chloe, Jake kriegt keinen geraden Satz zustande, wenn es nicht um Football geht – und selbst dann redet er meistens wirres Zeug.« Meine Schwester verzog schmollend die Unterlippe. »Bist du jetzt absichtlich fies?«

»Ein bisschen«, gestand ich, aber nicht bevor ich sie umarmt und ihr einen Kuss auf die Wange gedrückt hatte. Wie immer roch sie nach frisch gemähtem Gras und ihrer üblichen Lebensfreude. Ich kann nicht genau beschreiben, wie Lebensfreude riecht, irgendwie nach Eleganz und Mühelosigkeit, und wer herausfindet, wie es sich in Flaschen abfüllen lässt, wird ein Vermögen verdienen. »Das sind phantastische Neuigkeiten, Trixie. Du hast es verdient.«

Sie schlang mir die Arme um den Hals, ehe ich mich von ihr lösen konnte. »Eigentlich nicht. Ich hab den Platz bloß bekommen, weil Sonyas und Sashas Mutter die beiden gezwungen hat, auszusteigen. Sie sagt, die Reisekosten sind zu hoch und es gibt keinen Grund, Geld zum Fenster rauszuwerfen, um lautstark in der Öffentlichkeit zu diskutieren, wenn sie das zu Hause jederzeit umsonst tun können.« Sie lehnte sich leicht zurück und musterte mich. »Ist das okay? Wir können uns das doch leisten, oder? Das Team ist bloß jede zweite Woche unterwegs und ich kann an Wohltätigkeitsrennen und so Zeug teilnehmen, damit ich auch was dazu beitrage.«

Ich dachte an das gestohlene Buch, das in meinem Handschuhfach lag, und stöhnte innerlich. So viel zu meinem neuen Geschirrspüler.

»Klar doch, Trix«, sagte ich, »mach dir keine Sorgen deswegen.«

Ich lächelte so lange, bis ich mir sicher war, dass sie mir vom Gesicht nichts als schwesterlichen Stolz ablesen konnte. Hilfe tauchte in Form meiner beiden Brüder auf, die wenige Sekunden darauf angeflitzt kamen. Genauer gesagt Theo flitzte. Noodle kam mit hängenden Schultern und dem mir wohlbekannten schlurfenden Schritt ins Wohnzimmer.

»Erzählt dir Trixie von ihrem blöden Debattierteam?«, fragte Theo. Mit seinen elf Jahren war er das Nesthäkchen, drohte aber jeden Einzelnen von uns bald zu überragen. Er war ein Schlacks, nur Haut und spitze Knochen. Er aß jeden Morgen eine ganze Schachtel No-Name-Cheerios und beendete seinen Tag mit einer zweiten Schachtel (No-Name-Toppas) als Nachtisch. Von den Riesenmengen an Kalorien, die er in der Zeit dazwischen benötigte, schweige ich lieber.

»Pah, für Debatten interessiert sich doch keiner«, brummte er vor sich hin. »Wer will denn vor einem Haufen Erwachsener über Politik reden?«

»Mehr Leute, als du denkst«, sagte ich. »Vor allem jene, die später mal in die Politik gehen wollen und dort mit einem Haufen Erwachsener arbeiten müssen.«

Er winkte ab, wie das nur ein Elfjähriger tun kann, den einzig und allein sein Mageninhalt interessiert.

»Egal. Ich hab übrigens vergessen, dir was zu sagen – mein Wissenschaftsprojekt ist morgen fällig. Haben wir irgendwo Distickstoffmonoxid?«

Ich blinzelte und sah ihm in die Augen; mittlerweile war er bereits so groß wie ich.

»Natürlich haben wir kein Distickstoffmonoxid. Ist das nicht Lachgas?«

»Na gut.« Seine Unterlippe schob sich vor, aber wie bei Trixie war sein Optimismus fast unerschütterlich. »Was ist mit Ammoniumnitrat? Da kommt man doch leicht ran, oder?«

»Definitiv nicht. Daraus macht man Sprengstoff. Was um Himmels willen bringen die euch eigentlich in dieser Schule bei?«

Bevor ich weitere Fragen beantworten konnte, von deren Beantwortung abhing, ob unser Haus zur Abendbrotzeit noch stand, spürte ich, wie am Saum meines T-Shirts gezupft wurde. Theo war ein aufgewecktes Kind und ich war unbändig stolz auf ihn, dass er einen der begehrten Plätze an der hiesigen Vertragsschule bekommen hatte, aber, aber sämtliche Schränke verschlossen zu halten, die auch nur im Entferntesten brennbares Material enthielten, war allmählich ermüdend.

Ich blickte auf Noodle, der nervös an meinem T-Shirt zog.

»Es ist schon wieder passiert«, sagte er in seiner ruhigen Art, die sich so sehr von der Zappeligkeit seiner Geschwister unterschied, allerdings waren die Resultate ähnlich verheerend. »Mit dem Frisbee. Wir haben Apportieren geübt.«

Ich unterdrückte ein Stöhnen. Davor hatte ich mich am meisten gefürchtet. »Hatten wir nicht beschlossen, dass du von nun an mit ihm ausschließlich im Park trainierst?«

Noodle hob eine Schulter zu seinem üblichen halben Achselzucken. Richtig lebhaft wurde er nur, wenn er mit unserem Hund Gummy Bear übte.

Gummy Bear, der noch nie in seinem Leben etwas apportiert hatte. Gummy Bear, der praktisch unerziehbar war. Gummy Bear, der jeden Tag fast so viel vertilgte wie Theo.

Noodle war zehn Monate älter als Theo, aber von wesentlich kleinerer Statur und misstraute allem, was nicht auf vier Beinen herumhüpfte. Tagtäglich verbrachte er Stunden, unserer sabbernden, röchelnden Bulldogge die grundlegenden Befehle beizubringen, aber wehe der älteren Schwester, die ihn auch nur einen weiteren Zentimeter aus seiner Komfortzone herauslocken wollte. Als Kleinkind hatte er sich fast ausschließlich von Butternudeln ernährt, daher sein Spitzname. Noodle passte zu einem süßen, schüchternen, nach Pasta gierenden Kind einfach besser als Aloysius.

Im Grunde genommen passte zu einem Kind alles besser als dieser Name. Ehrlich gesagt, war mir schleierhaft, was meine Mutter geritten hatte, als sie unsere Geburten registrieren ließ. Clotilde, Beatrice, Theodore und Aloysius waren bittere Pillen für Kinder, die in einem Ort lebten, wo es genau einen Drugstore gab.

»Wann war das?«, fragte ich. Von allen drohenden Katastrophen, mit denen ich mich beim Heimkommen konfrontiert sah, musste diese am dringlichsten verhindert werden. Geld war bloß Materie und ein wissenschaftliches Experiment unvermeidbar, aber ein außer Kontrolle geratenes Frisbee konnte den Himmel einstürzen lassen.

Noodle trat von einem Fuß auf den anderen. Schlammspuren zierten sein mit Sommersprossen übersätes Gesicht und seine

Fingernägel waren dermaßen dreckig, dass er bestimmt den ganzen Nachmittag draußen gesessen und um Mut gerungen hatte, das Frisbee selbst zu holen.

»Vor ungefähr einer Stunde«, klärte Trixie mich auf. Sie zog eine Grimasse und kräuselte die Nase. »Ich wollte anbieten, dass ich es hole, bevor du heimkommst, aber –«

»Sie ist ein Angsthase«, beendete Theo ihren Satz.

»Ach ja? Ist mir etwa entgangen, dass du dich als Retter angeboten hast?«, konterte Trixie. »Du hast bloß den ganzen Nachmittag lang alle Reinigungs- und Bleichmittel in die Hand genommen, die im Schränkchen unterm Waschbecken stehen, und die Inhaltsstoffe studiert.«

Theo streckte ihr die Zunge heraus. »Ich habe recherchiert.«

»Du hast ein Chaos hinterlassen.« Geradezu triumphierend wandte sich Trixie an mich. »Er hat alles draußen stehen lassen. Sämtliche Flaschen. Wenn man pinkeln gehen will, kommt es einem vor, als ob man ›Der Boden ist Lava‹ mit Behältern voller Giftzeugs spielt.«

Ich fing an, meine Nasenwurzel zu massieren, aber angesichts Noodles ängstlichem Gesichtsausdruck ließ ich es gleich wieder sein. »Okay«, sagte ich und atmete tief ein, um mich zu wappnen. Sogar ein Lächeln bekam ich hin, obwohl mir mit Sicherheit ebenso mulmig zumute war wie ihm. »Das Wichtigste zuerst. Ich gehe wegen des Frisbees zu Mr. Holmes und wenn ich zurück bin, erwarte ich, dass sämtliche Reinigungsmittel aufgeräumt sind – und ich meine alle, Theo –, damit Noodle duschen kann. Dann ... das Experiment? Debattiertraining?«

»Abendessen«, verlangten alle drei Kinder derart nachdrücklich, dass sich jegliche Diskussion erübrigte.

»Okay. Abendessen. Dann alles andere. So machen wir's.«

Ich drückte Noodle rasch einen Kuss auf den dreckverkrusteten Haaransatz und ging nach draußen. Es wäre übertrieben gewesen zu sagen, dass meine Beine angesichts der vor mir liegenden Aufgabe zitterten, aber ich hatte definitiv einen Knoten im Magen. Zweiundzwanzig meiner vierundzwanzig Lebensjahre hatte ich in diesem Haus verbracht und seit ebenso vielen Jahren war Jasper Holmes unser Nachbar. Ich hatte mich immer für sehr geradlinig gehalten, aber Jasper konnte ich nicht das Wasser reichen. Der Mann war unverblümt bis zur Grobheit und auf eine Weise furchteinflößend, wie sie nur Kindern begreiflich war, die in einer Gegend wie der unseren aufwuchsen.

In unserem Viertel im westlichen Stadtteil waren die Häuser klein und marode, der Rasen bestand eher aus Unkraut denn aus Gras. In mehr als einem Vorgarten stand ein Auto auf Betonklötzen und man konnte praktisch hören, wie die gesamte Einwohnerschaft Töpfe und Pfannen rausholte, wenn es anfing zu regnen. Wir hingen sämtlich am seidenen Faden und mit jedem Tag wurde er für alle vernehmbar dünner.

Nur nicht für Jasper Holmes – genau der Mensch, den ich heute nicht sehen wollte, und genau der Mensch, mit dem ich es notgedrungen aufnehmen musste. Was Noodle betraf, war ein verlorenes Frisbee genauso wichtig wie eine Zahnspange, die versehentlich im Müll gelandet, oder ein Baby, das mit dem Badewasser ausgeschüttet worden war. Bis das billige Plastikspielzeug nicht wieder in seiner Obhut war, würde er sich mies und schuldbewusst fühlen.

Doch eher öffnete sich der Himmel und es regnete Goldbarren, als dass Jasper das Frisbee herausrückte, aber ich musste es zumindest versuchen.

Ich spürte die wachsamen Blicke meiner Geschwister, während ich die Auffahrt hinunterging und mich unter dem kaputten Spalier hindurchduckte, das die Grenze zwischen den beiden Grundstücken bildete. Sobald ich den Fuß über diese Grenze gesetzt hatte, war ich in einer anderen Welt, einer Zauberwelt, in der Oleanderbüsche von einem auf den anderen Tag in voller Pracht aus dem Boden schossen und Chrysanthemen bis weit nach dem ersten Frost blühten. In der Mitte des Gartens stand unter einem Bogen violetter Glyzinien auf einer weißen Säule eine Vogeltränke, und obwohl um unser Haus nur Krähen kreisten, zumindest hatte ich nie einen anderen Vogel gesehen, plantschte hier ein gelbschnäbeliges Federvieh fröhlich darin herum.

Wäre ich ein griesgrämiger Alter, der allen um sich herum das Leben tüchtig vermiest und jedes versehentlich über den Zaun geworfene Spielzeug als Eigentum beansprucht, dann wäre mein Garten von giftigem Unkraut überwuchert und überall würden versteckte Falltüren lauern. Doch wer weiß, vielleicht war das Jaspers Methode, die Ahnungslosen anzulocken, seine Version eines Lebkuchenhauses voller süßer Leckereien.

Sein Schatten glitt hinterm Fenster vorbei, also beobachtete er mich. Natürlich hielt ihn das nicht davon ab, mich volle sechzig Sekunden warten zu lassen, ehe er endlich auf mein Klopfen reagierte und die Tür öffnete.

»Was zum Teufel willst du?«, bellte er.

»Sie kennen die Antwort, Mr. Holmes.« Ich verzog mein Gesicht zu einem Lächeln und legte einen Hauch künstliche Fröhlichkeit in meine Stimme. Genau diese Stimme gebrauchte ich in der Bibliothek, wenn ein Besucher mich überzeugen wollte, ich solle an den öffentlich zugänglichen Computern die SafeSearch-Einstellung deaktivieren. »Noodle hat vorhin aus Versehen ein Frisbee über den Zaun geworfen.«

»Und du musst für ihn den ganzen Weg hier rüberkommen, um das Ding zu holen? Typisch«, gab er zur Antwort. Dann: »Damit tust du dem Jungen übrigens keinen Gefallen, das weißt du schon.«

»Weiß ich ja«, pflichtete ich ihm mit immer noch fröhlicher Stimme bei. »Aber er ist noch ein Kind, also überspringen wir bitte diesen Teil.«

Es war nicht das erste Mal, dass ich eine derartige Bitte äußerte, und es würde mit Sicherheit nicht das letzte Mal sein. Die meisten Leute, die Noodle nicht gut kannten, verstanden ihn nicht. Stets wollten sie ihn weiter in sein Kindsein zurückdrängen oder komplett daraus herausreißen, als wäre er entweder in seiner Entwicklung hinterher oder eine weise alte Seele, die seit Geburt das Gewicht der Welt auf ihren Schultern trug.

Lasst ihn in Ruhe, schrie mein Herz diese Leute an. Er ist erst zwölf. Er mag Kreuzworträtsel und lutscht gern an Eiswürfeln aus Limonade. Mit Tieren kommt er besser zurecht als mit Menschen und er möchte, dass die Welt freundlicher und mitfühlender ist, weiß aber bereits, was vergebliche Liebesmüh ist. Das verängstigt ihn und macht ihn traurig und ja, auch recht sensibel. Findet euch damit ab.

Natürlich sagte ich das nie laut, sondern lächelte starr und stur weiter.

»Ich weiß auch, ich hätte ihn das Frisbee selbst holen lassen sollen, aber ich wollte mich persönlich entschuldigen«, erklärte ich. »Ich versuche ihn dazu zu bringen, dass er mit Gummy Bear im Park statt in unserem Garten trainiert, aber er geht dort nicht gern ohne einen von uns hin. Manche der Kinder dort können richtig fies sein.«

Jasper Holmes verzog den Mund und musterte mich. Er hatte eines jener Gesichter, in denen man leicht lesen kann, es war wuchtig und so von der Zeit gezeichnet, dass man darin jede vergangene Minute zu sehen meinte. Trotz seines fortgeschrittenen Alters hatte er einen vollen Schopf schneeweißer Haare, seine Schultern waren breit und man spürte förmlich, welche Kraft von ihm ausging. In seinen besten Jahren war er bestimmt ein höchst attraktiver Mann gewesen. Schade, dass sein Herz aus Stein war – wenn er überhaupt eines hatte.

»Ich habe nicht vom Frisbee gesprochen, du Dummkopf«, sagte er, »sondern von seinem Namen.«

Ich blinzelte. Das war was ganz Neues. Jasper und ich unterhielten uns eher selten. Unsere Interaktion beschränkte sich fast ausschließlich auf die Eigentumsrechte betreffs Kinderspielzeug und das Gelände, auf dem dieses landete. In den Tiefen seines Hauses hortete dieser Mann schätzungsweise dreißig Fußbälle, die gleiche Anzahl Frisbees sowie einen alten Baseball, auf den ich kaum lesbar *Babe Ruth* gekritzelt hatte, bevor ich ihn in seinen Garten warf, weil ich seine Reaktion sehen wollte.

»Was spricht gegen Noodle?«, fragte ich und ignorierte den

»Dummkopf« nach besten Kräften. »Viele Kinder haben Spitznamen.«

»Aber keine, die mit Essen zu tun haben.« Er sah mich mit zusammengekniffenen Augen an. Sie waren von leuchtendem Blau und besaßen, wie der ganze Mann, eine enorme Intensität. »Ich kannte mal einen Jungen, der Beef hieß.«

Ich blinzelte noch verdutzter. Das war keine Unterhaltung; wenn ich es nicht besser gewusst hätte, hätte ich gesagt, dass dies nahezu eine Plauderei war.

»Ein lustiger Spitzname«, kommentierte ich. »War er Vegetarier?«

Jasper prustete so heftig, dass man geradezu die Spucke aus seinem Mund fliegen sah. »Natürlich nicht. Damals gab es keine Vegetarier. Man aß, was auf den Tisch kam, und war für jeden Bissen dankbar.«

Ich spürte, dass dies als Beleidigung gemeint war, und obwohl mir das Warum klar war, das Wie war es nicht.

»Und bevor du fragst, Beef war kein dickes Kind«, fügte Jasper hinzu. »Er war das schmächtigste Knochengestell, das ich je gesehen habe. Aber eine Kämpfernatur durch und durch, daher sein Spitzname. Er hatte Beef mit jedem, selbst mit Leuten, die er zum ersten Mal traf.«

»Verstehe ich die Moral der Geschicht' richtig, Sie haben ein Problem, dass Noodles Spitzname zu ... weichlich, zu kraftlos ist?«, hakte ich nach. »Er braucht einen, der deftiger klingt?«

»Ich will damit sagen, die Welt nimmt einen beim Wort. Achte darauf, dass du ihr genau das mitteilst, was du zu sagen hast.« Er zog die Mundwinkel nach unten. »Und das Frisbee bekommst du nicht. Das gehört jetzt mir.«

Ich unterdrückte ein Stöhnen. Nach unserem Schwatz sollte ich trotzdem darum betteln müssen? Langsam ging die Tür zu, daher schob ich rasch einen Fuß in den Spalt.

»Bitte, Mr. Holmes«, bat ich, »ich habe versprochen, dass so was nicht wieder vorkommt, ich weiß, aber ich brauche dieses Frisbee wirklich.«

»Mach dich nicht lächerlich. Keiner braucht ein Frisbee. In der Not wirft der Teufel Teller.«

Er wollte meinen Fuß aus der Tür drängen, aber ich gab nicht nach. Wenn er mir weismachen wollte, der Weg zum Erfolg bestünde darin, sich hinzustellen und der Welt zu verkünden, was man ihr zu sagen hatte, war ich bereit, seine Herangehensweise zu befolgen. Was konnte er mir schlimmstenfalls antun? Noch mehr Frisbees stehlen?

»Ich weiß, Ihnen kommt das wie Kleckerkram vor, aber ein Ersatzfrisbee kostet mich fünf Dollar«, sagte ich zunehmend verärgert. »Das sind fünf Dollar, die ich für Trixies Jahrbuch beiseitelegen könnte. Fünf Dollar, für die ich meinem spritfressenden Auto eine Gallone Benzin spendieren könnte. Fünf Dollar, für die ich richtige Cheerios kaufen könnte, keine armseliges No-Name-Ersatzprodukt.«

Er starrte erst auf meinen Fuß, dann in mein Gesicht, und sein Blick verriet, dass ihm beides gleichermaßen missfiel.

»Wie du dein Geld verschwendest, ist ganz deine Sache«, grunzte er. »Ihr jungen Leute von heute seid alle gleich. Wenn ihr eine Ahnung hättet, wüsstet ihr, dass No-Name-Frühstückskram genauso gut ist wie ein Markenartikel. Mindestens die Hälfte davon wird in denselben Fabriken produziert.«

Das brachte mein Fass zum Überlaufen. Dieser Mann mit seiner marmornen Vogeltränke und seinem wohlgeordneten Garten, seiner Sammlung gestohlener Fußbälle und Frisbees, seiner Küche, in der nur ein hungriges Maul gestopft werden musste, hatte keine Ahnung, was eine Nichtigkeit wie richtige Cheerios für eine Familie wie meine bedeutete.

Ja, Theo würde die ganze Schachtel auf einmal essen. Und ja, genau genommen wäre der Nährwert letztlich gleich. Aber tagtäglich ein billiges No-Name-Produkt aus einer billigen Schüssel zu essen, zermürbte einen Menschen. Unmerklich, aber stetig. Jeder Bissen erinnerte uns daran, dass sich manches nie ändern würde, egal, wie hart wir arbeiteten oder wie sehr wir das Letzte aus einem Dollar herausholten.

Wir würden immer wieder ganz unten anfangen müssen.

»Mr. Holmes«, begann ich mit gepresster Stimme, »wie lange leben Sie schon in diesem Haus? Vierzig, fünfzig Jahre?«

»So ungefähr«, gab er brummelnd zu, »na und?«

»Also haben Sie mein gesamtes Leben mit eigenen Augen verfolgen können«, sagte ich. »Wahrscheinlich auch das meiner Mutter. Sie haben die miesen Typen gesehen, an die sie sich einen nach dem anderen hängte, verzweifelt auf der Suche nach einem, der sie aus ihrer Situation rettet und von hier wegbringt. Sie haben erlebt, wie diese miesen Typen kamen und gingen und gerade mal so lange blieben, um ihr ein Kind zu machen, ehe sie Glück und Sex bei einer anderen suchten. Sie haben gesehen, wie sie vier greinende Babys heimbrachte, gesehen, wie sehr sie sich abmühte, genügend Babynahrung, Windeln und Cheerios heranzuschaffen – egal ob No-Name-Produkt oder nicht.«

Jaspers immer heftiger gerunzelte Stirn verriet mir, dass dieser direkte Angriff unerwartet kam, aber ich war zu sehr in Fahrt und wollte mir einmal alles von der Seele reden.

»Sie haben auch gesehen, dass ich weg- und aufs College ging, aber schon zwei Jahre später wieder zurückkam, mit nichts in den Händen als einem halben Abschluss und einem enormen Studienkredit, den ich zurückzahlen muss«, ergänzte ich. »Und ich wette, Sie wissen auch warum. Ich wette, Sie waren derjenige, der das Jugendamt gerufen hat.«

Sein Blick richtete sich auf einen Punkt zehn Zentimeter über meinem Kopf, mehr Bestätigung brauchte ich nicht. Ausnahmsweise war ich für diese Einmischung durchaus dankbar, daher hackte ich auf diesem Punkt nicht herum. Laut der Frau, die mich angerufen hatte, war meine Mutter bereits seit über zwei Wochen verschwunden gewesen, ehe die Kinder abgeholt und zu Pflegeeltern gebracht wurden.

Trixie war damals elf gewesen, Theo und Noodle erst sieben.

»Ihnen ist das alles bestens bekannt«, fuhr ich mit wütend funkelnden Augen fort. »Sie hat die drei verlassen. Hat ihre eigenen Kinder im Stich gelassen. Für Sie mag ein Fünf-Dollar-Frisbee unwichtig sein, aber für Noodle ist es ziemlich wichtig – ein Kind, dessen Spitznamen für Sie offenbar nicht macho genug ist, das keine idealen Startbedingungen hatte, aber versucht, das Beste aus seinem Leben zu machen. Ich kann jederzeit ein neues Frisbee kaufen, aber um über die Runden zu kommen, habe ich heute bei der Arbeit tatsächlich ein Buch gestohlen. Jetzt wissen Sie Bescheid. Jetzt wissen Sie, was fünf Dollar für mich bedeuten.«

Statt sofort das Frisbee zu holen, legte Jasper den Kopf schief.

Angesichts dessen, wie viel ich soeben von mir preisgegeben hatte, eine eher mickrige Reaktion, aber immerhin.

»Welches Buch?«, fragte er.

In meiner eigenen Verblüffung druckste ich nicht herum. *»Wendekreis des Krebses.* Es ist alt und in keinem guten Zustand, aber es gibt Sammler, die dafür ein nettes Sümmchen berappen.«

»Wendekreis des Krebses«, wiederholte er und griff haltsuchend nach dem Türrahmen. Ich bekam Angst, dass womöglich das Wort Krebs der Grund dafür war, doch er schüttelte den Kopf, als wollte er einen lästigen Gedanken loswerden. »Bist du sicher?«

»Wegen des Titels oder wegen des Werts?«, gab ich zurück und schob, ohne seine Antwort abzuwarten, nach: »Sowohl als auch. Ich habe mein Studium der Bibliothekswissenschaft zwar nur zur Hälfte absolviert, bin aber durchaus nicht unfähig. Ich kann historische Dokumente lesen und ihren Wert präzise einschätzen.«

Er grunzte abschätzig. Ob es ein Fehler war, dass ich ihm ein Verbrechen gestanden hatte?

»Und bevor Sie mich bei der Bibliothek verpetzen: Ich habe das Buch herrenlos im Keller gefunden, man wird es wohl kaum vermissen. Jemand hat es vor Jahrzehnten sorgfältig versteckt, wahrscheinlich zusammen mit *Wer die Nachtigall stört* und *Die Farbe Lila.* Sie wissen, wie verklemmt so eine Kleinstadt sein kann.«

In diesem Moment kam ich zu den Ergebnis, dass ich a) bereits mehr gesagt hatte, als gut für mich war, und b) das Frisbee keinesfalls zurückbekommen würde. Ich gab Jasper Holmes noch zwei Sekunden, um das Richtige zu tun. Als er mich wortlos anstarrte, als hätte ich mir soeben mein blutendes Herz aus der Brust gerissen und ihm als Snack zwischendurch angeboten, gab ich das Kräftemessen auf.

Seufzend drehte ich mich um und ging den demselben Weg zurück, den ich gekommen war. Als ich an ihm vorbeikam, gab der gelbschnäbelige Vogel ein klapperndes Schnattern von sich, nicht unähnlich dem Geräusch, das mein Auto an einem kalten Morgen machte, wenn es ebenso gern losfahren wollte wie ich.

»Ich weiß, mein Freund«, sagte ich und zog die Finger spielerisch durch sein Badewasser. »Aber was können wir dagegen unternehmen? Das hier ist juristisch gesehen sein Grundstück, und da kann er uns behandeln, wie es ihm gefällt. Wir sind selbst schuld, wenn wir immer wieder hingehen.«

3

Chloe

Wäre ich eine intelligente Frau gewesen, hätte ich den uralten, universellen Ratschlag für frischgebackene Eltern befolgt und mich gleichzeitig mit den Kindern schlafen gelegt.

Zwar waren Trixie, Noodle und Theo schon lange über das Alter hinaus, in dem sie ein Mittagsschläfchen hielten, kippten allerdings abends meist komplett fertig ins Bett. Höchstwahrscheinlich, weil sie jeden Tag intensiv nutzten, körperlich und geistig von dem Spaß erschöpft waren, den sie in jede neue Vierundzwanzig-Stunden-Runde packten, doch in Wahrheit befanden wir uns alle in einem Zustand ständiger Erschöpfung.

Normalerweise bemühte ich mich, meine Ängste auf ein Minimum zu beschränken – wie Rechnungen und die Tatsache, dass Theo beinahe Ammoniak und Bleichmittel zusammengekippt hätte, einfach um zu sehen, warum darum so ein Gewese gemacht wurde, wie Noodle, der die sechste Klasse wiederholen musste, weil seine Lehrer partout nicht akzeptieren wollten, dass Intelligenz mehr war als richtige Kreuzchen bei einem Multiple-Choice-Test. An den meisten Tagen gelang mir das recht gut, aber die Kinder hatten offenbar bemerkt, dass mit mir etwas nicht stimmte, als ich mit leeren Händen von Jasper zurückkam – wieder einmal.

Wortlos hatte Theo den Tisch gedeckt, Trixie aus dem Gefrierschrank eine Tüte buntes Gemüse geholt und in den Wok geworfen. Und Noodle hatte Gummy Bear in eine Ecke gelockt, wo er mit ihm Sitz und Bleib übte – eine Tätigkeit, bei welcher sich der Hund meist auf den Rücken rollte und den Bauch gestreichelt haben wollte.

Nach dem Abendessen waren sie alle in den Tiefschlaf der Erschöpften gefallen, während ich dasaß, meinen alten College-Laptop quer über den Beinen, neben mir eine sabbernde Bulldogge und *Wendekreis des Krebses.*

»Mal sehen«, sagte ich laut und begann zu tippen. »Sehr altes Exemplar, starke Gebrauchspuren, gebräunt, Ecken stark bestoßen, handschriftliche Anmerkungen auf mehreren Seiten ... Nee. Machen wir uns nichts vor, so reißt sich keiner um das Buch.«

Schnell löschte ich das Geschriebene.

»Denk nach, Gummy Bear«, ich fuhr ihm über die Schlappohren. Seufzend ließ er es geschehen, aber ich spürte, nicht einmal er war von meinen Fähigkeiten als Texterin beeindruckt. Oder überhaupt von mir. Da ich die Sampson war, die ihn täglich zu den brachialen Anstrengungen eines Spaziergangs zum Briefkasten und zurück zwang, war ich noch nie sein Lieblingsfamilienmitglied gewesen. »Das muss mehr knallen. Wie wär's mit ... Einzigartige, kommentierte Raubkopie? Ein wahres Schatzkästchen voller Skandale und Intrigen, das unbedingt von Ihnen erworben werden möchte?«

So gut sich das anhörte, die Worte entsprachen nicht ganz der Wahrheit. Die Anmerkungen, die ich gelesen hatte, klangen eher nach zwei Teenagern, die im Lesesaal Notizen austauschen, als nach einer tiefgründigen literarischen Textanalyse. Ich legte meinen Laptop weg und blätterte das Buch durch, bis ich auf weitere Anmerkungen am Seitenrand stieß.

»Sie hier neben mir im Bett zu haben, wie sie mich anatmet, ihr Haar in meinem Mund – das kommt mir wie ein Wunder vor«,

las ich laut. Daneben ein Gekritzel in derselben, fast unleserlichen Handschrift wie vorhin:

Man kann moralisch von der Hauptfigur halten, was man will, aber es klingt, als ob er seine Frau echt liebte. Das nötigt mir Respekt ab.

Und auch hier wieder die Antwort in eleganter Handschrift darunter.

Das ist keine Liebe, wenn man gleich im nächsten Absatz über die Läuse schreibt, die ihr übers Haar krabbeln, kapiert?

Ich sehe sie aufs Neue an, ganz nah. In ihrem Haar ist es lebendig. Ich schlage das Betttuch zurück – mehr davon. Sie wimmeln übers Kopfkissen.

Wahre Liebe schert sich nicht um Läuse.

Das sagst Du bloß, um mir zu widersprechen.

Ich würde Dich lieben, egal, welches Ungeziefer auf Dir rumkrabbelt. Ich würde alles dafür geben, dass Du mich anatmest, deine Haare in meinem Mund, meine Läuse, die sich mit Deinen zum Schlafen legen.

Hier hörte die Unterhaltung auf. Wider Willen fühlte ich mich der Autorin mit der ordentlichen Handschrift verbunden. Mir gefiel, wie sachlich sie war, wie sie ohne Umschweife ihrem Geliebten auf den Kopf zusagte, dass er nur um des Widersprechens willen widerspreche. Genauso hörte er sich an. Aber, ehrlich gesagt, auch irgendwie lieb. Darum ging es im *Wendekreis des Krebses* doch, dass die obszöne, tierische Triebhaftigkeit des Menschen etwas bedeutete, auch wenn sie nicht notwendigerweise gut war. Und der Typ mit der Sauklaue spürte das offenbar.

Gefesselt blätterte ich schneller, mein Blick überflog die Seiten nach weiteren Notizen der beiden. Nach einigen Kapiteln fand ich welche – und ertappte mich, wie ich mich beim Lesen aufrechter hinsetzte.

Sie wird ein Atelier mit Garten suchen wollen – und selbstverständlich mit Bad. Sie will auf eine romantische Art und Weise arm sein. Ich kenne sie. Aber diesmal bin ich auf sie vorbereitet.

Ich kenne Dich ebenfalls, C. Du findest Armut romantisch, aber nur, weil Du sie selbst nie erlebt hast.

Das ist unfair.

Mitansehen zu müssen, wie Du an W.s Arm zum Abschlussball gehst, ebenfalls. Hast Du geglaubt, ich finde es nicht raus? Schlag S. 131 auf.

»Ohhh, eine tragische Liebesgeschichte«, murmelte ich. Ich lehnte mich in die Sofakissen zurück und mein Herz schlug einen seltsamen Salto. Gummy Bear knurrte zwar leise, aber immerhin ich durfte meine Position verändern. »Was meinst du, Gummy Bear? Sollen wir den beiden weiter auf der Spur bleiben?«

Er blieb mir eine Antwort schuldig. Es fühlte sich falsch an, diesen privaten Austausch zu lesen, ganz so, als wäre ich eine Voyeurin und würde kiebitzen, wie sich jemand durch ein Fantasy-Abenteuer-Spielbuch arbeitet, doch ich hatte das Buch in der Bibliothek gefunden. Selbst wenn jemand es vorausschauend in den Tiefen des Kellers versteckt hatte – Bibliotheksbücher waren öffentliches Eigentum und ich durfte mit allem Recht der Welt weiterblättern.

Und das tat ich. Auf Seite 111 war ein einziger Satz fett unterstrichen: *Den Frauen haftet etwas Perverses an ... im Grunde sind sie alle Masochistinnen.*

Ich kicherte laut über diese offensichtliche Anspielung, aber hier endete das Zwiegespräch. Von meiner C. gab es keine geistreichen Repliken, keine Seitenzahlen, auf denen ihr vergrätzter Lover andere Zitate als Antwort fand. Mein Interesse an Laptop und Ebay-Anzeige waren erloschen, ich kuschelte mich tiefer in die weichen Couchkissen und las. Das Buch selbst interessierte mich nicht die Bohne, aber jede Randbemerkung dafür umso brennender.

So vertieft war ich, dass mir ein leiser Aufschrei entfuhr, als es plötzlich klopfte. Fragend spitzte Gummy Bear ein Ohr, doch er war so an die Geräusche unseres turbulent-chaotischen Haushalts gewöhnt, dass er gleich darauf die Augen schloss und wieder eindöste.

Ich hingegen war weniger leicht zu beruhigen.

»Wer kann das bloß sein?«, fragte ich mich laut, schwang die Beine auf den Boden und sah zur Uhr hoch. Zehn Uhr dreißig abends an einem Wochentag. Nicht bedrohlich spät, aber doch ungewöhnlich für einen Besuch.

Es klopfte erneut, diesmal energischer. Da mir gerade noch fehlte, dass meine drei Geschwister sämtlich aus dem Bett purzelten und wissen wollten, was los war, sprang ich auf. Ich riss die Haustür auf und erstarrte, als ich sah, wer draußen stand.

»Da.« Ein neongelbes Frisbee wurde mir entgegengestreckt. »Ich bring dir das Dingsbums deines Bruders.«

Blinzelnd nahm ich das Spielzeug von Jasper Holmes entgegen, der in voller Pracht seiner einhundertachtzig Zentimeter auf meiner Veranda stand.

Rein theoretisch war mir klar, dass Jasper kein richtiger Einsiedler war. Jede Woche konnte man ihn in der Stadt beim Einkauf sehen und sein schwarzer Ford-Laster aus den 1940ern fuhr fast ebenso laut und spritfressend wie mein Auto durch die Straßen. Wie seine Blumen bezeugten, verbrachte er viel Zeit in der Garten- und Saatguthandlung, und einmal hatten wir ihn sogar beim jährlichen Krippenspiel entdeckt, obwohl er sofort hinausstürmte, als das Jesuskind nach einer frischen Windel brüllte. Aber er machte keine Nachbarschaftsbesuche, schon gar nicht mitten in der Nacht.

Trotzdem standen wir beide uns nun gegenüber.

»Wollen Sie … reinkommen?«, fragte ich, bemüht, mich gastfreundlicher zu geben als mir zumute war. Wir vier strengten uns an, das Haus in einem bewohnbaren Zustand zu halten, aber mir fehlte momentan die Energie, daher war das Geschirr nicht abgespült und auf dem kleinen Sofa hatten sich Haufen noch nicht zusammengelegter Wäsche breitgemacht. Von den aufgeschlagenen Schulbüchern, die auf jeder freien Möbelfläche lagen, oder dem alten Radio, das in seine Einzelteile zerlegt auf dem Couchtisch stand, ganz zu schweigen. Seines giftigen Ammoniaks und der Reinigungsmittel für das Wissenschaftsprojekt beraubt, hatte Theo gezwungenermaßen das Radio für eine Zitronenbatterie ausgeweidet. Wenn er sich nicht zum Aufräumen aufraffen konnte, würde das Wrack monatelang auf dem Couchtisch herumstehen.

Jasper sah über meinen Kopf hinweg und erfasste alles mit einem Blick. »Auf gar keinen Fall.«

Ich konnte mir ein Lachen nicht verkneifen. Die meisten hätten zumindest so getan, als würden sie das Chaos nicht bemerken. »Ich weiß es trotzdem zu schätzen.« Ich wedelte mit dem Frisbee. »Nächstes Mal werfen Sie's einfach über den Zaun. Den Rest kriegen wir schon hin.«

Statt diese höfliche Verabschiedung hinzunehmen, zögerte Jasper. Er bewegte einige Mal den Unterkiefer, als kaute er auf Worten herum, die er nicht aussprechen wollte.

»Das Buch«, sagte er schließlich, »das du vorhin erwähnt hast.«

Sein Tonfall war nüchtern, seine Aussage knapp und sachlich. Ich beschloss, auf gleiche Weise zu antworten.

»Was ist damit?«

»Ich will es dir abkaufen.«

»Sie wollen ... es mir abkaufen?«, plapperte ich nach. Wenn er behauptet hätte, Henry Miller zu sein, der sich aus dem Grab erhoben hatte, um auf seine Urheberschaft zu pochen, wäre ich nicht überraschter gewesen. »Warum?«

Er grunzte. »Spielt das eine Rolle? Du hast gesagt, du würdest ordentlich Geld dafür bekommen. Ich habe ordentlich Geld. Mehr musst du nicht wissen. Sag, wie viel du willst.«

Mein ganzes Leben lang hatte ich darauf gewartet, diesen Satz zu hören. Ich hatte immer davon geträumt, eine Zahl auf einen Zettel zu schreiben und diesen über den Tisch zu schieben oder zu jenen Personen zu gehören, die ein Büro betreten und völlig ironiefrei sagen: »Alle raus, wir benötigen den Raum.« Innerlich habe ich immer ganz cool so getan, als würde ich mich nicht verzweifelt nach Geld sehnen, als wäre es nicht das Wichtigste.

Natürlich war ich jetzt ganz und gar nicht cool, sondern sagte das Erste, was mir in den Sinn kam. »Eine Million Dollar.«

Jasper gab einen krächzenden Laut von sich, der möglicherweise als Lachen gewertet werden konnte. »Netter Versuch. Kein Buch ist so viel wert.«

Ganz Bibliothekswissenschaftlerin verbesserte ich ihn sofort. »Tatsächlich gibt es alte illuminierte Bibeln, die solche Summen einbringen. Und mehrere Romanfragmente von Jane Austen wurden unlängst auf einer Auktion für –«

»Du weißt, was ich meine. Nenn mir einen vernünftigen Preis.« Erneut warf er einen Blick über meinen Kopf hinweg ins Hausinnere und runzelte die Stirn. »In der Not sollte man nicht allzu wählerisch sein. Wie wär's mit fünftausend Dollar?«

»Fünftausend Dollar?« Ich quietschte geradezu. Es war kein Millionengewinn, aber mit dieser Summe konnte ich sehr vieles kaufen. Eine Spülmaschine. Ein neues Dach, ausnahmsweise ohne Ratenzahlung. Sämtliche Sperenzchen des Debattierteams, die Trixies Herz begehrte. »Machen Sie Witze?«

»Sehe ich aus wie ein Mann, der Witze macht?« Er griff in die Brusttasche seiner Jacke und zog einen ordentlich in der Mitte gefalteten Scheck heraus. Erst da fiel mir auf, dass er sich für dieses unser kleines Treffen schick gemacht hatte. Wenn ich ihn sonst sah, trug er die traditionelle Kleidung, die typisch war für Männer aus dem ländlichen Washington jenseits des Renteneintrittsalters: derbe Arbeitshose und Flanellhemd, gelegentlich, wenn es Würde und Anstand geboten, eine Pufferweste. Das Anzugssakko, das er an diesem Abend trug, war unmodern, aber tadellos gebügelt, die Hose ebenso adrett. »Hier. Es ist ein Blankoscheck. Trag einfach die Summe ein, die du für angemessen hältst.«

»Aber Sie können mir doch nicht einfach so einen Blankoscheck –«

»Hast du das Buch mit nach Hause genommen?«

»Äh, ja. Aber –«

»Dann nehme ich es mit und zwar gleich.«

Er schob sich die Hände in die Achselhöhlen und starrte mit verkniffenem Mund auf mich hinunter. Wie alles an seinem Gesicht waren auch die Lippen ein wenig zu groß geraten, selbst wenn sie so fest aufeinandergepresst waren.

Ich war schwer in Versuchung, den Scheck zu zerreißen und ihm zu sagen, dass das Buch unverkäuflich sei, dass ein Mann nicht zwanzig Jahre lang seine Nachbarn terrorisieren und dann plötzlich in die seelisch-moralische Zwickmühle bringen könne, weil er ihnen das einzig Wertvolle abkaufen wollte, das sie besaßen. Außerdem war ich mir nicht sicher, ob ich ihm das Buch überhaupt geben wollte, war ich doch gerade dabei, meine beiden verliebten Randnotizenschreiber, denen kein Glück beschieden war, näher kennenzulernen. Er würde einen Blick auf die emotionalen, von Herzen kommenden Ergüsse werfen und –

»Wie sieht's aus?«, wollte er wissen. »Ich werde nicht jünger.«

In diesem Moment ging mir ein Licht auf. Wäre ich angesichts von Jasper Holmes, der auf meiner Veranda stand, und des Blankoschecks, der auf mich ausgestellt war, nicht so perplex gewesen, hätte ich die Puzzleteile viel früher zusammengefügt. Daher begriff ich erst, als er diesen Satz von sich gab. Aber besser spät als nie.

Er wird nicht jünger.

Was unbestreitbar war, doch er war einmal jung gewesen. Einst war er sogar einmal so alt gewesen wie ich jetzt – jung und hoffnungsfroh, den Kopf voller Träume, sein Herz desgleichen. Wenn ich richtig gerechnet hatte, musste das zwischen 1950 und 1960 gewesen sein.

Genau zu der Zeit, als Raubkopien von *Wendekreis des Krebses* in einem Provinznest wie unserem kursiert haben mussten. Ich sah auf den Scheck in meiner Hand und schluckte schwer. Die krakelige Unterschrift kam mir äußerst bekannt vor.

Er war es tatsächlich. Er war der Liebhaber, der ständig widersprach.

»Eine Sekunde«, sagte ich und ging rein, um das Buch zu holen. Ich nahm es behutsamer in die Hand als vorhin, als hätte ich Angst, das Ganze könnte sich in Rauch auflösen, wenn ich den Einband rabiat anfasste. Mich überkam das Verlangen, den Henry Miller nochmals durchzublättern, diesmal mit der Lupe, doch Jasper ließ mich nicht aus den Augen.

Bestimmt wusste er, was in diesem Buch stand – und wusste auch, dass ich es wusste.

»Es gehört Ihnen.« Ich überreichte ihm *Wendekreis des Krebses.*

Statt das Buch ähnlich ehrfürchtig zu behandeln wie ich, grabschte er gierig danach. Er klemmte es sich unter den Arm, als wäre ihm der Inhalt genauso herzensfern wie das Unkraut, das er allmorgendlich brutal in seinem Garten jätete. Nachdem er seinen Willen bekommen hatte, wandte er sich mit der gleichen schroffen Missachtung zum Gehen, die er mir gegenüber üblicherweise an den Tag legte.

Doch aus einem merkwürdigen Grund wollte ich ihn noch nicht gehen lassen.

»Warten Sie!«, rief ich. Er blieb stehen, drehte sich aber nicht um, daher probierte ich es auf gut Glück: »Weshalb sind Sie sich so sicher, dass ich mir keine Summe ausstelle, die Sie Ihren letzten Cent kostet?«

»So bist du nicht«, erwiderte er im Weitergehen. »Wenn du tatsächlich eine Diebin wärst, würdest du nicht in einem derart heruntergekommenen Haus wohnen.«

»Ich finde, du solltest ihm die vollen fünf Riesen abknöpfen.«

Pepper übergab mir den letzten Karton und wischte sich über die Stirn. Ihre Hand hinterließ einen Schmutzstreifen, der nicht besonders gut zu ihrem Cat-Eye-Lidstrich passte. Nachdem sie gemeinsam mit mir die letzten beiden Stunden die Treppe zum Keller rauf- und runtergestapft war, sah sie genauso schmutzig und erschöpft aus wie ich mich fühlte, aber die Arbeit war endlich erledigt.

Dieser Keller, dessen Schatz an alten und verstoßenen Büchern aufgelöst worden war, beherbergte aber immer noch das ungelöste Rätsel um Jasper und *Wendekreis des Krebses.*

»Das kann ich nicht machen«, jammerte ich, während ich die Treppe hinaufstieg. Oben warf ich das letzte Buch in den Müllcontainer. »Selbst wenn das Exemplar, das ich ihm verkauft habe, in tadellosem Zustand gewesen wäre – was es definitiv nicht war –, wäre es nur ungefähr die Hälfte wert.«

»Schon, aber du berechnest den ideellen Wert nicht mit ein. Wenn Jasper Holmes tatsächlich der Typ ist, der diese Liebesbotschaften geschrieben hat, ist das Buch für ihn unbezahlbar.« Sie grinste. Seit ich ihr von der handschriftlichen Unterhaltung in *Wendekreis des Krebses* erzählt hatte sowie von Jaspers spätabendlichem Besuch, ritt sie nahezu unausgesetzt darauf herum, wie romantisch das alles war. Pepper mochte zwar recht hartgesotten sein, aber im Grunde ihres Herzens war sie sentimental. Lag wahrscheinlich an der Lektüre übermäßig vieler Nackenbeißer.

»Wenn man sich vorstellt, dass er geheime Botschaften in ein derart unanständiges Buch schreibt«, fügte sie hinzu. »Wer hätte gedacht, dass der alte Teufel zu so was fähig ist.«

Kopfschüttelnd ging ich zum Waschbecken, um meine Hände zu säubern. Wieder einmal war ich zweckmäßig für die Ausmistaktion angezogen. Nachdem der Keller leergeräumt war, würde ich in anderen Klamotten zu meinem üblichen Status als Beinahebibliothekarin zurückkehren. Ein halber Uniabschluss reichte nicht für die Anstellung als echte Bibliothekarin. Achtzehn Dollar pro Stunde und eine solide Krankenversicherung, mehr konnte ich nicht verlangen.

»Wer ist ein alter Teufel und warum redet ihr zwei hinter meinem Rücken über mich? Ich dachte, das hätten wir bei der letzten Personalversammlung geklärt.« Gunderson, ein Mann, der stets einen Dreiteiler mit Krawatte trug, kam hinter dem Ausgabeschalter hervor. Er hatte ein Lächeln aufgesetzt als Zeichen, dass er scherzte, aber keine von uns ließ sich davon hinters Licht führen. Der arme Gunderson hatte in seinem ganzen Leben noch nie jemanden hinters Licht geführt. Er war sowohl die geeignetste als auch die ungeeignetste Person, um eine Bibliothek zu leiten.

Geeignet, weil er Regeln und Listen liebte. Er war ein Organisationsgenie. Und trotz seiner verklemmten Einstellung zu so ziemlich allem war es ihm ein echtes Anliegen, sich in den Dienst unseres Städtchens zu stellen.

Ungeeignet, weil er unbedingt ein anderer Mensch sein wollte. Zudem war er in seinen Augen einer von uns: ein Teilzeitangestellter der Bibliothek, der um des Gehalts willen arbeitete und sich gelegentlich im Magazin verlustierte. In Wahrheit war er ein Mittvierziger, Vater und so risikoscheu, dass seine drei Kinder beim Gassigehen mit dem Hund Helme tragen mussten.

»Keine Sorge, Gunderson«, sagte ich, während ich mir die Hände trocknete. »Wir haben nicht über Sie geredet.« Da er mich beobachtete, wischte ich sorgfältig das Waschbecken aus und verrieb noch, sicher ist sicher, einen Spritzer Desinfektionsmittel. Ich saß nicht so fest im Jobsattel, dass ich Gundersons Unmut riskieren wollte. »Kann ich Sie schnell was fragen?«

»Das weiß ich nicht«, sagte er, »können Sie das?«

Ich konnte Pepper hinter mir stöhnen hören, aber mir machte Gundersons Kalauerei weniger aus als ihr. Es gab Männer mit viel schlimmeren Angewohnheiten. Und meine Mutter hatte mit den meisten von ihnen was gehabt.

»Sie arbeiten schon ziemlich lang hier, oder?«, wollte ich wissen.

Bei dieser Frage warf er sich in die Brust. »Mehr als fünfzehn Jahre.«

»Können Sie sich erinnern, ob Sie jemals einem Jasper Holmes bei der Suche behilflich waren? Älterer Herr, ziemlich fit für sein Alter, so unangenehm, dass man mit ihm Farbe von der Scheune kratzen könnte?«

»Also bitte, Chloe, so spricht man nicht über einen Nutzer.«

»Das ist genau der Punkt ... ich glaube nicht, dass er zu unseren Nutzern gehört. Er ist mein Nachbar, aber ich habe ihn nie einen Fuß in die Bibliothek setzen sehen. Offenbar ist er nicht erpicht auf kommunale Angebote. Oder auf Lesevergnügen.«

»Oder auf Vergnügen überhaupt«, murmelte Pepper.

Gunderson runzelte die Stirn, damit wir wussten, was er von unserer Flapsigkeit hielt, war aber höchst interessiert an allem, was mit unserer Bibliothek zu tun hatte, und rügte mich daher nicht für meine Neugier. »Ich glaube, ich weiß, von wem Sie sprechen. Er fährt mit diesem Oldtimer-Laster durch die Stadt, stimmt's? Und hat einen Garten wie einem Lehrbuch für Landschaftsarchitektur entsprungen?«

Als ich nickte, runzelte er noch heftiger die Stirn.

»Wenn Sie meinen Rat hören wollen: Von dem würde ich mich fernhalten«, sagte er, »genauer gesagt, an Ihrer Stelle würde ich meine Geschwister schnappen und so weit wegziehen wie möglich. Mit einem Mann wie diesem möchte man lieber nichts zu tun haben.«

»Warum?«, fragte ich. Ich wies ihn nicht darauf hin, dass ein Umzug unserer vierköpfigen Familie nicht nur finanziell schwierig, sondern geradezu unmöglich war. Unsere Wurzeln waren nicht sehr illuster, reichten aber tief. Das war auch nötig, denn nur so konnten wir überleben. »Was stimmt denn nicht mit ihm?«

Gunderson beugte sich vor. Sein Atem roch nach dem Wasser, das seine Frau ihm jeden Tag einpackte und in das sie Selleriestücke tat – nicht direkt unangenehm, aber auch nicht angenehm. »Wie Sie wissen, glaube ich nicht, dass Klatsch und Tratsch die Menschheit weiterbringen.«

Und wie ich das wusste. Ich wusste auch, dass er weder an den Yeti glaubte noch an Kornkreise oder die Illuminaten. Bei den Chemtrails war er sich allerdings noch unschlüssig. »Aber?«

»Aber mit dem Farbeabkratzen lagen Sie gar nicht so daneben«, erklärte er. »Soviel ich weiß, hat er in seinem Leben noch viel mehr Schaden angerichtet.«

Ich suchte in Gundersons Gesicht nach einem Anzeichen, dass er einen Witz gemacht hatte, aber er sah aus wie immer – ein wenig streng, ein wenig besorgt und verzweifelt bemüht, gemocht zu werden.

»Angeblich hat er damals in den 1960ern ein Mädchen umgebracht«, fügte er leise hinzu. »Ein Mädchen vom Radarstützpunkt. Und in seinem Garten grünt und blüht es deshalb so üppig, weil er sie dort begraben hat.«

4

1960

Catherine Martin musste, als sie aufwuchs, drei Regeln beachten:

Regel Nr. 1: Tu, was dein Vater dir sagt.
Regel Nr. 2: Jeglicher Einwand gegen Regel Nr. 1 hat umgehend eine drakonische Strafe zur Folge.
Regel Nr. 3: Bitte, Catherine, um des lieben Friedens willen, tu, was er sagt, und hör endlich auf, ständig zu widersprechen. Dein Vater hat derzeit genug um die Ohren.

Da diese drakonischen Regeln seit ihrer frühen Kindheit galten, war davon auszugehen, dass ihr Vater schon immer viel um die Ohren gehabt hatte – und Major Gene Martin wäre der Erste gewesen, der dies bestätigt hätte.

»Catherine Winifred Martin, um welche Uhrzeit wird in diesem Haus gefrühstückt?«, fragte er am Morgen des ersten Tages, an dem er seinen neuen Kommandeursposten antrat. Obwohl sie in Colville erst nach Mitternacht angekommen waren und Catherine und ihre Mutter zwangsläufig das Notwendigste auspacken und die Betten machen mussten, kam ihm nicht in den Sinn, dass Ausschlafen eine willkommene, wenn nicht gar notwendige Abwechslung gewesen wäre.

»Null sechshundert«, sagte sie und gähnte hinter vorgehaltener Hand.

»Und welche Uhrzeit haben wir genau jetzt?«, lautete seine nächste Frage. Da sie noch nicht dazugekommen waren, auch nur eine Uhr auszupacken, stufte sie diese Frage zu Recht als rhetorisch ein.

»Nach null sechshundert«, sie ließ sich auf einen der roten Vinylstühle am Küchentisch plumpsen. Noch bevor ihr einfiel, was ihr Vater von jungen Damen hielt, die Koffein zu sich nahmen, hatte sie nach der gläsernen Kaffeekanne gegriffen.

»Aufputschmittel sind wenig damenhaft«, betonte er stets.

»Wenn er weg ist, brühe ich uns eine frische Kanne auf«, konterte ihre Mutter stets. »Nur Geduld. Was er nicht weiß, macht ihn nicht heiß.«

Catherine ließ die Hand in den Schoß sinken. Sie mochte zu spät am Frühstückstisch erschienen sein, aber an ihrem äußeren Erscheinungsbild war nichts auszusetzen. Sie trug ein gelbes, tailliertes Sommerkleid mit weitem Rock und das mausbraune Haar in einem adretten Pagenkopf. Ihre Mutter war ähnlich gekleidet und frisiert, Letzteres verdankte sich dem Salon, den sie beide in Dallas aufgesucht hatten, ehe man sie zu diesem Stützpunkt auf dem tiefsten Land verschleppte. Vom Lippenstift Farbe Dazzling Coral bis zu den Schuhen mit den niedrigen Absätzen unterschieden sich die beiden in nichts – bis auf eine einzige Ausnahme: Ihre Mutter sah so müde aus wie Catherine sich fühlte, mit schweren Tränensäcken unter den Augen und einer Verkniffenheit um den Mund, die keine noch so große Menge Pond's Cold Cream beseitigen konnte.

Nicht dass dies Major Gene Martin aufgefallen wäre. Militärische Präzision war das Einzige, was für ihn zählte. Solange der Baumwollstoff gebügelt und die Schuhe gewienert waren, war er zufrieden. Der Körper, der in der Uniform steckte, war lediglich Füllmaterial.

»Freut mich, dass du bereit bist, den Tag in Angriff zu nehmen«, sagte Catherines Vater. Da er anschließend mit dem Kopf auf die vor ihr stehende Grapefruit zeigte, nahm sie an, dass ihr die Verspätung verziehen worden war. »Gehst du dich in der Stadt umsehen?«

»Und ob«, erwiderte sie und fing an, sich haufenweise Zucker auf ihre Grapefruit zu streuen. Catherine konnte die vermaledeiten Dinger nicht ausstehen, aber ihre Mutter schwor auf deren Schlankmacherqualitäten. Zum Glück hatte Catherine entdeckt, dass mit ausreichend Zucker alles genießbar war.

»Als wir gestern Nacht durch die Stadt fuhren, ist mir die Bibliothek aufgefallen. Weißt du, dieses goldige kleine Backsteingebäude gegenüber der Post. Ganz erstaunlich, dass die so eine hübsche Bibliothek haben. Hoffentlich haben sie die neue Shirley Jackson, aber darauf wetten würde ich nicht. Ich bezweifle, dass die hier so fernab jeglicher Zivilisation überhaupt wissen, wer Shirley Jackson ist.«

»Ich bin in den Norden Washingtons versetzt worden, nicht auf die Antipoden-Inseln«, erinnerte ihr Dad sie. »Hier ist viel mehr los, als du denkst. In meinem Stützpunkt sind über hundertvierzig Mann stationiert.«

Sie erkannte, dass dies eine Rüge war. »Ja, Sir.«

»Es ist ein sehr begehrter Posten und eine große Chance für unsere ganze Familie.«

»Gewiss, Sir.«

»Sobald du und deine Mutter euch eingewöhnt habt, gebe ich euch eine Führung durch den Stützpunkt. Das wird dir gefallen.«

Catherine verzog das Gesicht, was auch als Reaktion auf ihr Frühstück gewertet werden konnte. »Das klingt gut. Danke.«

Eine Führung durch die 760th Radar Base klang für sie ungefähr so gut, wie sich ihren Grapefruitlöffel, der eine gezahnte Außenkante hatte, ins Auge zu rammen, aber sie würde sich hüten, das laut auszusprechen. Radardetektoren und Kryptografie waren gut und schön für Leute wie ihren Vater, die in einem Umfeld gediehen, in dem das Aufspüren feindlicher Flugzeuge und Raketen auf US-amerikanischem Hoheitsgebiet eine nervenzehrende, wichtige Angelegenheit war, aber sie hatte noch nie was für Technologie übriggehabt.

Man gebe ihr ein gutes Buch, eine kleine gutgelaunte Freundesrunde und bitte, bitte eine Tasse Kaffee und sie wäre zufrieden.

Ihr armer Vater. Er hatte sich immer einen Sohn gewünscht, der in seine Fußstapfen treten würde. Einer, der größer war als er, strammer in vielerlei Hinsicht und der sich für Elektronenröhren interessierte. Stattdessen hatte er bloß Catherine bekommen: klein und zart, nur an der neuesten Shirley Jackson interessiert und stets mit dem bitteren Geschmack der morgendlichen Grapefruit auf der Zunge.

Ihr Vater beendete sein Frühstück, stützte sich am Tisch ab und stand auf. »Ich mache mich besser auf den Weg. Die Fahrt zum Stützpunkt dauert eine halbe Stunde. An meinem ersten Tag möchte ich keinesfalls zu spät kommen.«

Er beugte sich vor und drückte zuerst ihrer Mutter einen Kuss auf die Wange, dann Catherine. Sie spürte, wie er bei der liebevollen Verabschiedung bereits vor Aufregung vibrierte. Selbst ein so kleiner, fernabgelegener Posten war ihm reines Vergnügen, weil er organisieren und Leute herumkommandieren durfte. Für Catherine und ihre Mutter war das Vergnügen weitaus geringer.

Für ihre Mutter, weil sie diejenige war, die das gesamte Auspacken erledigen musste, und für Catherine, weil sie wieder einmal ganz von vorn anfangen musste.

Wie soll ich mir denn ein Leben aufbauen, wenn ich ständig von einer Stadt in die nächste geschleift werde? Wie soll ich denn Freunde gewinnen, wenn ich immer bloß auf der Durchreise bin?

Glücklicherweise war die Antwort auf eine der Fragen einfach. Städte kamen und gingen, ebenso die Menschen in ihrem Leben, aber zwischen zwei Buchdeckeln fand sich immer ein Freund.

Auf zur Bibliothek.

—

Catherine hatte ein schlechtes Gewissen, weil sie ihre Mutter mit dem Einräumen und Einrichten allein ließ, aber so sehr zwickte es sie nicht, dass sie auf ihre morgendliche Erkundungstour verzichtet hätte. Besonders, weil sie gestern im Vorbeifahren die Bibliothek entdeckt hatte. Sie befand sich in der Nähe der Main Street in einer Gegend, in der auch die Polizeiwache, die Post sowie ein weiteres nichtssagendes staatliches Gebäude lagen, über das ihr Vater später bestimmt in qualvoller Ausführlichkeit dozieren würde.

»Dein Fahrrad steht neben dem Haus rechts«, verriet ihre Mutter, während sie sich eine Schürze um die Taille band, bereit, sich auf die Kartons mit der Aufschrift *Küche* zu stürzen. »Ich habe dafür gesorgt, dass wir es gleich am Anfang ausgeladen haben.«

»Es macht dir auch bestimmt nichts aus, wenn ich losdüse?«, fragte Catherine, die mit einem Fuß bereits aus der Tür war.

Ihre Mutter lachte, ein helles, perlendes Gelächter. Es war das Schönste an ihr und selbst ihr Vater, so unbeugsam und streng er auch war, konnte ihm nicht widerstehen.

»Was würdest du machen, wenn ich ja sage?«, wollte sie wissen.

»Dir eine Agatha Christie mitbringen«, versprach Catherine. Wie sie selbst bevorzugte auch ihre Mutter eine möglichst mordreiche Lektüre – mit dem einzigen Unterschied, dass ihre Mutter weise genug war, diese Vorliebe zu verbergen. Zu Catherines Gewohnheitslastern, von denen sie unzählige hatte, wenn man ihren Vater fragte, gehörte, dass sie weder die Weisheit noch die Diplomatie mit Löffeln gefressen hatte.

Weshalb sie grinsend mit einem Blick über die Schulter sagte: »*Zwei* Agatha Christies, wenn du ein Schatz bist und ich nicht zum Mittagessen daheim sein muss.«

Ihre Mutter scheuchte sie mit dem Geschirrtuch nach draußen. »Dann will ich bis mindestens drei Uhr nicht einmal einen Rockzipfel von dir sehen.«

Das ließ sich Catherine nicht zweimal sagen. Sie flitzte nach draußen und fand ihr Fahrrad an der beschriebenen Stelle vor. Es lehnte an der schindelverkleideten Hausmauer, der Korb mit dem geblümten Bezug enthielt bereits eine Sammlung ihrer Lieblingsschmöker, für den Fall, dass sie heute keinen Bibliotheksausweis bekam.

Das Haus, in dem sie wohnen würden, solange ihr Vater den Radarstützpunkt kommandierte, war sehr groß, sehr weiß und sehr ungünstig gelegen, nämlich eine Meile vom Stadtzentrum entfernt. Diese drei Merkmale schienen nicht in Zusammenhang zu stehen, aber Catherine war oft genug umgezogen, um zu wissen, dass sie seit Menschengedenken oberste Priorität für ein Haus außerhalb des Stützpunktes hatten. Die Größe bedeutete Prestige. Die noble Farbe war eine Auszeichnung. Und die Lage bedeutete, dass sie fernab vom gewöhnlichen Pöbel residierten.

Glücklicherweise war Catherine gern in der frischen Luft. Sie schwang sich in den Sattel und machte eine scharfe Rechtskurve. Dann trat sie gemütlich in die Pedale, während sie den Anblick und die Geräusche ihres neuen Wohnorts in sich aufnahm.

Unglücklicherweise war Colville wenig beeindruckend. Als sie zum ersten Mal gehört hatte, zu welchem Stützpunkt sie als Nächstes ziehen würden, war sie tatsächlich in Tränen ausgebrochen. Sie hatte sich auf ihr breites Bett gesetzt, den Kopf in die Hände gelegt und geschluchzt, als würde sie gleich an gebrochenem Herzen sterben. Auf der Landkarte war Colville ein Pünktchen mitten im Wald, ein Nirgendwo umgeben von Wildnis und Bäumen.

Catherine mochte die Wildnis nicht. Auch Bäume nicht. Bei einem so begrenzten Leben wie dem ihren – das sich auf Haus und Familie beschränkte, abhängig von den Launen des Nordamerikanischen Luftverteidigungskommandos und eines Mannes war, der sein Leben in dessen Dienst gestellt hatte –, spielte der Wohnort eine große Rolle. In Städten wie Dallas und Grand

Rapids hatte sie wenigstens Zugang zur Kultur gehabt. Theater, gelegentlich eine Oper oder eine Ballettaufführung. Hier draußen gab es außer ein paar Eisenwarenhandlungen, einem Futtermittelgeschäft und einem winzigen Lebensmittelladen nichts.

Allerdings entdeckte sie ein kleines Art-déco-Kino, an dem Plakate für den *Hund von Baskerville* angeschlagen waren. Catherine war so abgelenkt – von allen Geschichten von Arthur Conan Doyle war ihr diese die liebste –, dass sie das Auto nicht bemerkte, das mit einem Affenzahn um die Ecke fuhr. Genau in dem Moment, als sie in die Straße einbiegen wollte, die zur Bibliothek führte, fuhr das rote Mustang-Cabrio sehr dicht an ihr vorbei und wirbelte ihren Rock auf. Der Stoff verfing sich in den Speichen und sie stürzte, bevor sie wusste, wie ihr geschah.

»Bleib liegen«, sagte eine tiefe Männerstimme schroff, als Catherine sich bemühte, unter ihrem Fahrrad hervorzukriechen, dessen Räder fast so schnell kreisten, wie sich alles um sie herum drehte. Ihr Hinterkopf schmerzte und ihre Handflächen brannten, als hätte man die Haut abgekratzt, aber mehr schien ihr nicht passiert zu sein.

»Das war ein ordentlicher Sturz«, fügte der Mann hinzu.

»Bloß, weil Sie mich angefahren haben«, murmelte sie, während er das Fahrrad von ihr herunterhob, als würde es nicht mehr als ein Streichholz wiegen. Sie sah zu, wie er ihre verstreuten Bücher aufsammelte, fasste sich an den Kopf und wollte sich trotz seiner Warnung aufrappeln. »Nehmen Sie die Ecken immer, als würden Sie beim Grand Prix mitfahren?«

Er gab keine Antwort, zog stattdessen ein Taschentuch heraus und reichte es ihr. Das weiße Stoffquadrat war sauber und roch nach einer Mischung aus Seife und Kiefernnadeln, daher tupfte sich Catherine damit ohne Zögern die Hände ab.

Sie schielte nach oben, um den Mann, der sie angefahren hatte, besser einzuschätzen. Wenn er das Inbild der hiesigen Einwohnerschaft war, dann standen ihr noch urwüchsigere Zeiten bevor als vermutet. Nicht nur war er gekleidet, als wäre er soeben von einem sechsmonatigen Aufenthalt auf einem Berggipfel herabgestiegen, sondern hatte auch etwas von einem Bären an sich. Er war breitschultrig und seine Brust hatte die Form eines Ölfasses; ein ungleichmäßiger Bartwuchs stoppelte ihm über Kiefer und Kinn. Ein gewaltiger Unterschied zu den Männern, die sie gewohnt war, die glattrasierten Jungs vom Militär, allesamt Milchbubis und – bestimmt war das auch am neuen Stützpunkt ihres Vaters der Fall – mehr an Wissenschaft und Technologie als an Muskelkraft interessiert.

»Ist dir schummrig?«, fragte er mit einem Grunzen.

»Nein.« Vorsichtig betastete sie ihre Gliedmaßen. »Mir ist, als hätte mich gerade ein rücksichtsloser Raser angefahren, dem die anderen Verkehrsteilnehmer schnurz sind.«

Er streckte die Hand aus. »Lass mich –«

»Nein, danke.« Sie spürte, wie Wut den Schock verdrängte, der sie benommen gemacht hatte. So gern sie über holde Jungfern las, die an Straßenecken abgeschlachtet wurden, und böse Geister, die nächtens ihr Unwesen trieben, im wahren Leben hatte sie ihre Leiblichkeit gern unversehrt. »Sie haben schon genug angerichtet. Ich kann allein aufstehen. Es sind bloß ein paar Schrammen und blaue Flecken.«

»Sieht so aus, als wäre dein Fahrrad kaputt. Wenn du willst, laden wir es hinten auf meinen Laster und ich kann –«

»Was?« Sie lachte. »Mit Vollgas in den nächsten Abgrund rasen? Danke fürs Angebot, aber da gehe ich lieber das Risiko mit zwei Achtern in den Reifen ein.«

Er wippte auf den Fersen und musterte sie mit zusammengezogenen Augenbrauen; sein Gesichtsausdruck war derart durchdringend, dass sie überlegte, ob sie um Hilfe schreien sollte, solange sie noch die Möglichkeit hatte.

»Ihr Blut gerinnt vorbildlich«, sagte er.

Sie zuckte erstaunt zusammen. »Wie bitte?«

Er stand auf und deutete mit dem Kopf auf das blutverschmierte Taschentuch. »Das kannst du behalten. Geht es dir auch bestimmt gut?«

»Klar«, sagte sie, aber mit einer gewissen benommenen Distanziertheit – sie war wohl mit dem Kopf vermutlich doch heftiger aufgeschlagen als gedacht. Hatte er tatsächlich gesagt, was sie gehört hatte?

»Von jetzt ab solltest du dich lieber an Nebenstraßen halten«, sagte er und nahm sich kurz Zeit, um ihr Fahrrad auszurichten und die Gangschaltung zu prüfen, ehe er sich zum Gehen wandte. »Colville ist zwar eine Kleinstadt, aber einige Fahrer hier sind der Meinung, sie könnten herumrasen wie in der Großstadt.«

Erst jetzt erkannte Catherine, dass der Wagen am Straßenrand weder rot noch ein Mustang-Cabrio war. Der schwarze Ford-Laster war staubbedeckt und an der Stoßstange wies nichts darauf hin, dass sie kürzlich ein Fahrrad gestreift hatte. Sie wollte ihm etwas hinterherrufen – eine Entschuldigung? ein Dankeschön? –, biss sich jedoch auf die Zunge.

Womöglich war sie vom Sturz noch verwirrt, aber einer seiner Sätze hallte in ihrem Kopf nach.

Ihr Blut gerinnt vorbildlich ...

»Hat dieser hünenhafte Waldschrat soeben tatsächlich Hemingway zitiert?«, überlegte sie laut. Da er sich bereits auf den Fahrersitz geschwungen hatte, konnte er sie nicht hören, doch sie hatte ohnehin keine Antwort erwartet. Was er auch gesagt haben mochte, es handelte sich wahrscheinlich um einen schrägen Zufall, eine zufällige Wortkombination ähnlich einem Raum voller Affen, die auf Schreibmaschinen herumtippten und zu guter Letzt Shakespeares gesamte Werke produzierten.

Aber wie er es gesagt hatte und wie sorgfältig er ihre Bücher aufgesammelt hatte ...

Kopfschüttelnd verdrängte Catherine das gesamte Intermezzo aus ihren Gedanken. Was der Mann mit ihrem Fahrrad auch angestellt haben mochte, es war wieder funktionstüchtig, daher schwang sie sich in den Sattel und legte vorsichtig den letzten Häuserblock zurück, der sie von der winzigen Bibliothek aus Backstein trennte.

Selbst wenn sie zu der Sorte Mädchen gehört hätte, die nach jeder zufälligen Begegnung mit einem Mann diese stundenlang durchkaute, hätte das, was sie sah, sämtliche Phantasien über den Waldschrat vergessen lassen. In einem der Fenster der Bibliothek hing ein Schild – und zwar nicht irgendein Schild. Die weiße Pappe und die schwarzen Großbuchstaben trafen sie direkt ins Herz.

AUSHILFE GESUCHT. WEITERE INFORMATIONEN IN DER BIBLIOTHEK.

Mit einem kleinen Glücksquiekser lehnte sie ihr leicht ramponiertes Fahrrad an die Hauswand. Auch wenn ihr Schritt steif war und sie immer noch das Taschentuch des Fremden in der Hand hielt, verlor der Zwischenfall an Bedeutung und sie hatte ausschließlich das Schild im Sinn, als sie die Stufen zur Bibliothek hinaufsauste.

Wie konnte sie ihre Gedanken an so etwas Albernes wie einen Mann verschwenden, wenn sie doch wegen der Bücher gekommen war.

5

Chloe

»Okay, das ist alles, was momentan nicht ausgeliehen ist.« Pepper tauchte mit einem Stapel alter, leinengebundener Bücher auf, die sie mit einem Knall auf den Schalter fallen ließ – was sie nie tat, wenn Gunderson in der Nähe war. Der war bereits zum Mittagessen gegangen und laut der Uhr über dem Ausgabeschalter hatten wir genau dreiundvierzig Minuten, bis er zurückkam. Bis dahin musste alles wieder an seinem Platz stehen. »*Der alte Mann und das Meer* und *Wem die Stunde schlägt* waren im Bücherbus. Der Rest – *Fiesta; Paris, ein Fest fürs Leben* und *Haben und Nichthaben* – stand im Regal.«

Begierig schlug ich das erste Buch auf und begann, es durchzublättern. »Und wie viele sind ausgeliehen?«

»Nur zwei. *In einem anderen Land* und *Die Sturmfluten des Frühlings.*« Pepper verstummte und krauste nachdenklich die Nase. »Mir war nicht klar, dass Hemingway immer noch gelesen wird. Zumindest nicht aus Spaß an der Freud.«

»Du wärst überrascht, wie zeitlos und immer noch nachvollziehbar manches von ihm ist.« Ich tippte mit dem Finger auf den ersten Satz von *Der alte Mann und das Meer.* »*Er war ein alter Mann und fischte allein in einem Boot im Golfstrom, und seit vierundachtzig Tagen hatte er keinen Fisch gefangen.* Mir fallen mindestens drei Stammgäste des Acorn Saloons ein, die jeden Morgen fischen gehen, ohne je einen Fang zu machen. Denen könnte der Roman gefallen.«

Pepper schnaubte. »Wenn einer der Stammgäste, die du meinst, Freddy Wilson ist, der fängt deshalb nie was, weil er einzig und allein zum Fluss runtergeht, um Gras zu rauchen, ohne dass sein Bruder es mitkriegt. So was findet sich nicht bei Hemingway.«

Ich lachte höflich, aber mein Interesse galt ganz den Buchseiten, denn ich war auf der Suche nach den beiden mittlerweile vertrauten Handschriften: eine, die mit ziemlicher Sicherheit Jasper Holmes gehörte, und eine, die – vielleicht, womöglich – der jungen Frau gehörte, die tot und in seinem Garten begraben war.

Was eventuell etwas weit hergeholt war, aber sei's drum. Wenn jemand in dieser Stadt die Leichen seiner Feinde verschwinden ließ, dann doch wohl mein mürrischer Nachbar. Selbst wenn ich letztlich keine echten Knochen fand, war ich mir sicher, dass meine Suche ein oder zwei Leichen in seinem Keller zutage fördern würde.

Ich konnte es kaum abwarten.

»Unfassbar, dass uns dieser Gedanke noch nie gekommen ist!« Ich lachte auf, legte das erste Buch zur Seite und griff zum nächsten. »Jasper tut immer, als würden meine Geschwister Landfriedensbruch begehen, wenn sie auch nur einen Blick in seinen Garten werfen. Wir hätten schon vor Jahren mit Graben anfangen sollen.«

Pepper riss mir *Fiesta* aus der Hand und warf es zur Seite. Noch ehe ich protestieren konnte, ergriff sie das Wort.

»In dem findest du nichts«, sagte sie. »Erinnere dich, dass es im *Wendekreis des Krebses* in einer Anmerkung hieß: *Nie wieder Hemingway,* also müssen sie über einen anderen Roman gesprochen haben, den sie gemeinsam lesen wollten. Außerdem ist das ein Nachdruck aus den 1990ern. Die Chancen stehen schlecht, dass deine Tote da was reingeschrieben hat.«

Ich riss das Buch wieder an mich. »Ist trotzdem eine Überprüfung wert. Es dauert ja bloß eine Sekunde.«

Es dauerte tatsächlich bloß eine Sekunde, aber Pepper hatte recht. In dem Buch fand sich nichts außer einer Quittung über sechzehn Gallonen Benzin, zu einer Zeit als die Gallone noch 1,73 Dollar kostete. 1,73 Dollar? Die Leute hatten keine Ahnung, wie gut sie es damals hatten. Heute Morgen hatte ich fast den dreifachen Betrag gezahlt. Demnächst würde ich meine Eizellen verkaufen müssen, bloß um volltanken zu können.

»Das bringt nichts.« Pepper setzte sich mit Schwung auf den Schaltertisch. Auch das geschah nur, wenn Gunderson nicht anwesend war, doch da gerade keine Nutzerinnen in der Bibliothek herumschwirrten, konnte ohnehin niemand Anstoß daran nehmen. »Selbst wenn unsere beiden geheimnisvollen Schreiber über einen Hemingway sprachen, den sie in dieser Bibliothek ausgeliehen haben, wie wahrscheinlich ist es, dass er noch im Regal steht? Oder dass sie überhaupt Anmerkungen reingeschrieben haben? Womöglich haben wir gestern das Exemplar mitsamt den anderen Büchern entsorgt.«

Ich schüttelte den Kopf. »Nein, an einen Hemingway würde ich mich erinnern.« Und wahrscheinlich hätte ich versucht, auch den auf Ebay loszuschlagen.

Im Grunde meines Herzens wusste ich, dass es Zeitverschwendung war, die Bücher einer gesamten Bibliothek nach Hinweisen auf Jaspers verrückte Liebesgeschichte zu durchforsten. Ich wusste auch, dass an Gundersons Behauptung, Jasper habe einen Mord begangen, wenig dran war. Trotzdem konnte ich das Gefühl nicht abschütteln, dass etwas Seltsames im Gange war.

Eine Sezierung meiner Beweggründe unter einem Mikroskop hätte kein eindeutiges Ergebnis erbracht. Ein Teil von mir war aus purer Neugier interessiert – neugierige Katzen verbrennen sich die Tatzen etc. –, doch ich hatte den Verdacht, dass die wahre Motivation tiefer ging. Dass Jasper Holmes, ein einsamer Miesepeter, einmal Hals über Kopf verliebt und diese Liebe auch eine literarische gewesen war, berührte mich tief. Und definitiv nicht, weil ich eine einsame Miesepetra war.

Zumindest nicht im eigentlichen Sinne. Wenn man tagtäglich den Anforderungen ausgesetzt ist, die drei lebhafte, eigenwillige Kinder pausenlos an einen stellen, ist es schwierig, einsam zu sein. Andererseits war es ebenso schwierig, unter diesen Umständen nicht einsam zu sein. Es gab einen Grund, warum meine Mutter die Angewohnheit gehabt hatte, sich an jedes gutaussehende Gesicht zu kletten, das ihr eine, wenn auch nur kurze Verschnaufpause bot.

»Ich finde immer noch, du solltest dir den Scheck auf ungefähr zwanzigtausend Dollar ausstellen und einlösen, bloß um zu sehen, was passiert«, sagte Pepper und grinste auf jene Art, die mich immer in die Realität zurückholte. »Wenn Jasper dann mit einer Schaufel auf dich losgeht, kannst du dir sicher sein, dass er ein Mörder ist.«

»Du bist mir echt eine große Hilfe, danke schön«, sagte ich und blätterte weiter in den Hemingways. Als ich fertig war, hatte ich extrem staubige Hände und war von einer Antwort so weit entfernt wie zuvor. Entweder befanden sich die von mir gesuchten Anmerkungen in einem der beiden ausgeliehenen Bücher oder Peppers Vermutung, das Buch sei schon lange ausgemustert, stimmte.

»Wie geht's jetzt weiter?«, fragte Pepper. »Ich kenne dich. Du hörst nicht auf, bis das Menetekel mit unlöschbarer Tinte an der Wand steht.«

»Wir konzentrieren uns auf was anderes«, sagte ich und schaltete wieder in den Fixer-Modus. »Wenn in den 1960ern tatsächlich ein Mädchen verschwunden ist, hätten wir davon nicht schon früher gehört? Vor allem, weil es eine Verbindung zum Radarstützpunkt gab? So ein Vorfall macht doch landesweit Schlagzeilen.«

Pepper zuckte mit den Schultern. »Wer sagt, dass dem nicht so war? Wahrscheinlich ist die Akte tief im Polizeiarchiv vergraben. Als der Stützpunkt geschlossen wurde, verlor die gesamte Stadt an Bedeutung. Selbst wenn es einen Skandal gegeben *hätte*, wurde er wahrscheinlich unter dem Deckel gehalten und ist mitsamt der Militärbasis in Vergessenheit geraten.«

Das war die reine Wahrheit. Jeder, der in Colville aufgewachsen war, wusste von dem alten Radarstützpunkt, der sich früher ungefähr zwanzig Meilen außerhalb der Stadt befunden hatte. Bevor er Anfang der 1960er aufgegeben wurde, hatte er zum militärischen Warnsystem der USA gehört, das während des Koreakriegs installiert worden war. Aus Angst, Pearl Harbor könnte sich wiederholen, hatte die Regierung eine ordentliche Summe in die Hand genommen und entlang sämtlicher Landesgrenzen Radarstationen errichtet, in der Hoffnung, diese würden Gefahren rechtzeitig erkennen.

Der Stützpunkt war offenbar nach etwas mehr als einem Jahrzehnt geschlossen worden, hatte aber weiterhin Auswirkungen auf unsere Stadt. Nicht nur war das verlassene Gelände bei Teenagern, Paintball-Spielern und angehenden Graffitikünstlern ein beliebter Treffpunkt, sondern wir hatten in unserer Gegend ein Survival-Ausbildungszentrum der Air Force. Offenbar hatte sich die Air Force so heftig in unsere Gegend mitsamt den vielen Naturgefahren verliebt, die sich bestens als Blaupause für die übelsten Orte eigneten, an denen ein Pilot zum Landen gezwungen sein könnte, dass man beschloss, hier ein Zentrum für Überlebenstraining anzusiedeln.

»Denkst du, was ich denke?«, fragte ich unvermittelt.

Grinsend knackte Pepper mit den Fingerknöcheln. »Wenn du daran denkst, ein Jahrzehnt Mikrofiche durchzusehen, dann definitiv ja. Meine bibliothekarischen Fähigkeiten liegen seit langem brach. Die meisten Nutzer fragen mich bloß noch, wie sie ihr Dokument an den Drucker senden können.«

Lachend stapelte ich die Bücher aufeinander, damit ich sie ins Regal zurückstellen konnte. Ich gab es nur höchst ungern zu, aber Pepper war für diese Art der Recherche hundertmal besser geeignet als ich. Ehrlich gesagt, war sie fast in jeglicher Hinsicht die bessere Bibliothekarin. Nicht nur hatte sie ihr Studium abgeschlossen, sondern verstand auch viel mehr von der Technik als ich. Wenn es darum ging, welche Titel angeschafft werden sollten, konnte ich mit den Besten mithalten, aber die zusätzliche Ausbildung, die nötig gewesen wäre, um in unserem zunehmend digitalen Zeitalter voranzukommen, schien immer knapp außerhalb meiner Reichweite zu sein.

Praktisch. Finanziell. Emotional.

Ich wollte mich ja für E-Book-Ausleihe und die Erstellung und Aufbereitung von Online-Inhalten interessieren, ganz bestimmt, aber manchmal wollte ich auch schlafen. Das ganze Leben war ein Kompromiss, zumindest für mich. Pepper hingegen tat nichts, was sie nicht wollte. Ich wollte nicht eifersüchtig auf sie sein, aber leicht fiel es mir nicht. Hatte sie doch sogar tatsächlich eine Stelle in einer Forschungsbibliothek in Seattle abgelehnt, um stattdessen mit dem Bücherbus durch die Gegend zu kutschieren. Sie hatte schon immer das begrenzte Leben hier bevorzugt, die Tatsache, dass sich die Geschichten aller auf einer kleinen Bühne abspielten wie in einem intimen Off-Broadway-Theater.

Weshalb sie mich wahrscheinlich, wenn ich so darüber nachdachte, bereits in der Grundschule als Freundin auserkoren hatte. Mein Leben war seit dem Augenblick meiner Zeugung in allen Details der Öffentlichkeit bekannt.

Bevor ich mich tiefer in diese deprimierenden Gedanken verstricken konnte, klingelte das Telefon. Pepper hüpfte vom Ausgabeschalter herunter und ging ran, ehe ich mir das Handgerät schnappen konnte.

»Colville Public Library, hätten Sie Interesse an einem Buch von Ernest Hemingway? Wir haben einige, die ein gutes Zuhause suchen.«

»Pepper!«, zischte ich und trat spielerisch nach ihrem Schienbein. Mit einem eleganten Schritt wich sie aus. »Was, wenn das Gunderson ist, der uns kontrollieren …«

»Moment. Er hat *was?«* Pepper warf mir einen kurzen Blick zu, ehe sie mir den Rücken zudrehte, damit ich das Gespräch nicht mithören konnte. Mir war dieser Trick vertraut: Gleich nachdem ich das Sorgerecht für die Kinder bekommen hatte, erwischte ich Trixie oft beim gleichen Manöver. Jeder Anruf konnte womöglich Mom mit einer rationalen Erklärung sein, einer tränenreiche Entschuldigung, die das Unrecht, das sie uns angetan hatte, wiedergutmachte.

Sie hatte kein einziges Mal angerufen, aber das hielt Trixie nicht davon ab, trotzdem zum Telefon zu sausen – oder mich, mir zu wünschen, ich könnte irgendetwas tun, um ihren Schmerz zu lindern.

»Du gibst mir jetzt besser das Telefon.« Ich machte eine grabschende Handbewegung. »Egal, was Theo getan hat, es kann unmöglich so schlimm sein wie das Feuer, das er damals …«

»Ja. Aha. Ja.« Pepper ignorierte mich und gab weiterhin einsilbige Antworten. »Sie ist gleich da. Erdgeschoss? Neben der Notaufnahme?«

Beim Klang des Wortes Notaufnahme drehte sich mir der Magen um.

»Aber es ist Mittagszeit«, protestierte ich. Mein Einwand richtete sich an niemand Bestimmten, ich musste einfach Argumente finden, warum nicht sein konnte, was nicht sein durfte. »Er sollte in der Schule sein. Dort ist er sicher. Die Kinder dürfen nur unter Aufsicht in die Nähe des Chemie- und Physiklabors.«

Pepper legte auf und drehte sich zu mir um. »Diesmal ist es nicht Theo. Es ist Noodle.« Sie zog ein so ernstes Gesicht, dass sich mir der Magen nicht länger umdrehte, sondern mich eiskalte Schauer überliefen. »Du musst sofort ins Krankenhaus.«

Das Krankenhaus lag weniger als eine Meile Luftlinie von der Bibliothek entfernt. Ich war in Rekordzeit dort.

»Ich bin wegen Noodle – ich meine Aloysius – Sampson hier«, schnaufte ich atemlos, als ich mich auf die erste Person stürzte, die Krankenhauskluft trug. Sie sah gerade mal aus wie achtzehn und wirkte so wenig qualifiziert für den Arztberuf wie ich, doch ihr Namensschild verkündete, sie sei Dr. Letitia Underhill. »Er ist zwölf Jahre alt, rothaarig, nicht besonders groß und –« Sie unterbrach mich mit einer Handbewegung. Da sie dabei lächelte, verstummte ich wider Willen.

»Sie müssen die Schwester sein«, sagte sie mit einer Stimme, die so jung klang, wie die Ärztin aussah. »Diese Haare hätte ich überall erkannt.«

»Seine Schwester und sein gesetzlicher Vormund«, verbesserte ich sie, damit sämtliche Unklarheiten beseitigt waren. Zudem unterdrückte ich den Drang, mir an den Kopf zu fassen. Feuerrotes Haar hörte sich in Büchern immer toll an, aber die Realität war weitaus weniger glamourös. Man hätte meine Familie vom Weltraum aus die Straße entlanggehen sehen können. »Geht es ihm gut? Was ist passiert? Warum ist er nicht in der Schule? Was –«

»Immer mit der Ruhe«, sagte sie immer noch lächelnd. »Es geht ihm gut. Er hat sich lediglich das Bein gebrochen.«

Ich spürte, wie mir die Knie weich wurden. *»Lediglich* das Bein gebrochen?«

»Zudem hat er sich heftig die Rippen geprellt, aber bei Kindern heilt das meist schnell ab. Ein paar Tage lang wird er das Gefühl haben, er wäre von einer Klippe gestürzt, aber das liegt daran, dass genau das passiert ist.«

Mittlerweile zitterten mir nicht nur die Knie. »Ich glaube, ich muss mich hinsetzen«, sagte ich.

»Das glaube ich auch«, erklärte eine gutgelaunte Männerstimme hinter mir. »Du siehst aus, als hättest du ein Gespenst verschluckt.«

Ich spürte, wie sich unter mir ein Stuhl materialisierte. Dankbar sank ich darauf, warum und wie er aufgetaucht war, war mir egal.

Kinderkrankheiten und Verletzungen waren für mich nichts Neues. Trixie war einmal mit dem Kopf so heftig gegen die Tür des Kombis geknallt, dass sie sich eine Gehirnerschütterung holte, eine Mühe, die mit fünf Stichen quittiert wurde. Noodle war anfällig für Halsschmerzen, die er so oft bekam, dass ich der Apothekerin das Rezept für sein Antibiotikum schon fast nicht mehr vorlegen musste. Und Theo ... ach ja. Theo hatte sich – die Reihenfolge ist rein willkürlich – die Augenbrauen und Wimpern abgesengt (zweimal), das oberste Viertel seines linken kleinen Fingers gekappt (ein Unfall, behauptete er) und die Zunge war ihm an einer eisigen Metallstange festgeklebt (ebenfalls zweimal).

Aber soweit mich meine Erinnerung nicht trog, war bisher noch niemand von einer Klippe gestürzt. Vor allem nicht Noodle.

»Er ist ein zäher kleiner Bursche, das muss man ihm lassen«, ertönte erneut die männliche Stimme. Diesmal wurde sie von einem Körper begleitet, denn der Mann ging vor mir in die Hocke. Er steckte von Kopf bis Fuß in Tarnkleidung, mit kniehohen Lederstiefeln und einem Umhang, der aus Stroh oder Reet bestand. Ein dunkler Fünftagebart stoppelte ihm über Wangen und Kinn und wegen der Strickmütze ließ sich nicht sagen, welche Haarfarbe er hatte. Er roch genauso wie er aussah; seiner Kleidung entströmte der Duft von Rinde und Erde, was völlig unerklärlich gewesen wäre, hätte ich die Erklärung nicht parat gehabt.

»Du bist vom Survival-Ausbildungszentrum«, konstatierte ich unnötigerweise das Offensichtliche. Wenn je ein Mann so ausgesehen hatte, als brächte er abgestürzten Piloten der Air Force bei, wie man einzig mit seinem Verstand und einem armseligen Stück Schnur überlebte, dann dieser Kerl.

»Was hat mich bloß verraten?«, wollte er mit einem Lachen wissen und ließ dabei Zähne aufblitzen, die sich inmitten der schlammverkrusteten Haut seltsam gerade und weiß ausnahmen. »Nein, sag jetzt nichts. Du stehst eindeutig unter Schock. Und wie immer deine Antwort lautet, du wirst sie bereuen, denn ich werde dich gnadenlos mir ihr aufziehen, und dann sind wir gezwungen, sie an unserer goldenen Hochzeit unseren Enkeln zu erzählen.«

Schon davor hatte mir der Kopf geschwirrt, doch jetzt war ich völlig durcheinander.

»Unseren ... Enkeln?«, wiederholte ich und warf der Ärztin einen ratlosen Blick zu. Ihr Lächeln war verständnisvoll, doch der Mann lachte völlig sorglos, als hätte ich keinen geliebten Bruder, der schwer verletzt war.

»Aloysius hat beschlossen, dass wir beide heiraten werden, das hätte ich wohl erwähnen sollen. Offenbar gefiel ihm, wie ich die Lage im Griff hatte. Er sagt, du bist sonst die Einzige, die immer alles im Griff hat, und könntest Entlastung gebrauchen.«

Der Mann lächelte. Es war ein gutes Lächeln und mir ging

allmählich auf, dass er unter der Camouflage attraktiv war, aber ich war trotzdem empört. Jegliche Andeutung, ich sei nicht in der Lage, die Dinge komplett selbständig zu regeln, machte mich rasend. Ich hatte alles im Griff.

Ich hatte immer alles im Griff. Keinesfalls würde ich es zulassen, dass ein Wildfremder mir das entriss, was allein mich aufrechthielt.

Falls der Mann meine Verärgerung bemerkte, ließ er sich nichts anmerken. »Ich habe es nicht übers Herz gebracht, ihn zu enttäuschen, daher sind wir jetzt wohl offiziell verlobt. Das macht dir hoffentlich nichts aus.«

Ich ignorierte das unsinnige Herzflattern in meiner Brust und stürzte mich auf das wirklich Wesentliche. »Moment. Das hat er dir alles erzählt? Den Mund aufgemacht und all das gesagt?«

»Wir haben uns nett unterhalten, während ich ihn den Berg hinuntertrug. Ich habe ihm ein paar Tipps gegeben, wie er euren Hund trainieren soll.« Er beugte sich vor und zwinkerte – er zwinkerte mir tatsächlich zu. Das hatte ich bei Männern unter achtzig noch nie erlebt. »Unter uns Pfarrerstöchtern, einer älteren Bulldogge bringt man nichts bei, was sie nicht will. Aber die Erfahrung wird Aloysius nicht schaden. Und Gummy Bear auch nicht, wenn ich mir's recht überlege.«

Ich konnte ihn nur anstarren, mein Herz flatterte immer noch wie verrückt. Diesmal war nicht unbedingt der Mann der Grund, sondern seine Worte. Noodle sprach mit *niemandem*, den oder die er nicht mindestens drei Wochen lang kannte.

Der Mann musste mein schockiertes Schweigen als Besorgnis interpretiert haben, denn er griff nach meinen Händen und rieb sie zwischen seinen, ehe er merkte, dass er hauptsächlich den Dreck von seinen Handflächen auf meine Handrücken übertrug.

»Es geht ihm gut, Ehrenwort«, sagte er. »Er ist ein bisschen mitgenommen, aber alles in allem bester Laune. Er hat Glück gehabt, dass ich in diesem Moment vorbeikam. In dem Teil des Waldes sind normalerweise nicht viele Leute unterwegs. Er hätte noch einige Zeit dort unten liegen können, bis jemand auf die Idee gekommen wäre, ihn in genau dieser Gegend zu suchen.«

»Zach hat recht. In Anbetracht der Umstände ist die Sache glimpflich ausgegangen.« Die Ärztin zeigte mit dem Kopf auf den gegenüberliegenden Korridor. »Soll ich Sie zu Ihrem Bruder bringen? Er ist noch sehr erschöpft, freut sich aber bestimmt über ein bekanntes Gesicht. Er ist nicht besonders begeistert, dass ständig Ärzte und Pflegepersonal um ihn herumschwirren.«

»Er mag Fremde nicht.« Ich erhob mich vom Stuhl. Der Mann – Zach –, der zu meinen Füßen gekniet hatte, stand ebenfalls auf. Er überragte mich um gut fünfzehn Zentimeter. Noch immer fassungslos sah ich ihn an. »Zumindest normalerweise nicht. Du musst Zauberkräfte haben.«

»So sieht's aus«, stimmte Zach vergnügt zu. »Ein Flaschengeist, den jemand zufällig im Wald herausgelassen hat. Tut mir übrigens leid, dass ich so verdreckt bin, aber ich wollte deinen Bruder so schnell wie möglich in Sicherheit bringen.«

Bei der erneuten Erwähnung von Noodles Unfall, bei dem er nur knapp Schlimmerem entkommen war, fingen meine Wangen an zu glühen. Was dem Mann bestimmt nicht entging, da auf meiner sommersprossigen Haut Röte wie Traubensaft auf weißem Teppich wirkt, doch er salutierte lediglich vergnügt und schob die Hände tief in seine Taschen. Dann machte er sich mit einem Pfeifen auf den Lippen und beschwingtem Schritt von dannen, wobei er sich nur einmal umdrehte, um mir zuzuzwinkern.

Und schon war er durch die Schiebetür des Krankenhauses verschwunden.

»Wer war das denn?«, wollte ich von der Ärztin wissen, die mir durch den nüchternen Krankenhauskorridor voranging. Sie hatte den zackigen Schritt, der typisch für Menschen ist, die viel zu tun und wenig Zeit haben.

»Wer, Zach?« Sie lachte und gab mir einen Besucherausweis, den ich an meiner Bluse befestigte. »Er ist seit ungefähr einem Jahr als Ausbilder im Survival-Zentrum tätig. Manchmal springt er ein, wenn uns ein Rettungssanitäter fehlt. Ich kenne niemanden, der so fähig ist wie er, extrem geschickt bei Notfällen und zudem – falls Sie es nicht bemerkt haben – ein unverbesserlicher Hallodri, der das Flirten auf Teufel komm raus nicht lassen kann.«

Beim letzten Satz warf sie mir einen Seitenblick zu, nicht dass ich diese Warnung gebraucht hätte. Mein Leben mochte sich nicht in der großen weiten Welt abspielen, aber ich erkannte Gefahr, wenn sie mir zuzwinkerte. Diesen Zach umgab eindeutig ein leichter Schwefelgeruch.

»Er hat Noodle heute das Leben gerettet, oder?«, fragte ich.

Ihr Lächeln verschwand und in dem Augenblick schien sie um zwanzig Jahre zu altern. »Mit großer Sicherheit. Es ist zwar erst September, aber der Teil des Waldes, in dem Zach Ihren Bruder fand, ist zu dieser Jahreszeit nicht sehr sonnig. Wenn er Noodle nicht zufällig gefunden hätte, wäre es für den Jungen eine sehr kalte, sehr ungemütliche Nacht geworden.«

Wir näherten uns einer geschlossenen Tür und ich versuchte, den Schauer zu unterdrücken, der mir den Rücken hinunterlief. Auf meinem Nacken breitete sich Gänsehaut aus. In diesem Teil Washingtons standen »sehr kalt« und »sehr ungemütlich« euphemistisch für Temperaturen knapp über dem Gefrierpunkt sowie Bären, die sich eifrig mit sämtlicher ihnen über den Weg hüpfenden Nahrung vollstopften, damit sie den Winterschlaf überstanden.

Mir lagen etliche weitere Fragen auf der Zunge – wusste sie, was Noodle da draußen allein im Wald gemacht hatte? Wie tief sein Sturz gewesen war? Wie ich um Himmels willen das Geld auftreiben sollte, um den Teil der Krankenhausrechnung zu bezahlen, der nicht durch die Versicherung gedeckt war? –, aber sie lösten sich in dem Augenblick in nichts auf, als ich das Zimmer betrat, in dem mein Bruder lag.

»Noodle!«, rief ich. Ganz klein sah er in dem Krankenhausbett aus, sein Unterschenkel war eingegipst und seine Bauchmitte stramm bandagiert. Im Gesicht hatte er blaue Flecken, über dem Mund eine klaffende Wunde und sein Gesichtsausdruck war so jämmerlich zerknirscht, dass über meine Lippen kein einziges tadelndes Wort kam. Was er durchgemacht hatte, war Strafe genug. »Gott sei Dank, dass dir nicht noch Schlimmeres passiert ist.«

Ich wollte auf ihn zustürzen und ihn umarmen, aber er hielt mich mit einer Handbewegung zurück. Das machte er gelegentlich, denn er mochte körperliche Zuneigung nur zu seinen Bedingungen, daher fügte ich mich sofort.

»Ich hab mir das Bein gebrochen«, sagte er mit so feierlichem Ernst, dass mir beinahe das Herz brach. Kein Kind sollte so schwer an der Welt tragen – niemand sollte das. »Ich bin durch den Wald gelaufen und hingefallen.«

»Ich weiß, mein Schatz«, sagte ich und ließ mich auf den Stuhl sinken, der neben seinem Bett stand. »Mach das nie wieder, ja? Überlass von jetzt an sämtliche Knochenbrüche Theo. Er hat viel mehr Übung darin.«

Die Ärztin lachte, aber meine Worte zauberten nicht einmal den Ansatz eines Lächelns auf Noodles Gesicht.

»Es kommt noch schlimmer«, teilte er mir mit.

Mir war nicht klar, was schlimmer sein konnte als eine Nahtoderfahrung samt all den damit verbundenen Kosten, doch das behielt ich für mich.

»Was auch immer es ist, wir stehen das zusammen durch«, ich ergriff seine Hand. Schlaff lagen seine Finger in meinen. Ich drückte sie sanft. »Schon gut, Noodle. Es war doch nur ein Unfall.«

»Nein, es war nicht bloß ein Unfall.« Er entzog mir seine Hand, lediglich ihre Wärme blieb zurück. »Ich bin aus der Schule weggerannt. Ich habe einen Jungen so fest geschlagen, dass sie mich von der Schule suspendiert haben. Sie sagen, ich darf einen Monat lang nicht mehr am Unterricht teilnehmen.«

6

Chloe

»Willst du zuerst die gute oder die schlechte Nachricht hören?«

Kaum hatte ich meine halb verrostete, halb gestrichene Eingangstür geöffnet, schob sich Pepper an mir vorbei ins Haus. Ihr Anblick war eine so große Erleichterung, dass ich beinahe weinte.

Beinahe. Was dieses Haus jetzt am wenigsten gebrauchen konnte, waren noch mehr Tränen. Seit Trixie von der Schule heimgekommen war und mich vorgefunden hatte, wie ich Noodle ins Bett packte, schwankte sie am Rande eines Nervenzusammenbruchs entlang. Ganz Trixie knirschte sie mit den Zähnen, rang die Hände und benahm sich insgesamt so melodramatisch wie es einem Menschen nur möglich war. Ehrlich gesagt, hätte ich selbst auch gern ein wenig mit den Zähnen geknirscht.

Zum Glück für die häusliche Stimmung hatte Theo nicht geweint, wollte jedoch sämtliche blutige Details von Noodles Unglück erfahren, was fast genauso schlimm war, denn Noodle erzählte ihm alles bereitwillig. Es gab Dinge, die eine ältere Schwester nie erfahren sollte. Ein Sturz aus fünfzehn Metern Höhe in eine Schlucht und herabstürzende Felsbrocken, die eines deiner Geschwister beinahe verschüttet hätten, standen ganz oben auf der Liste.

»Ich will überhaupt keine Neuigkeiten hören«, maulte ich

und schob Pepper ins Wohnzimmer. Das Haus war mittlerweile in einem noch unordentlicheren Zustand, aber Pepper gehörte zu den wenigen Menschen, die mich deswegen nicht verurteilten. »Ich will jetzt was Hochprozentiges und eine Nacht durchschlafen, genau in dieser Reihenfolge.«

»Ich dachte, du darfst nichts Hochprozentiges im Haus haben«, sagte sie. »Als du das letzte Mal eine Flasche Wodka gekauft hast, hat Theo sie aus dem Kühlschrank geklaut und einen Molotowcocktail daraus gebastelt.«

»Stimmt doch gar nicht.« Theo sah nicht einmal vom Computer auf, vor dem er höchst konzentriert saß. Seit drei Jahren baute er bei Minecraft dasselbe Schloss und zeigte keinerlei Ermüdungserscheinungen. »Ich hab eine Ethanolrakete gemacht, das ist was anderes.«

Pepper streckte die Hand aus und wuschelte ihm durchs Haar. »Ich sag's dir nur ungern, Junior, aber Flammen sind Flammen, egal, wie du sie taufst.«

Mit einem Grinsen drehte er sich zu ihr um. »Es war echt cool. Das Feuer brannte mitten in der Luft, obwohl man den Treibstoff gar nicht sehen konnte. Willst du zugucken, wie ich unterirdische Lavaröhren baue?«

»Definitiv nicht«, sagte sie. »Das Einzige, was schlimmer ist als Minecraft spielen, ist anderen dabei zuzusehen. Wo ist unser Invalide?«

Ich deutete mit dem Daumen über die Schulter. »Trixie ist im Zimmer der Jungs und liest ihm *Herr der Ringe* vor. Ich bin mir nicht sicher, ob das als Belohnung oder als Bestrafung gedacht ist.«

»Das Vierzehnhundert-Seiten-Ungetüm?«, fragte Pepper

schaudernd. »Das ist eindeutig eine Bestrafung.« »Willst du echt keine Neuigkeiten hören? Nicht einmal eine gute?«

Ich warf einen Seitenblick auf den hochkonzentrierten Theo, dessen Zungenspitze zwischen den Lippen hervorlugte. Allem Anschein nach war er ganz in sein Computerspiel vertieft, aber ich wusste es besser. Mit seinem Hochleistungsgehirn konnte dieser Junge spielend zwölf Aufgaben auf einmal jonglieren.

Ich nahm einen gepolsterten Kopfhörer und stülpte ihm diesen über die Ohren, ehe ich Pepper zum Sofa lotste. »Wenn er genau hinsieht, kann er Lippen lesen«, erklärte ich. Weil schlechte Nachrichten und ich uralte Freunde waren, kam ich ihr zuvor, ehe sie etwas sagen konnte. »Du brauchst mir übrigens die schlechten Nachrichten nicht mitzuteilen. Vor einer Stunde habe ich meine Arbeits-Mails gecheckt und Gunderson hat mir bereits gesagt, wie enttäuscht er ist, dass ich während meiner Schicht einfach gegangen bin.«

Pepper zuckte zusammen. »Du weißt doch, was er für ein Regel-Pedant ist.«

»Ja«, bestätigte ich. »Aber es kommt noch schlimmer. Seine Frau hat angeboten, Noodle die nächsten Wochen zu nehmen, während er seinen Schulausschluss absitzt.«

»Ach herrje.«

Ich nickte und ließ mich in die Sofakissen zurücksinken. Zu den schönsten Aspekten einer so langjährigen Freundschaft wie der unseren gehörte, dass ich die Dinge nicht ausbuchstabieren musste, weil Pepper zwischen den Zeilen lesen konnte. Wie die hastig hingekritzelten Anmerkungen an den Seitenrändern eines geliebten Buchs hatten wir beide unsere eigene Art der Verständigung. Als Kinder besaßen wir sogar Walkie-Talkies, die militärischen Qualitätsstandards entsprachen, denn wir hatten sie im aufgegebenen Radarstützpunkt gefunden. Die Distanz von einer Meile zwischen unseren Elternhäusern war nichts im Vergleich zur Reichweite dieser Dinger, weshalb unsere nächtlichen Unterhaltungen, wer später welchen Hardy-Boy heiraten würde, manchmal von Gesprächen unterbrochen wurden, in denen über Jagdgebiete diskutiert wurde oder um welche Uhrzeit man am besten aufstand, wenn man mit dem Boot zum Angeln rausfahren wollte.

»Was wirst du tun?«, fragte Pepper. Sie warf einen Blick auf die geschlossene Tür zum Zimmer der Jungen, aus dem Trixie zu vernehmen war, die mit ihrer tiefsten Gandalf-Stimme vorlas. »Wegen der vorübergehenden Suspendierung?«

Ich hob ratlos die Hände. Was ungesagt blieb, weil es nicht gesagt werden musste: Noodle würde lieber vor einer dreihundertköpfigen Versammlung stehen und »Jabberwocky« auswendig aufsagen, als seine Tage mit Gundersons Frau zu verbringen. Babs war reizend und ihre drei Kinder im Grundschulalter waren noch reizender, aber egal, wie oft ich ihr zu erklären versuchte, dass Noodle lediglich zurückhaltend sei, sprach sie weiterhin auf diese überdeutliche, quälend langsame Weise mit ihm, die kaum Zweifel daran ließen, wie sie ihn sah.

»Er besteht hartnäckig darauf, dass er allein daheim zurechtkommt, obwohl er nicht einmal ohne Hilfe zur Toilette humpeln kann«, sagte ich. »Natürlich haben sowohl Trixie als auch Theo angeboten, daheimzubleiben, aber Trixie ist im Debattierteam und Theo …«

Wir warfen beide einen raschen Blick zu meinem Bruder hinüber, der mit blutrünstigem Freudengebrüll gepixelte Kühe abschlachtete.

Pepper lachte. »Die fackeln das komplette Haus ab, noch bevor du bis zum Ende der Auffahrt gekommen bist.«

Ich ignorierte den Angstknoten, der bereits den ganzen Abend in meinem Magen saß, und ließ mich von Peppers Lachen ablenken. Wenn sie an der Sache die humorvolle Seite sehen konnte, dann ich doch bestimmt auch.

»Gleich morgen früh rufe ich in der Schule an, mal sehen, ob ich den vorübergehenden Ausschluss rückgängig machen kann. Noodle will mir partout nicht erzählen, was passiert ist. Nur, dass er einen anderen Jungen geschlagen hat und die Schule keine Gewalt duldet.« Obwohl Theo uns nicht hören konnte, senkte ich meine Stimme zu einem Flüstern. »Armer Noodle. Kein Wunder, dass er wie von Furien gehetzt in den Wald rannte. Kannst du dich erinnern, wie er Theo beim Schaukeln versehentlich so heftig anschubste, dass der runterfiel und sich beinahe die Nase brach?«

Pepper nickte. »Hat sich Noodle anschließend nicht für ungefähr drei Tage geweigert, unter der Veranda hervorzukriechen?«

»Wir mussten ihm Teller mit Thunfischsandwichs zuschieben, dass er uns nicht aufamselte. Er hat die Sache kaum verkraftet und schluchzte jedes Mal, wenn er Theos blaues Auge auch nur sah.« Der Vorfall war so viele Jahre her, dass ich mittlerweile darüber lachen konnte. »Theo bettelte ihn an, das Ganze zu wiederholen, damit er auf der anderen Seite auch ein Veilchen bekäme.«

Dann widmeten wir uns der Frage, welche Optionen ich hatte, und verwarfen in schöner Regelmäßigkeit eine nach der anderen. Ihn bei Babs unterzubringen, kam aus offensichtlichen Gründen nicht in Frage. Allein daheim lassen konnte ich Noodle nicht und ihn zur Arbeit mitzunehmen, war gleichfalls unmöglich. Und mich die nächsten vier Wochen krankzumelden, konnte ich mir nicht leisten. Nicht nur würde Gunderson es als persönlichen Affront auffassen, wenn ich das Angebot seiner Frau ausschlug und stattdessen daheimblieb, sondern ich hatte auch keine bezahlten Krankheitstage mehr übrig.

»Wie sieht's mit deiner Oma aus?«, fragte ich. »Immerhin habe ich für sie viele Schundromane geklaut, also schuldet sie mir eigentlich was.«

»Geht leider nicht. Nächste Woche ist sie in Spokane. Sie sucht wieder diese Spezialistin auf.«

»Nicht ...«, setzte ich an, aber Pepper schüttelte warnend den Kopf.

»Es ist nur eine Nachsorgeuntersuchung. Nichts Großes.«

»Aber ...«, setzte ich erneut an. Dieses Mal hatte Peppers Warnung einen drohenden Unterton.

»Lass es, Chloe. Sie wäre stocksauer auf mich, wenn sie wüsste, dass ich es erwähnt habe. Vergiss das Ganze.«

Das war ein weiterer Stein in der Mauer der Frustration, die sich derzeit in mir aufbaute. Es war kein Geheimnis, dass Lonnie gegen Schilddrüsenkrebs kämpfte, doch die Pakootas hatten von Anfang an meine Hilfe abgelehnt. Weder durfte ich sie zur Spezialistin nach Spokane fahren, noch durfte ich etwas kochen, um die vielen Besucher zu verköstigen, die bei Lonnie vorbeischauten. Nicht einmal einen Blumenstrauß durfte ich vorbeibringen, es sei denn, es handelte sich um Wildblumen, die ich bei einem meiner Gänge durch die Stadt gepflückt hatte.

»Die Kinder halten dich genug auf Trab«, lautete Lonnies Standardsatz.

»Jede weitere Belastung wäre zu viel für dich«, fügte Pepper stets hinzu.

Natürlich hatten beide recht, aber mein schlechtes Gewissen blieb. Dieser Tage war die Freundschaft mit Pepper sehr einseitig. Ich nahm, nahm, nahm und bis die Kinder den Highschool-Abschluss in der Tasche hatten und auf eigenen Füßen stehen konnten, würde das auch so bleiben.

Wir schwiegen beide.

»Ich habe noch Urlaub«, setzte Pepper irgendwann an, aber ich brachte sie mit einem vehementen Kopfschütteln zum Schweigen.

»Auf gar keinen Fall. Ich trage die Verantwortung für Noodle, nicht du.«

Ich verstummte erneut und diesmal wanderten meine Gedanken zu der Notrufnummer, die ich in meinem Geldbeutel mit mir herumtrug, neun auf einen Zettel gekritzelte Ziffern. Die Nummer hatte ich im Fernleihsystem gefunden, jedoch nie gewählt. Daher wusste ich nicht mit absoluter Sicherheit, ob die Frau, die am anderen Ende antworten würde, unsere Mutter war, aber laut Eintrag hatte diese Ravenna Sampson *Die Brautprinzessin* von William Goldman nicht weniger als sieben Mal aus sieben unterschiedlichen Bibliotheken im Bundesstaat ausgeliehen.

Das war Moms absolutes Lieblingsbuch gewesen. Damals, als wir nur zu zweit gewesen waren, als sie mir versprochen hatte, wir könnten es mit der ganzen Welt aufnehmen, solange wir zusammenhielten, las sie mir oft daraus vor. Ich liebte den kühnen Sarkasmus dieser Abenteuergeschichte, deren viele Facetten meinem siebenjähriges Gehirn zumeist entgangen waren.

Das Buch befand sich immer noch in dem Karton mit ihren Sachen, den ich unter mein Bett geschoben hatte. Ich redete mir gern ein, dass sie das Buch absichtlich zurückgelassen hatte, weil sie mich an Folgendes erinnern wollte: *Das Leben ist nicht gerecht. Es ist bloß gerechter als der Tod, das ist alles.* Aber wahrscheinlich hatte sie es beim Packen schlichtweg übersehen. Sie hatte ihre Kleider, den Familiennotgroschen aus der Keksdose und ein Foto von uns fünfen beim Picknick bei den Crystal Falls mitgenommen, mehr nicht.

Die Hinterlassenschaft eines Leben – und vier Menschen: dem Schicksal überlassen.

Ich hatte mir geschworen, nur die allerübelsten Umstände würden mich dazu bringen, sie anzurufen, und obwohl die Umstände momentan düster waren, weigerte sich die Buchstabenreiterin in mir, sie als allerübelst einzustufen.

»Wenn alle anderen Optionen erfolglos sind, kann ich immer noch Jaspers Scheck einlösen und eine private Krankenschwester anstellen«, sagte ich mit einem beiläufigen Schulterzucken, das hoffentlich beiläufig wirkte. »So wollte ich das Geld zwar nicht ausgeben, aber eventuell habe ich keine andere Wahl.«

»Oh, apropos.« Peppers Augen leuchteten auf, als sie sich mir zudrehte, ein Bein untergeschlagen. »Das ist die gute Nachricht. Du musst die Kinder nicht einpacken und eine neue Bleibe suchen. Jasper ist kein Mörder. Ich habe sämtliche Zeitungsmeldungen zwischen 1950 und 1961 durchforstet, den Zeitraum, in dem der Radarstützpunkt militärisch genutzt wurde. Kein einziger erwähnt ein totes Mädchen, eine Mordanklage oder gar Jasper Holmes. Leeres Geschwätz von Gunderson, typisch.«

Diese Neuigkeit beruhigte mich keinesfalls. In dem Augenblick, in dem meine Recherche über Jaspers schmutzige Vergangenheit beendet war, in dem Augenblick war ich auf die Gegenwart geworfen und zwar auf meine.

»Theoretisch beweist das gar nichts, außer dass er nicht erwischt wurde«, sagte ich optimistisch.

Pepper grinste und kramte in ihrer Hosentasche, zog ein gefaltetes Blatt Papier heraus und gab es mir. »Stimmt, aber das hier habe ich auch gefunden und dachte, du möchtest es vielleicht haben.«

Ich war nicht sicher, was ich vor dem Aufklappen erwartet hatte, aber ganz bestimmt keinen körnigen Ausdruck eines Schwarz-Weiß-Fotos aus den 1950ern. Vor einem Stapel frisch gefällter Baumstämme standen in zwei Reihen Männer, die kaum voneinander zu unterscheiden waren. Nicht nur trugen alle die gleiche robuste Kleidung, sondern hatten auch das kernig-hungrig Aussehen jener, die regelmäßig körperlich arbeiten. Neben ihnen war eine riesige Trummsäge aufgebockt, deren Metallzähne im Sonnenlicht glänzten, das an dieser Stelle in den Wald fiel.

»Sieht aus wie ein Haufen Holzfäller aus der guten alten Zeit«, konstatierte ich.

Sie tippte auf einen Mann, der an der Seite stand. »Das liegt daran, dass es ein Haufen Holzfäller aus der guten alten Zeit ist«, sagte sie. »Aber sieh dir mal dieses stramme Exemplar hier außen an. Kommt dir das bekannt vor?«

»Das gibt's doch nicht«, entfuhr es mir leise, nachdem ich mir das Foto näher an die Augen gehalten hatte. Ich erkannte das Stirnrunzeln, die schweren Gesichtszüge, obwohl sie sich größtenteils hinter einem wild wuchernden Bart verbargen. »Ist das Jasper Holmes? Und er sieht ... sexy aus?«

Peppers schallendes Gelächter war so laut, dass Theo den Kopfhörer herunterschob und uns einen finsteren Blick zuwarf, der Ruhe forderte.

»Unglaublich, was?«, sagte sie und dämpfte ihre Stimme. »Wer hätte gedacht, dass dieser Mann so ein Hottie war? Wenn er ein Mädchen umgebracht hat, dann wahrscheinlich mit diesem glühenden Blick.«

»Die Neilson Logging Corporation feiert mit der aktuellen Belegschaft ihr hundertjähriges Bestehen«, las ich die Unterschrift vor. »Passt, oder? Fast jeder, der damals hier lebte, hatte entweder mit dem Radarstützpunkt oder mit Holz zu tun.«

»Das erklärt auch, warum er mit irgendeinem Mädel auf den Seiten eines Bibliotheksbuchs eine Liebesaffäre hatte«, meinte Pepper. »Und sag jetzt nicht, dass du dich nicht Hals über Kopf verlieben würdest, wenn ein Typ wie der anfängt, mit dir über Hemingway zu reden. Ich kenne dich, Chloe. Es braucht bloß eine Gedichtzeile und dein Höschen rutscht praktisch sofort runter.«

»Pepper!« Hastig warf ich einen Blick hinüber zu Theo, doch er war wieder ganz in sein Computerspiel versunken. Trotzdem senkte ich meine Stimme zu einem Flüstern. »Das stimmt überhaupt nicht. Derzeit könnte mir ein Typ die gesamte *Ilias* im griechischen Original vorlesen und ich wäre einfach nur sauer, weil er meine Zeit verschwendet. Wenn er mir allerdings einen Kofferraum voller Lebensmittel vorbeibringen würde …«

Meine Gedanken wanderten zu Zach. Zu meiner Verärgerung stieg mir die Röte in die Wangen. Sein flirtendes Geplänkel hatte mich nur beruhigen, mich davon ablenken sollen, dass ich an diesem Tag Noodle beinahe verloren hatte, das war mir im tiefsten Inneren klar. Zudem vermutete ich, dass Zach, bis auf das gelegentliche Buch zum Thema *Überlebenstraining in der Wildnis*, nicht las. Hemingway-Zitate waren daher äußerst unwahrscheinlich.

Pepper grinste. »Ich mein ja bloß. Welcher Titel es auch sein mag, je schneller wir dieses Hemingway-Exemplar in die Hände bekommen, in die Jasper und seine geheimnisvolle Herzensdame reingekritzelt haben, desto besser. Ich will unbedingt wissen, was zwischen den beiden passiert ist.«

»So wie ich Jasper Holmes kenne, hat er sie so lange angeraunzt und angefaucht, bis sie schließlich nur noch schreiend um ihr Leben lief«, sagte ich, faltete das Blatt aber sorgsam zusammen und verstaute es gut.

»Meinst du?«

»Definitiv«, bekräftigte ich. »Wie es jede vernünftige Frau tun würde, die es mit einem derartigen Griesgram zu tun bekommt.«

7

1960

Catherine hatte seit fast drei Wochen in der Colville Public Library gearbeitet, als sie auf ein Exemplar von *In einem anderen Land* stieß.

Von allen Büchern, die sich aus den Regalen der Bibliothek in der Stadt bewegten, gehörten Hemingways Werke zu den beliebtesten. Laut Mrs. Peters, der Frau, die Catherine eingestellt hatte und alle ihre Angestellten behandelte, als wäre die Bücherei eine Schule für gefallene Mädchen, lag das daran, dass Hemingway einer der ganz Großen war.

»Ein Meister des Weglassens«, hatte sie in dem feierlich-pompösen Tonfall von sich gegeben, der sich bereits in Catherines Träume eingeschlichen hatte. »Das Wichtigste steht bei ihm zwischen den Zeilen.«

Zwar stimmte Catherine mit dieser literarischen Analyse überein, doch vermutlich lag der wahre Grund für Hemingways Beliebtheit hier eher an seiner Themenwahl. Alles, was mit Krieg oder Militär zu tun hatte, war in dieser Gegend höchst beliebt. Wenn die gesamte Wirtschaft einer Stadt vom dortigen Armeestützpunkt abhing – und wenn nahezu sämtliche sozialen Aktivitäten die ungefähr hundert alleinstehenden Männer miteinbezogen, die dort arbeiteten –, dann war dieses Interesse unvermeidlich. *Im Westen nichts Neues* und *Die rote Tapferkeitsmedaille* waren gleichermaßen beliebt.

Ebenso die zahlreichen jungen Männer, die in die Bibliothek schlenderten, Bücher ausliehen, die Zeit totschlugen und nicht selten den Bibliothekarinnen schöne Augen machten.

»Sieh nicht hin, aber bei den Sachbüchern steht William McBride und gafft dich an«, zischte eine Stimme hinter Catherine leise. »Heute ist er bereits zum vierten Mal diese Woche da.«

»Zum fünften Mal«, seufzte Catherine und wich in den nächsten Regalgang aus, um seinem Glotzen zu entgehen. »Du warst gestern nicht da, aber da kam er kurz vor Schluss rein und hat sich über ägyptische Sonnengöttinnen informiert.«

Lonnie stöhnte. Sie war eine der vier Bibliothekarinnen, die alle in Teilzeit arbeiteten, und entwickelte sich rasch zu Catherines Lieblingsmensch in gesamt Colville. Catherine hatte bereits erlebt, wie die ausgesprochen hübsche Indigene etliche Nutzer, die ihre Sachkenntnis rund ums Buch bezweifelten, in die Schranken gewiesen hatte – und sie tat das mit einem so bescheiden-harmlosen Lächeln, dass sie gar nicht mitbekamen, wie schnell sie als engstirnige Trottel entlarvt wurden.

»Erzähl mir jetzt bloß nicht, dass er gesagt hat, falls du nichts im Magazin findest, betet er stattdessen dich an.«

In diesem Augenblick entschied Catherine, dass Lonnie tatsächlich ihr allerliebster Lieblingsmensch in ganz Colville war. Möglicherweise sogar an der gesamten Westküste.

»Das trifft's recht gut«, gab sie zu. »Vielleicht kommt es nur mir so vor, aber hat er mehr Zähne im Mund als normal ist? Wenn er lächelt, sieht er aus wie die Grinsekatze aus *Alice in Wunderland.*«

»Soweit ich weiß, haben seine Eltern ein Vermögen für diese

Zähne geblecht. Du solltest sie mehr wertschätzen.« Lonnie warf einen Blick über die Schulter auf Second Lieutenant William McBride, der in einiger Entfernung auf der Lauer stand. Er hielt ein aufgeschlagenes Buch in der Hand, als wäre er ganz darin vertieft, doch Catherine konnte sehen, dass sich seine Augen nicht über die Seite bewegten. »Armer Kerl. Der ist ganz verschossen in dich.«

Catherine verzog das Gesicht und drehte dem jungen Officer den Rücken zu. Trotz der vielen Zähne war er ein recht gutaussehender junger Mann, mit regelmäßigen Gesichtszügen und penibel mit Brillantine zurückgestrichenem Haar, der Zustand seiner Uniform so adrett, dass ihr Vater bestimmt Freudensprünge machte. Bedauerlicherweise war sie seinesgleichen schon begegnet. Sie begegnete ständig seinesgleichen.

Zu ihrem Vater wäre er mustergültig höflich, von ihrer Mutter lobend angetan und ihr gegenüber herablassend fürsorglich. Ihre erste Verabredung fände im hiesigen Diner statt und anschließend ginge es eventuell ins Autokino ein paar Meilen außerhalb der Stadt, er hätte einen Flachmann mit Gin dabei, der sie beide später wärmen würde. Er würde versuchen, ihr die Hand unter den Rock zu schieben. Und sie würde es womöglich zulassen. Aber am Ende des Abends würde er sie wohlbehalten heimbringen.

Ja, Sir. Nein, Sir. Es ist mir eine Ehre, Ihre Tochter auszuführen, Sir.

Und unter diesen nichtssagenden Floskeln schwang mit, was sie stets darunter brodeln spürte.

Ich würde sie gern wieder ausführen, Sir. Sollen wir das während meiner nächsten Beförderung besprechen?

»Er ist verschossen in die Vorstellung, First Lieutenant zu werden«, sagte Catherine. Sie schnappte sich das zurückgegebene Exemplar von *In einem anderen Land,* das wieder ins Regal musste, und seufzte. »Zu seinem Pech bin ich nicht so blöd, darauf hereinzufallen.«

Später wusste sie nicht mehr, weshalb sie in dem Hemingway geblättert hatte, aber wahrscheinlich lag es zum einen am glubschäugigen Interesse von William McBride und zum anderen an dem ordentlich zusammengelegten Taschentuch, das sie in ihren liebsten Spitztüten-BH gesteckt hatte. Ihre Mutter hat das Stoffstück dreimal waschen müssen, bis die Blutflecken verschwunden waren – schließlich wollte Catherine es ihrem Fahrradretter in tadellosem Zustand zurückgeben. Nachdem der erste Schreck über den Unfall verflogen war und sie sich in der Bibliothek beruhigt hatte, wurde ihr klar, wie unfreundlich sie zu dem armen Kerl gewesen war. Die Rückgabe des Taschentuchs war zweitrangig, wichtig war, dass sie sich bei ihm entschuldigte.

Es war eine Woche vergangen, ohne dass sie ihm begegnet war. Dann eine zweite. Mittlerweile war es die dritte Woche. Ohne die hellrosafarbenen Narben auf ihren Handflächen hätte sie eventuell geglaubt, sie hätte sich das Ganze nur eingebildet.

»Ich hatte recht«, sagte sie leise, nachdem ihr Blick an dem gesuchten Zitat hängenblieb. »Es ist von Hemingway.«

»Was ist von Hemingway?« Lonnie tauchte auf und las über Catherines Schulter mit. Der zarte Lavendelduft der jungen Frau kitzelte sie in der Nase; das Parfum gestern hatte überwältigend nach Orangenschale gerochen. Offenbar hatte Lonnie Ambitionen, Avon-Produkte zu verkaufen, und befand sich in der Testphase. »Warum hat jemand *Ihr Blut gerinnt vorbildlich* unterstrichen? Und was steht da am Rand?«

Beim Anblick der Botschaft machte Catherines Herz einen kleinen Hüpfer. Die Handschrift war krakelig, aber sie konnte dennoch jedes Wort entziffern.

Ich wollte Dich nicht erschrecken. Hoffentlich hast Du keinen bleibenden Schaden davongetragen.

»Oho«, sagte Lonnie. »Lass das bloß nicht Mrs. Peters sehen. Einmal hat ein Kind in *Wilbur und Charlotte* seine Schreibübungen gemacht und sie hat uns den Übeltäter ausfindig machen lassen. Seine Mutter musste das Buch ersetzen.«

Auf der Suche nach einer zweiten Nachricht blätterte Catherine einige Seiten weiter, aber vergebens. Nur diese beiden Sätze, die ins Nichts geschickt worden waren – zwei Sätze, die allein für sie bestimmt waren.

»Weißt du, was das bedeuten soll?«, fragte Lonnie. »Diese Botschaft?«

»Komischerweise ja.« Catherine zog die gelbe Ausleihkarte heraus, die im vorderen Buchdeckel steckte. »Dieses Buch wurde als letztes von einem Jasper Holmes ausgeliehen. Weißt du, wer das ist?«

Lonnies Augenbrauen zuckten in die Höhe. »Jasper? Klar. Den kennt jeder. Er arbeitet für Neilson Logging.«

»Ein jüngerer Mann?«, hakte Catherine nach. »Hochgewachsen und gelenkig, etwas ungeschliffen?«

»Etwas?« Lonnie schüttelte lachend den Kopf. »Jasper Holmes sieht aus wie ein Trapper aus dem 19. Jahrhundert, der versehentlich mit einer Zeitmaschine zu uns befördert wurde. Meine Großeltern sagen, früher wimmelte es in der Stadt nur so von Pelzjägern.«

Anhand Lonnies Beschreibung war sich Catherine ziemlich sicher, dass Jasper Holmes ihr Fahrradretter war. Unklar war allerdings, warum er ihr eine Botschaft hinterlassen hatte. Hatte er gemerkt, dass sie das Zitat erkannt hatte? Und die Neugier sie letztlich dazu bringen würde, es nachzuschlagen?

»Moment. Meinst du, *er* hat die Anmerkung geschrieben?«, fragte Lonnie. »Denn ehrlich gesagt, ich habe ihn nie als großen Schreiber eingeschätzt. Oder Leser. Im Reservat gibt's viele wie ihn. Die wollen sich irgendwo im Wald verstecken, einzig in Gesellschaft ihrer Menschenfeindlichkeit und einiger Angelruten.«

»Kannst du dich erinnern, dass an dem Tag, als ich mich beworben habe, meine Hände völlig aufgeschürft waren?«, wollte Catherine wissen.

Lonnie nickte, die Augen gespannt geweitet, als Catherine das Taschentuch herauszog.

»Jemand hat mit seinem Auto mein Fahrrad gestreift und er kam mir zur Hilfe. Er gab mir das, damit ich die Blutung stillen konnte, zitierte diesen Satz und verschwand.«

»Er hat dir ein Kompliment über deine Blutgerinnung gemacht?« Lonnie schüttelte sich vor Lachen. »Meine Zweifel sind beseitigt. Das hört sich genau nach Jasper Holmes an. Die meisten Kinder hier rennen auf die andere Straßenseite, wenn sie ihn kommen sehen. Sie halten ihn für eine Mischung aus Yeti, bösem Wolf und Jack the Ripper. Er ist nicht gerade für seinen Charme bekannt.«

»Armer Kerl«, murmelte Catherine. »Zu mir war er recht nett.«

Lonnie ließ ihren Blick ostentativ über den Körper der Kollegin wandern. Den Catherine prompt richtig interpretierte, denn sie trug wieder einmal eines der abgelegten Kleider ihrer Mutter und ihre Silhouette entsprach daher ganz der von der Werbung diktierten Weiblichkeit. Röte überzog ihre Wangen.

»So war das nicht«, protestierte sie. »Jeder, der den Unfall gesehen hätte, hätte so reagiert. Mein Fahrrad war völlig verbogen.«

Lonnie grinste. »Und ich wette, er hat es geradegebogen.« Sie spürte wohl Catherines wachsendes Unbehagen, denn sie hörte auf zu grinsen und deutete mit dem Kopf auf das Buch in den Händen der Kollegin. »Antwortest du ihm?«

Catherine biss sich auf die Unterlippe. »Soll ich?«

»Warum nicht? Was kann schon Schlimmes passieren?«

In diesem Augenblick kam Mrs. Peters vorbei, die Stirn gerunzelt. Sie war eine kleine Frau – körperlich und geistig –, ihr Gesicht war streng und ihre Knopfaugen wurden von einer Brille vergrößert, deren Gläser so dick waren, dass sie es locker mit dem Boden einer Cola-Flasche aufnehmen konnten. Sie schätzte Despotismus und Dekorum gleichermaßen, und hätte sie Catherine nicht den Aushilfsjob gegeben, ohne Referenzen zu fordern, hätte die junge Frau sie unerträglich gefunden.

»Plaudern Sie auf Ihre eigenen Kosten, meine Damen, nicht auf die der Bibliothek«, tadelte sie in säuselndem Tonfall, der allerdings keine der beiden täuschte, und schob einen ihrer Lieblingssprüche hinterher. »Faul herumstehen ist fatal, sortiere lieber ein Regal.«

»Tut uns leid, Mrs. Peters«, sagte Lonnie und ihre Augen funkelten schelmisch. »Wir haben uns gerade darüber unterhalten, ob es sich für William McBride ziemt, dass er seine gesamte Freizeit damit verbringt, sich hier herumzudrücken und den Bibliothekarinnen hinterherzupfeifen.«

»Lonnie!« Catherine schnappte nach Luft, doch Mrs. Peters wuchs vor Empörung über sich hinaus, wobei sie anderthalb Zentimeter an Körpergröße gewann. Man konnte praktisch ihr Mieder knacken hören.

»Belästigt er euch etwa, Mädchen?«

»Du meine Güte, ich möchte nicht, dass er Ärger bekommt«, erklärte Lonnie. »Aber ich fühle mich sehr unbehaglich, weil ich weiß, dass er uns ständig beobachtet. Ich vergesse dabei fast das Alphabet.«

»Ich nehme mich seiner sofort an«, verkündete Mrs. Peters mit pompöser Selbstherrlichkeit. »Diese jungen Männer müssen begreifen, dass meine Bibliothek keine Veranstaltung der Truppenbetreuung ist, bei der sie sich hemmungslos aufführen dürfen. Unsere Einrichtung steht für Bildung, nicht für Unzucht.«

Sowohl Lonnie als auch Catherine konnten daraufhin ein prustendes Gelächter gerade noch unterdrücken. Rasch entfernten sie sich, damit sie das Schauspiel nicht miterleben mussten, wie Mrs. Peters den jungen Lieutenant förmlich pulverisierte.

»Jetzt schuldest du mir was«, sagte Lonnie, während sie hinter dem Ausgabeschalter herumkramte. Sie reichte Catherine einen Stift und deutete auf das fragliche Exemplar von *In einem anderen Land.* »Schreib ihm was Nettes. Einfach nur um zu sehen, was passiert.«

»Entweder ertappt Mrs. Peters mich dabei und schmeißt

mich raus oder dieses Buch steht wochenlang im Regal, ehe irgendein Nutzer es sich ausleiht – das passiert.«

»Wenn das alles ist?«, konterte Lonnie fröhlich. Sie stützte das Kinn in die Hand und wartete. »Du beeilst dich lieber. Faul herumstehen ist fatal, sortiere lieber ein Regal.«

Catherine knabberte kurz am Ende des Füllers, ehe sie die Spitze aufs Blatt setzte.

Ich werde es überleben, was auf die arme C in diesem Buch nicht zutrifft. Mir wird sich nie erschließen, weshalb sämtliche große Literaten unbedingt ihre weiblichen Figuren umbringen müssen, damit ein Mann erlöst wird.

»Oho, das gefällt mir.« Lonnie nickte zustimmend, während Catherine leicht über die Seite pustete, damit die Tinte schneller trocknete. »Verspielt und dennoch intelligent. Darüber wird er sich wochenlang den Kopf zerbrechen.«

Catherine war leicht alarmiert; sie klappte das Buch zu und legte es auf den Bücherwagen, damit es ins Regal zurückgestellt werden konnte. »Er soll sich aber nicht den Kopf zerbrechen. Ich möchte bloß ...« Sie stockte, weil sie nicht sicher war, was sie eigentlich bezweckte. Eine Unterhaltung in Gang bringen? Flirten?

Lonnie kam allen Versuchen Catherines, sich einen Reim auf ihr eigenes Verhalten zu machen, mit einem Lachen zuvor. »... tiefgründige literarische Analysen mit einem hiesigen Holzfäller austauschen, der kaum einen Satz herausbringt und dessen Stirnrunzeln die Milch sauer werden lässt?« Sie tippte sich an den rechten Nasenflügel. »Keine Sorge, Catherine. Dein Geheimnis ist bei mir sicher. Und bis dahin …« Beide warfen einen Seitenblick auf Mrs. Peters, die William McBride zur Tür der Bibliothek eskortierte. Die ältliche Bibliothekarin hatte den Kopf stolz in den Nacken geworfen, als führte sie einen Gefangenen in die Todeszelle.

»Bis dahin kannst du gelegentlich eine Botschaft in ein Buch über ägyptische Sonnengöttinnen kritzeln«, sagte Lonnie immer noch mit einem Lachen auf den Lippen. »Durchaus spannend, wer dir zuerst zurückschreibt.«

8

Chloe

»Du behältst das Handy immer in Reichweite, verstanden?« Ich gab Noodle mein Mobiltelefon, in dem sämtliche Nummern gespeichert waren, die ein Zwölfjähriger mit gebrochenem Schienbein und übel geprellten Rippen möglicherweise benötigte, wenn er tagsüber allein zu Hause festsaß.

Selbstverständlich die der Bibliothek. Die unseres Hausarztes. Die der netten Dr. Underhill von gestern. Die der hiesigen Pizzeria, die versprochen hatte, auf Kredit zu liefern.

Und nach langem, qualvollem Nachdenken die Nummer aus meinem Geldbeutel.

»Diese letzte Nummer rufst du nur an, falls die gesamte Welt um dich herum in Flammen aufgeht«, schärfte ich ihm ein. Noodle nickte feierlich und stopfte sich das Handy in die Hosentasche. »Und das meine ich ernst. Nur im alleräußersten Notfall – einer Apokalypse, bei der sich Theo und Trixie in Zombies verwandeln, ich mich in der Bibliothek verschanzt habe, um die zweite Welle der Untoten aufzuhalten, und Gummy Bear Schaum vor dem Mund hat.« Nach kurzem Zögern setzte ich hinzu: »Und selbst dann erwarte nicht, dass sie beim ersten Klingeln abhebt.«

»Oder überhaupt abhebt«, sagte Trixie, die in ihre Schuhe schlüpfte und sich ihren Rucksack über die Schulter schwang. Ich hatte sie im Voraus über die Telefonnummer informiert, die ich gefunden hatte – gestand sozusagen mein Verbrechen –, aber sie hatte ganz anders reagiert als erwartet. Ich hatte damit gerechnet, dass sie stocksauer auf mich sein würde, weil ich ihr die Kontaktdaten unserer Mutter so lange verschwiegen hatte, aber vorläufig war sie nur wütend, weil ich sie entdeckt hatte.

Sorgfältig vermied sie meinen Blick. »Sorry, Chloe, aber ich verwette die fünf Dollar Essensgeld für die Schulcafeteria, die ich noch übrig habe, dass das nicht mal Moms Nummer ist. Wahrscheinlich gehört sie einer automatisierten staatlichen Umfrage oder so einem Laden, der einem für drei Dollar neunundneunzig eine Minute lang Wissenswertes über Faultiere erzählt.«

»Faultiere können sich mit ihren Fingern so fest an einen Ast klammern, dass sie manchmal sogar noch dranhängen, wenn sie gestorben sind«, äußerte sich Theo, ohne von seiner riesigen Schüssel mit Billig-Cheerios hochzusehen.

Noodle zuckte zusammen, als er es sich auf dem Sofa bequemer machte, auf das ich ihn mit ungefähr zwölf Kissen und genügend Graphic Novels aus der Bibliothek gepackt hatte, um ihm einen ganzen Monat lang Ablenkung zu bieten. Besonders angetan war er von *Nightwave*, einer blutrünstigen, aber erstaunlich humorvollen Serie, die fast ständig ausgeliehen war.

»Mach dir keine Sorgen, Chloe«, sagte Noodle mit gequältem Lächeln. »Ich komm klar.«

Theo schaufelte sich einen weiteren Löffel mit durchweichten No-Name-Cheerios in den Mund. »Faultier kacken bloß einmal in der Woche, aber dann einen Riesenhaufen, der ein Drittel ihres Körpergewichts beträgt.«

»Gib Noodle lieber die Nummer vom Weißen Haus«, riet

Trixie. Sie vermied immer noch meinen Blick und klang so bitter, dass sich mein Herz verkrampfte. »Oder sogar lieber ein Handy ohne Akku. Sie würde eher auf eine tote Brieftaube reagieren als auf eines ihrer Kinder, das um Hilfe ruft.«

»Das älteste Faultier der Welt lebt in einem deutschen Zoo«, verkündete Theo und schlürfte die Milch aus seiner Schüssel. »Er heißt Jan und ist über fünfzig Jahre alt.«

Ich schloss die Augen und ging vor wie jeden Morgen, wenn ich mühsam meine Herde durch die Tür hinaus in die Welt bugsierte: immer ein Problem nach dem anderen. Manchmal ging ich in der Reihenfolge des Alters vor. Manchmal entschied ich mich für die gute alte Bibliothekarsmethode, die alphabetische Reihenfolge.

Heute arbeitete ich mich vom kleinsten Problem aufwärts.

»Theo, ich hoffe für dich, dass es sich um Fakten handelt, die du aus dem Internet hast und nicht um das Ergebnis einer Faultier-Hotline, die mich nächsten Monat mit einer Hundert-Dollar-Rechnung beglückt.«

Kichernd warf Theo sein Frühstücksgeschirr ins Spülbecken. »Das erfährst du erst nächsten Monat, oder?«

Das »Oder« signalisierte, dass es sich um eine rhetorische Frage handelte, zumindest hoffte ich das und widmete mich der nächsten Aufgabe. »Du kannst mich so oft anrufen, wie du möchtest«, ich drückte Noodle einen Kuss auf die Stirn. »Du musst dich nicht zurückhalten, weil ich bei der Arbeit bin. Gunderson wird zwar nicht begeistert sein, aber er wird es verstehen. Wenn du was brauchst, irgendwas – ich kann alles stehen- und liegenlassen und zu dir flitzen.«

Noodle nickte feierlich. »Mach ich. Versprochen.«

Ich holte tief Luft und wandte mich Trixie zu. Sie war schon fast zur Tür hinaus, blieb aber kurz stehen und hob die Hand. »Sag nichts. Ich musste nur Dampf ablassen. Ich hab's nicht so gemeint.«

»Trix«, sagte ich.

»Ich hab jetzt keinen Nerv für dieses Gespräch. Wir sind sowieso schon spät dran. Wenn ich zu viele Einträge wegen Zuspätkommens kriege, werfen sie mich aus dem Debattierteam.«

»Sie hat in einer schwierigen Situation ihr Bestes gegeben«, sagte ich und war diesmal nicht gewillt, meine Schwester davonkommen zu lassen. Ausnahmsweise waren wir nämlich zu früh dran. Das Adrenalin, das seit gestern unausgesetzt in mir herumrauschte, wirkte sich wie ein Wundermittel auf mein Zeitmanagement aus. »Mir ist bewusst, dass du ihr nicht verziehen hast, was ich auch gar nicht von dir verlange, aber –«

Trixie drehte sich in der für sie typischen Weise blitzschnell um und war auf hundertachtzig. »Ich werde ihr nie verzeihen. Nicht in einer Million Jahre. Auch nicht, wenn sie hier mit einer Million Dollar auf der Türschwelle steht.«

Das Engegefühl in meiner Brust verstärkte sich. Ich war selbst weit davon entfernt, unserer Mutter zu verzeihen, aber es war schon länger her, dass mich der lodernde Zorn, an dem Trixie sich festklammerte, erfüllt hatte. So war das, wenn man Verantwortung trug. Alles, wofür ich noch vor ein paar Jahren gebrannt hatte – Gerechtigkeit, die absolute Gewissheit, dass es richtig und falsch gibt, den Wunsch, hinaus in die Welt zu ziehen und meine Träume zu verwirklichen, die mich in eine strahlende, grandiose Zukunft führen würden –, war mittlerweile schal geworden und hatte seinen Glanz verloren, eine bittere Erfahrung. Ich war vor der Zeit gealtert und nicht auf die amüsante Art, wie es bei manchen Frauen der Fall war, die sich in exzentrische Tanten verwandelten, die nebenher im Geheimen vielleicht auch als Hexen tätig waren. An den meisten Tagen bestand mein größter Wunsch in einem Nickerchen zur Mittagsstunde.

»Du kannst nicht ewig an deiner Wut festhalten«, sagte ich.

»Wart's ab«, fauchte meine Schwester.

Ich gab auf. Aus den wenigen Gesprächen über dieses Thema, die ich mit Trixie im Laufe der Jahre geführt hatte, wusste ich, dass sie alles in ihrer Macht Stehende getan hatte, um nach Moms Weggang den Haushalt am Laufen zu halten. Bereits mit elf Jahren hatte sie erkannt, dass man das System am besten austrickste, indem man so tat, als wäre alles in Ordnung. Solange die Kinder rechtzeitig in der Schule erschienen, halbwegs anständig gewaschen und satt, würde sich der Staat nicht einmischen. Über eine Woche lang hatte sie den Schein aufrechterhalten – den Jungs an Essen vorgesetzt, was sie auftreiben konnte, sie zur Bushaltestelle gebracht, dafür gesorgt, dass sie wie glückliche, gesunde Kinder wirkten, deren Mutter zu Hause einfach nur den Rausch ausschlief, den sie sich am Vorabend in einer Bar angetrunken hatte. Mir war unklar, wie sie das so lange durchgehalten hatte, aber vermutlich lag das an der grenzenlosen Gewissheit, die ihr gesamtes Tun kennzeichnete.

»Du solltest diese dämliche Telefonnummer wegwerfen«, maulte sie. »Wir kommen gut ohne sie zurecht.«

»Stimmt absolut«, pflichtete ich ihr ausdruckslos bei. Die Lüge ging mir glatt von der Zunge. »Aber es ist gut, einen Plan B zu haben. Egal, was passiert, sie ist immer noch unsere Mutter.«

Trixies höhnischer Blick sprach Bände, aber ich tat so, als hörte ich ihn nicht, sondern schob stattdessen sie und Theo durch die Tür. Die Situation war alles andere als ideal, aber als das Schloss einrastete, verbot ich mir jeden weiteren Gedanken darüber, wie still es im Haus war oder wie sich Noodle mit energisch zusammengepresstem Mund gegen alles wappnete: den Schmerz, die Langeweile, die Einsamkeit des langen Tages, der vor ihm lag.

Und über allem schwebte die Erkenntnis, dass keiner von uns etwas an der Situation ändern konnte.

—

Gunderson erbarmte sich meiner und teilte mich an diesem Tag für den Regaldienst ein. Es war die Rede davon gewesen, mich einige Monate an das Grünflächenamt auszuleihen, dessen Hausmeisterriege unterbesetzt war, denn da mein Gehalt vom Staat gezahlt wurde, war ich der Gnade aller städtischen Ämter ausgeliefert, die Arbeitskräfte benötigten, aber er musste gespürt haben, dass ich am Ende meiner Kräfte war.

Die Bibliothek mit ihrer gedämpften Atmosphäre, ruhigen Effizienz und den penibel und nach System aufgereihten Büchern war die einzige Ordnung, die es derzeit in meinem Leben gab. Klar, ich hatte alle fünfzehn Minuten die Toiletten zu kontrollieren, ob die Kinder nicht dem aktuellen TikTok-Trend frönten und die Sitze mit Klarsichtfolie abdeckten, und ja, ich war diejenige, die immer ans Telefon gehen und wütenden Nutzern und Nutzerinnern zuhören musste, die sich über Strafgebühren beschwerten, aber ich wusste die Geste trotzdem zu schätzen. Gunderson nahm es mir nicht einmal übel, dass Noodle das Betreuungsangebot seiner Frau abgelehnt hatte.

Ich schob meinen Bücherwagen durch die Sachbuchreihen und entdeckte stöhnend, dass jemand sämtliche dystopische Belletristik bei Zeitgeschichte eingeordnet hatte.

»Beim ersten Mal war's ja noch ganz witzig«, murrte ich leise und zog den *Report der Magd* heraus und steckte ihn auf dem Wagen neben *1984, Battle Royale* und *Die Parabel vom Sämann.* Immerhin hatte, wer hinter diesem Streich steckte, einen guten Geschmack. »Die Leute müssen sich dringend was Besseres einfallen lassen, wenn sie sich in hier in dieser Stadt gesellschaftlich engagieren wollen.«

»Psst.«

Ein sehr ostentatives, sehr indiskretes Flüstern überfiel mich von hinten.

»Psst«, erklang es wieder. »Kommen Sie her, ich muss Ihnen etwas zeigen, es handelt sich um einen Bibliotheksnotfall«, sagte eine leise Männerstimme.

Ich drehte mich absichtlich nicht um.

»Tut mir leid, Freundchen, aber das funktioniert bei jeder Bibliothekarin genau einmal. Dann ist sie klug geworden und ruft den Sicherheitsdienst.« Ich deutete auf die schwarze Halbkugel, die sich in der perforierten Deckenplatte über mir befand. »Und Sie stecken ihn lieber weg, bevor Sie von der Kamera erwischt werden. Solche öffentlichen Bloßstellungen vergisst das Internet nicht.«

Statt Geräusche hastigen Rückzugs hörte ich den Mann lachen.

»So ein Bibliotheksnotfall ist das nicht«, sagte er amüsiert und es klang, als schwänge in seiner Stimme stets Belustigung mit. »Und versuchen Männer das echt mit dieser Methode? Es gibt doch bestimmte kreativere Arten, vor einer ahnungslosen Frau, die einfach nur ihre Arbeit tut, blank zu ziehen.«

Nach diesem Kommentar konnte ich mich wohl bedenkenlos umdrehen. Zu meiner Überraschung blickte ich in das Gesicht von Noodles Retter – dem berühmten Zach vom Survival-Ausbildungszentrum, der erneut aussah und roch, als hätte er die Nacht auf einem Bett aus Kiefernnadeln verbracht, obwohl er zugegebenermaßen an diesem Tag weitaus weniger verdreckt war.

»So was kommt öfter vor, als du glaubst«, sagte ich, noch ehe ich mir auf die Zunge beißen konnte. »Der erste Pornoregisseur, der das Genre der sexy Bibliothekarin erfand, hat gemeinnützige Arbeit auf ewig ruiniert.«

Ein Lächeln erhellte sein Gesicht. Das besonders attraktiv war, weil er dazu mit seinen langen, dunklen Wimpern klimperte und sich lässig gegen ein Buchregal lehnte. Eine Bewegung, die derart nonchalant und cool war, dass sie einstudiert sein musste.

»Ich finde nicht, dass du den Pornoregisseuren die gesamte Schuld geben kannst«, sagte er und klimperte immer noch mit den Wimpern. »Du bist sehr niedlich, wenn du zwischen den Regalen der Bibliothek vor dich hinmurmelst.«

Jetzt war es eindeutig: Er provozierte mich absichtlich. An diesem Morgen war ich mit den Gedanken woanders gewesen und hatte mir das erste saubere Kleidungsstück übergeworfen, das mir in die Hände fiel. Das Stufenkleid aus Leinen saß eher wie ein Kartoffelsack, nicht wie ein maßgeschneidertes Etuikleid und mein Haar hatte ich hastig zusammengezwirbelt. Ich sah aus wie eine Vogelscheuche, eine ziemlich mitgenommene obendrein.

Ich funkelte ihn an. »Kann ich dir irgendwie helfen?«

»Kannst du tatsächlich.« Weder mein Tonfall noch mein grimmiger Gesichtsausdruck brachten ihn auch nur im Geringsten aus dem Konzept. Er holte aus dem Rucksack, den er sich lässig über eine Schulter gehängt hatte, ein Buch. »Ich möchte das hier zurückgeben, wollte aber unbedingt darauf hinweisen, dass ich nicht derjenige war, der es verunstaltet hat. Die Anmerkungen waren bereits drin.«

Ich wusste sofort, wovon er sprach.

Von Jasper Holmes und der geheimnisvollen C. Dem Hemingway-Titel, den wir im Regal nicht gefunden hatten.

»Ist es *In einem anderen Land* oder *Die Sturmfluten des Frühlings?*«, fragte ich, griff gierig nach dem Buch und gab damit zu viel preis. Zach brachte das Buch außerhalb meiner Reichweite und schnalzte mit der Zunge.

»Nicht so hastig. Zuerst will ich was von dir.«

Da dies von einem weiteren viel zu attraktiven, viel zu offensichtlichen Lächeln begleitet wurde, ließ ich die Hand sinken.

»Wenn es nicht darum geht, wo die Nachschlagewerke stehen, oder um meine Meinung, wie sie die Bücher auswählen, die auf die Bestsellerliste der *New York Times* kommen, kann ich dir wahrscheinlich nicht helfen«, sagte ich kalt.

Das Eis in meiner Stimme brachte ihn nicht aus der Fassung. »Ich weiß, wo die Nachschlagewerke stehen, und ich würde zwar liebend gern deine Meinung zu vielem hören, aber darauf wollte ich nicht hinaus«, entgegnete er. Amüsierte Fältchen umspielten seine Augenwinkel. »Ich hatte gehofft, dass du mir sagen kannst, wie es dem Kleinen geht. Gestern hat er sich bemüht, tapfer zu sein, aber ich konnte sehen, dass er verstört war.«

»Noodle?«, fragte ich ausdruckslos.

»Ich weiß, es geht mich nichts an, aber seltsamerweise fühle ich mich Kindern, die ich aus großer Not rette, emotional verbunden. Eines meiner Mankos.« Die Augenfältchen vertieften sich. »Tja, das und meine Schwäche für hübsche Bibliothekarinnen, aber jeder hat so seine Defizite.«

Er hatte sehr aufrichtig geklungen, als er sich nach Noodle erkundigte, daher sah ich einigermaßen bereitwillig über den Rest hinweg. Ich antwortete ehrlicher, als ich es sonst getan hätte.

»Er gibt sich sehr tapfer, aber ich musste ihn heute allein zu Hause lassen. Körperlich wird er das Ganze wohl gut verkraften, aber seelisch ...« Ich verstummte. Je weniger über seinen seelischen Zustand gesagt wurde, desto besser. Zumindest solange ich bei der Arbeit war. »Sagen wir mal so, bisher ist er in der Schule noch nie in eine Schlägerei verwickelt gewesen. Und auch sonst nicht. Er ist der liebste, friedfertigste Mensch, den ich kenne. Er nimmt es echt schwer.«

Zachs Nicken war so freundlich und besorgt, dass ich noch mehr ins Trudeln kam.

»Er hat dir gegenüber nicht angedeutet, was gestern in der Schule passiert ist?«, fragte ich. »Ich habe mit der Direktorin gesprochen, aber sie weiß auch nicht mehr als ich. Nur dass Noodle ausgerastet ist, auf der Toilette einem Jungen eine verpasst und sich umgehend gestellt hat.«

Sie hatte auch gesagt, der andere Junge habe keine Beschwerde einlegen wollen und hätte Noodle die Sache einfach nicht erwähnt, wäre das Ganze folgenlos geblieben, aber diesen Teil der Geschichte zu erzählen, ersparte ich mir. Es ging über meine Kräfte, Noodles starken moralischen Kompass und seine enorme Abneigung gegen Gewalt zu schildern, selbst einem offenbar so verständnisvollen Mann wie diesem.

»Tut mir leid«, Zach hob bedauernd eine Schulter. »Ich habe ihn nicht nach den Einzelheiten befragt. Meiner Erfahrung nach hat jeder, der auf der Flucht vor etwas, was er getan hat, in den Wald rennt, einen guten Grund.«

Angesichts dieser Argumentation zuckte ich leicht zusammen. »Selbst wenn derjenige erst zwölf ist? Und so durcheinander, dass er deshalb in eine Schlucht stürzt?«

»Dein Bruder ist zäher, als er aussieht. Es braucht mit Sicherheit mehr als einen Sturz, um ihn kleinzukriegen.« Er sah mich mit schiefgelegtem Kopf ein wenig befremdet an. »Bei dir auch, wenn ich es mir recht überlege.«

»Aber du kennst mich doch überhaupt nicht«, begehrte ich auf. Allmählich brachte mich seine entspannte Selbstsicherheit gehörig durcheinander. »Ich könnte genauso gut vom Leben schon gebrochen sein.«

»*Wenn Menschen dieser Welt mit so viel Mut begegnen, muss die Welt sie töten, um sie zu brechen, und natürlich tut sie das und tötet sie*«, sagte er getragen, als gäbe er ein Zitat von sich. Eine Sekunde später begriff ich, dass ich mit dieser Vermutung richtiggelegen hatte, denn er fuhr fort: »*Die Welt bricht jeden, und viele sind nachher stark an den gebrochenen Stellen.*«

»*In einem anderen Land*«, sagte ich und atmete tief durch. »Ich hätte es mir denken können.«

Grinsend gab er mir das Buch, das er bisher außerhalb meiner Reichweite gehalten hatte. »Normalerweise lerne ich keine Buchpassagen auswendig, aber das war das, was ich angedeutet hatte. Jemand hat etliche Marginalien hinterlassen und dies war eine der angestrichenen Stellen.«

In dem Augenblick, als er mir das blaue Buch überreichte, spürte ich ein elektrisches Kribbeln. Nicht – wie Lonnie, Pepper und ihre umfangreiche Nackenbeißersammlung behaupten würden – weil Zachs Finger zart meine streiften, sondern weil ich wusste, was ich beim Aufschlagen des Buchdeckels finden würde. Die Ausgabe war definitiv alt genug, um Teil meiner wachsenden Jasper-Holmes-Sammlung zu sein: der verblichene Leineneinband und die eingeprägten Goldbuchstaben stammten aus einer anderen Zeit.

»Hast du das ganze Buch gelesen?« Ich schlug die Seiten um und hielt inne, als ich das Ende des neunten Kapitels erreichte. Neben der Zeile über die Blutgerinnung entdeckte ich die Handschriften, die mir mittlerweile fast so vertraut waren wie meine eigene.

Ich wollte Dich nicht erschrecken. Hoffentlich hast Du keinen bleibenden Schaden davongetragen.

Ich werde es überleben, was auf die arme C in diesem Buch nicht zutrifft. Mir wird sich nie erschließen, weshalb sämtliche große Literaten unbedingt ihre weiblichen Figuren umbringen müssen, damit ein Mann erlöst wird.

Weil ihr uns Angst einjagt.

Ich habe in meinem ganzen Leben noch niemandem Angst eingejagt.

Das stimmt nicht. Mir jagst Du Angst ein.

Bist Du deshalb wortlos weggerannt, als ich Dich gestern im Drugstore sah?

»Du wirkst nicht überrascht«, sagte Zach, der mich beobachtete, wie ich begierig die Botschaften las. »Kennst du die beiden?«

»Ich lerne sie gerade kennen«, ich fuhr mit der Spitze meines Zeigefingers über die Worte. Die Stelle über »die arme C. in diesem Buch« stach besonders hervor. Jaspers Schrift auf dem Scheck hatte mir bereits bestätigt, dass das kaum lesbare Gekritzel von ihm stammte. Aber die andere Handschrift, die schöne Handschrift, erzählte eine detailliertere Geschichte. Vor allem, dass C, die Hauptfigur Catherine aus *In einem anderen Land*, nicht die einzige C war, um die es ging. Für mich hörte es sich vielmehr so an, als trügen die beiden den gleichen Namen.

Catherine und Jasper. Jasper und Catherine.

»Die Stelle, die du gerade zitiert hast«, fing ich hastig an, »über Menschen, die gebrochen werden – auf welcher Seite finde ich die?«

»Weiß ich nicht mehr«, antwortete er. »Irgendwo gegen Ende. Warum?«

Ich wollte mich dringend mit meinem Schatz in ein Hinterzimmer verkriechen und in Ruhe jede einzelne Zeile studieren, aber ich spürte, dass Zach ein wacheres Auge auf mich hatte, als mir lieb war.

»Besten Dank, dass du mich darauf aufmerksam gemacht hast«, sagte ich mit meiner sprödesten Bibliothekarinnenstimme. »Die Beschädigung von Bibliotheksbüchern, selbst von welchen, die so alt sind wie dieses, wird aufs Äußerste missbilligt.«

Da es mir seltsam vorkam, dass dieses Ausmaß der Beschädigung über die sechzig Jahre, seit denen das Buch hier im Regal stand, unbemerkt geblieben war, schlug ich den Deckel auf und suchte nach dem Barcode. Er war zwar vorhanden, aber die Ränder hatten sich gelöst – Gunderson hätte dieser Anblick zu einem stundenlangen Vortrag über die Einhaltung von Qualitätsstandards animiert.

»Moment«, sagte ich misstrauisch. »Du hast einen uralten Hemingway aus dieser Bibliothek ausgeliehen?«

Er zuckte mit den Schultern. »Unter dem Sternenhimmel kann einem die Nacht ziemlich lang werden. Lesen ist ein guter Zeitvertreib.«

»Und das Buch stand ganz normal in einem Regal?«, hakte ich nach und unterdrückte die Vorstellung, wie dieser Mann auf seinem improvisierten Bett aus Blättern und Zweigen lag und im Licht des Vollmonds Hemingway las. Ich war keine Frau, die zu romantischer Gefühlsduselei neigte – wann hätte ich die Zeit dazu haben sollen –, aber die Vorstellung wühlte mich doch auf. Pepper hatte in diese Punkt definitiv recht gehabt. »Nicht hinter einem rostigen Siphon oder Ähnlichem versteckt?«

»Wie würdest du reagieren, wenn ich sage, dass es mir von einer guten Fee geschenkt wurde, die das Geheimnis wahrer Liebe kennt?«, fragte er und um seine Mundwinkel zuckte ein Lächeln.

Ich hingegen zog meine Mundwinkel nach unten. »Lautstark verkünden, dass ich dir kein Wort glaube.«

»Na schön.« Er stieß einen gespielten Seufzer aus. »Dann habe ich das Buch an einem ganz normalen Tag in einem ganz normalen Regal gefunden. Du bist eine Spielverderberin.«

Ich würdigte ihn keiner Antwort, mein erster Fehler. Der zweite bestand darin, wie ich bald feststellen sollte, dass ich mich von diesem Mann in einer stillen Ecke der Bibliothek hatte abfangen lassen.

»Ich hingegen«, fügte er schelmisch hinzu, »bin ein ziemlicher Spaßvogel. Wenn du am Samstagabend mit mir ausgehst, zeige ich dir das gern.«

Ein Hüsteln unterbrach unsere Unterhaltung, ehe ich antworten konnte. Was aus mehreren Gründen gut war, von denen die meisten damit zu tun hatten, wie schnell und vehement mir ein Nein über die Lippen hatte kommen wollen. Ein Date kam für mich so wenig in Frage, wie meine Familie für einen Wochenendausflug nach Disneyland zusammenzupacken. Vor allem keins mit einem Typen wie diesem, der wahrscheinlich jede nur halbwegs ansehnliche Frau, der er in unserem hinterwäldlerischen Städtchen über den Weg lief, zum Rendezvous bat. Aber er hatte meinem Bruder das Leben gerettet und mir dieses Buch gebracht, deshalb sollte ich ihn wohl besser langsam und freundlich abblitzen lassen. Zumindest konnte ich ihm einen Blick in mein superchaotisches Leben gönnen, damit er begriff, dass er mich nicht einmal mit der Beißzange anfassen sollte.

»Ich unterbreche diese offenbar wichtige literarische Diskussion nur ungern, aber du musst Daisy an der Auskunft vertreten, sie hat jetzt Pause«, sagte Gunderson. Er richtete seinen strengsten Blick auf Zach, aber das hätte er sich sparen können. Auch hiervon blieb der Mann aus den Bergen gewohnt unbeeindruckt. »Kann ich Ihnen vielleicht behilflich sein, junger Mann?«

»Das können Sie tatsächlich«, sagte Zach, ohne mit der Wimper zu zucken. Was genau genommen nicht stimmte, denn er blinzelte mir zu, allerdings in einem Moment, in dem Gunderson nicht hinsah. »Ich arbeite im Survival-Zentrum drüben und ich wollte für die Männer und Frauen, die unsere Ausbildung durchlaufen, eine Leseliste mit Sachbüchern und Romanen zusammenstellen, die mit dem Thema Survival zu tun haben. Shackletons *21 Meilen vom Südpol, Der Marsianer, Herr der Fliegen,* in der Art. Könnten Sie mir einige Titel nennen, die ich möglicherweise noch nicht kenne?«

Keine Ahnung, woher Zach wusste, wie er Gunderson für sich gewinnen konnte, aber es lag vermutlich an seinem Aufreißercharme, der ihm aus allen Poren quoll und offenbar auch bei Männern wirkte. Ich verdrehte die Augen und wandte mich zum Gehen. Meinetwegen konnten sich die beiden gern miteinander amüsieren.

»Ach, und Chloe?«, rief Gunderson mir nach. Besorgt umklammerte ich *In einem anderen Land,* vielleicht wollte er, dass ich das Buch wegwerfen oder noch schlimmer, es für einen Nutzer zurücklegen sollte. Ich war wild entschlossen, meinen Schatz gut wegzupacken, bis ich seine Seiten endlich gründlich unter die Lupe nehmen konnte.

»Ja, Gunderson?«, fragte ich höflich.

»Babs hat für euch einen Auflauf gemacht. Sie meinte, du

hättest schon genug damit zu tun, dich um deinen Bruder zu kümmern.« Er lächelte und ich kam mir wie ein Ekelpaket vor, weil ich ihm gegenüber so oft kleinlich war. »Er steht im Aufenthaltsraum im Kühlschrank. Ich soll dir von ihr ausrichten, dass wir ihm alle die Daumen drücken.«

Ich fühlte mich wie eine Superschurkin, bedankte mich und schob mit meinem Bücherwagen Richtung Nachschlagewerke ab. So sehr konzentrierte ich mich auf meine Aufgabe, dass mir der Zettel, der im Hemingway steckte, erst auffiel, als Zach schon längst weg war.

In einer krakeligen Handschrift, die mich sehr an Jaspers unleserliche Klaue erinnerte, stand da Zachs Name samt einer neunstelligen Telefonnummer. Und darunter:

Ich reagiere auch auf das Bat-Signal, aber sag's nicht weiter. Ich möchte nicht, dass mein Geheimnis aufgedeckt wird.

9

Chloe

Ich kehrte erschöpft, aber seltsam zuversichtlich heim. Nicht nur war für das Abendessen gesorgt, dank eines mit Käse überbackenen Auflaufs, der sowohl köstlich aussah als auch roch, sondern weil das einzige Notruftelefonat, das ich an diesem Tag geführt hatte, mit Theos Schule gewesen war; man erinnerte mich daran, dass jedes Kind laut Gesetz im Klassenzimmer Schuhe anbehalten müsse, auch wenn mein Bruder als naturwissenschaftliches Wort des Tages Onychocryptosis gewählt habe.

Zum Glück für die Schulsekretärin, die mich anrufen musste, und mich, saß ich zu diesem Zeitpunkt am Auskunftsschalter. Es dauerte gerade mal fünf Sekunden, da hatte ich über Google herausgefunden, dass Theo beschlossen hatte, der versammelten Klasse seinen eingewachsenen Zehennagel vorzuführen. Weitere fünf Sekunden später hatte ich mir eine Notiz gemacht, dass ich für ihn einen Termin bei unserem Hausarzt ausmachen musste. Wenn sein Zeh mittlerweile in einem derart schlimmen Zustand war, dass er damit seine Mitschüler erschrecken konnte, war es wohl an der Zeit, die Entzündung einem Fachmann vorzuführen.

Bedauerlicherweise war meine gute Laune dahin, kaum hatte ich den Kombi am üblichen Platz geparkt und das Haus betreten. Trixie und Theo konnten noch nicht daheim sein, dazu war es zu früh, allerdings waren zu meinem Schrecken auch Noodle und Gummy Bear nirgends zu sehen.

»Gummy Bear?«, rief ich immer wieder, während ich durchs Haus lief. Die Wahrscheinlichkeit, dass der Hund darauf reagierte, lag an keinem Tag über fünfzig Prozent, aber ich musste es zumindest versuchen. »Noodle? Wo seid ihr, Jungs?«

Niemand antwortete und je länger ich mich im Haus umsah, desto unwahrscheinlich war es, dass ich einen der beiden finden würde. Weder hatte mein Bruder das Knabberzeug angerührt noch eine Pizza bestellt, wie ich ihm aufgetragen hatte. Die Flasche Wasser war ungeöffnet, die Fernbedienung lag genau dort, wo ich sie morgens hingelegt hatte. Besonders bedrückend war allerdings, dass seine Graphic Novels verschwunden waren.

Es gab nur zwei Dinge, an denen Noodle tatsächlich hing: der *Nightwave*-Serie und diesem sabbernden, massigen Hundenichtsnutz. Wenn er erneut in den Wald flüchten wollte, wären dies genau jene zwei Sachen, die er mitnehmen würde.

Keine Nahrungsmittel. Kein Wasser. Keinen Schlafsack. Nichts, was auch nur im Entferntesten beim Überleben nützlich wäre.

Ich stürzte aus der Tür, mir klopfte das Herz bis zum Hals. Wie weit wohl ein Zwölfjähriger mit einem gerade gebrochenen Bein und einem Paar Leihkrücken kommen konnte? Vor allem, wenn er sechs Stunden Vorsprung hatte? Meine Chancen standen schlecht.

Schlecht war auch, dass die Straße vor unserem Haus sowohl nach rechts als auch nach links verlief, dazwischen zu allem Übel ein Halbdutzend Wanderwege. In Colville war man nirgendwo weiter als einen Steinwurf vom Staatsforst entfernt. Für einen kurzen Moment spielte ich mit dem Gedanken, wieder ins Haus zu stürzen und den Zettel herauszuziehen, der zwischen den Seiten von *In einem anderen Land* steckte. Von allen Menschen auf diesem Erdenrund, die ein vermisstes Kind aufspüren konnten, schien Zach der qualifizierteste Kandidat. Zweifellos könnte er, nachdem er mit der Nase im Erdreich gewühlt und einige Male geschnüffelt hätte, mir genau sagen, wo mein verschwundener Bruder zu finden war.

»Nein«, sagte ich laut und schlang mir die Arme um den Leib, weil ich einerseits verhindern wollte, dass mir die Magensäure hochstieg, und andererseits weil ich fror. Mittlerweile sanken die Herbsttemperaturen täglich. »Das geht nicht, ausgeschlossen. Bestimmt kann ich ihn auch allein finden. Ich muss nur nachdenken.«

In diesem Augenblick hörte ich das Geheul.

Anfänglich nur leise und kaum zuordenbar. Gummy Bear war kein Hund, der oft heulte. Es war nicht nur viel zu anstrengend für ihn, sondern für Bulldogen ist der Vorgang des Heulens wie die Beschwörung eines Dämons. Da wird gegrölt und geknarzt und es ist viel mehr Speichel im Spiel als nötig. Je länger das Geräusch anhielt, desto bekannter kam es mir vor. Und viel wichtiger: Ich begriff, woher es kam.

»Gummy Bear!«, rief ich und rannte zum Ende unseres Rasens, wo mich das Spalier in Jasper Holmes' Garten von Gut und Böse lockte. »Guter Hund! Bist du verletzt?«

»Neiiiiin!«, ertönte ein Schrei, den ich sofort erkannte. Noodles Pein war unverkennbar. Ebenso das darauffolgende gellende Gebrüll. Ich zwängte mich durch einen Busch, den ich nicht identifizieren konnte, und rannte hinter Jaspers Haus. Keine Ahnung wie – oder warum – Noodle und Gummy Bear dorthin gekommen waren, aber es gab mit Sicherheit keinen Ort auf Erden, an dem sie weniger willkommen waren. Die Einblicke, die ich durch die Buchbotschaften in Jaspers Leben erhalten hatten, ließen ihn ein wenig zugänglicher erscheinen, aber etwas Wertvolles darauf verwetten, dass er unvermittelt zum Menschenfreund mutiert war, würde ich nicht.

Besonders nicht meinen Bruder.

»Was auch immer da hinten vor sich geht, ich – oh! Noodle? *Jasper?*« Abrupt blieb ich auf dem kissenweichen Rasen stehen. Vor mir thronte Noodle herrschaftlich in einem Adirondack-Stuhl, ein Holzblock diente seinem Bein als Unterlage. In der einen Hand hielt er einen Stecken, an dessen Ende an einem Stück Schnur die sprichwörtliche Karotte hin und her hüpfte. Ein Stück fehlte; jemand hatte höflicherweise hineingebissen – vermutlich Gummy Bear, der doch tatsächlich vor meinem Bruder über den Rasen tänzelte.

Und als ob dieser Anblick nicht schon verblüffend genug war, saß Jasper Holmes höchstpersönlich ebenfalls in einem Aidrondack, eine dampfende Tasse Tee in der einen, eine Taschenbuchausgabe von *North and South* in der anderen Hand.

Am meisten von allem – mein Bruder, der entspannt in Jaspers Garten saß, Gummy Bear, der sich wie ein richtiger Hund vergnügte, und Jasper, der einen Liebesroman las – verstörte mich Letzteres. *North and South* war nicht nur romantische Belletristik, sondern auch ein zutiefst religiöses Werk voller süßlicher Sentimentalitäten – gewiss nichts, was ich mit diesem Mann in Verbindung gebracht hätte.

»Hey, Chloe!«, rief Noodle, noch ehe ich meine Gefühle formulieren konnte. »Guck mal!«

Er fuhr fort, die Karotte vor Gummy Bear hin und her zu schwenken, der keuchend nach dem gartenfrischen Gemüse schnappte, es unbedingt ins hungrige Maul bekommen wollte. Der arme alte Hund rang mühsam nach Luft, sprang aber trotzdem so hoch, wie es ihm sein rundlicher Körper erlaubte.

»Wusstest du, dass Hunde Karotten essen dürfen?«, fügte Noodle strahlend hinzu. »Und dass sie die mögen? Mr. Holmes sagt, die sind gut für ihn, und sein Atem riecht dann weniger nach aufgewärmtem Tod.«

»Ich wusste nicht ... ich bin nicht ...« Mein verwunderter Blick wanderte von Jasper zu meinem Bruder und meine Verwirrung wich einer anderen Regung. Schock? Erschöpfung? Seit Jahren hatte ich Noodle nicht mehr so viele aufeinanderfolgende Worte von sich geben hören. »Mr. Holmes, wie haben Sie das fertiggebracht?«

»Du hast doch bereits schon mal Jasper zu mir gesagt«, grummelte er, legte ein Lesezeichen zwischen die Seiten und das Buch vorsichtig zur Seite. »Kannst du ruhig weiterhin so halten.«

»Also gut. Ich komme nicht mit – was macht ihr drei hier draußen? Hat Noodle dir einen Besuch abgestattet?«

»Du hast den Scheck nicht eingelöst«, erwiderte Jasper.

Es dauerte kurz, bis ich begriff. »Ach, fürs Buch. Ich hatte noch keine Zeit, bei der Bank vorbeizugehen.«

Zudem hatte ich noch nicht entschieden, welcher Betrag angemessen war – auch weil ich abwarten wollte, welche Arztrechnung mir das Krankenhaus präsentieren würde.

»Den hättest du schon lange einlösen sollen«, sagte er mit verkniffenem Mund, worauf ich einen Schritt machte und mich schützend vor Noodle stellte. Mein Einsatz wurde jedoch nicht gewürdigt. Noodle grunzte frustriert.

»Du stehst im Weg, Chloe. Gummy Bear kann nicht über dich drüberspringen.«

»Oh. Tut mir leid.« Ich trat zur Seite, aber der Schaden war bereits angerichtet. Jasper Holmes hatte, obwohl er meinen Bruder und dessen nicht sehr wachen Wachhund entführt hatte, irgendwie die Oberhand bekommen.

»Du kannst einen Jungen, der ein gebrochenes Bein hat, nicht den ganzen Tag allein zu Haus lassen«, sagte er und sein Mund war immer noch verkniffen. »Machst du dir überhaupt eine Vorstellung, was alles hätte passieren können?«

Durchaus. Deshalb war ich ja nach Hause gerast, als hinge mein Leben davon ab.

»Er hätte über diesen Taugenichts von Hund stolpern können«, sagte Jasper. »Er hätte einen Schock erleiden oder zu viele Schmerztabletten nehmen können. Jemand hätte einbrechen und euer gesamtes Hab und Gut mitnehmen können.«

Der letzte Satz riss mich aus meiner Verblüffung. »Wer bei uns einbricht, wird schwer enttäuscht werden. Es sei denn, die sind an einem Laptop mit gesprungenem Deckel interessiert oder an acht nicht zusammenpassenden Esstellern oder einem Haufen Wäsche, der aufs Zusammenlegen wartet und so hoch ist, dass sich ganz unten noch Babykleidung befindet, ansonsten gibt's nicht viel zu holen.«

Ich hätte noch weitermachen können, aber Noodle hustete leise. Seine Stimme sank zum üblichen Flüstern. »Sei nicht böse, Chloe. Mr. Holmes hat gesagt, ich darf ihm ein paar Tage Gesellschaft leisten. Wusstet du, dass er noch nie eine Graphic Novel gelesen hat? Er sagt, er mag blutrünstige Geschichten, deshalb hab ich ihm eine von meinen geliehen. Das ist doch in Ordnung, oder?«

»Aber klar«, ich wuschelte ihm, wie ich hoffte, beruhigend durchs Haar. Langsam sank mein Adrenalinspiegel, auch wenn meine Hände immer noch zitterten. »Aber wir können Mr. Holmes unmöglich –«

»Jasper«, grunzte besagter Mann.

»Wir können Jasper unmöglich bitten, dass er auf dich aufpasst. Bestimmt hat er anderes zu tun –«

Diesmal grunzte Jasper nicht, sondern lachte. Ein raues, raspelndes Geräusch, fast wie Gummy Bear, wenn dieser mit seinem Geheul Dämonen beschwor.

»Ich habe nichts zu tun und das weißt du«, sagte er. Dann, mit leichtem Zögern: »Bis du eine anderer Lösung gefunden hast, kannst du mir den Jungen morgens rüberschicken. Ich achte darauf, dass er isst und sich nicht in Schwierigkeiten bringt.«

Für den Fall, dass ich sein großzügiges Angebot fehlinterpretierte, machte er eine Bewegung, als wollte er mir vor die Füße spucken. »Mehr mache ich allerdings nicht. Ich wechsle keine Windeln und keine Verbände. Ich bin kein Kinderfräulein.«

Wohl kaum jemand würde Jasper für ein Kinderfräulein halten, aber Noodle grinste bloß.

»Ich trag keine Windeln«, sagte er und warf mir dann einen erwartungsvollen Blick zu. »Und, Chloe? Darf ich?«

Jede Faser in mir sträubte sich gegen diese Vereinbarung. Ich fand die Vorstellung, dem bärbeißigen Nachbarn auch nur einen kleinen Gefallen zu schulden, höchst abscheulich. Da fiel mir ein Beet am Ende des Gartens ins Auge, ein Rechteck mit Krokussen und Lilien, das besonders üppig blühte. Sofort kam mir ein Zitat aus der Grabszene in Hardys *Fern vom Treiben der Menge* in den Sinn:

> *Die Krokusse und Hyazinthen sollten in Reihen wachsen; einige Sommerblumen pflanzte er über Fannys Kopf und Füßen ein, die Lilien und Vergissmeinnicht über ihrem Herzen. Mit dem Rest füllte er die Zwischenräume aus.*

Da Jasper eine Leseratte war, erschien es mir durchaus plausibel, dass auch er dieses Buch gelesen und es sich zur Aufgabe gemacht hatte, Catherines Grabstätte mit einer Blume für jeden Teil ihres Körpers zu schmücken. Mörder konnten sehr seltsam sein.

Das war zwar nicht die beste Begründung, die mir jemals eingefallen war, aber auch nicht die schlechteste, daher klammerte ich mich mit beiden Händen daran fest. Wer nach jedem Strohhalm greift, darf nicht zu anspruchsvoll sein und sich beklagen, wenn dieser arg dünn und dürftig ist.

Doch dann ruinierte Jasper das Ganze.

»Es ist ja nicht so, als ob du eine andere Wahl hättest«, sagte er leicht spöttisch. »Oder möchtest du, dass ich auch deswegen das Jugendamt rufe?«

Seine Worte trafen mich wie ein Schlag gegen die Brust und ließen mich rückwärts taumeln. Drei Kinder unter elf im Stich zu lassen, war etwas anderes als einen Zwölfjährigen für die Dauer einer sechsstündigen Schicht allein zu Hause zu lassen, aber mein Herz machte da offenbar keinen Unterschied. Das Schuldgefühl, mit dem ich den gesamten Tag gekämpft hatte, wollte nicht weichen.

»Das war absolut unangebracht«, sagte ich mit trügerisch leiser Stimme.

»Weiß ich. Heißt das, du nimmst mein Angebot an?«

Ich war kurz vorm Ja, brachte das Wort aber nicht über die Lippen. Meinen Bruder in Jaspers Obhut zu übergeben, war beinahe so schlimm, wie ihm mein Handy mit der Telefonnummer zu überlassen, die keiner von uns anrufen wollte. Man öffnete nicht einfach so dem Feind Tür und Tor. Shakespeare war nicht der Erste gewesen, der diesen Gedanken geäußert hatte, aber seine Formulierung gefiel mir am besten: *Da lang führt's in Wahnsinn.*

»Chloe?«, drängte Noodle. Je länger ich mit meiner Antwort zögerte, desto mehr verkrampfte sich seine Miene. »Es macht dir doch nichts aus, oder? Ich bin auch brav, versprochen, und fall ihm nicht zur Last. Ich mag Jasper. Er hackt nicht auf mir herum.« Noodles Bemerkung stimmte mich nachdenklich. Mein Bruder mochte nur wenige Menschen und noch seltener gab er Sympathiebekundungen von sich. Und diese nebenbei gemachte Feststellung – dass Jasper nicht »nörgelte« – war viel bedeutsamer, als beiden bewusst war. Tagtäglich war Noodle von Erwachsenen umgeben, die ihn kleinmachten. Ihn, sein Selbstvertrauen und seinen Mut, alles, was sie an ihm nicht verstanden. Vermutlich hatte Jaspers Zurückhaltung auf diesem Gebiet hauptsächlich damit zu tun, dass ihn seine Mitmenschen nicht interessierten, weniger mit einem weichen Herzen, aber ich maßte mir keine Einschätzung an.

»Okay. Gut. Wie du willst.« Mit jedem Zugeständnis spürte ich, wie ich mich der dunklen Seite näherte. »Aber ich möchte betonen, dass mir das alles nicht gefällt.«

»Ja!«, sagte Noodle.

»Awwwooo!«, stimmte Gummy Bear zu.

Jasper äußerte sich als Letzter. »Kein Grund, so dramatisch zu werden«, sagte er und hätte, wenn mich nicht alles täuschte, beinahe die Augen verdreht. »Ich tu dem Jungen nichts. Entgegen landläufiger Legende war ich im Dorf nicht immer ein Außenseiter.«

Das passte sehr gut zu den Botschaften an den Seitenrändern einiger Bibliotheksbücher, daher fand ich den Mut zu einer Frage. »Wenn das stimmt, wer warst du dann?«

Darauf war er nicht gefasst. Es dauerte, bis er ein Grunzen zustande brachte. »Das ist das Problem mit euch jungen Leuten«, sagte er in einem Tonfall, der nur so vor Sarkasmus triefte, »ihr glaubt, ihr wärt die Einzigen, die das Leben spüren. Ihr meint, alles, was vor eurer Zeit war, zählt nicht.«

»Ist das jetzt der Zeitpunkt, an dem du mir erzählst, wie sich dein Freund Beef durchs Leben kämpfte?«, fragte ich. »Ich glaube nicht, dass diese Metapher ein zweites Mal funktioniert.«

Jasper nahm sein Buch zur Hand und blätterte bis zum Lesezeichen. Ich reckte den Hals, um zu sehen, ob sich darin handschriftliche Anmerkungen fanden, aber die Seiten waren rein und unschuldig wie ein neues Schulbuch am ersten Tag nach den Sommerferien.

»Nein«, sagte er und begann zu lesen. »Das ist der Zeitpunkt, an dem ich dir erzähle, dass eine Bibliothekarin es besser wissen müsste. Wenn du bis jetzt nicht kapiert hast, welche Kraft in einem guten Roman steckt, dann wirst du's nie kapieren.«

10

1960

Jasper Holmes war der komplizierteste Mann, dem Catherine je begegnet war.

Nachdem sie ihm nicht im Drugstore über den Weg gelaufen war, lief sie ihm auch nicht an anderen Orten der Stadt über den Weg.

Doch früh an einem Samstagmorgen, ihre Mutter hatte sie in die Saatguthandlung geschickt, weil die bestellten Tomatensetzlinge abgeholt werden mussten, sah Catherine ihn ein Dutzend Säcke mit Dünger kaufen. Schweißgebadet hievte er die schweren, nach Ammoniak riechenden Säcke auf die Ladefläche seines Lasters. Sie hob grüßend die Hand, aber er drehte sich um und arbeitete schneller.

Sofort war sie, die Tomatenpflänzchen thronten im Korb vor ihr, zur Bibliothek geradelt und hatte *In einem anderen Land* geblättert, bis sie fand, was sie suchte.

Hoffnung gibt es immer. Aber manchmal kann ich nicht hoffen. Ich versuche immer, zu hoffen, aber manchmal kann ich nicht.

Mittlerweile regte sich ihr Gewissen nicht mehr, wenn sie ihren Füller zückte und etwas an den Rand schrieb. Wenn Jasper sich weigerte, außerhalb des Buchs mit ihr zu reden, dann musste eben das Buch herhalten. Wenig ist besser als gar nichts.

Kurz dachte ich, du winkst gleich zurück. Blöd von mir, oder?

Was willst du eigentlich von mir?

Hoffnung, was sonst.

... warum?

Ihre Kommunikationsmethode war zwangsläufig umständlich und zeitraubend, daher dauerte es fast eine Woche, bis die Unterhaltung in Gang kam. In der Zwischenzeit sah Catherine Jasper im Lichtspieltheater (er kaufte keine Eintrittskarte), an der Tankstelle (er half der alten Mrs. Winter beim Betanken ihres Kombis) und einmal hing er hinten an einem der Holztransporter, die sich klappernd mit voller Ladung die Main Street entlangschlängelten. (Diesmal war sie gewillt, ihm keine Absicht zu unterstellen. Er hatte so erschöpft ausgesehen, dass er offenbar kaum die Luft um sich herum wahrnahm, geschweige denn ihre verstohlenen Versuche, seine Aufmerksamkeit zu erregen.)

In all der Zeit hatte Jasper nie gewinkt, nie gelächelt, nicht einmal mit einem Nicken gegrüßt. Sie hätte angenommen, Opfer eines Täuschungsmanövers à la *Cyrano de Bergerac* geworden zu sein, wenn er sie nicht gar so offensichtlich ignoriert hätte. Ein derartiges Maß an Missachtung ließ auf einen wohlgeplanten Feldzug schließen. Als Tochter eines Majors erkannte sie einen solchen sofort. Man könnte sogar sagen, dass sie darauf setzte. Sie nahm ihren Füller und kritzelte:

Geh mal zu Kapitel siebzehn. Gegen Schluss.

Als Catherine einige Tage später ihre Schicht antrat, fand sich an der Stelle, wo das Buch ansonsten stand, eine Lücke. Das Herz schlug ihr bis zum Hals, als sie sich überzeugte, dass das Buch weder verlegt noch in ein falsches Regal gestellt worden war. Es schlug noch schneller, als sie bemerkte, dass Mrs. Peters jede ihre Bewegungen beobachtete wie ein Habicht seine Beute.

»Wenn Sie nach Ihrem jungen Mann Ausschau halten, den habe ich gebeten, einen Blick auf den Aktenschrank in meinem Büro zu werfen«, sagte sie mit so fest zusammengekniffenen Nasenflügeln, dass diese fast unsichtbar wurden.

»M-mein junger Mann?«, fragte Catherine, bemüht, sich ihre Verunsicherung nicht anmerken zu lassen. Mrs. Peters wusste Bescheid? Über Jasper? Über das Buch?

»Ich heiße es nicht gut, dass er während seiner Freizeit ständig in der Bibliothek herumhängt, aber er hat mir versprochen, dass er das klemmende Schloss repariert«, sagte sie. Catherine spürte geradezu, wie Mrs. Peters warnender Tonfall ihr in die Knochen fuhr. »Deshalb sehe ich darüber hinweg. Dieses eine Mal.«

Catherine wischte sich die schweißnassen Handflächen an den Oberschenkeln ab und war dankbar, dass sie sich an diesem Tag der Konvention sowie den Wünschen ihres Vaters widersetzt hatte und eine enganliegende Caprihose trug. Wenn Mrs. Peters Jasper in ihrem Büro festgesetzt hatte, dann konnte er nicht fortlaufen – und sich nicht verstecken.

Perfekt. Das war ihre Chance.

»Soll ich mal nachsehen, ob er Hilfe braucht?«, fragte sie munter.

Sie wartete die Antwort nicht ab, was Mrs. Peters nicht daran hinderte, ihr trotzdem eine nachzurufen. »Lassen Sie die Tür offen! Fünf Zentimeter für jede Versuchung des Fleisches!«

Catherine vermied sorgfältig Lonnies Blick, als sie an ihr vorbei in das Büro hastete, ansonsten wäre sie vermutlich in Lachen ausgebrochen. Deshalb war sie so abgelenkt, dass sie den Mund aufmachte, ehe sie einen richtigen Blick auf den Mann werfen konnte, der vor dem Metallschränkchen hockte, das Teil von Mrs. Peters überdimensionierten Schreibtisch war.

»Aha! Jetzt hab ich dich!«, rief sie triumphierend. Dann zitierte sie, wobei sie im Stillen Hemingway Abbitte für die kleine Änderung leistete, aus ihrem gemeinsamen Buch: »*Wir sind alle geliefert. Es kommt nur darauf an, nicht daran zu denken.*«

Der Mann sprang auf, mit einem so breiten, strahlenden Lächeln, dass sie erstarrte. Genau genommen war ihre Erstarrung nicht ausschließlich auf das Lächeln zurückzuführen, sondern auch auf die Tatsache, dass sie nicht in die markanten, finsteren Züge des Mannes blickte, der seit kurzem durch ihre Träumen geisterte. Nichts an William McBride war markant, finster oder geisterhaft.

»Catherine!«, sagte er. »Endlich bist du da.«

Catherine rang um Haltung. Jahrelange Übung in der Rolle der perfekten Soldatentochter half dabei, aber dem Anblick von *In einem anderen Land*, das schräg auf dem Schreibtisch hinter ihm lag, war sie nicht gewachsen.

»Was machst du denn damit?«, wollte sie wissen und streckte die Hand nach dem Buch aus. Mit einem geschickten Schritt stellte er sich ihr in den Weg.

»Das ist meine Tarnung«, erklärte er mit einem wissenden Blick zur offenen Tür. Man konnte hören, wie Mrs. Peters auf der anderen Seite missbilligend mit der Zunge schnalzte. Mit gedämpfter Stimme fügte er hinzu: »Ich musste mir eine Ausrede einfallen lassen, warum ich ständig in die Bibliothek komme. Langsam kommt uns Mrs. Peters nämlich auf die Schliche.«

Für einen unendlich langen Augenblick hörte Catherines Herz auf zu schlagen und all ihre *Cyrano*-Albträume kamen wieder hoch. War William McBride derjenige, der ihr die Nachrichten hinterließ? War William McBride derjenige, der ihr Herz schneller schlagen ließ, jedes Mal, wenn sie an dem Buch im Regal vorbeiging?

»Nein«, flüsterte sie, aber so leise, dass William es vermutlich nicht hörte.

»Ich kann nicht behaupten, dass ich der große Literaturfex wäre, aber es gibt keine Vorschrift, dass ich die Bücher, die ich ausleihe, auch lesen muss, stimmt's?«, meinte er. »Das hier ist nicht so dick, sodass ich mir nach ein paar Tagen das nächste aussuchen kann.«

»Moment.« Langsam setzte ihr Herzschlag wieder ein. »Du hast es nicht gelesen?«

Er nahm das Buch in die Hand und warf einen Blick auf den Rücken. »*In einem anderen Land*?« Er zog eine Grimasse. »Nichts für ungut, aber militärischen Drill habe ich bei der Arbeit genug. Nicht, dass dein Vater kein guter Kommandant wäre – ist er. Ein großartiger Kommandant. Und ein noch großartigerer Mensch.«

Die Erleichterung ließ sie unvorsichtig werden.

»Du hast es also zufällig ausgewählt? Gott sei Dank. Deinetwegen hätte ich fast einen Herzinfarkt bekommen.« Gebieterisch streckte sie die Hand aus. »Gib mir das Buch.«

William McBride mochte eine Witzfigur sein, aber dumm war er nicht. Er blieb weiterhin zwischen Catherine und dem Schreibtisch stehen. »Warum? Was ist an dem Buch so besonders?«

»Nichts. Es ist bloß nichts für dich, das ist alles.«

Er tippte auf den vorderen Buchdeckel. »Hast du es denn gelesen?«

»Klar.«

»Und hat es dir gefallen?«

Sie biss sich nachdenklich auf die Unterlippe. Ehrlich gesagt, war sie nie ein großer Hemingway-Fan gewesen. Sie hatte den Roman eigentlich nur deshalb gelesen, weil jemand ihrem Vater weisgemacht hatte, die Lektüre zieme sich für eine junge unverheiratete Frau nicht. Nichts weckte ihr Interesse schneller als der Versuch, ihr etwas vorzuenthalten. Umgehend hatte sie ihre Mutter für ihre Sache eingespannt, den literarischen Wert angeführt und darauf hingewiesen, wie akribisch alles Militärische recherchiert war, bis ihr Vater notgedrungen nachgab.

Am Ende stellte sich heraus, dass der Roman lange nicht so skandalös war, wie man ihr vorgegaukelt hatte. Sämtliche Liebesszenen waren lediglich angedeutet und die Moral von der

Geschicht' gehörte genau zu jener Sorte, die ihr Vater guthieß.

Eine Frau mit lockerem Lebenswandel starb im Kindbett. Ein Mann führte ein erfülltes, aktives, glückliches Leben, ohne für seinen Anteil an der Sünde bestraft zu werden. Pfui Deibel. Dann doch lieber Bram Stokers *hochgewachsener alter Mann, der bis auf einen langen, weißen Schnurrbart glattrasiert und von Kopf bis Fuß ganz in Schwarz gekleidet war, kein einziger Farbtupfer war zu sehen.* Oder Mary Shelleys grässlich entstelltes und abstoßendes Geschöpf.

Catherine zog es vor, wenn Autoren oder Autorinnen den Mut hatten, ihr Monster mit einem Körper auszustatten.

»Es ist nicht schlecht«, versuchte sie ihr Interesse an dem Buch herunterzuspielen. »Ein bisschen detailversessen, aber vielleicht magst du ja so was.«

Williams strahlendes Lächeln wurde etwas schwächer – genug, um ihr ein schlechtes Gewissen zu machen, aber nicht so sehr, als dass er ihr das Buch gegeben hätte. Wie hatte ihre Einschätzung gelautet: Er war kein Dummkopf.

»Wenn ich dir das gebe, tust du mir dann einen Gefallen?«, fragte er.

»Natürlich«, rutschte es ihr unwillkürlich heraus.

Und schon leuchteten Williams Augen wieder. Er hielt das Buch aufreizend knapp außerhalb ihrer Reichweite. »Dann möchte ich, dass du mit mir ausgehst.«

»Was? Warum?«

»Offensichtlich bedeutet dir das Buch etwas«, sagte er mit der ruhigen, unironischen Zuversicht eines Mannes, der nicht ahnt, dass er gleich eine Art moralisches Verbrechen begeht.

»Und du bedeutest mir ganz offensichtlich was. Eine einzige Verabredung, Catherine. Mehr will ich gar nicht. Im Autokino läuft *April entdeckt die Männer.* Anschließend können wir im Diner einen Milkshake trinken.«

Dieser Vorschlag glich so haargenau der faden, phantasielosen Verabredung, die sie von ihm erwartet hatte, dass sie fast in Lachen ausgebrochen wäre. Doch ihr wurde rechtzeitig bewusst, sie musste ihre Trümpfe sorgfältig ausspielen, wenn sie das Buch in Sicherheit bringen wollte.

»Klar. Schön. Wenn du willst.«

»Echt? Diesen Samstag vielleicht?« Sein Gesicht bekam einen so ekstatischen Ausdruck, dass sie beinahe ein schlechtes Gewissen bekam, weil sie dem armen Kerl Hoffnungen machte, aber nur beinahe, denn immerhin hatte er erpresserische Methoden angewandt. Ein wahrer Gentleman hätte sie um einen harmlosen Gefallen gebeten wie etwa ihm bei der Auswahl seiner nächsten Lektüre zu helfen oder ihm die Telefonnummer der Wettervorhersage herauszusuchen. Ohne nach ihrem Leib zu gieren.

»Samstag ist bestens«, sie lächelte süß. »Und damit du siehst, wie ernst ich es meine: Du kannst das Buch ruhig ausleihen, wenn du tatsächlich daran interessiert bist. Vielleicht gefällt es dir sogar. Im Großen und Ganzen geht es darum, dass die Hauptfigur ihren Posten verlässt und sowohl als Soldat wie auch als Mann Schande über sich bringt.«

Jeder andere – beispielsweise Jasper Holmes – hätte sofort durchschaut, dass es sich hier um eine List handelte. Bei William McBride hingegen bewirkten Catherines Worte Wunder.

»Nö. Wie gesagt, es diente mir nur als Vorwand.« Er reichte

ihr das Buch und strahlte immer noch wie die Grinsekatze, wenn sie sich in einen Sahnetopf gesetzt hat. »Mir sind allmählich die Ideen ausgegangen, warum ich hierherkommen muss. Erzähl's keinem, aber eigentlich interessieren mich ägyptische Sonnengöttinnen nicht.«

»Was du nicht sagst«, erwiderte Catherine trocken.

Falls William ihren Sarkasmus heraushörte, hatte er keine Möglichkeit mehr, darauf einzugehen, denn an der offenen Tür ertönte ein Hüsteln und Mrs. Peters streckte ihren Kopf herein. Aus ihren zusammengepressten Lippen schloss Catherine, dass sie den Teil über Göttinnen mitbekommen hatte.

»Ist das Schloss schon repariert, junger Mann?«, fragte sie.

»So gut wie neu, Ma'am«, sagte William mit einem höflichen Lächeln, das, so hoffte Catherine inständig, ihre Mutter nie zu sehen bekommen würde. Man konnte auf ihre Mutter zählen, wenn es um das heimliche Aufbrühen von Kaffee ging oder dass sie wegsah, wenn ihre Tochter mit unanständig enger Hose das Haus verließ, aber es gab eines, was ihre Mutter mehr liebte als alles andere: einen jungen Mann mit guten Manieren.

»Ich sollte sowieso zum Stützpunkt zurück«, fügte er hinzu. »Aber wenn Sie noch was haben, was erledigt oder repariert werden muss, egal was – ich komme in meiner Freizeit gern vorbei und schaue, was ich tun kann.«

Aus der Art, wie Mrs. Peters dahinschmolz, auch wenn sie missbilligend mit der Zunge schnalzte, schloss Catherine, dass sie das Angebot zu schätzen wusste. Obwohl sie gleich Williams Arm ergriff und ihm die diversen verrosteten Scharniere und kaputten Regalbretter zeigte, die nur auf das handwerkliche Geschick eines Mannes warteten, machte sich Catherine keine allzu großen Sorgen. Wenn etwas William davon abhalten konnte, die Bibliothek heimzusuchen – und damit auch sie – war dies eine elendslange Liste an Reparaturen. Sobald ihre Stimmen zwischen den Regalen verklungen waren, schloss Catherine die Tür und blätterte im Buch, bis sie ans Ende des siebzehnten Kapitels kam, jener Stelle, an die sie Jasper zuletzt verwiesen hatte und über die sie unbedingt seine Meinung hören wollte.

Sie hatte die Passage, die nur für seine Augen gedacht war, dick unterstrichen. Zu ihrer Erleichterung – und Begeisterung – hatte er schnell begriffen.

»Ich bin auf Ihrer Seite.«
»Ich weiß.«
»Nein, das wissen Sie nicht. Aber eines Tages werden Sie es wissen.«

Wenn Du tatsächlich auf meiner Seite bist, kann ich jetzt zugeben, dass ich Hemingway nicht besonders mag.

Mit Mühe und Not unterdrückte Catherine einen Freudenschrei. Es war nicht so, als hätte er einer Freundschaft zugestimmt – oder auch nur angedeutet, dass er ihre Empfindungen erwiderte –, aber er hatte auf ihre Nachricht geantwortet. Das reichte Catherine. Vorläufig.

Hastig schrieb sie eine Antwort, ehe Mrs. Peters zurückkommen und einen Bericht über die Vorgänge in ihrem Büro verlangen konnte.

Ich verrate es niemandem. Aber wenn Du Hemingway nicht magst, warum hast Du Dir das Buch überhaupt ausgesucht?

Sie schob den Roman in die Hosentasche, dabei zitterten ihre Hände, aber nicht vor Angst, sondern schlicht und einfach vor Vorfreude. Dann stellte sie den Hemingway ins Regal. Es war sehr wahrscheinlich, dass einer von ihnen bei diesem Spielchen geschnappt würde und Catherine die ganze Schuld in die Schuhe geschoben würde, aber das war ihr egal.

Dieses Städtchen mochte weder Ballett noch Museen bieten, aber allmählich stellte sich heraus, dass das Leben hier aufregender war als sämtliche glanzvollen Städte und ihre zu entdeckenden Geheimnisse zusammen.

In diesem Städtchen gab es Gefühlswirren und Romantik. Sie hatte Arbeit und etwas zu verbergen. Aber das Wichtigste von allem: Sie hatte einen Freund, jemand, der auf ihrer Seite war.

11

Chloe

»Wir müssen jedes alte Exemplar von *Spuk in Hill House* auftreiben, das im Umkreis von einhundert Meilen zu finden ist«, erklärte ich Pepper, als ich am nächsten Morgen zur Arbeit kam, beladen mit der leeren Auflaufform, dem Hemingway und einer ausgedruckten Liste sämtlicher Antiquariate in unserer Gegend.

Falls ich nicht den ganzen Weg nach Spokane marschieren wollte, war die Auswahl dünn, aber ganz auf dem Trockenen saßen wir in unserer Ecke der Welt nicht. Einige unserer Gebrauchtwarenläden verfügten über gutbestückte Buchabteilungen und Flohmärkte waren ebenfalls oft Fundgruben. Wenn es darum ging, an Gegenständen festzuhalten, bis sie buchstäblich auseinanderfielen, zog eine Stadt wie unsere sämtliche Register. Aus Bücherregalen wurden Garagengestelle, ehe sie zerlegt und als Feueranzünder verwendet wurden. Betttücher dienten als Vorhänge, bis sie abgenommen wurden und als ausgebleichte geblümte Toga bei den Projektwochen an der Highschool zum Einsatz kamen.

Selbst Theo nahm am Re- und Upcycling teil. Erst an diesem Morgen hatte er uns mitgeteilt, dass wir jede Nebenstraße, jedes Gässchen nach weggeworfenen Zigarettenstummeln abzusuchen hätten. Offenbar hatte er beim Nachsitzen (fünf Nachmittage lang, dank des Vorfalls mit dem Zehennagel) gelernt, dass man die Filter in Wasser einweichen und so eine Art Rostschutzmittel herstellen konnte. Theo plante, das Zeug literweise herzustellen und unser Familienvermögen zu vergrößern, indem er es an die hiesigen Bauern verscherbelte.

Wie immer wünschte ich ihm viel Glück, hatte aber höflich die Teilnahme an seinen Ausgrabungsbemühungen abgelehnt. Kindererziehung beinhaltete bereits mehr grässliche, eklige Aufgaben, als man mir gegenüber je angedeutet hatte. Ich wollte dem keine weitere hinzufügen, Familienvermögen hin oder her.

»Shirley Jackson?«, fragte Pepper und befreite mich von meiner Last, allerdings nur teilweise, denn sie schnappte sich lediglich den Hemingway, aber ich konnte es ihr nicht verübeln. Ich war bis weit nach Mitternacht aufgeblieben und hatte die Botschaften, die sich an den Seitenrändern fanden, wieder und wieder gelesen. Die Lektüre war fesselnder als ein Thriller von Lucy Foley, was einiges hieß, angesichts des Tempos, mit dem ich jede ihrer Neuerscheinung verschlang. »Ist sie etwa unser nächster Halt bei der Jasper-Holmes-Literatour?«

»Ende Kapitel siebzehn«, sagte ich. Da sah ich Gunderson direkt auf mich zusteuern und blockte ihn ab, indem ich ihm die leere Auflaufform in die Hand drückte. »Sie sind bestimmt erstaunt, die so schnell wiederzusehen. Meine Familie hat alles bis auf den letzten Krümel verputzt. Offenbar waren sie völlig ausgehungert. Bitte danken Sie Ihrer Frau nochmals von uns und richten Sie ihr aus, dass der Auflauf enorm lecker war. War da Blumenkohl drin? Als Pastaersatz?«

Etwas Besseres, um ihn in gute Laune zu versetzen, hätte ich nicht sagen können, außer ich hätte ihn gebeten, sein Sellerie-wasser mit mir zu teilen.

»Die ganze Familie macht Keto-Diät.« Er tätschelte seinen Bauch mit dem Stolz einer werdenden Mutter. »Ich habe bereits vier Kilo abgenommen. Babs soll noch ein paar Aufläufe mehr fabrizieren, damit Sie genug fürs Wochenende haben.«

»Ach, nein, das ist nicht nötig. Wir kommen gut zurecht. Sehr gut sogar.« Ich ratterte die Worte heraus wie ein Maschinengewehr. »Ihre Frau soll sich bitte unsretwegen nicht verausgaben. Ansonsten hätten wir ein derart schlechtes Gewissen, dass uns das Essen nicht schmecken würde.«

»Sie will doch nur helfen«, Gunderson war leicht gekränkt. »Wie wir alle.«

»Es bringt nichts, Gunderson«, sagte Pepper, die kaum vom Buch aufsah. Ich konnte die Handschrift von hier aus sehen, aber Gunderson bemerkte offenbar nichts. »Es gibt nur eins, was schwieriger ist, als Chloe dazu zu bringen, Hilfe anzunehmen: Chloe das Geständnis zu entreißen, dass sie überhaupt welche braucht.«

»Sagt die Frau, die mir verbietet, ihre kränkelnde Großmutter zu besuchen.«

»Du kannst sie besuchen«, sagte Pepper, ohne zu zögern. »Du darfst ihr nur nichts mitbringen. Ach, Gunderson, sie ist jeden Tag aufs Neue von der Saftpresse begeistert, die Ihre Familie ihr geschenkt hat. Sie ist sich nicht sicher, ob es sich positiv auf ihre Schilddrüse auswirkt, aber sie steckt manisch sämtliche Küchenabfälle rein, ganz gespannt, was unten rauskommt. Gestern hat sie uns einen Saft aus Kartoffelschalen und Zwiebeln gemacht, der komischerweise wie Bratkartoffeln schmeckte.«

»So hatten wir uns das eigentlich nicht gedacht …«, setzte

Gunderson an, streckte aber mit einem Seufzer die Waffen. »Freut mich, dass sie damit was anfangen kann.«

»Das ist nicht fair!«, rief ich.

Pepper warf mir einen ostentativ begriffsstutzigen Blick zu. »Willst du was vom Bratkartoffelsaft? Sie soll eine Extraportion machen und ich bringe sie dir morgen mit. Allerdings muss man den Saft frisch trinken, sonst wird er durch die Kartoffel so komisch graubraun. Frag mal Theo, der weiß bestimmt den Grund dafür.«

»Pepper«, sagte ich.

»Chloe«, antwortete sie.

»Gunderson«, sagte Gunderson. Grinsend ergänzte er: »Ich fühlte mich so ausgeschlossen.«

Jetzt streckte ich die Waffen, war dabei jedoch nicht so liebenswürdig wie er. »Na schön. Ja, Pepper, ich nehme was von dem Saft, wenn deine Oma ihn loswerden will, kann aber nicht versprechen, dass ich ihn auch trinke. Und ja, Gunderson, ein, zwei Aufläufe mehr wären toll. Ich möchte aber nicht, dass sich Babs deswegen ein Bein ausreißt, aber wenn sie –«

»Alles klar!«, sagte er und wandte sich mit an die Brust gedrückter Auflaufform zum Gehen. »Sie wird sich sehr freuen, denn sie will schon seit längerem dieses Rezept ausprobieren, Frühlingsrollen in der Schüssel.«

Wir sahen ihm hinterher – ich erleichtert, Pepper mit wissendem Grinsen.

»Das wäre jetzt nicht meine Strategie gewesen, aber sie hat funktioniert. Hat der Auflauf tatsächlich geschmeckt oder hast du das nur gesagt, um ihn loszuwerden?«

»Er war extrem lecker«, sagte ich immer noch verärgert.

»Aber darum geht es nicht, Pepper. Ich kann durchaus Hilfe annehmen.«

»Ja, klar.«

»Ich lebe buchstäblich von einer Mischung aus GoFundMe-Spendenkampagnen und staatlicher Unterstützung.«

»Mit deinem letzten GoFundMe wolltest du Theos kaputten Backenzahn behandeln lassen und hast die Kampagne eingestellt, weil dein Bruderherz sich den Zahn mit einer Zange gezogen hat, weil er dir alle Scherereien ersparen wollte. Das ist nicht leben, das ist knapp am Existenzminimum vorbeischrammen.«

Da Theo den Zahn immer noch in einem Schraubglas aufbewahrte und ihn gern jedes Mal vorzeigte, wenn er beschuldigt wurde, seinen Teil zum Sparprogramm der Familie nicht beizutragen, hatte Pepper nicht unrecht. Was für ein Pech für sie, dass ich ein Gegenargument parat hatte.

»Wenn ich so schlecht darin bin, Hilfe anzunehmen, weshalb lasse ich dann Jasper für einige Zeit auf Noodle aufpassen?«, fragte ich.

Sie schnappte nach Luft.

Ich lachte. »Ja, du hast richtig gehört. Ich habe meinen geliebten Bruder dem garstigsten Mann der Welt ausgeliefert, ohne das geringste Bedauern. So verzweifelt bin ich. So willens bin ich, Hilfe anzunehmen.«

Statt der von mir erhofften Kapitulation warf mir Pepper lediglich das Buch zu. »Du lügst dermaßen grottenschlecht. Du hältst Jasper gar nicht für gemein, sondern du bist in ihn verschossen. Dich und diese Catherine hat's schwer erwischt.«

»Du hast die Stelle gefunden? Weißt du jetzt, was ich mit

Shirley Jackson meine?« Vor Aufregung konnte ich ein Zittern in der Stimme nicht ganz unterdrücken. »Ich bin mir fast sicher, dass *Spuk in Hill House* das nächste Puzzlestück ist, aber ich habe bereits in unserer Datenbank nachgesehen. Wir haben seit Jahren kein Exemplar mehr im Bestand.«

»Ich habe die Stelle gefunden«, bestätigte Pepper. »Aber wenn du und Jasper jetzt ziemlich beste Freunde seid, ist mir nicht klar, warum du nicht einfach mit ihm darüber redest. Wenn du wissen willst, wie diese Liebesgeschichte ausgegangen ist, musst du bloß ihn fragen.«

»Machst du Witze? Das ist die schlechteste Idee, die ich je gehört habe.« Ich konnte es gar nicht fassen, dass die romantisch veranlagte, intelligente, literarisch interessierte Pepper, anders als ich, die Situation nicht durchschaute. »Er ist das Inbild des Griesgrams mit gebrochenem Herzen wie er im Buche steht. Archibald Craven aus dem *Geheimen Garten*? Heathcliff aus *Sturmhöhe*? Arthur McLachlan aus dem *Buchclub zum Verlieben*? Ich bitte dich, Pepper. Hast du denn gar nichts von mir gelernt? Offensichtlich hat er in seiner Jugend eine tragische Liebesgeschichte erlebt und sein ganzes trauriges Leben vergeblich versucht, darüber hinwegzukommen. Deshalb ist er so unglücklich. Vielleicht hat sie ihm das Herz gebrochen. Vielleicht ist sie tatsächlich gestorben – natürlich nicht durch einen Mord, sondern durch natürliche Umstände.«

»Angesichts der Aussicht, dass deine geliebte C den Löffel abgegeben hat, hörst du dich erstaunlich fröhlich an.«

Beim Gedanken, dass die Frau, von der ich mittlerweile fast besessen war, ein frühes Ende gefunden haben könnte, bekam ich Schuldgefühle. So stark diese waren, sie stellten keine Konkurrenz für meine Neugier dar, die fast meine sämtlichen anderen Probleme in den Hintergrund drängte. Schon lange hatte ich keine derartige Begeisterung mehr empfunden – oder überhaupt ein Gefühl, von einer magenzusammenkrampfenden, hilflos machenden Angst abgesehen – und war völlig in den Bann dieser Geschichte geraten.

»Na schön«, ich kapitulierte. »Vielleicht lebt sie noch irgendwo und verzehrt sich nach ihrer verflossenen Liebe und ich habe die Aufgabe, die beiden im goldenen Herbst ihres Lebens wieder zusammenzuführen.«

Peppers Antwort bestand einzig in einem entschieden sarkastischen Blick. Ich schlug das Buch auf und las noch einmal die Worte, die sich mir bereits ins Herz gebrannt hatten.

Wenn Du tatsächlich auf meiner Seite bist, kann ich jetzt zugeben, dass ich Hemingway nicht besonders mag.

Ich verrate es niemandem. Aber wenn Du Hemingway nicht magst, warum hast Du Dir das Buch überhaupt ausgesucht?

Ich verweigere die Aussage.

Das machen nur Gangster und Politiker.

Na schön. Es war eine Empfehlung.

Von wem? Einer Bibliothekarin?

Du bist sehr neugierig.

Und du sehr zugeknöpft. Bestimmt war es L. Sie mag Bücher, die dramatisch oder rührselig sind. Sie mag sogar diesen Roman.

Es war nicht L. Und das Buch ist weder dramatisch noch rührselig. Es soll romantisch sein.

Romantisch? Romantisch?? Wenn Hemingway C nicht am Schluss umgebracht hätte, wäre die Liebesgeschichte zum Scheitern verurteilt gewesen. F ist ein selbstsüchtiger Deserteur, der gleich nach Kriegsende genug von C gehabt hätte. Die arme C hätte ihr Kind ganz allein aufziehen müssen. In den 1920ern. Eine gefallene Frau ohne Möglichkeit, ihren Lebensunterhalt zu bestreiten. Das ist nicht romantisch. Das ist tragisch.

Mittlerweile war die Unterhaltung der beiden so lang, dass ich zum Weiterlesen umblättern musste. Keine Ahnung, wie häufig das Buch von Hand zu Hand gegangen war oder wie viel Zeit zwischen den einzelnen Botschaften vergangen war, aber die ziemlich abgegriffenen Seiten ließen auf ein langwieriges Unterfangen schließen.

Okay. Kapiert. Du magst Liebesgeschichten nicht.

Du schon? Was ist Dein Lieblingsbuch?

Kann ich die Aussage wieder verweigern?

Nur wenn Du versprichst, mir bei unserer nächsten Begegnung zuzuwinken.

So. Ich habe gewinkt. Bist du jetzt glücklich?

Auf dem besten Weg. Mir gefällt das Hemd, das Du getragen hast. Es unterstreicht das Blau Deiner Augen.

Komplimente waren nicht Teil der Abmachung.

Dann trag bei unserer nächsten Begegnung kein blaues Hemd. Wenn Du mir nicht Dein Lieblingsbuch nennst, wie sollen wir dann unsere nächste Lektüre wählen? Mrs. P. wird schon misstrauisch, weil ich so viel Zeit vor diesem Regal verbringe.

Ich weiß es nicht. Was ist Dein Lieblingsbuch?

Im Moment? Rate.

Stolz und Vorurteil.

Iih. Jetzt im Ernst.

Na gut. Die Geheimnisse von Udolpho.

Es wird wärmer. Ein guter Schauerroman war schon immer ganz nach meinem Geschmack. Extrapunkte, wenn er in der Gegenwart spielt. Horror ist so viel gruseliger, wenn er real werden könnte. SJ z.B. weiß, wie man ein Mädchen das Fürchten lehrt.

O Gott. Die lese ich nicht. Zu gruselig.

Hast Du's erraten? Braver Junge. Aber ich sollte Dich vorwarnen, gruselig ist es nicht. Es ist furchteinflößend.

Hallo? Warum sagst Du nichts?

J? J???

Na gut. Du hast gewonnen. Lesen wir den furchteinflößenden Roman.

Aber ich dachte, Du magst Furchteinflößendes nicht.

Allmählich ändere ich meine Meinung.

Hier endete die Unterhaltung. Keine Botschaften mehr, keine Literaturkritik, kein aktueller Wasserstand hinsichtlich Jaspers blauem Hemd, das die Farbe seiner Augen betonte. Da ich den Austausch im *Wendekreis des Krebses* kannte, wusste ich, die Dinge waren zwischen ihnen mittlerweile so weit fortgeschritten, dass sie sich in der Öffentlichkeit trafen und – ungeachtet der moralischen Einstellung in den 1960ern – über Liebe, Läuse und gemeinsam im Bett liegen sprachen.

Ich wollte diese Lücke schließen. Ich musste diese Lücke schließen, das lag mir am Herzen. Mehr als der Blankoscheck. Mehr als alle Aufläufe, die Babs fabrizieren konnte. Mehr sogar als eine verblasste Telefonnummer, die ich mich nicht anzurufen traute.

»Das ist dir echt wichtig, stimmt's?«, fragte Pepper mit schiefgelegtem Kopf, während sie mich betrachtete, wie ich das Buch seufzend an meine Brust presste. Es versteht sich von selbst, dass ich es nicht wieder ins Bibliotheksregal stellen würde – vermissen würde den Hemingway ohnehin niemand. Ich wollte einen Blick auf die Ausleihhistorie werfen und versuchte, den ramponierten Barcode zu scannen, der sich aber aus irgendeinem Grund nicht im System befand.

»Ich muss wissen, was passiert ist«, sagte ich.

Pepper schürzte die Lippen. »Das wird ihm nicht gefallen.«

Ich musste erst gar nicht fragen, wen sie meinte. »Jasper bekommt von mir die ganze Sammlung, wenn ich sie zusammengetragen habe. Sampson-Ehrenwort.«

»Das wird ihm auch nicht gefallen. Dann weiß er, dass du alles gelesen hast.«

»Dann verstecke ich die Romane vor ihm und sorge mein restliches Leben lang dafür, dass auch keine andere Menschenseele sie zu Gesicht bekommt.«

»Gut«, sagte sie. »Ich helfe dir.«

Ich war so erleichtert, diese Worte aus Peppers Mund zu hören, dass ich ganz übersah, wie sie warnend die Hand hob.

»Aber nur, wenn du den vollen Betrag von fünftausend Dollar in den Scheck einträgst und ihn während deiner Mittagspause zur Bank bringst.«

Als ob ich das jetzt noch tun könnte. »Pepper, das ist nicht fair. Gerade eben habe ich dir erzählt, dass Jasper angeboten hat, so lange auf Noodle aufzupassen wie nötig. Ich kann nicht beides annehmen, seine Großzügigkeit und sein Geld. Das ist des Guten zu viel.«

Pepper presste die Lippen noch energischer aufeinander. »Dann musst du dich damit abfinden, dass ich mich entweder krankmelde oder dir einen Teil meiner Urlaubstage abtrete.«

Ich schüttelte den Kopf und wusste doch, meine Ablehnung war vergeblich. Den Ausdruck auf Peppers Gesicht kannte ich nur zu gut. Es war ihr wild entschlossenes Gesicht, ihr Komm-mir-ja-nicht-in-die-Quere-Gesicht.

»Du brauchst diese Tage für deine Oma«, widersprach ich.

»Keine Sorge, du kommst mir nicht ohne Gegenleistung davon«, sagte Pepper. »Ich bin schon vom Zusehen ganz erschöpft, wie du versuchst, das Gewicht der Welt auf deinen Schultern zu tragen. Kannst du denn niemanden anrufen, der dir unter die Arme greift? Einen unbekannten Helden, der auf seinen Auftritt wartet?«

Bei ihrer Formulierung – ein unbekannter Held, ein Mann, der nur darauf wartete, dass ich ihn rief –, wurde mir warm. Instinktiv wollte ich dieses wohlige Gefühl ignorieren, so weit nach unten drücken, bis meine Magensäure ihm den Garaus machte. Doch das ging nicht, was wohl auch daran lag, dass ich einen veritablen Liebesroman gegen meine Brust gedrückt hielt. Ich glaubte nicht an Die wahre Liebe™ und wenn ich ein

Mitspracherecht hatte, dann würde sich das auch nie ändern, spürte jedoch, wie mein kaltes, totes Herz kurz flatterte.

»Du meinst einen Kerl, der auf das Bat-Signal reagiert?«, fragte ich. »Da kenne ich tatsächlich jemanden.«

Pepper lachte. »Ich dachte eher an deine Mutter, aber das geht auch. Und wenn es der ist, an den ich denke, wird er seinen Job ziemlich gut machen.«

12

Chloe

»Als du einem Date mit mir zugestimmt hast, war das nicht der intime Rahmen, den ich mir vorgestellt habe.«

Es war mir ein Rätsel, wie Zach es schaffte, dass er in unserer hiesigen Bowlingbahn Copper Bowl genauso am Platz wirkte wie im Krankenhaus, in der Bibliothek und der freien Natur. Etwas in mir warnte mich, dass er stets attraktiv und völlig entspannt war, wenn es sich seine große Gestalt auf einem Sitz bequem machte und er der Frau, mit der er ausging, den Arm beinahe um die Schulter legte, daher bemühte ich mich, die Hitze, die von seinem bloßen Unterarm aufstieg, zu ignorieren.

»Jaaa! Strike!« Theo hüpfte auf uns zu, das Haar klebte ihm schweißnass in der Stirn. »Das sind zwei hintereinander für mich. Vergiss nicht, es aufzuschreiben. Chloe, schreibst du's auch auf?«

»Ich bin derjenige, der den Spielstand notiert«, sagte Noodle und sah schüchtern zu Zach hoch. Mit seinem winzigen Bleistiftstummel tippte er auf die Punktekarte vor sich. »Mach ich das richtig?«

Zach warf einen kurzen Blick darauf, ehe er nickte. »Perfekt. Du bist ein Naturtalent. Erinnere mich daran, dass ich dich das nächste Mal zum Pferderennen mitnehme.«

»Du gehst zu Pferderennen?«, fragte Noodle.

»Nimmst du mich auch mit?«, grätschte Theo dazwischen, noch bevor Zach antworten konnte. »Ich wollte schon immer Jockey werden. Hüa! Vorwärts!«

»Nö, du bist zu groß für einen Jockey. Die müssen klein und kompakt sein, wie Aloysius hier.«

»Ich bin auch klein und kompakt.« Trixie lümmelte auf einem Sitz, der sich auf der anderen Seite unserer Bowlingbahn befand. Sie klimperte heftig mit den Wimpern und ich ließ sämtliche Hoffnung fahren, dass wir den Abend lebend überstehen würden.

Seit dem Augenblick, als Zach vor unserem Haus gehalten und überrascht, aber nicht schockiert festgestellt hatte, dass er nicht nur eine Sampson an diesem Abend ausführen würde, sondern alle vier, hatte Trixie beschlossen, verliebt zu sein. Jeder Mann, hatte sie gesagt, der a) den gesamten Sampson-Clan ohne mit der Wimper zu zucken hinnehme und b) es sich erlauben dürfe, Noodle bei seinem richtigen Vornamen zu nennen, sei eindeutig ein Held ersten Ranges. Ich war kein fünfzehnjähriges Schulmädchen, das mehr Hirn als gesunden Menschenverstand hatte, aber ich war geneigt, ihr zuzustimmen.

Was ich mir jedoch unter keinen Umständen anmerken lassen wollte.

»Noch kannst du die Flucht ergreifen«, erklärte ich Zach, aber nicht ohne Trixie einen giftigen Blick zuzuwerfen. Den sie ignorierte, weil sich angeblich etwas in ihren langen, künstlichen Wimpern verfangen hatte. »Allerdings hatte ich dich ja gewarnt, dass ein Date mit mir schwierig wird und nicht billig kommt.«

Zachs ganzer Körper bebte vor unterdrücktem Lachen. »Ich

dachte, damit meinst du, dass du Nachos mit extra viel Jalapeños bestellst.«

»Die haben hier Nachos?«, wollte Theo wissen. Auch er richtete seinen Blick auf Zach und klimperte gefährlich mit den Wimpern. »Ich hab schrecklichen Hunger, Chloe. Können wir eine Portion bestellen? Die wir uns alle teilen?«

Trixie stieß ein spöttisches Grunzen aus. »Das Einzige, was du freiwillig teilst, sind deine Bazillen.«

»Stimmt doch gar nicht. Ich lass dich mein spezielles Schuppenshampoo benutzen.«

»Ich habe keine Schuppen!« Trixie wurde knallrot bis zur Kopfhaut – die tatsächlich, wenn das Wetter zu trocken wurde, vermehrt Zellen abstieß. »Ich mag einfach nur den Geruch deines Shampoos.«

»Das ist das Zink-Pyrithion und das riecht überhaupt nicht gut. Es riecht wie nasser Gummy Bear.« Triumphierend wandte sich Theo an Zach. »Weil es nämlich alle Kopfpilze abtötet. Ich habe Pilze sowohl am Kopf als auch an den Füßen. Überall. Trixie auch, aber sie tut immer so, als ob's bloß ein Ausschlag wär.«

»O Gott, wie krass peinlich. Unfassbar.« Stöhnend sackte Trixie im Sitz zusammen. »Chloe, mach doch, dass er aufhört.«

Ich kramte in meiner Handtasche und fischte eine Handvoll Kleingeld heraus. Hauptsächlich Ein- und Fünf-Cent-Stücke, die aus unerfreulichen Gründen klebrig waren, aber Theo würde schon damit zurechtkommen.

»Hier«, sagte ich und ließ die Münzen in seine Hand fallen. »Nimm deinen Pilz und geh zu den Spielautomaten, ein paar Runden daddeln. Bestimmt tritt er gern bei Ms. Pac-Man gegen dich an.«

»Mein Pilz mag lieber Rampage, aber egal«, entgegnete Theo.

»Er soll Noodle mitnehmen«, beschwerte sich Trixie. »Dann können wir ein vernünftiges Gespräch unter Erwachsenen führen.«

»Er nimmt euch beide mit.« Streng funkelte ich sie an. Diesmal vergaß sie, mit den Wimpern zu klimpern, und bekam die volle Wucht meiner Autorität ab. Ich schlug sämtliche Vorsicht in den Wind und knallte ihr meinen letzten Zehn-Dollar-Schein in die Hand. »Holt euch Nachos. Holt euch Jalapeños. Veranstaltet ein Wettessen, wer in sechzig Sekunden am meisten verdrücken kann. Mir alles schnuppe, Hauptsache, ihr bleibt mindestens zwanzig Minuten weg. Von euch bekommt man echt Kopfschmerzen.«

Trixie stöhnte, griff aber nach Noodles Krücken und half ihm auf die Beine. »Komm mit, Noodle. Ich weiß, wann wir nicht erwünscht sind.«

»Und ich habe mich so bemüht, subtil zu sein«, lachte ich. Sie warf mir einen Blick zu, der andeutete, dass sie später sämtliche neuerworbenen Debattierkünste zum Einsatz bringen würde, aber vorläufig nahm sie die Niederlage sportlich. Außerdem wusste sie so gut wie ich, dass Zach nur eine kurzfristige Leihgabe war. Jeden Augenblick konnte ihm dämmern, worauf er sich eingelassen hatte, und er würde zurück in seine Berge flüchten.

»So viel Spaß hatte ich schon ewig nicht mehr«, sagte er und sein Arm lag immer noch lässig auf meiner Sitzlehne, berührte fast meine Schultern. »Danke, dass ich dabei sein darf. Ich wusste nicht, dass es Familien wie eure im echten Leben gibt.«

Das war mit Sicherheit eine Beleidigung. »Du meinst dysfunktionale Schätzchen aus der Hölle, die klüger sind als ihnen guttut? Ja. Sie können ziemlich anstrengend sein. Zieh dich ruhig zurück, bevor sie zu anhänglich werden.«

»Bevor sie anhänglich werden? Oder bevor du anhänglich wirst?«, hakte er nach. Er bekam mein trixiehaftes Erröten mit und grinste. »Auf einer Skala von eins bis Katastrophe, wie verzweifelt ist die Lage? Ich sollte mich wohl entsprechend vorbereiten.«

»Mir ist klar, dass du dir was anderes vorgestellt hast, als du mir deine Telefonnummer gegeben hast«, sagte ich und ignorierte den Köder. »Aber ich musste dringend mal einen Abend raus und leider gibt's uns nur im Kombipack.«

Er zuckte auf eine nachlässige Art mit den Schultern, die sich authentischer anfühlte als jede Beschwichtigung. »Stört mich nicht. Familien wie deine kenne ich nur aus Büchern.«

»Aus welchen Büchern?«, fragte ich misstrauisch.

Mit einem entwaffnenden Lachen hob er die Hände. »Nur aus guten, Ehrenwort. *Little Women* etwa oder *Nur der Sommer zwischen uns.*«

»Du hast beide gelesen?«

»Ich sehe nicht nur gut aus, Sampson. Ich habe dir doch gesagt, auf dem Berg werden einem die Nächte lang. Wenn ich keine Bücher hätte, um mir die Zeit zu vertreiben, würde ich da oben zum *Robinson Crusoe.*« Er hielt kurz inne. »Ich leihe mir ständig Bücher aus, aber du bist meist so beschäftigt, dass du mich nicht bemerkst. Einmal habe ich von jedem Buch in der Abteilung True Crime die erste Seite gelesen, in der Hoffnung, ich errege deine Aufmerksamkeit.«

Das kaufte ich ihm ebenso wenig ab wie seine sonstigen Flunkereien. »Unsere Abteilung True Crime besteht aus ungefähr acht Büchern.«

»Ein Team aus Fairchild war im Anmarsch, daher war meine Zeit knapp. Das nächste Mal treibe ich mich bei den Western rum. Das sollte mich für mindestens vier Stunden vor Ort beschäftigen. Die Leute hier sind offenbar echte Cowboyfans.«

Ich biss mir auf die Lippen, um nicht laut loszulachen. Es war kein Geheimnis, dass unsere Louis-L'Amour-Leserzahl die der meisten anderen Bibliotheken im Bundesstaat übertraf. Wir waren ein pferdebegeistertes Völkchen.

»Du hast echt *Little Women* gelesen?«

»Ich bin ein Fan von Jo March«, beteuerte er ernst.

»Und *Nur der Sommer zwischen uns?*«

»Konnte es nicht aus der Hand legen«, schwor er.

»Was ist mit *Spuk in Hill House?*« Ich konnte mir die Frage nicht verkneifen.

Nachdenklich zog er die Brauen zusammen. Wie die meisten seiner Gesichtsausdrücke schien dieser konzipiert, eine Reaktion in Teilen meines Körpers hervorzurufen, die ganz und gar nichts mit Büchern, Bibliotheken und Männern zu tun hatten, die dringend eine Rasur benötigten. »Warum dieses Buch?«

Ich bemühte mich nicht ganz erfolgreich um ein lässiges Schulterzucken. »Zufall, der Titel fiel mir gerade ein.«

Er starrte mich so ausdauernd an, dass ich befürchtete, mir könnte etwas zwischen den Zähnen stecken. »Warte mal. Es hat aber nichts damit zu tun, dass es ein moderner Schauerroman ist, der in den 1950ern von einer gewissen SJ geschrieben wurde?«

Ich schnappte nach Luft, gleichermaßen verärgert und entzückt, dass er anhand der Hinweise zum gleichen Schluss gekommen war. »Willst du mir damit sagen, du hast es gewusst? Und nichts gesagt?«

Beschwichtigend hob er die Hände. »Bis zu diesem Augenblick wusste ich gar nichts. Ich habe dieselben Nachrichten gesehen wie du, die Puzzleteile aber erst gerade eben zusammengefügt, als du den Titel erwähnt hast.« Er verstummte kurz. »Soll das heißen, dass deine beiden Botschaftenverfasser ihren Austausch in *Spuk in Hill House* fortgesetzt haben? Ihre Liebesbriefchen? Darf ich sehen?«

Ich hätte ihn küssen mögen, weil er die Situation so rasch erfasst hatte. Genau genommen hätte ich ihn auch für vieles andere küssen mögen, hielt mich jedoch zurück. Ich hatte ihn bereits unter falschem Vorwand zu einem Date mit meinen drei jüngeren Geschwistern gelockt – ein Privileg, für das er bezahlt hatte und zwar derart anstandslos und gutgelaunt, dass er sich womöglich gar nicht verstellte.

»Schön wär's«, entgegnete ich. »Bisher habe ich das betreffende Exemplar noch nicht auftreiben können. Es ist nicht im Bestand unserer Bibliothek und in sämtlichen Antiquariaten, die ich angerufen habe, stehen nur neuere Ausgaben im Regal. Vielleicht kann ich die Jackson in einem Gebrauchtwarenladen aufspüren oder bei einer Haushaltsauflösung, aber es ist die Suche nach der Nadel im Heuhaufen – ohne zu wissen, ob die Nadel überhaupt existiert.«

»Mist. Das ist bitter. Und das Buch könnte nicht irgendwo versteckt worden sein?«

»Eine Idee habe ich eventuell ...« Ich zog die Nase kraus und eine letzte Möglichkeit in Betracht. Jasper Holmes. Wenn mein Nachbar bereit war, fünftausend Riesen für jedes Exemplar zu zahlen, in das er und seine verschollene Catherine hineingeschrieben hatten, dann standen die Chancen nicht schlecht, dass er auf diesem einen Buch saß – vielleicht sogar schon seit Jahrzehnten. »Kann ich dir ein Geheimnis anvertrauen?«

Ganz unironisch hob Zach die Hand zum Pfadfindergruß. Denn natürlich war dieser Mann zu allem Überfluss auch Pfadfinder gewesen. Wahrscheinlich hatte er seine Autos fürs Pinewood Derby selbst geschnitzt und mit zerdrückten Beeren und fermentierten Flechten bemalt.

»Ich bin ein Tresorraum«, verkündete er. »Ich berge mehr Geheimnisse in mir als die Präsidentenbibliothek.«

»Warum habe ich bloß das Gefühl, dass du dich über mich lustig machst?«

»Weil du eine Zynikerin bist. Eine ziemlich niedliche Zynikerin, aber eine Zynikerin.« Als ich empört aufquietschte, lachte er und erneut umspielten Fältchen seine Augen. »Du weißt schon, womit ich meinen Lebensunterhalt verdiene?«

Dankbar, dass ich meine Stimme für etwas anderes als äußerst mädchenhafte Laute benutzen konnte, war ich rasch mit der Antwort bei der Hand. »Klar. Du hast einen Vertrag mit der Air Force und gibst deren Piloten Überlebenstraining. Wie Bear Grylls, nur mit Genehmigung der Regierung.«

»Neunzehn Tage«, sagte er ohne Einbuße auch nur eines einzigen Fältchens. »So lange bekomme ich jeden der Auszubildenden in die Finger. Neunzehn Tage zermürbendes, intensivstes Training. Neunzehn kalte, dunkle Nächte. Neunzehn Sonnenaufgänge und neunzehn Sonnenuntergänge.«

Ich nickte zustimmend und ertappte mich dabei, wie ich ihm fasziniert auf den Mund blickte.

»Du würdest dich wundern, was mit Menschen passiert, die einige Tage unter derartigen Bedingungen leben«, fuhr er fort. »Man wird in eine andere Wirklichkeit geworfen, bei der alles Unwichtige wegfällt, alle Vorspiegelung. Man isst und kämpft. Man übersteht Augenblick um Augenblick, in der Hoffnung, dass es nicht der letzte ist. Und wenn man sich endlich zum Schlafen legt, dreht man sich der Person zu, die neben einem liegt, und erzählt ihr, was man auf dem Herzen hat. Für alles andere fehlt die Energie.«

Ich schwieg, aus dem einfachen Grund, weil ich mich nicht wunderte. Mein alltäglicher Kampf mochte keiner auf Leben und Tod sein, aber nahe dran. Drei Kinder zu jonglieren, die allesamt eigensinnig und genial waren, kostete mich jedes Fitzelchen Energie, das ich aufbringen konnte. Ich überstand Augenblick um Augenblick, in der Hoffnung, meinen Geschwistern gerecht zu werden, ihnen das Leben nicht noch mehr zu verhunzen, und wenn ich mich endlich zum Schlafen legte, drehte ich mich was zu? Einer leeren Bettseite? Einem plattgedrückten Kissen? Der Erkenntnis, dass es keinen einzigen Menschen gab, der hören wollte, was ich alles auf dem Herzen hatte?

»In deinen Augen bin ich zu direkt, schon klar, aber das liegt in der Natur der Sache.« Er zuckte entschuldigend mit den Schultern. »Ich habe schon lange verlernt, mich zu verstellen. Wenn du so viele Lebensgeschichten gehört hast wie ich – Fehler, Reue, abgebrochene Kontakte, verpasste Chancen –, da setzt man automatisch alles auf eine Karte. Ich mag dich und ich mag deine Familie. Und ich würde dich und deine drei gern näher kennenlernen. Es gibt keinen Grund, warum ich das nicht offen zugeben sollte.«

Wäre ich ein freimütiger, kernig-attraktiver Mann aus den Bergen mit dem schönsten Lächeln der Welt, hätte ich vielleicht auf die gleiche Art antworten können. Da ich eine unterbezahlte Hilfsbibliothekarin und Studienabbrecherin war, die ihre Familie mit mehreren Kreditkarten, deren Kreditrahmen jeweils wechselnd ausgeschöpft wurde sowie schierer Willenskraft durchbrachte, wechselte ich das Thema.

»Du bist bestimmt ein Einzelkind«, sagte ich.

Sein Blick war belustigt. »Wie kommst du darauf?«

»Wenn du Geschwister hättest, würdest du den Abend nicht mit meinen verbringen und das Erlebnis auch noch wiederholen wollen. Ihr einziger Charme ist der des Novums.«

»Vergiss nicht den Charme der älteren Schwester, die geradezu versessen darauf ist, es mir schwerzumachen«, bemerkte er und seufzte theatralisch. »Aber du hast recht. Ich bin das Einzelkind zweier Einzelkinder. Trostloser kann ein Leben kaum sein.«

Zuerst spürte ich einen Anflug von Triumph und dann einen Stich des Mitleids. Meine Geschwister waren eine Prüfung und eine Plage, aber sie bedeuteten mir alles. Eine Welt ohne Trixies Entschlossenheit, Schneisen in sie hineinzufräsen, ohne Theos unbekümmerte Missachtung der Konventionen und ohne Noodles vorsichtiger Akzeptanz derselben war für mich nicht vorstellbar. Ebenso ein Leben, in dem ich allein im Haus aufwachte, ohne dass mich ihr Gelärm und Gejubel aus dem Bett holten.

Manchmal fragte ich mich, ob auch meine Mutter die Menschen vermisste, die sie zurückgelassen hatte, die Kinder, die sie nur als Last betrachtet hatte – oder ob sie sich frei fühlte.

»Das klingt einsam«, bemerkte ich.

»War es auch. Ist es noch.«

Aus Richtung der Spielautomaten ertönte Gelächter. Wir sahen, dass Theo einen Flipperautomaten auf die Seite gekippt hatte, der auf ihn zu fallen drohte.

Ich seufzte. »Du kannst dir meine Geschwister jederzeit ausleihen. Kostenlos.«

»Solange du mitkommst, bin ich dabei«, antwortete er. Das brachte mich so durcheinander, dass ich nicht bemerkte, dass er seine Sitzposition veränderte. Seine Hand strich leicht über meine Schulter und schob eine Haarsträhne beiseite. »Heißt das, du verrätst mir das Geheimnis nicht?«

»Das Geheimnis?«, wiederholte ich, ganz abgelenkt von seiner Hand, die meinem Hals so nahe war. »Ach ja. Das.«

»Es hat sich ziemlich interessant angehört, ganz als ob du weißt, wo sich besagtes Exemplar von *Spuk in Hill House* befindet.«

Enorm dankbar, dass ich mich auf etwas anderes konzentrieren konnte, entfuhr es mir spontan. »Bei unserem Nachbarn, Jasper. Jasper Holmes. Er ist ein schrecklicher, griesgrämiger alter Mann, der alle unsere Frisbees und Fußbälle klaut und stocksauer wird, wenn wir versehentlich auf eine seiner Rosen treten.«

»Er klaut Frisbees? Welch Frechheit.«

»Du lachst, aber er ist seit Urzeiten mein weißer Wal. Aber, jetzt pass auf, letzte Woche habe ich ihn endlich erwischt.«

Theatralisch legte sich Zach eine Hand auf die Brust, knapp

einer Scheinohnmacht nahe. »Anspielungen auf *Moby Dick?* Mir schwinden die Sinne.«

Ich gab ihm einen Stupser mit der Hüfte, bei dem mein Oberschenkel gegen seinen drückte. Unerklärlicherweise blieb ich so sitzen.

»Ich meine es ernst«, sagte ich. »Alles fing damit an, dass ich im Keller der Bibliothek ein altes, abgegriffenes Exemplar von *Wendekreis des Krebses* fand. Es ist ein versautes Buch, das –«

»Nicht nötig, mir *Wendekreis des Krebses* zu erklären«, unterbrach er mich, die Hände abwehrend hebend. »Schon vergessen, dass ich mein halbes Leben einsam und allein auf dem Berg verbringe? Wenn in einem literarischen Werk auch nur ein einziges Mal das Wort Ehebett auftaucht, habe ich es gelesen, unter mein Kissen gelegt und mich davon ins Land der Träume entführen lassen.«

Mir stieg die Hitze ins Gesicht. »Kein anständiger Mensch gibt zu, dass er dieses Buch gelesen, geschweige denn Spaß daran gehabt hat.«

»Und dennoch sitzen wir hier und unterhalten uns einvernehmlich darüber wie zwei heißblütige Erwachsene.« Er erbarmte sich meiner knallroten Wangen und zog sein Bein weg. Erst als der Druck seines Oberschenkels fort war, konnte ich wieder normal atmen. »Du hast also ein Exemplar von *Wendekreis des Krebses* gefunden? Na und? *Fifty Shades of Grey* ist viel expliziter und das lesen die Leute beim Klavierabend ihrer Kinder. Heutzutage ist das kein großes Ding mehr.«

Ich verkniff mir die Frage, ob er die gesamte *Fifty-Shades*-Reihe dort oben unter seinen Bäumen gelesen habe, und konzentrierte mich auf das wirklich Wichtige: die Liebesgeschichte zwischen Catherine und Jasper Holmes.

»Es waren Anmerkungen drin«, erklärte ich und setzte ihn grob in Kenntnis. »Anmerkungen von denselben zwei Personen, die in deinen Hemingway reingekritzelt haben.« In der kurzen Zeit, die wir hatten, und inmitten des lauten Klapperns der Bowlingpins, die um uns herum umfielen, konnte ich nicht so ins Detail gehen, wie ich wollte, erwähnte aber Jaspers Blankoscheck, wie er begierig nach dem Buch gegriffen hatte, sein unerklärlich freundliches Angebot, ein Auge auf Noodle zu haben und die Andeutung Gundersons, dass in Jaspers Vergangenheit wohl etwas Katastrophales vorgefallen war. Ich schloss meinen Abriss mit dem Fazit, alles deute darauf hin, dass sich ein Teil meines ganz persönlichen Literaturrätsels hinter seiner verschlossenen Tür befinde.

»Damit ist die Sache beschlossen«, verkündete Zach, der auf Zack war und sofort begriffen hatte.

»Was ist beschlossen?«

Die Kinder waren dabei, ihre Automatenspiele zu beenden; gleich würden sie dastehen und unsere Aufmerksamkeit einfordern, daher beeilte sich Zach mit seiner Erläuterung.

»Wir müssen uns Zutritt zu seinem Haus verschaffen und uns dort umsehen. Zu zweit finden wir bestimmt etwas.«

13

1960

»Wer ist der junge Mann im blauen Hemd und warum starrt er uns die ganze Zeit an?«

»Was? Wer? Wo?« Catherine, einen Korb über den Arm gehängt, blieb mitten im Lebensmittelladen stehen, und urplötzlich fühlte sich ihr Herz an wie ein Vogel, der mitten im Sturm losfliegt. Obwohl sie sich um Gelassenheit bemühte, bekam ihre Mutter bestimmt mit, dass ihre Nerven aufs Äußerste angespannt waren. »Von welchem jungen Mann sprichst du?«

»Er versucht offenbar, deine Aufmerksamkeit zu erregen. Er hat gewinkt.«

Catherine biss sich auf die Unterlippe und warf einen Blick über den Gang, wo tatsächlich auf der anderen Seite Jasper Holmes stand – weder starrte er noch winkte er, sah aber aus, als würde er beides gern tun. Und er sah aus wie ein Mann, der den ganzen Tag Bäume gefällt hatte.

»Er kommt öfter in die Bibliothek«, erklärte Catherine. »Ich habe ihm ein paar Empfehlungen gegeben.«

»Diesem Mann?« Ihre Mutter schnalzte verächtlich mit der Zunge. »Er sieht aus, als hätte er in seinem Leben noch kein einziges Buch gelesen. Du musst dich irren.«

»Mom, sei kein Snob.«

Ihre Mutter wählte eine Dose Birnen aus und legte sie in Catherines Korb. »Es ist keine gute Idee, einen Mann seines Schlages zu ermutigen, Liebes. Soll sich Mrs. Peters um seine Lektüre kümmern. Sie wird genau wissen, wie sie ihm seine Anmaßung austreibt.«

Catherine wollte sich rasch vor ihre Mutter stellen, aber zu spät. Entweder hatte Jasper die Worte gehörte oder konnte von den Lippen und dem Gesichtsausdruck ihrer Mutter das Wesentliche ablesen. Er zog eine Grimasse und wandte sich ab.

»Jetzt sieh nur, was du angerichtet hast«, zischte Catherine. »Du hast seine Gefühle verletzt.«

»Sei nicht albern. Solche Männer haben keine Gefühle. Sie haben Triebe.«

Catherine verkniff sich ein Seufzen, während ihre Mutter weitere Lebensmittel in den Korb lud, der immer schwerer wurde. Instinktiv wollte sie Jasper hinterher, der seinen Einkauf erledigt und das Geschäft verlassen hatte, doch dadurch würde die Situation nur noch verfahrener. Jasper Holmes war, seiner Größe und seinem Aussehen zum Trotz, eher scheues Reh als Elefant im Porzellanladen.

Das Bibliotheksbuch, das derzeit in ihrer Jackentasche mithüpfte, war ihr dafür Beweis genug. Die Reihe war an ihr, eine Botschaft an den Rand zu schreiben, aber sie wusste nicht recht, wie sehr sie ihn bedrängen durfte. Dass sie ihn bedrängen wollte, war klar. Dass er sich bedrängen lassen wollte, wurde allmählich ebenso deutlich. Aber Catherine hatte noch nie gewusst, wann sie aufhören musste. Sie war eher Elefant im Porzellanladen als scheues Reh, auch wenn sie wie Letzteres aussah.

Ihre Botschaften in *Spuk im Hill House* waren ihr mittlerweile so vertraut, dass sie alle auswendig kannte.

Darin könnte ich ganz allein wohnen, dachte sie und bremste den Wagen, um Zeit für einen Blick auf die kleine blaue Haustür am Ende des sich schlängelnden Gartenwegs zu gewinnen, und wie das Pünktchen auf dem i saß eine weiße Katze auf der Schwelle. Auch hier würde mich niemand finden, hinter all den Rosen, und um ganz sicherzugehen, würde ich zur Straße hin noch Oleanderbäume pflanzen.

Das bin ich in ungefähr zehn Jahren. Alles, was ich will, ist ein Haus, eine Katze, ein paar Oleanderbäume und in Ruhe gelassen werden. (Natürlich ohne die mörderischen Geister, die später im Buch auftauchen.)

Wer's glaubt, wird selig. Bis dahin bist du glücklich verheiratet und hast sechs oder sieben Kinder.

Aber holla, J. Ist das etwa ein Antrag?

Nein.

Das ging ja schnell. Du scheinst Dir da ganz sicher zu sein.

Bin ich auch.

Wenn eine Heirat nicht in Frage kommt, heißt das, wir brennen stattdessen durch wie Romeo und Julia? Ich kann Dir jetzt schon sagen, eine Hemingway-Heldin bin ich nicht. Ich sterbe nicht am Ende des Buchs, bloß damit eine hübsche Erlösungsgeschichte daraus wird.

Wir machen gar nichts. Es wäre Frevel, wenn Du Dich so wegwerfen würdest. Du findest jemand weitaus Besseren als mich.

Um wie vieles besser? Mir hat zu diesem Thema niemand eine Gebrauchsanweisung gegeben. Kann er wenigstens ein zurückhaltender, belesener Holzfäller sein? Für die habe ich was übrig.

Nein. Können wir jetzt bitte wieder über das Buch reden?

Und genau hier kam sie nicht weiter. Was sie sagen wollte – dass es einzig und allein ihre Sache war, ob sie sich wegwarf –, dazu fehlten ihr jedes Mal, wenn sie nach dem Füller griff, die richtigen Worte. Und was sie sagen sollte – dass dies alles keine Rolle spielte, denn jede Stadt, in der sie bisher gelebt hatte, hatte ein zweijähriges Verfallsdatum –, deprimierte sie nur.

»Ach, übrigens, wie war denn dein Abend mit diesem netten William McBride?«, fragte ihre Mutter fadenscheinig mit heller Stimme, während sie weiter durch die Gänge des Lebensmittelladens schlenderten. Vielleicht war es nur Einbildung, doch Catherine hätte schwören können, dass dort, wo Jasper noch vor kurzem gestanden hatte, der Geruch nach Kiefernnadeln und Leder in der Luft lag. William McBride hatte nicht nach Kiefernnadeln und Leder gerochen. Sondern nach Aqua Velva und Verzweiflung.

»Ganz nett. Im Autokino hat er versucht, mich zu begrapschen.«

»Catherine Winifred Martin!«

»Was denn? Ich habe ja nicht gesagt, dass ich es zugelassen habe. Nur dass er es versucht hat. Das machen Typen wie er immer.«

Ihre Mutter gab den Anschein des Einkaufens auf und senkte ihre Stimme zu einem scharfen Zischen. »Das ist weder der geeignete Zeitpunkt noch der Ort für eine solche Diskussion, junge Dame.« Dann lächelte sie widerstrebend. »Und glaube ja nicht, dass du mich mit deinem frechen Mundwerk schockieren kannst. Vor ewigen Zeiten war ich auch einmal jung. Ich kenne die Typen, von denen du sprichst.«

Catherine fühlte, wie ihr Mund sich zu einem Lächeln formte. Das liebte sie an ihrer Mutter besonders: Wie wenig prüde sie unter der prüden Oberfläche war, selbst wenn sie das nicht zugab. »Mom! Willst du mir damit etwa sagen, dass sich Dad vor der Heirat gewisse Freiheiten herausgenommen hat?«

»Selbstverständlich nicht. Dein Vater war und ist der vollkommene Kavalier. Aber ich weiß, wie junge Männer sich benehmen können.« Sie hielt inne und fügte dann hinzu: »Auch dieser junge Mann, der vorhin den Laden verlassen hat. Das ist eine Kleinstadt, Catherine. Die Leute reden und dein Vater hört zu. Gib unbedingt acht, dass du diejenige bist, die bei eurer Unterhaltung die Regie führt.«

Bei Ratschlägen wie diesem hätte Catherine am liebsten die Fesseln ihrer Erziehung abgestreift und ihre Mutter gezwungen, mit ihr ins Sonnenlicht zu treten. Sie wollte bei der Unterhaltung nicht die Regie führen. Sie wollte keine Grapefruits zum Frühstück und keine Verabredungen mit Männern wie William McBride. Sie wollte ein Leben führen wie ihr Vater.

Darüber wurde in der Familie geschwiegen, niemand sagte laut, um wie vieles reicher sein Leben als das von Ehefrau und Tochter war, um wie vieles erfüllter. Jeden Tag wachte ihr Vater mit der Gewissheit auf, dass seine Befehle buchstabengetreu ausgeführt werden würden. Bei der Arbeit aufgrund seines Rangs. Zu Hause, weil es einfach so war. Ja, ihre Mutter umging manches, wagte kleine Rebellionen – ein Lippenstift, dessen Rot ein wenig zu grell war, oder die Zigarettenschachtel, die sie hinter einer gelben Schachtel SOS-Topfreiniger unter der Spüle versteckt hatte, aber das war doch kein Leben! Das war doch nicht gerecht!

Catherine durfte nur arbeiten gehen, weil Bibliothekarin einer der wenigen Berufe war, der sich in den Augen ihres Vaters für eine Frau ziemte. Er wusste nicht, dass Catherine ihre Stellung ausnutzte, um sich jedes Horrorbuch auszuleihen, das ihr über den Weg lief, oder dass sie ihre Pausen über die blutigen, makabren Erzählungen von H. P. Lovecraft und Daphne du Maurier gebeugt verbrachte. Er wusste nichts von dem druckfrischen Buch mit dem Titel *Psycho*, das sich in ihrer Handtasche befand, oder ihrem Vorhaben, für dessen Lektüre lange aufzubleiben.

Und er wusste definitiv nichts von ihrem ausgiebigen Flirt mit einem hiesigen Holzfäller, der auf den Seitenrändern eines anderen Horrorromans stattfand, einem mit Geistern, schrecklichen Visionen und seltsamen Menetekeln.

Plötzlich sah Catherine ihre Mutter mit anderen Augen. Sie war eine so schöne, lebhafte und außergewöhnliche Frau oder könnte es vielmehr sein, wenn sie ihr reizend schiefes Lächeln nicht hinter der vorgehaltenen Hand verbergen müsste.

»Sieh mich nicht so an, Catherine«, sagte ihre Mutter. »Ich stelle die gesellschaftlichen Spielregeln nicht auf. Ich befolge sie lediglich.«

Auch ihr messerscharfer Verstand, der jedes Zucken in Catherines Blick interpretieren konnte, war außergewöhnlich. Und wozu wurde er eingesetzt? Um Senfflecken aus Stoffservietten herauszubekommen? Für die ewige Jagd nach dem perfekten kleinen Schwarzen?

»Meinst du, du kannst den Rest ohne mich einkaufen?«, fragte Catherine unvermittelt und drückte ihrer Mutter den Einkaufskorb in die Hand.

Ihre Mutter nahm den Korb, aber nicht ohne ihr einen weiteren scharfsichtigen Blick zuzuwerfen. »Warum?«, fragte sie scharf. »Willst du diesem jungen Mann hinterher?«

Catherine fuhr mit der Hand in ihre Jackentasche und befühlte die vertrauten Ecken von *Spuk in Hill House.* Das Exemplar der Bibliothek war ziemlich neu gewesen, ehe sie es in die Finger bekommen hatten, durch ihren ausführlichen Austausch zeigten die Seiten jedoch allmählich Abnutzungserscheinungen. Sie achteten sorgsam darauf, keine verräterischen Hinweise zu hinterlassen, aber sollte jemals jemand diese Bücher in der Bibliothek aufstöbern, hätte die betreffende Person eine verdammt spannende Geschichte zu enträtseln.

»Ja, das mache ich tatsächlich. Er heißt Jasper Holmes und ist mein Freund.«

»Catherine«, sagte ihre Mutter warnend und kniff den Mund zusammen.

»Ich weiß. Übernimm die Regie über das Gespräch. Dad darf es nicht herausfinden.« Verberge dein wahres Ich um eines Mannes willen, der dich kein einziges Mal um ein Rendezvous gebeten hat, fügte sie im Stillen hinzu, beugte sich vor und drückte ihrer Mutter einen Kuss auf die nach Talkum duftende Wange. »Keine Sorge, Mom. Ist nicht das erste Mal, dass ich mich heimlich mit einem Jungen treffe, der aus mittellosen Verhältnissen stammt.«

»Catherine!«

Sie wedelte zum Abschied neckisch mit den Fingern und huschte zur Ladentür hinaus, ehe ihre Mutter etwas sagen konnte. Gut möglich, dass sie später ein vertrauliches Gespräch unter Frauen über sich ergehen lassen sowie sich weitere Tricks für ihr Doppelleben ausdenke musste, aber das war ein geringer Preis für die Freiheit.

Vor allem, weil sie genau wusste, in welche Richtung Jasper gegangen war.

»Die Suche ist zwecklos. Ich habe es noch nicht wieder zurückgestellt.«

Mit Genugtuung beobachtete Catherine, wie Jasper aufsprang, grunzte und sein Möglichstes tat, sich auf der anderen Seite des Regals in den Griff zu bekommen. Sie war gut fünfzehn Zentimeter kleiner als er, musste sich daher auf die Zehenspitzen stellen, um ihm zwischen den Regalbrettern in die Augen sehen zu können. Er sah so erschrocken aus – und so glücklich –, dass sie ein Kichern unterdrücken musste. Noch nie hatte sie bei einem Mann einen so reizvollen Widerstreit der Gefühle erlebt, wenn sie in seine Nähe kam. Er mochte sie, wollte sie aber nicht mögen und kam, o wonnevolle Krönung für sie, mit beiden Empfindungen nicht zurande.

Diese Art von Macht war für Catherine neu.

»Aber du stellst es immer morgens zurück«, sagte er anklagend und ließ die Hand vom Regalbrett sinken. Wie sie sprach er in jenem leisen Flüsterton, den sowohl die Bibliotheksumgebung als auch Mrs. Peters erforderlich machten. Er musste mitbekommen haben, wie sie ihr Lächeln niederrang, und kniff missbilligend die Augen zusammen. »Du solltest noch im Lebensmittelladen sein.«

»Ich wollte weg. Brokkoli ist fad.«

»Natürlich ist er fad. Wie alle Kreuzblütler. Sie brauchen zu viel Platz und ziehen mehr Schädlinge an als jedes andere Gemüse. Die meisten Hobbygärtner finden, dass sie der Mühe nicht wert sind.«

Bei dieser kurzen Auflistung gärtnerischen Wissens – so viele Worte hatte er in ihrer Anwesenheit noch nie geäußert – wurde Catherines Grinsen noch breiter. »Du scheinst ja eine dezidierte Meinung über Brokkoli zu haben.«

»Falls es dir bisher entgangen ist, ich habe zu allem eine dezidierte Meinung.« Er streckte die Hand aus. »Gib mir das Buch. Ich bin dran.«

Obwohl er auf der anderen Seite des Bibliotheksregals stand und *Spuk in Hill House* sicher in ihrer Jackentasche steckte, wich sie zurück. »Noch nicht. Wir müssen noch weiter über Gemüse reden. Ich wüsste gern, was du daran noch anstößig findest.«

Er sah mürrisch drein. »Ich finde nicht alle Gemüsesorten anstößig. Nur diese eine.«

»Die Sorte, die zu viel Platz braucht.«

»Ja.«

»Die Sorte, die regelmäßige Aufmerksamkeit verlangt.«

»So ist es.«

»Die Sorte, die jedes Mal, wenn man sie in den Mund steckt, nur Bitternis und Abscheu hervorruft?«

Diese Frage ließ ihn einen Augenblick zögern. Sein Blick schweifte kurz zu ihren Lippen, ehe er wieder zu ihren Augen hochschoss. »Das habe ich nicht gesagt.«

Musste er auch nicht. Mit diesem kurzen Zucken seines Blicks hatte er mehr von sich verraten als in den vergangenen drei Monaten literarischer Korrespondenz. Sosehr Catherine das langsame Tempo ihres Austauschs genoss, die Vorfreude und die Aufregung, wann immer sie dieses Buch im Regal sah, die Gefahr, jemand könnte über *Spuk in Hill House* stolpern und die schillernde Blase zum Zerplatzen bringen, in der sie beide sich befanden, so sehr war sie eine lebendige Neunzehnjährige, die irgendwann aus dieser Blase heraus wollte.

Ein behutsames, stilles Liebeswerben war gut und schön, wenn man darüber las. Wie jede junge Frau mochte sie Briefromane gern – sie hatte jede Seite von Dorothy L. Sayers' *Die Akte Harrison* verschlungen und selbst *Anne auf dem Weg ins Glück* komplett gelesen –, doch es gab Zeiten, da genügte eine hingekritzelte Nachricht nicht.

So wie jetzt.

»Ich hatte noch keine Gelegenheit zu antworten«, sagte sie und klopfte vielsagend auf ihre Jackentasche. »Aber wenn du mitkommst, verrate ich dir, was ich schreiben wollte.«

Jasper hätte nicht alarmierter dreinblicken können, wenn

sie ihm das ganze Regal mit Shirley-Jackson-Büchern auf den Kopf geknallt hätte.

»Wohin mitkommen?«, fragt er mit rauer Stimme.

Jetzt hieß es schnell reagieren. Zum einen wusste sie, dass sie nicht mehr als dreißig Sekunden hatte, bevor Jasper Reißaus nehmen würde. Es spielte offenbar keine Rolle, dass er ein Bär von einem Mann war, dessen Hände aussahen, als könnten sie Basebälle zerquetschen, oder trotz seines derben Aussehens unglaublich intelligent war und ein geradezu enzyklopädisches Wissen über Pflanzen und Literatur hatte. Auch schien es ihm nicht in den Sinn zu kommen, dass Catherine ihm praktisch aus der Hand fraß. Eine falsche Bewegung – oder ein lautes Geräusch –, und er würde auf Nimmerwiedersehen in seinem Wald verschwinden.

Zum anderen konnte sie die schweren Schritte und das noch schwerere Atmen von Mrs. Peters hören, die auf sie zusteuerte. Diese Frau konnte einen Mann, der in den Gängen herumlungerte, schneller wahrnehmen, als eine Fledermaus ihr Abendessen ortete.

»Dorthin.« Sie zeigte mit dem Kopf zum hinteren Teil der Bibliothek, wo eine Treppe zum Keller führte. Bis auf eine ungenutzte Kohlenschütte und alte Bücher, die dort unten gelagert wurden, gab es in dem großen Raum nicht viel, doch genau das machte einen Großteil seines Charmes aus.

Der Keller war ruhig. Verlockend. Und von der Welt im Großen und Ganzen völlig unterschätzt. Wie Jasper Holmes.

Der aussah, als wollte er widersprechen, doch offenbar hatte er vor Mrs. Peters noch mehr Manschetten als vor Catherine. Mit gesenktem Kopf folgte er ihr zum Regalende.

Und hier handelte Catherine. Blitzschnell verschränkte sie ihre Finger fest mit seinen. Wie erwartet fühlte sich seine Hand aufgrund der harten Arbeit rau und schwielig an. Ihre etwas kindlichen Hände hingegen waren seidenweich, was hauptsächlich der Vaseline zu verdanken war, die sie allabendlich vor dem Schlafengehen auf Geheiß ihrer Mutter auftragen musste, ehe sie Baumwollhandschuhe anzog.

Jasper hatte den Unterschied wohl ebenso deutlich gespürt wie sie, denn seine Hand zuckte und er wollte sich losmachen.

»Nein«, sagte sie leise, während sie ihn zur Kellertür zog. »Ich tu dir auch nicht weh, versprochen.«

Jasper fand diese Bemerkung nicht seltsam. Er senkte lediglich den Kopf und folgte ihr, wobei sein Blick nach Mrs. Peters Ausschau hielt. Unsicher tappten die beiden durch den dunklen Korridor und die noch dunklere Treppe hinunter, stießen da und dort an, aber niemand folgte ihnen.

Es gab etliche Glühbirnen, an denen Zugschnüre baumelten, aber Catherine wollte nichts riskieren. Stattdessen schob sie eine Kiste mit glänzenden Siphons beiseite und schlang die Arme um Jaspers Nacken. Und dann sah sie das Einzige, das besser war als ein neues Buch: den sanften, erschrockenen, aber hungrigen Blick in Jaspers Augen.

Also küsste sie ihn.

Als attraktive junge Frau, die ihre Entwicklungsjahre inmitten junger Soldaten verbracht hatte, die manchmal wochenlang keine andere Frau zu Gesicht bekamen, waren Catherine verstohlene Küsse im Dunkeln nicht fremd. Sie hatte schon immer gemocht, wie sich die Lippen eines Mannes an ihren Mund schmiegten und sein Körper, ermutigt von der willigen Reaktion, sich daraufhin an ihren schmiegte.

Doch nichts hatte sie auf diesen Kuss vorbereitet. In dem Augenblick, als ihre Lippen Jaspers berührten, holte er so heftig Atem, dass er ihr fast die gesamte Luft aus der Lunge zu rauben schien. Und dann vergaß sie das Atmen ganz.

Doch offenbar wurde ihr Gehirn trotzdem mit Sauerstoff versorgt. Denn weder wurde ihr schwindelig, noch wurde sie ohnmächtig, erstickte auch nicht in der hitzigen Umarmung eines Mannes, der unbedingt beweisen wollte, dass er kein Armeeknäblein war. Als sein Mund sich über ihren bewegte, wurde sie zur jungen, anschmiegsamen Dame, zur schüchternen Jungfer, ganz wie sie in Liebesromanen vorkamen. Sie war diejenige, die sich ihm hingab, er war derjenige, der nahm, und sie hatte kein Gefühl, wie viel Zeit vergangen war, als Jasper sich schließlich losriss. Im Dämmerlicht sah sie seinen panischen Gesichtsausdruck.

»Catherine«, hauchte er und ließ in ihrem Namen Staunen und Tadel mitschwingen, beides von einem Verlangen getragen, das sie bis in ihre Knochen spüren konnte.

»Und?«, entgegnete sie. »Hab ich dir wehgetan?«

Seine einzige Antwort war ein unverwandter Blick. Durch das Glitzern in seinen Augen ermutigt – und weil bisher niemand die Tür aufgerissen und sie zur Rede gestellt hatte, griff Catherine nach oben und zog an der Zugschnur einer Glühbirne. Die abrupte Lichtflut ließ beide blinzeln; sie fasste sich als Erste. Sie holte aus ihrer Tasche Buch und den Stift heraus, den sie immer bei sich hatte, falls die Inspiration sie überkommen sollte, und fand den Abschnitt, an dem sie aufgehört hatte.

Wir machen gar nichts. Es wäre Frevel, wenn Du Dich so wegwerfen würdest. Du findest jemand weitaus Besseren als mich.

Um wie vieles besser? Mir hat zu diesem Thema niemand eine Gebrauchsanweisung gegeben. Kann er wenigstens ein zurückhaltender, belesener Holzfäller sein? Für die habe ich was übrig.

Nein. Können wir jetzt bitte wieder über das Buch reden?

Darunter schrieb sie, was sie schon seit langem hatte schreiben wollen.

So. Willst du immer noch über das blöde Buch reden?

Sie reichte ihm Buch und Stift und unterdrückte ein Lächeln, während sein Blick über ihre Nachricht glitt. Zwar entfuhr ihm ein leises Grunzen, doch er blätterte, ohne aufzusehen, bis er die gesuchte Stelle fand.

Zu gern hätte Catherine ihm einen Blick über die Schulter geworfen, wollte sehen, was er unterstrich, aber wenn sie eines mittlerweile über diesen Mann gelernt hatte: Man brauchte säckeweise Geduld.

»Hier.« Er war fertig und gab ihr das Buch. Es war ein Abschnitt ungefähr in der Mitte, den er unterstrichen hatte.

»Wir haben nur einen Schutz, und das wäre Weglaufen. Wenigstens kann es uns nicht folgen, nicht? Wenn wir uns gefährdet fühlen, können wir abreisen, grad so, wie wir gekommen sind. Und«, setzte er trocken hinzu, »so schnell wir können.«

Jede andere Frau hätte das womöglich als Kommentar auf ihre Technik aufgefasst, aber nicht Catherine. Nicht wenn es Jasper betraf. Ihre Gefühle brodelten, das Blut pochte ihr heiß und schwer durch die Adern. Sie konnte sich nur vorstellen, wie überwältigt er sich fühlen musste. Schon unter idealen Bedingungen beanspruchte er ungern viel Platz. Unter den aktuellen Bedingungen war er praktisch unauffindbar geworden.

Zum Glück wusste sie, wie sie ihn aufstöbern konnte.

Sie unterdrückte ein Lächeln, setzte sich auf die Kiste mit den Siphons und schrieb.

Ich bin eine neunzehnjährige Bibliothekarin, kein verhängnisvolles Haus des Bösen. Bist Du sicher, dass Du nicht leicht überdramatisierst?

Du bist genau wie dieses Haus.

Kommt jetzt der Moment, an dem Du mich wieder furchteinflößend nennst? Ich dachte, das gefällt Dir an mir.

Und ich bin genau wie Eleanor.

Du bist eine junge Frau, die ihr letztes Lebensjahrzehnt damit verbracht hat, sich um ihre pflegebedürftige Mutter

zu kümmern? Komisch. Das habe ich gar nicht mitbekommen.

DU WEISST, WAS ICH MEINE, C.

Beim letzten Satz musste Catherine ihr Lächeln hinter der Hand verbergen. Ein zunehmend gereizter Jasper Holmes war ein unvergesslicher Anblick. Er sah aus, als wollte er ihr einerseits den Hals umdrehen und andererseits als wollte er sie küssen. Vielleicht sogar beides gleichzeitig.

Doch sie hatte Mitleid mit ihm. Hauptsächlich, weil sie tatsächlich wusste, was er meinte.

Eleanor ist ängstlich. Planlos. Ohne Halt. Zumindest bis sie Hill House betritt und sich von ihm in den Bann ziehen lässt. Das Haus macht ihr Angst, aber sie mag es. Sie mag die Vorstellung, sich ihm auszuliefern, von ihm beherrschen zu lassen. Selbst wenn es sie am Schluss zerstört, will sie diese Zerstörung. Braucht sie vielleicht sogar.

Sobald er die Worte gelesen hatte, entspannte er sich. Ohne etwas hineinzuschreiben, reichte er ihr das Buch zurück.

»Du weißt tatsächlich, was ich meine«, sagte er und klang so erleichtert, dass sie das Buch in ihre Jackentasche schob. Erneut nahm sie seine Hand, ließ diesmal ihre glatte Handfläche über seine raue gleiten, genoss das leichte Reiben. Es kam ihr vor, als griffe sein ganzes Wesen nach ihr, mit allem, was ihm zur Verfügung stand.

»Natürlich weiß ich das, Jasper. Was meinst du, warum ich dieses Buch so mag?« Sie verstummte und ergänzte dann mit gesenkter Stimme: »Und warum ich dich mag?«

Diesmal küsste er sie. Catherine hatte nicht geahnt, dass sich so ein Brocken von Mann derart schnell bewegen konnte. Ehe sie wusste, wie ihr geschah, wurde sie an seine Brust gepresst. Starr und unbequem klemmte das Buch zwischen ihnen, doch sie ließen sich nicht stören und umschlangen einander immer fester.

Wahrscheinlich hätten sie auf lange Zeit so ineinander verknäult dastehen können – Catherine Martin und Jasper Holmes, Hill House und Eleanor Vance –, wären nicht Trippelschritte zu hören gewesen wären, die sich der Treppe näherten.

»Das war keine gute Idee«, Catherine sprang zurück. Blitzschnell hob Jasper das Buch auf, das ihr aus der Jacke gefallen war.

»Habe ich doch schon gesagt«, murmelte er. »Du wolltest nicht auf mich hören. Ich habe den Verdacht, dass du nie hören willst.«

Ihr entging weder sein hinreißendes Erröten, noch die Art und Weise, wie er das Buch umklammerte, als wäre es das Kostbarste, was er je in Händen gehalten hatte. Ihr entging auch nicht, dass Mrs. Peters geräuschvoll die obersten Treppenstufen hinunterstieg.

»Ich rede nicht vom Küssen, Dummerchen«, sie packte seinen Arm und zerrte Jasper zur Kohlenschütte neben der Tür, die hinaus auf die Straße führte und, wenn sie Glück hatten, in die Freiheit. Er versuchte, sich dagegenzustemmen, war aber ihrer Entschlossenheit nicht gewachsen. Das war kein Mann, aber die meisten hatten nie die Chance, das herauszufinden.

Sie hob seine Hand an den Mund und drückte einen Kuss auf die größte Schwiele. Und dann schob sie ihn zur Tür hinaus. »Ich meinte bloß, dass wir einen sicheren Ort brauchen, an dem wir uns treffen können.«

Er zögerte. Zuerst fürchtete sie, er würde sich wehren – gegen das, was sie da taten, gegen sie –, doch dann sagte er: »Ich weiß einen Ort.« Er sagte es leicht stammelnd und wurde rot. »Nichts Besonderes, bloß eine Blockhütte am Fluss, aber …«

Entzücken durchfuhr sie. Einen Mann wie ihn derart zum Erröten zu bringen, einen so starken, stoischen Charakter in die Knie zu zwingen –, das konnte einem zu Kopf steigen und sie war für ein solches Gefühl der Macht durchaus empfänglich.

»Bring mich hin«, sagte sie, bevor er es sich anders überlegen konnte. »Eine kleine Blockhütte am Fluss, genau da will ich hin.«

14

Chloe

Zach stand unter dem Spalier, das sich zwischen unserem und Jaspers Haus befand, sein Kopf streifte fast daran und eine Ranke der üppig blühenden Clematis verfing sich in seinem Haar. Es war fast eine Woche her, seit ich ihn für meine Jagd auf *Spuk in Hill House* eingespannt hatte, doch er verlor seinen Eifer keineswegs, sondern war mit Leib und Seele bei der Sache.

»Ich verstehe immer noch nicht, warum wir nicht einfach bei ihm klopfen und fragen können, ob wir nicht seine Toilette benutzen dürfen.« Zach schob die Clematisranken beiseite. »Bestimmt dauert es nicht lang, seine Bücherregale zu durchsuchen. Das Haus ist nicht sehr groß. Ich könnte so tun, als wäre mir speiübel, während du dich umsiehst.«

»Er würde dich sofort durchschauen«, sagte ich kopfschüttelnd. »Wenn dir speiübel wäre, würdest du dich bei mir übergeben.«

»Nein, im Gegenteil. Ich will ja schließlich einen guten Eindruck auf dich machen. In deiner Gegenwart wäre mir höchstens ein bisschen schlecht.«

Ich verschluckte mich an dem Lachen, das mir im Hals gluckste, seit Zach in schwarzer Raubüberfallmontur vorgefahren war. Je mehr Zeit ich mit diesem Mann verbrachte, desto leichter und lustiger fand ich das Leben.

»Es würde trotzdem nicht funktionieren«, sagte ich. »Bisher hatte ich den Eindruck, du würdest alles sagen, bloß um eine Reaktion herauszukitzeln.«

Das brachte ihn nur zum Grinsen. »Heißt das, wir ziehen meinen Plan durch? Die einzige andere Idee, die ich habe, sieht vor, dass Aloysius das Haus durchsucht, während er –«

»Kommt überhaupt nicht in Frage«, unterbrach ich ihn. »Noodle darf auf gar keinen Fall da reingezogen werden. Schlimm genug, dass ich ihn jeden Tag zu Kinderfräulein Jasper rüberschicken muss.«

Ich hatte Widerstand erwartet, doch Zach zuckte lediglich mit den Schultern. »Dann müssen wir uns im Schutz der Dunkelheit hineinschleichen und sämtliche seiner Bücher stehlen, als wären wir hinter der Unabhängigkeitserklärung her. Was anderes fällt mir nicht ein.«

Ich schnaubte. Trotz seines offensichtlichen Einfallsreichtums war Zach alles andere als ein kriminelles Superhirn. Wahrscheinlich lag das am Pfadfinder in ihm: Soweit ich wusste, gab es für Einbruchdiebstahl kein Verdienstabzeichen. Zum Glück für unser Vorhaben hatte ich mehr als genug Übung. Man wuchs nicht in einem Viertel wie diesem auf, ohne ein, zwei Dinge über Bagatelldiebstahl zu lernen.

»Wir müssen uns was weniger Offensichtliches einfallen lassen«, sagte ich. »Jasper lässt dich sehr wahrscheinlich ohne Background-Check und einen Stapel Referenzschreiben überhaupt nicht ins Haus. Er mag Fremde nicht. Freunde auch nicht, aber das liegt daran, dass er keine hat.«

Als Zach mit schiefgelegtem Kopf das Haus musterte, kitzelte ihn die Clematis am Ohr. Sein Blick wanderte von der leuchtend violetten Pracht über alle anderen Blumen, die im Garten blühten.

»Ist die Saison für viele dieser Blumen nicht schon vorbei?«, fragte er und griff nach einer Clematisblüte. »Was ist sein Geheimnis?«

»Wenn man meinen Chef in der Bibliothek fragt: Leichen.«

Zachs Lachen platzte nur so aus ihm heraus. »Was ist, wenn man dich fragt?«

Erstaunlicherweise hatte ich sofort eine Antwort parat. »Hauptsächlich Zeit und Aufmerksamkeit. Ich weiß, dass er früher Holzfäller war – Pepper fand im Bibliotheksarchiv eine Aufnahme –, also ein Naturbursche durch und durch. Obendrein hat er sein ganzes Leben damit verbracht, sich die Menschheit vom Leib zu halten, und das ist das Resultat. Sein Garten bekommt die gesamte Liebe ab, die er nie jemandem schenken konnte.«

Zach hielt inne und sah mich an. »Ich dachte, er liebt die Frau aus deinem Buch?«

»Sie heißt Catherine.« Als ich ihren Namen aussprach, spürte ich einen kleinen Stich im Herzen. Mitgefühl vielleicht. Oder womöglich Traurigkeit. »Zumindest schließe ich das aus manchem, was sie geschrieben hat. Und er hat sie definitiv geliebt. Deshalb will ich auch unbedingt herausfinden, was vorgefallen ist. Irgendwann ist was Schreckliches passiert. Woraufhin er langsam, aber sicher ein mürrischer, unglücklicher alter Mann geworden ist.«

»Und du willst das wiedergutmachen? Sein Leben verändern?«

Diesmal hatte ich die Antwort nicht sofort parat. Hauptsächlich, weil ich Zach nicht gut genug kannte, um mit der Wahrheit herauszurücken. Pepper wusste Bescheid, wahrscheinlich als Einzige. Nicht nur Jasper Holmes hielt sich die Menschen vom Leib, das war die Wahrheit. Zwar hatte ich, anders als er, nicht die große Liebe verloren, aber einen Traum: Ich hatte etwas aus mir machen, aus diesem Städtchen herauskommen, mir ein Leben jenseits der Berge aufbauen wollen, die unser kleines Fleckchen von Gottes grüner Erde umgaben. Klar, ich könnte wieder aufs College gehen oder irgendwelche Online-Kurse belegen, aber es wäre nicht dasselbe. Jeder Tag, den ich bis zu den Ellbogen in einem Spülbecken mit schmutzigem Geschirr und einem Bankkonto im Minus verbrachte, war ein Schritt hin zum Unausweichlichen.

Ich würde an diesem Ort alt werden, meine enttäuschte Jugend als Vorwand nehmen und mich zurückziehen. Ich würde eine mürrische, unglückliche Frau werden, die einzig Trost in Büchern fand. Oder in einem Garten wie diesem.

Wenn ich das Geheimnis um Jaspers Leid löste, wäre dies beinahe eine Kompensation für mein eigenes.

»Ich will einfach nur die Wahrheit herausfinden«, sagte ich. Etwas Besseres fiel mir momentan nicht ein. »Wenn du mir nicht helfen magst, ich nehme dich nicht beim Wort, keine Sorge.«

»O nein, das tust du mir nicht an.« Er hob beschwichtigend die Hände, sein Grinsen war so entspannt wie immer. »Du nimmst mir das Abenteuer nicht weg, das ich so nötig brauche.«

»Dein ganzes Leben ist ein Abenteuer«, wies ich ihn zurecht. »Du bringst Dinge buchstäblich mit bloßen Händen um und verspeist sie anschließend.«

»Das ist doch bloß Action-Film-Action. Hier geht es um eine

heimliche Liebschaft. Um ein Geheimnis.« Er wackelte mit den Augenbrauen. »Um Romantik.«

Auch wenn mein Herz flatterte, war mir bewusst, dass er wahrscheinlich seine übliche Aufreißermasche anwandte, doch seine Worte lösten eine Erinnerung aus, genau genommen zwei, die sich zu einer Erkenntnis verbanden, die mein Herz noch mehr flattern ließ.

In meinem Hemingway hatte Catherine Jasper vorgeworfen, er sei ein Romantiker, das war die erste Erinnerung. Angesichts der bisherigen Entwicklung ihrer Beziehung spürte ich instinktiv, dass sie recht hatte. Nur ein Romantiker würde sich die Zeit nehmen, ein Mädchen über heimlich in ein Buch gekritzelte Botschaften kennenzulernen und so lange wie möglich über dieses Medium mit ihr zu flirten, ehe er den ersten Schritt machte.

Als ich an jenem Tag Noodle und Jasper in seinem Garten angetroffen hatte, hatte er *North and South* gelesen, das war die zweite Erinnerung. Dieses Buch gehörte zu den besten Liebesromanen, die das 19. Jahrhundert hervorgebracht hatte (sorry, Jane Austen, sorry Brontë-Sisters), stand aber natürlich nicht ganz oben auf der Liste der Pflichtlektüren. Jeder, der sich dieses Werk zu Gemüte führte, tat dies schlicht und einfach zu seinem Vergnügen.

Diese Anhaltspunkte konnten nur eines bedeuten: Jasper liebte die Liebe. Irgendwo unter diesen tiefen Stirnfalten und dem wütenden Grunzen versteckte sich ein Mann, dessen Herz so zerbrechlich und empfindlich wie Glas war.

»Ich glaube, ich weiß, wie wir vorgehen müssen«, sagte ich unvermittelt.

»Echt?« Zach ließ seine Fingerknöchel knacken. »Bitte sag, dass man dazu diese Mauer übersteigen muss. Seit wir hierhergekommen sind, juckt es mich, mit meinen Kletterkünsten anzugeben.«

Ich schnaubte, ließ mich aber nicht weiter becircen.

»Ich packe den Stier bei den Hörnern und frage Jasper.«

»Moment.« Er ließ die Arme sinken. »Einfach so?«

»Warum nicht?« Ich betrachtete das Haus und den Garten aufs Neue. Statt Jaspers Heim mit den weitaufgerissenen Augen des Kindes zu betrachten, das nebenan aufgewachsen war und Angst vor dem wütenden Riesen hatte, sah ich es nun als Ruheoase eines Mannes, der sich verzweifelt an das einzig Schöne klammerte, das ihm im Leben geblieben war.

»Mit ziemlicher Sicherheit weiß er ohnehin, dass ich ihm auf der Spur bin«, sagte ich. »Wir können jetzt wochenlang herumschleichen und Raubüberfälle planen oder ich kann mich auf seine Veranda stellen und auspacken.« Ich nickte und machte einen Schritt nach vorn, meine Entscheidung war gefallen. »Weißt du was? Ich gehe sofort zu ihm. Was kann er schlimmstenfalls tun? Mir die Tür vor der Nase zuschlagen? Mich mit Büchern bewerfen? Nicht mehr auf Noodle aufpassen?«

Das letzte Argument hatte tatsächlich das Potenzial, mich von meinem Vorhaben abzubringen, aber ich ließ mich nicht beirren, sondern marschierte los und blieb erst stehen, als ich bemerkte, dass Zach mir nicht folgte.

»Ist was?«, fragte ich. Zach hatte sich unter dem Spalier nicht von der Stelle gerührt, verfolgte jedoch mit zusammengekniffenen Augen meinen Gang über den Rasen. »Hast du Angst, er könnte dir was tun? Keine Sorge. Ich beschütze dich.«

»Du hast keine Ahnung, oder?«, fragte er.

Ich blinzelte. Was ich alles nicht wusste, hätte die Bibliothek von Alexandria gefüllt. »Wovon?«

»Wie viele Frauen – wie viele Menschen – einfach zu jemandem hingehen und ihm eine derartige Frage stellen würden? ›Entschuldigen Sie, Sir, aber haben Sie einmal eine junge Frau namens Catherine so geliebt, dass Sie ihr in einem Bibliotheksbuch Nachrichten hinterlassen haben? Wenn ja, geben Sie mir die anderen Bücher, damit ich lesen kann, was Sie beide hineingeschrieben haben?‹«

Ich spürte, wie mir die Röte in die Wangen stieg. »Du meinst, das ist zu direkt?«

Er stieß ein langes, leises Lachen aus, das mich schwindeln ließ. Dieses Gefühl ließ auch nicht nach, als er mit drei lässigen, weit ausgreifenden Schritten neben mir stand.

»Ich meine, es ist genau richtig. Und ich meine, du bist genau die richtige Person dafür. Wir gehen hin, packen aus und schauen, was passiert.«

—

»Wie? Du hast das da im Regal gefunden? In der Bibliothek?«

Jasper stand in seiner Haustür, versperrte mit seiner wuchtigen Gestalt den Weg nach drinnen. Trotzdem konnte ich mir ein grobes Bild machen – weiße Wände, weißer Teppichboden und überall so viele Zimmerpflanzen, dass das Innere des Hauses wie ein tropischer Dschungel aussah.

Zitternd stand er da, das Exemplar von *In einem anderen Land* in der Hand; ein starker Windstoß konnte ihn umwerfen und ich dann durch die Tür huschen, doch ich wollte ihn weder drängen noch mich an ihm vorbeidrängen. Sein Gesicht war so weiß wie die Wand.

»Genau genommen hat Zach das Buch gefunden.« Ich zeigte mit einem Kopfnicken auf den Mann, der hinter mir stand. »Aber keine Sorge, er stellt keine Bedrohung dar.«

»Ich weiß nicht, ob ich das als Kompliment oder als Beleidigung auffassen soll«, murmelte Zach so leise, dass dieser Satz nur für meine Ohren gedacht sein konnte. Er schob sich mit ausgestreckter Hand an mir vorbei. »Es ist mir eine Ehre, Sie endlich kennenzulernen, Sir.«

»Für das Buch da zahle ich nicht«, sagte Jasper, der die Hand und den Mann daran völlig ignorierte. Stattdessen hielt er den Blick unverwandt auf mich gerichtet. Gesichtsfarbe, Haltung und – das muss wohl kaum erwähnt werden – Bärbeißigkeit kehrten bereits zurück. »Wenn du mit Romanen hausieren gehen willst, als wären sie eine Schachtel mit Pfadfinderkeksen, dann –«

»Dieses geht aufs Haus«, versicherte ich ihm. »Aber wir würden gern reinkommen und uns mit dir unterhalten, wenn es dir nichts ausmacht.«

Er bekam einen steifen Unterkiefer. »Tut es sehr wohl.«

»Ich habe das Buch durchgesehen«, erklärte ich warnend. Eigentlich wollte ich keine Drohungen anwenden, aber da Jasper auf andere Mittel nicht reagierte, blieb mir keine Wahl. »Ich habe auch *Wendekreis des Krebses* nahezu komplett durchgeblättert. Du kannst uns also genauso gut reinlassen. Ich rühre mich nicht eher vom Fleck, bis du mir von Catherine erzählst.«

Er wurde nicht wieder blass, sondern ihm stieg eine flammende Röte ins Gesicht. »Catherine«, wiederholte er und in seiner Stimme klang keine Frage mit.

»So heißt sie doch, oder?«, hakte ich nach. »In den Büchern redest du sie immer nur mit C an, aber ich habe mir den Rest zusammengereimt.«

»So heißt sie«, bestätigte er. Seine Schultern sackten leicht nach unten. »Vielmehr hieß sie. Sie ist seit langem tot.«

Mein anfängliches Triumphgefühl – hatte ich es doch gewusst, dass es eine tragische Liebesgeschichte gewesen war und Jaspers Leben um diese Tragödie kreiste – wurde von einer Welle der Traurigkeit erstickt. Sie musste furchtbar jung gewesen sein, als es passierte.

Und er ebenso.

»Ich verstehe, wenn du nicht über sie reden willst«, sagte ich und unterdrückte den Drang, Jasper in die Arme zu nehmen, denn damit wäre sicherlich jegliche Chance, sein Haus zu betreten, dahin. »Aber es würde mir viel bedeuten, wenn ich reinkommen darf.«

»Warum?«

Auf Jaspers einfache Frage gab es keine einfache Antwort. »Weil ich neugierig bin«, gestand ich. »Weil wir mein ganzes Leben lang nebeneinandergewohnt haben und ich weniger über dich weiß als über den Typ, der alle sechs Wochen in die Bibliothek kommt, um *Dune* verlängern zu lassen.«

Der letzte Satz kam mir nur zögernd über die Lippen. »Weil ich deine Catherine erst seit kurzem kenne, aber es mir bereits so vorkommt, als wäre sie meine Freundin.«

Zach hinter mir war verdächtig still. Ehe ich mich nach dem Grund fragen konnte, gab Jasper den Eingang frei. Er drehte sich um, schlurfte ins Haus und blieb nur kurz in der Diele stehen. »Na gut. Ihr könnt reinkommen. Aber zieht zuerst die Schuhe aus. Und macht die Tür zu. Dieses Jahr gibt es enorm viele Blattläuse. Die sollen mir meine Pflanzen hier drin ja nicht ruinieren.«

Ich war so perplex, dass ich erst nach einem kleinen Stups von Zach aus meinen ausgelatschten Vans schlüpfte – dem letzten Paar Schuhe, das ich vor meiner Rückkehr gekauft hatte. So teure Treter würde ich mir in absehbarer Zeit nicht mehr leisten können.

Ich drehte mich um und sah Zach auf die Stelle blicken, an der vor kurzem noch Jasper gestanden hatte. »Hast du nicht gesagt, der alte Kerl hasst dich?«, wollte er wissen und band sich langsam die Schnürsenkel auf.

»Das tut er auch«, sagte ich. Da Zach Wanderstiefel trug, die bis zur Wadenmitte reichten, dauerte das Ausziehen eine Weile. »Das ist wahrscheinlich ein Trick, damit ich unachtsam werde. Wir müssen jedes Wort, das aus seinem Mund kommt, auf die Goldwaage legen.«

Ein Stiefel plumpste zu Boden. »Soll ich ihn an einen Stuhl fesseln, während du ihn verhörst?«

»Wenn ich ja sage, könntest du das tatsächlich?«

»Könnte ich, im Sinne von, wäre ich körperlich dazu in der Lage?« Zach zuckte mit den Schultern. »Ich habe das mal mit einem Schwarzbären gemacht, der partout meine Kursteilnehmer fressen wollte. Könnte ich, im Sinne von, würde ich das Risiko eingehen, weil mich eine hübsche Frau darum bittet?« Diesmal lächelte er. »Es gibt wohl nur einen Weg, das herauszufinden.«

Ich musterte Zach aus dem Augenwinkel, aber er vermied sorgfältig meinen Blick. Was von dem, was er sagte, entsprach der Wahrheit, was war Übertreibung? Ich wusste es nicht, hatte aber den dringenden Verdacht, dass er ein Mann war, von dem man selten eine direkte Antwort bekam.

Der andere Stiefel fiel zu Boden. »Wenn dir der Vorschlag mit dem Stuhl nicht gefällt, könnte ich auch schnell ein Wahrheitsserum aus den Kräutern in seinem Garten zusammenrühren«, bot er an.

»Lass mich raten«, sagte ich trocken, »genau diese Vorgehensweise musstest du mal bei einer Kaninchenkolonie anwenden, die du der Spionage verdächtigt hast?«

»Was hast du aber auch für eine rasche Auffassungsgabe.«

Kopfschüttelnd machte ich mich auf die Suche nach Jasper. Wie ich von der Tür aus hatte sehen können, war das Haus sauber, ordentlich und fest in Pflanzenhand. Klettergewächse, Farne, Topfblumen und Grünlilien schienen sämtliche Zimmer miteinander zu verbinden. Seltsamerweise war nirgendwo ein Buch oder ein Bücherregal zu sehen.

Es gab jedoch einen einsamen alten Mann, der auf einem Küchenstuhl saß und mit einem Lächeln auf den Lippen in einem Buch blätterte.

»Sie hat mich immer dazu gebracht, gegen meinen Willen Dinge zu sagen und zu tun«, sagte er und fuhr mit dem Finger über die hingekritzelten Zeilen am Seitenrand. »Man stelle sich vor, ich habe ausgerechnet mit einer Bibliothekarin angebandelt.«

»Moment«, hakte ich ein und mein gesamter Plan, Jasper taktvoll zu behandeln, fiel in sich zusammen. »Catherine war Bibliothekarin? Hier in Colville? In derselben Bibliothek, in der ich arbeite?«

»Sie spielte in einer anderen Liga und war mir in mehr als einer Hinsicht überlegen. Das wusste ich von Anfang an.« Er sah mit undurchdringlichem Gesichtsausdruck zu mir hoch. »Und wenn es nach mir gegangen wäre, wäre die Sache zu Ende gewesen, noch ehe sie angefangen hatte.«

Ich atmete tief aus. »Sie hat also in der Bibliothek gearbeitet. Deshalb habt ihr euch in Büchern Nachrichten hinterlassen.«

»Wir haben uns Nachrichten hinterlassen, weil uns keine dieser neumodischen Technologien zur Verfügung standen, auf die ihr Jungen offenbar so viel Wert legt«, wies mich Jasper zurecht, seine Stimme wie ein Tatzenschlag auf meine Fingerknöchel. »Wir hatten keine Möglichkeit Nacktfotos oder diese albernen gelben Kreise hin und her zu schicken.«

Sorgfältig vermied ich, beim Wort »Nacktfotos« Zach anzusehen, aber der Rest des Satzes ließ mich ratlos zurück. »Alberne gelbe Kreise?«

Jasper wedelte ungeduldig mit der Hand. »Die lächeln und sabbern und furzen. Keine Ahnung, wie ihr die nennt.«

»Emojis, Sir«, erklärte Zach.

»Nenn mich noch einmal Sir und du wirst dir wünschen, du hättest nie einen Fuß in dieses Haus gesetzt.«

»Ja, Sir«, sagte Zach ausdruckslos und mit einer meiner Meinung nach kühnen Missachtung für Jasper. »Ich bemühe mich.«

Jasper sah aus, als überlegte er sich, seine Drohung in die Tat umzusetzen, seufzte aber stattdessen und beschrieb mit der rechten Hand einen Bogen. »Ihr könnt euch genauso gut hinsetzen«, sagte er gereizt. »Ich sehe schon, so schnell werde ich euch nicht los.«

Da er uns hereingebeten hatte, ignorierte ich den letzten Satz und machte es mir auf einem Holzschemel bequem. Zach folgte meinem Beispiel.

»1960«, sagte Jasper unvermittelt. »Da fingen wir an ... mit unserer Korrespondenz. Ihrem Vater wurde, während der letzten Jahre vor der Auflösung des Radarstützpunkts, das Kommando übertragen und sie nahm die Stellung in der Bibliothek an, um sich die Zeit zu vertreiben.«

Mit so viel Information hatte ich nicht gerechnet – und dann auch noch freiwillig. Ich witterte eine Falle.

»Und bevor du fragst, nein, du bekommst *Wendekreis des Krebses* nicht zurück.« Jasper blickte mich scharf an. »Du hast diesen Scheck immer noch nicht eingelöst, aber das heißt nicht, dass die Transaktion nichtig ist. Ich kann nichts dafür, dass du nicht wie jeder normale Mensch damit zur Bank gehst.«

Zach sah mich neugierig an, doch ich lenkte das Gespräch auf das ursprüngliche Thema zurück. Es war mir selbst unerklärlich, warum sich dieser Scheck immer noch in den Tiefen meiner Umhängetasche befand. Je mehr ich dieses Geld benötigte, desto weniger wollte ich es. Pepper hätte an dieser Stelle darauf hingewiesen, dass ich unfähig war, Hilfe anzunehmen, aber in diesem Fall steckte mehr dahinter. Aus dem Schmerz dieses Mannes Kapital zu schlagen, seine Lebensgeschichte auf einige Nullen und Dollarscheine zu reduzieren, fühlte sich falsch an.

Der Mensch musste mehr sein als die Summe, die sich auf seinem Bankkonto befand. Das Leben musste einen tieferen Sinn haben.

»Also haben du und Catherine angefangen, euch Nachrichten in *In einem anderen Land* zu hinterlassen«, konstatierte ich.

Jasper strich andächtig über den vorderen Buchdeckel. »So war es.«

»Und dann kam als Nächstes *Spuk in Hill House.*«

»Kann man uns so leicht auf die Schliche kommen? Wie unvorsichtig von uns.« Ein Lächeln spielte um seine Lippen, während er im Buch blätterte. »Wenn ich so darüber nachdenke, wir waren oft unvorsichtig, aber das liegt in der Natur der Jugend. Keiner von euch ist so gut darin, Dinge zu verheimlichen, wie er denkt.«

Das war jetzt wohl eher ein Angriff als eine Falle, aber Jasper war noch nicht fertig.

»Wenn es im Buch heißt, dass unsere nächste Lektüre Shirley Jackson war, stimmt das auch«, sagte er. »Es ist zu lange her, ich erinnere mich nicht mehr an alles, was wir uns geschrieben haben. Catherine liebte Horrorbücher – je düsterer, desto besser. Sie war immer am glücklichsten, wenn Menschen in Stücke gerissen wurden.«

»Eine Frau ganz nach meinem Geschmack«, murmelte Zach.

»Du hättest keine fünf Minuten mit ihr überlebt«, erwiderte Jasper blitzschnell, als schlüge er einen Tennisball mit Höchstgeschwindigkeit zurück. »Sie hätte dich durchschaut und Hackfleisch aus dir gemacht, ehe du auch nur einmal anzüglich gezwinkert hättest.«

»Mich durchschaut?«, wiederholte Zach. Er sah mich an und seine Augen funkelten. »Sollte ich nachfragen?«

»Du bist das Sinnbild dessen, was bei der heutigen Jugend schiefläuft«, sagte Jasper unvermittelt. Da ich nicht mehr im Kreuzfeuer stand, genoss ich den Schlagabtausch der beiden. »Du bist dir deines Werts viel zu bewusst. Das seid ihr Jungen euch alle. Ständig macht ihr Filmchen über eure Heldentaten, paradiert aufgeputzt vor jedem Spiegel herum und schon allein für die Teilnahme an einem sportlichen Wettbewerb gibt es eine Medaille.«

Zach schmunzelte und strich sich affektiert übers Haar. Obwohl er sich seine übliche Schmutzschicht abgewaschen hatte, sah er immer noch wettergegerbt und in meinen Augen extrem anziehend aus. »Sie finden, ich paradiere aufgeputzt herum?«

»Natürlich. Du würdest diesem Mädchen nicht durch die gesamte Stadt hinterherlaufen und dabei herumstolzieren wie ein Schwein in seinem Koben, wenn du nicht der Meinung wärst, sie hätte was für Bauernhoftiere übrig. Keiner von euch hat auch nur ein Gran Bescheidenheit im Leib.«

Das ging zu weit, auch wenn Zach der Letzte war, dem man helfend beispringen musste.

»Einen Moment mal«, sagte ich. »Vor ein paar Wochen hast du mir noch verkündet, Noodle müsse einen stärkeren, würdevolleren Spitznamen bekommen. Du hast gesagt, er müsse sich der Welt so präsentieren, wie er von ihr gesehen werden möchte.«

Sofort wurde Jasper weich. Wie ein Heißluftballon, aus dem nach einer langen, beschwerlichen Reise die Luft herausgelassen wird. »Ah, ja. Aber Noodle ist anders.«

Mir wurde die Kehle eng und ich brachte kein Wort heraus. Bei jedem Menschen, der sich das zu sagen getraut hätte – Noodle ist *anders* –, hätte ich einen auf *Spuk in Hill House* gemacht und, wie Jaspers geliebte Catherine, ihn oder sie in Stücke gerissen.

Doch Jaspers Aussage war kein Werturteil. Die wenigen Tage, die er und Noodle zusammen verbracht hatten, hatten ausgereicht.

Er wusste Bescheid. Er hatte verstanden.

»Hast du noch zufällig euer Exemplar von *Spuk in Hill House*?«, fragte ich und drängte die Tränen zurück, die mir in den Augen stachen. Vor diesen Männern zusammenbrechen wollte ich als Allerletztes. »Die Datenbank der Bibliothek war ein Schlag ins Wasser und in verschiedenen Läden in der Stadt habe ich nichts gefunden.«

Jasper blinzelte. »Natürlich habe ich es nicht.«

»Oh.« Enttäuschung gesellte sich zu den anderen Gefühlen, die in mir tobten, und machte mich sprachlos.

Zach räusperte sich leise und sprang in die Bresche. »Es ist zwar eine weit hergeholte Vermutung, aber da sich die beiden anderen Bücher leicht auftreiben ließen, fanden wir es den Versuch wert. Vielleicht können wir dieses ja vorläufig überspringen …« Er verstummte bedeutungsvoll.

»Kommt jetzt der Moment, in dem ihr mich fragt, ob ich euch alle Bücher aufzähle, in denen Catherine und ich einander schrieben, damit ihr meine Liebesgeschichte in eure dreckigen, respektlosen Griffel kriegt?«, fragte Jasper.

Da ich ihn genau darum hatte bitten wollen, wartete ich mit angehaltenem Atem auf die Antwort.

»Pech. Die Bücher gehören mir. Catherine gehört mir.«

Ich befürchtete, es könnte mit seiner Offenheit vorbei sein, doch er fuhr fort: »Wenn es dich beruhigt, ich bezweifle, dass diese alten Schwarten noch aufzutreiben sind. Wie auch? Sie war diejenige, die sie alle aufbewahrte. Und als sie starb, da war ich …« Er schüttelte den Kopf, als wollte er die Erinnerung vertreiben. »Egal, es spielt keine Rolle, was ich tat. Sagen wir so, ich bin erstaunt, dass du diese zwei Bücher überhaupt gefunden hast. Catherine muss sie vor ihren Eltern versteckt haben – eins im Keller der Bibliothek, das andere für alle sichtbar in einem Regal dort.«

Diese Worte zerstörten meine Hoffnungen nicht, im Gegenteil, plötzlich durchfuhr mich Optimismus – nicht nur gab es dort draußen noch mehr Bücher, sondern diese waren aus einem bestimmten Grund aufbewahrt worden. Als hätte Catherine gewusst, wie viel deren Entdeckung eines Tages bedeuten würde – nicht notwendigerweise Jasper, sondern mehr als sechzig Jahre später mir, einer anderen Bibliothekarin. Einer Frau, die sich verloren fühlte und auf der Suche nach Antworten auf Fragen war, von denen sie nicht einmal gewusst hatte, dass man sie stellen konnte.

»Heißt das, sie hat die Bücher absichtlich versteckt?«, fragte ich, wohl wissend, dass ich ihn sehr bedrängte, aber ich konnte nicht anders. »Weil sie die Bücher vor neugierigen Blicken in Sicherheit bringen wollte? Oder weil sie wollte, dass sie schließlich doch gefunden werden?«

Jasper warf mir einen gequälten Blick zu. »Sie hat die Bücher ganz sicher nicht versteckt, damit eine naseweise, aufdringliche Beinahebibliothekarin erfolglos auf Schnitzeljagd geht.«

»Immerhin habe ich bereits anderthalb Schnitzel gefunden.«

»Ich wusste, es war ein Fehler, euch zwei reinzulassen.« Stöhnend stand Jasper auf, achtete aber gut darauf, dass *In einem anderen Land* in seiner Reichweite blieb. »Geht heim. Lasst mich in Ruhe. Hört auf, eure Nasen in eine Vergangenheit zu stecken, die vorbei, begraben und bereits betrauert ist.«

Da Jasper offensichtlich am Ende seiner Geduld war, gab ich nach und wandte mich zum Gehen. Ich bekam Unterstützung durch Zachs Hand, die mir sanft ins Kreuz drückte.

Wir standen in der Diele und zogen uns die Schuhe an, da meldete sich Jasper nochmals zu Wort.

»Wenn Catherine die restlichen Bücher versteckt hat, dann weil sie ahnte, ihre Eltern würden sie vernichten«, sagte er so leise, dass ich ihn kaum verstand, denn mein Herz klopfte laut. »Sie waren mit uns beiden nicht einverstanden.«

Die Frage platzte heraus, bevor ich an mich halten konnte. »Weil du Holzfäller warst?«

Überraschung zuckte über sein Gesicht. »Da hat aber jemand seine Hausaufgaben gemacht«, spöttelte er. »Ja. Weil ich Holzfäller war und sie die Tochter eines Air-Force-Offiziers. Weil ich kein Geld hatte, sie schon. Weil ich nur eine fensterlose Ein-Zimmer-Wohnung über der Eisenwarenhandlung bieten konnte und sie das Allerbeste verdiente.«

Das war so traurig, dass mir der Atem stockte. Für die meisten Menschen hörten sich solche Hindernisse nicht unüberwindbar an, aber ich war anders als die meisten Menschen. Bücher erzählen uns ständig, dass die Kraft der Liebe alles überwindet und sich Glück mit Geld nicht kaufen lässt. Und in vielerlei Hinsicht glaubte ich das.

Dennoch war es viel von jemandem verlangt, diese Grenze zu überschreiten. Besonders von jemandem, den man liebte.

»Tut mir leid«, sagte ich und meinte es auch so.

Jasper musste meine Aufrichtigkeit gespürt haben, denn er gab mir noch ein Geschenk mit auf den Weg.

»Frag Lonnie Pakootas«, er hielt die Tür auf und deutete nach draußen. Ich stolperte auf der Schwelle und einzig Zachs wartende Hände ersparten mir den Sturz.

»Lonnie?«, wiederholte ich. Plötzlich ergab die Stelle über die Vorliebe einer gewissen L für rührselige, dramatische Bücher Sinn. Sie hatte einmal in unserer Bibliothek gearbeitet, was ich in meinem Eifer, diesem Liebesgeheimnis auf den Grund zu kommen, vergessen hatte. »Sie meinen Peppers Großmutter?«

»Wenn jemand weiß, wo das Buch steckt, dann sie«, lautete Jaspers Antwort. Verträumt sah er in die Ferne und war offensichtlich in Gedanken nicht mehr ganz bei uns. »Früher einmal waren Catherine und Lonnie die allerbesten Freundinnen.«

15

Chloe

Lonnie wohnte in einem der schönsten Häuser Colvilles. Es war nicht sehr groß – wie die meisten in unserer Gegend – und verfügte über nur wenige moderne Annehmlichkeiten, was in der Sommerhitze ein enormer Nachteil war, aber das Gebäude stand auf einem riesigen Stück Land in der Nähe der Fallkante der Crystal Falls. In windstillen Nächten konnte man auf der rückwärtigen Veranda das Wasser hinabstürzen hören.

Fairerweise muss man sagen, dass man auch die Teenager hören konnten, die dort soffen und Party machten, wenn die Langeweile keine Alternativen bot, aber man kann nicht alles haben.

»Chloe!« Kaum rumpelte mein Kombi die Auffahrt hoch, kam Lonnie auch schon zur Begrüßung heraus. Im Anbetracht ihrer gesundheitlichen Situation sah sie gut aus, wenn auch ein wenig schlanker als bei unserer letzten Begegnung. Leider konnte ich Peppers Großmutter nicht so häufig besuchen, wie ich wollte, und wusste daher nie so recht, was mich erwartete. Ihr Krebs war nicht aggressiv und die mehrmaligen Operationen waren erfolgreich gewesen, aber sie war sich sehr wohl bewusst, wie kostbar ihre letzten verbleibenden Jahre waren. »Bitte sag, dass du deine Geschwister mitgebracht hast. Drinnen habe ich einen Kentucky Butter Cake, der vertilgt werden muss, und Theo ist der Einzige, dem ich zutraue, dieser Arbeit gerecht zu werden.«

»Theo würde einem Stacheltier die Stachel vom Rücken fressen, wenn er die Möglichkeit dazu bekäme«, sagte Pepper. Sie glitt vom Beifahrersitz und wir gingen gemeinsam die Treppe hoch.

»Ist nicht wahr«, widersprach ich. »Er würde daraus Pfeile oder Wurfsterne basteln und die gesamte Nachbarschaft damit terrorisieren.«

Auf der obersten Treppenstufe angekommen, empfing mich eine sehr feste Umarmung. Unvorstellbar, dass Lonnie nicht die nächsten dreihundert Jahre trostspendend auf ihrer Veranda stehen würde.

»Es tut mir leid, dass ich dich nach Noodles Unfall nicht unterstützen konnte«, sagte sie. »Der arme Junge. Wie hat er das denn fertiggebracht? Ist er durch den Wald gerannt, ohne zu schauen, wo er hintritt?«

Ich war froh, dass sie mich immer noch im Arm hielt. Je länger Noodle die Antwort verweigerte, was genau vorgefallen war, desto elender fühlte ich mich. Jaspers Geheimnis zu lösen, war dagegen vergleichsweise einfach.

»Ich weiß es nicht«, bedauerte ich. »Er spricht nicht darüber. Er sagt nur, es tue ihm leid, dass er eine solche Last sei.«

»Er ist halt ein typischer Sampson.« Sie schnalzte mit der Zunge und schob mich ins Haus. »Immer mit Volldampf gegen die Wand rennen, bei der man sich dann entschuldigt, weil man sich dabei die Nase gebrochen hat.«

»Ich renne nicht mit Volldampf«, protestierte ich. »Eigentlich renne ich gar nicht. Früher war ich im Sportunterricht beim Rennen über eine Meile immer die Letzte. Frag Pepper.«

»Da ich nur zu gut weiß, dass meine Oma gern in Metaphern spricht, steige ich in diese Diskussion nicht ein«, sagte Pepper. Sie warf einen Blick in den aufgeräumten, einladenden Vorraum, atmete tief den süßen Backgeruch ein und entspannte sich. Offenbar hatte Lonnie einen ihrer guten Tage.

»Welche Wand habe ich je um Entschuldigung gebeten?«, wollte ich wissen.

»Die Wand des Lebens«, sagte Pepper schlagfertig.

»Die Wand der aufrichtigen Gefühle«, ergänzte Lonnie.

Pepper legte nach. »Die Wand des Ehrgeizes.«

Lonnie ebenfalls. »Die Wand der Fehler anderer.«

Pepper hob die Hand zum High five. »Oho, der ist gut, Oma.«

Lonnie schmunzelte, als sie spielerisch in die Hand einschlug und ihre Finger mit denen der Enkelin verschränkte. Angesichts dieses selbstverständlichen innigen Umgangs zog sich mir schmerzhaft die Kehle zu. Schon immer war ich eifersüchtig auf die Verbindung zwischen beiden gewesen, auf die Verbundenheit innerhalb der gesamten Familie Pakootas. Ich hatte drei Geschwister, Pepper hingegen war ein Einzelkind, doch das fiel nicht ins Gewicht. Sie hatte Verwandtschaft zuhauf. Tanten, Onkel, Cousins und Cousinen, Menschen, die nicht unbedingt blutsverwandt, aber so eng mit ihr verbunden waren, als wären sie alle miteinander in derselben Gebärmutter geschwommen. Pepper konnte nicht durch unser Städtchen gehen, ohne dass sie von Menschen angesprochen wurde, die behaupteten, mit ihr verwandt zu sein.

Diese Art Netzwerk – Menschen, die einen liebten, Menschen, die sich um einen sorgten – hatte ich nie gekannt. Als ob Pepper mit einem straff gespannten Sicherheitsnetz geboren worden wäre. Sie konnte im Wald hundert Klippen hinunterstürzen, doch egal, wie tief der Fall war, sie würde nie den Boden berühren.

Ich hingegen hatte meinen Vater nie kennengelernt und meine Großeltern verloren, weil meine Mutter unfähig war, eine Beziehung über mehr als ein paar Jahre aufrechtzuerhalten. Seit dem Zeitpunkt meiner Geburt war meine Mutter mein einziges Sicherheitsnetz gewesen – ein schütteres, unzuverlässiges Ding mit mehr Löchern als Halt.

Irgendwo steckte hier noch eine weitere Metapher drin, dass ein einziger Mensch nicht als Sicherheitsnetz dienen kann, weil er sonst immer schütterer wird und schließlich nur noch aus lose miteinander verbundenen Fäden besteht, aber so genau wollte ich es gar nicht wissen. Lonnie und Pepper konnten, wenn ich weg war, die Einzelheiten diskutieren. Fürs Erste würde ich mich weiterhin ausdehnen, damit meine Geschwister etwas hatten, was sie in der Luft hielt, wie fadenscheinig ich auch sein mochte.

»Danke dir übrigens für die vielen alten Nackenbeißer«, sagte Lonnie, als sie Peppers Hand losließ. Wir folgten ihr in die Küche, wo der versprochene Kuchenring butterglänzend in der Mitte des Tisches stand. Sie schnitt uns beiden jeweils eine großzügige Scheibe ab. »Ich lese gerade einen richtig guten, in dem die Heldin schwanger ist, unter Amnesie leidet und von einem pensionierten Navy SEAL gerettet werden muss, der als Schuldeneintreiber arbeitet. Es heißt *Pregnesia.*«

Lachend hob ich die Hand. »Das ist doch eine Erfindung von dir. Darauf falle ich nicht rein. Ein solches Buch kann es unmöglich geben.«

»Und ob! Ich bin erst zur Hälfte durch, aber heute Abend lese ich es zu Ende. Ich kann es nicht aus der Hand legen.«

»Pepper!« Mein Ausbruch wurde etwas von dem Kuchenbissen gedämpft, den ich nicht über den Küchentisch prusten wollte, vergebens. »Deine Oma flunkert.«

»Oh, nein«, sagte Pepper. »Vor ein paar Jahren war dieser Schmachtfetzen echt der Renner, damals warst du, soweit ich mich entsinne, auf dem College. Länger als ein, zwei Stunden war er nie im Bücherbus.«

Pepper ging durch die Küche zur Wand mit den Bücherregalen. Da sich sowohl Großmutter als auch Enkelin dem Beruf der Bibliothekarin verschrieben hatten, verfügten sie über einen beeindruckenden Bücherfundus.

»Gab es da nicht noch eins, das dir auch sehr gefiel, mit einem noch haarsträubenderen Titel?«, fragte Pepper, während ihr Blick über die Buchrücken glitt, von denen die meisten aufgrund mehrfacher Lektüre solide Gebrauchsspuren zeigten. »*Erpresst von des Prinzen mutwilliger Mamsell* oder so ähnlich? Ich hätte schwören können, dass es hier stand, als ...«

Ich war ganz beschäftigt, mir ein weiteres Stück Kentucky Butter Cake in den Mund zu stopfen, daher entging mir, dass Pepper plötzlich verstummte. Und dann genoss ich, wie mir der Kuchen praktisch auf der Zunge zerging, und bekam erst recht nichts mit.

»Chloe?«, sagte sie und ihre Stimme hörte sich an, als käme sie aus weiter Ferne. »Kommst du mal kurz her?«

»Wenn es um die Eroticasammlung geht, die mir deine Tante Raylene geschenkt hat, will ich nichts davon hören«, sagte Lonnie. »Was ich in meiner Freizeit lese, ist allein –«

»Um die geht's nicht«, fiel Pepper ihr ins Wort. Sie zog ein Buch aus dem Regal und setzte sich wieder zu uns. In ihrer Hand befand sich ein schwarzes gebundenes Buch, auf dessen Vorderseite sich verblasste gelbe Blumen rankten. Ich erkannte es fast sofort. Vor allem, weil es immer noch die uralten Aufkleber aus jener Zeit trug, als es zum Bibliotheksbestand gehört hatte. »Oma, möchtest du uns vielleicht etwas über dieses Exemplar von *Spuk im Hill House* erzählen?«

In dem Augenblick, als Lonnies Blick weich wurde, wusste ich, dass dies nicht einfach nur ein Buch war. Genau das gleiche Licht hatte in Jaspers Augen geleuchtet, als er von Catherine erzählte – ein Licht, dem offenbar der Zahn der Zeit nichts anhaben konnte.

Ach, eine Frau zu sein, die noch nach sechzig Jahren derart starke Gefühle hervorruft! Wie es wohl ist, wenn man weiß, dass die Erinnerung an einen so ein enormes Gewicht besitzt, egal, wie sehr sich die Welt verändert?

»Das alte Ding?« Lonnie wedelte abschätzig mit der Hand. »Das ist älter als dein Vater. Ich kann mich kaum mehr daran erinnern, wovon es handelt.«

»Um eine junge Frau, die ein Spukhaus besucht und für immer darin eingesaugt wird«, sagte ich. »Und um ein Liebespaar, dem kein Glück beschieden war und das Buch 1960 gemeinsam gelesen hat.«

Anstatt mich mit einer Ausrede abzuspeisen, lachte Lonnie. Ein Lachen so vollmundig und köstlich wie ihr Kuchen und umso kostbarer, weil ich wusste, dass es ein Verfallsdatum hatte.

»Du weißt also davon, soso«, sagte sie und nahm Pepper das

Buch aus der Hand. Andächtig fuhr sie über den vorderen Buchdeckel, als wollte sie die angestupsten Ecken glattstreichen. »Hat Jasper es dir erzählt?«

»Ich wusste nicht, dass du und Jasper euch kennt.«

Sie sah mich über den Rand ihrer knallrosafarbenen Lesebrille hinweg an. »Es gibt gerade mal zwölf Leute in diesem Städtchen, die über achtzig sind, Chloe. Natürlich kenne ich Jasper, den miesepetrigen alten Kauz. Wenn es ein Trost ist, er war in seiner Jugend genauso unfreundlich wie heute. Noch nie hat die Welt einen Mann gesehen, der so unbedingt ein Griesgram sein wollte.«

Ich musste lachen, denn das stimmte ganz mit meinem Bild von ihm überein.

»Wenn du Jasper schon damals kanntest, kanntest du auch Catherine, stimmt's?«, fragte Pepper. »Und du wusstest von ihrer Affäre?«

»Ach, Catherine, sie war ganz anders«, sagte Lonnie und ihr Blick wurde wie zuvor weich und leuchtend. »Sie war das Licht, er das Dunkel, sie die Sonne, er der Mond. Ehrlich gesagt, ich habe nie verstanden, was sie in ihm sah, aber das ist wohl der Sinn der Sache.«

»Welcher Sache?«, fragte ich.

Lonnie schlug das Buch auf und blätterte, bis sie zu einem Abschnitt ungefähr in der Mitte kam. In dem Augenblick, als ich die Schrift sah, wurde mir leicht ums Herz. Ich unterdrückte den Drang, Lonnie das Buch aus den Händen zu reißen, und ließ sie die Stelle vorlesen.

»Das ist mein zweiter Morgen in Hill House, und ich bin unbeschreiblich glücklich. Reisen enden stets in Paaren; ich habe eine

fast schlaflose Nacht hinter mir, ich habe gelogen und mich zum Narren gemacht, und schon die Luft schmeckt mir wie Wein.«

Lonnies Tonfall klang so beruhigend, ich hätte ihr stundenlang zuhören können, wollte aber unbedingt wissen, was am Seitenrand stand.

»Und?«, drängte ich.

»Ich bin noch nicht fertig. Immer mit der Ruhe.« Sie räusperte sich und las weiter: *»Vor Schrecken habe ich von meinem bisschen Verstand noch die Hälfte verloren, aber irgendwie habe ich jetzt diese Freude verdient; ich habe so lange darauf gewartet.«*

»Oma, jetzt bist du einfach nur gemein«, sagte Pepper. »Das Buch ist uns schnuppe – wir wollen wissen, was Jasper und Catherine für unanständige Sachen geschrieben haben.«

Diesmal nahm Lonnie beim Blick über die Brille ihre Enkelin statt mich ins Visier. »Sie haben nichts Unanständiges geschrieben. Glaubst du echt, Catherine hätte mir ansonsten das Buch gegeben? Hier geht es um Romantik. Reine, unverfälschte, wahre Romantik.«

»Dann gib schon endlich her.« Pepper schnappte sich das Buch und warf es mir zu, weil sie ahnte, dass es sonst ein Gerangel mit ihrer Großmutter geben würde. »Renn los, Chloe! Rette dich! Ich lenke sie ab, bis du zu den interessanten Stellen kommst.«

Natürlich war das witzig gemeint, doch vorsichtshalber rückte ich ein wenig weg, ehe ich weiterlas, wo Lonnie aufgehört hatte.

Du bist glücklich, Eleanor, endlich hast du auch ein Teil von dem Glück abbekommen, das dir zusteht.

Ich sage es nur ungern, C, aber allmählich habe ich das Gefühl, wir laden mit diesem Buch einen Fluch auf uns.

Wie kommst Du darauf?

Weil ich glücklich bin. Weil ich ein Stück vom Glück abbekommen habe, das mir zusteht. Und angesichts dessen, wie das Buch endet, bin ich mir nicht sicher, ob das gut ist.

Hm. Interessant. Hattest du gestern eine fast schlaflose Nacht?

Das weißt Du genau. Du warst dabei.

Psst. Ich versuche, philosophisch zu sein. Hast Du Lügen erzählt und Dich lächerlich gemacht?

Beim Lügen bin ich mir nicht sicher, zweiteres stimmt. Ich habe dieses Psycho angefangen, von dem Du erzählt hast, und ich hatte noch nie in meinem Leben so viel Angst. Warum magst Du dieses düstere Zeug so?

Ich kann nicht anders. Es entspricht meiner wahren Natur. Aber Du schweifst ab: Was ist mit der Luft? Schmeckt sie für Dich wie Wein?

»Hast du nicht gesagt, sie hätten nichts Unanständiges geschrieben!«, kreischte ich. Die Vorstellung, dass Jasper einer Frau zuliebe ein Buch las, das ihm nicht gefiel – und ihr sagte, ihre Lippen schmeckten wie Wein –, war beinahe zu viel für mich. »Haben Jasper und Catherine tatsächlich die Nacht miteinander verbracht? Bevor sie verheiratet waren? 1960?«

Traurig schüttelte Lonnie den Kopf und schnalzte mit der Zunge. »Gott bewahre mich vor der heutigen Jugend! Jede Generation meint, sie hätte Sex und alles, was dazugehört, erfunden. Wenn das der Fall wäre, Fräuleinchen, wie kommt es, dass du und Pepper auf der Welt seid? Oder deine vielen Geschwister? Unbefleckte Empfängnis? Der Große Geist?«

Obwohl ich nach Kräften die Vorstellung verdrängte, auf welche Weise meine Geschwister und ich gezeugt worden waren, blitzte das Gesicht meiner Mutter vor mir auf. Vergessen konnte ich es ohnehin nicht, da Trixies Schönheit ganz von ihr stammte. Die makellose Haut und das hinreißende Lächeln, der Körper, der sich mühelos jeder herrschenden Mode anzupassen schien.

»Ein Prachtweib«, hatte ich mehrmals über meine Mutter gehört. »Ein geiler Arsch« ebenfalls öfter (leider). »Was für eine völlige Verschwendung«, war ein anderer gängiger Spruch in meiner Kindheit gewesen, »so viel Schönheit an eine Frau vergeudet, die vom lieben Gott nicht einmal so viel Verstand mitgekriegt hat wie eine Kuh.«

Manchmal erhaschte ich im Spiegel einen flüchtigen Blick

auf dieses Gesicht, aber es lag meist an den Lichtverhältnissen als an meinen Zügen. Kurz konnte ich meine Mutter unter der Oberfläche erahnen, meist, wenn ich abgelenkt war und mein Visier herunterließ.

»Ich weiß nicht im Detail, was zwischen Catherine und Jasper gelaufen ist, Fragen sind also zwecklos«, sagte Lonnie, noch ehe ich weitere stellen konnte. »Ich erinnere mich, dass ihre Liebesaffäre rasend, rauschend und katastrophal war. So wie die schönsten Liebesaffären nun mal sind.«

Das regte Pepper zum Widerspruch an. »Oma! Du warst fünfzig Jahre mit Dada verheiratet, bevor er starb. Wie kannst du bloß so was sagen?«

Lonnie schnalzte missbilligend mit der Zunge und winkte ab. »Dein Großvater war ein guter, zuverlässiger Mann, aber er hat mich nie mit Marginalien umworben. Ein Zettel, ich soll nicht vergessen, auf dem Heimweg von der Arbeit einen Sack Kartoffeln zu kaufen, war das höchste der Gefühle.«

Da ich mitbekommen hatte, wie Peppers Großeltern lebten, lachten und liebten, wusste ich, das war gelogen. Aber ich wusste auch, dass sie seit seinem Tod vor etwas mehr als fünf Jahren nicht an der Wunde rühren wollte, die sein Verlust geschlagen hatte. Daher gehorchte ich, als sie mir bedeutete, weiterzublättern. Es dauerte nicht lange, da fand ich den nächsten handschriftlichen Austausch.

»Diese anderen haben deinen Schutz so viel nötiger als ich«, sagte sie. »Ich werde natürlich tun, was ich kann. Aber sie sind sehr, sehr verwundbar mit ihren harten Herzen und mit ihren blinden Augen.«

Eigenartig, dass ein hartes Herz verwundbarer macht statt abgebrühter.

Eigentlich nicht. Darum geht es ja im Buch. Das Haus bringt jene um, die es nicht lieben. Der gesamte Konflikt entsteht, weil sie unfähig sind, das Haus so zu akzeptieren, wie es ist, also rächt es sich.

Vergleichst Du mich jetzt wieder mit dem Haus? Wenn Du mich nicht liebst, bringe ich Dich um?

Du bringst mich so oder so um, C. Das wissen wir doch wohl beide.

Unwillkürlich entfuhr mir ein Seufzer.

»Oje«, murmelte Lonnie. »Dieses Geräusch kenne ich.«

»Ich weiß«, sagte Pepper grinsend. »Sie hat's schwer erwischt. Wenn Jasper hundert Jahre jünger wäre, würde sie ihn sich wahrscheinlich selbst unter den Nagel reißen.«

Lonnie drohte ihrer Enkelin mit einem altersknorrigen Zeigefinger. »Hüte deine Zunge, Kind. So alt sind wir nun auch wieder nicht.«

Ich hob meinerseits drohend den Finger. »Und mich hat es überhaupt nicht erwischt, weder schwer noch leicht. Mich interessiert die Sache eben. Auf den Jasper Holmes, den ich kenne, passt diese Beschreibung hier genau: ein Mensch mit hartem Herz und blindem Blick. Nur Catherine erkannte seine Verletzlichkeit. Sie wusste genau, wie sie ihn nehmen musste.«

»Da hast du nicht unrecht«, gab Lonnie zu und spitzte nachdenklich den Mund. »Ich habe nie wieder eine Frau so mit einem Mann umspringen sehen wie Catherine mit Jasper. Sie warf einen einzigen Blick auf ihn, wollte ihn haben und hörte nicht auf, bis sie ihn in die Knie zwang. Ihr zwei könntet euch das eine oder andere von ihr abgucken.«

»Weiß ich doch«, gab ich zu. »Deshalb will ich ja die restlichen Puzzleteile ihrer Geschichte zusammentragen.«

Ich verstummte, weder willens noch fähig, das Unausgesprochene zu sagen. In Wahrheit war ich viel weniger Catherine als vielmehr ein alter, verschlossener, hartherziger Jasper. Dass es jemandem gelungen war, seine Mauern einzureißen, jemand ihn gezwungen hatte, die Liebe zu empfinden, gegen die er sich mit sämtlichen Fasern seines Wesens sträubte, bedeutete mir etwas.

Wenn ich ehrlich war: Es bedeutete mir alles.

Meine nächste Frage musste ich sorgsam formulieren. Wenn nicht um Lonnies willen, so um meinetwillen.

»Wenn du Catherine damals gekannt hast, dann weißt du, was mit ihr passiert ist«, tastete ich mich vor. Die Worte fühlten sich seltsam dick in meinem Mund an, aber ich gab jedem das nötige Gewicht. »Gunderson hat behauptet, Jasper habe sie umgebracht und ihre Leiche in seinem Garten vergraben, aber –«

Lonnies schallendes Gelächter unterbrach mich, ehe ich den Satz beenden konnte.

»Gunderson bezieht neun Zehntel seiner Informationen von seiner Frau. Sie moderiert ein halbes Dutzend Verschwörungswebseiten. Glaub denen kein Wort.«

»Tu ich ja nicht«, sagte ich, »aber Jasper war immer so gemein zu uns und Catherines plötzlicher Tod war so tragisch. Es schien zusammenzupassen.«

Pepper nickte zustimmend. »Und ich habe die Microfiches nach Artikeln über verschwundene Frauen um diesen Zeitpunkt herum durchsucht, aber nichts gefunden. Dieser Ort war in den 1950ern und 1960ern ziemlich eintönig. Die einzigen Beschäftigungen waren das Sammeln von Rabattmarken und gelegentlich ein Abend mit Sockenhopf auf dem Stützpunkt.«

»Moment.« Lonnie ließ mit heftig gerunzelter Stirn ihren Blick zwischen uns hin und her wandern. »Was meinst du mit: ihr plötzlicher Tod war tragisch?«

Ich runzelte gewissermaßen spiegelbildlich die Stirn. »War das nicht so? Natürlich ist jeder Tod tragisch und weil sie so jung war, war ich der Meinung, dass er aus heiterem Himmel kam. Warum wäre Jasper sonst so untröstlich gewesen?«

»Chloe, Schatz, Catherine ist nicht gestorben.«

Mein Körper erstarrte und einen unendlichen Augenblick lang dachte ich, mein Herz mit ihm. »Wie? Sie ist nicht gestorben?«

Lonnie sah mich so seltsam an, dass mich der Verdacht beschlich, ich hätte die Frage gar nicht laut gestellt. Pepper wurde ungeduldig und hakte nach. »Wenn sie nicht tot ist, wann ist dann mit ihr passiert? Was ist uns entgangen?«

»Gar nichts«, erwiderte Lonnie. »Ich habe nie die ganze Geschichte gehört, aber es gab einen Skandal mit einem anderen Mann – einem Soldaten vom Stützpunkt. Sie gab mir das Buch, ich solle darauf aufpassen und verschwand. Ich habe nie wieder von ihr gehört.«

»Was ist mit Jasper?«, fragte ich und mir war ganz schwummerig zumute. »Was ist mit ihrer tragischen Liebesgeschichte?«

Ein trauriges Lächeln umspielte Lonnies Lippen. »Es endete, Kind, wie alles. Ihre Geschichte war lediglich ein kurzes, stürmisches Kapitel in einem Buch, das niemand lesen wollte.«

Zweiter Teil

16

1960

Jeden Freitagnachmittag Punkt drei erhielt Jasper seinen Gehaltsscheck. Um drei Uhr dreißig hatte er die Hälfte bereits ausgegeben.

»Wie immer?«, fragte die gutgelaunte Blondine hinter dem Schalter im Rathausbüro. Sie fungierte als Bankkassiererin, Telegrafistin und Postmeisterin in Personalunion, was bedeutete, dass die meisten Geheimnisse der Stadt durch ihre wohlmanikürten Hände gingen. »Vierzig bar und vierzig nach Aberdeen?«

»Ja, bitte«, sagte Jasper, dessen Aufmerksamkeit nur teilweise diesem Vorgang galt. Es bedurfte seiner gesamten Selbstbeherrschung, dass er *Spuk in Hill House* nicht aus der Hosentasche zog und die Stelle suchte, an der Catherine und er stehengeblieben waren. Sie hatten sich für den nächsten Abend an ihrem üblichen Treffpunkt unten am Fluss verabredet, aber es juckte ihn in den Fingern nachzusehen, was sie zu der Passage meinte, die er am Tag zuvor unterstrichen hatte.

Das Buch war gruselig ohne Ende und statt zu schlafen, hatte er sich stundenlang hin und her gewälzt, weil er die Bilder verdrängen wollte, aber das war nichts Neues für ihn. Jasper hatte fast jeden Tag seines Lebens Angst gehabt – davor, wie hell die Sonne in diesem Teil des Bundesstaates schien, vor den Leuten, die lächelten, winkten und ihren Geschäften nachgingen, vor hinreißend lachenden Mädchen, die in ihm sorgsam unterdrückte Gefühle wiedererweckten.

»Erde an Jasper«, sagte die Blondine, als sie vier druckfrische Zehn-Dollar-Scheine über den Tresen schob.

»Was? Oh. Verzeihung.« Er nahm die Banknoten und steckte sie in seinen Geldbeutel. »Ich habe gerade nicht aufgepasst.«

»Ach was«, sagte sie, aber mit einem Lächeln, das er wohl als beruhigend interpretieren sollte. »Ich sagte gerade, dass Ihre Familie es bestimmt sehr schätzt, was Sie alles für sie tun. Meinem einzigen Bruder ist es schnurz, wie es uns geht. Vor ein paar Jahren ist er nach Spokane gezogen, um dort auf den Viehhöfen zu arbeiten, und hat sich von seinem alten Leben losgesagt. Nicht mal eine Weihnachtskarte kriegen wir.«

»Oh.« Jasper spürte, wie seine Wangen warm wurden. Er konnte sich nicht entsinnen, wann er das letzte Mal eine Weihnachtskarte verschickt hatte. Machte man das? Obwohl man bereits jeden Cent geschickt hatte, den man entbehren konnte? »Das ist … bedauerlich.«

Die Blonde – hieß sie nicht Samantha? – hob ihre Augenbrauen zu einem vollkommenen Bogen. Sie schob die Quittung für die telegrafische Geldanweisung über den Tresen. »Ohne Ihre Familie, die sich um Sie kümmert, sind Sie bestimmt einsam«, sagte sie mit einem bedeutungsvollen Blick auf die Quittung. Jasper folgte ihm und stellte fest, dass sie oben eine sechsstellige Nummer hingeschrieben hatte. »Wenn Sie mal darüber reden wollen, rufen Sie mich ruhig an.«

»Oh. Ah. Danke.« Er unterdrückte den Drang, den Beleg zusammenzuknüllen und in den nächsten Papierkorb zu werfen. Er war kein Meister der Umgangsformen, aber selbst er wusste, eine derartige Beleidigung wäre ein harter Brocken. »Mach ich.«

»Machen Sie nicht, aber man kann's ja mal probieren.« Sie zwinkerte ihm zu. »Bis nächste Woche.«

Jasper murmelte etwas selbst für ihn Unverständliches und verließ mit gesenktem Kopf das Rathaus. Auf der anderen Straßenseite konnte er aus dem Augenwinkel das beigefarbene Mauerwerk der kleinen Bibliothek ausmachen, lenkte aber seine Schritte nicht dorthin. *Spuk in Hill House* war bereits in seinem Besitz und Catherine hatte momentan ohnehin keine Schicht.

Früher einmal war die Bibliothek sein Kraftplatz gewesen, sein Refugium. Er hatte jederzeit kurz vorbeischauen, sich ein Buch aus dem Regal ziehen und wieder verschwinden können, ohne dass ihn jemand in eine Diskussion, eine Unterhaltung oder – am allerschlimmsten – in ein Geplänkel verwickelte.

Jetzt war er sich stets, wenn er diese heiligen Hallen betrat, jedes Atemzugs bewusst.

Einatmen, ausatmen: Lonnie beobachtete ihn mit einem verschmitzten Augenzwinkern.

Ausatmen, einatmen: Mrs. Peters kam jedes Mal in seine Nähe, wenn er heimlich eine Anmerkung an den Seitenrand eines Buchs kritzeln wollte.

Einatmen, einatmen, einatmen: Da war sie. Catherine. Seine Catherine, die den Kopf über ein Buch gebeugt hatte, Haarsträhnen fielen ihr in die geröteten, sanft gerundeten Wangen.

Sie wusste stets, wenn er die Bibliothek betrat, zeigte aber bis auf ein kurzes Wimpernflattern keine Reaktion. Jasper aber wusste darum, weil auch er ihre Anwesenheit spürte. Jedes

Mal, wenn sie sich gemeinsam in einem Raum befanden, machte die Luft beiden notgedrungen Platz. Die Welt war nicht dafür geschaffen, dass sich Catherine und Jasper in unmittelbarer Nähe voneinander aufhielten. Wie eine chemische Verbindung waren sie instabil, brennbar und hochexplosiv.

Er konnte keine Sekunde länger warten, bog in eine Gasse und holte das Buch heraus, in der Hoffnung, dass niemand ihn sah. Die Straßen von Colville waren unerfreulich breit, denn sie waren für die sechzehnspännigen Holzfuhrwerke gebaut worden, die früher die Durchgangsstraßen verstopft hatten. Im Winter oder bei der jährlichen Parade, die sich die Main Street hinauf- und hinunterschlängelte, war der zusätzliche Platz wunderbar, aber furchtbar, wenn ein Mann etwas Privatsphäre wollte – und Privatsphäre war Jaspers innigster Wunsch.

Zumindest bis er Catherine kennengelernt hatte.

Mit ungeschickten Fingern blätterte er zur gesuchten Seite. Sobald er sein eigenes unleserliches Gekritzel sah und darunter Catherines hübsche, geneigte Schrift, spürte er, wie ihm die Luft aus den Lungen wich.

Beide waren sie so verbissen in die eigene Verzweiflung, dass es ihnen nur noch auf die Flucht in die Dunkelheit ankam, und eingehüllt in den engen, verwundbaren, unmöglichen Schutz ihrer Wut, stapften sie nebeneinanderher, jeder der anderen schmerzhaft deutlich bewusst, jede entschlossen, das Schweigen nicht als Erste zu brechen.

Falls Du Dich je gefragt hast, warum es mir manchmal schwerfällt, Dinge auszusprechen, hier steht es: Wut und Verzweiflung – an beides bin ich gefesselt. Ich wünschte, ich könnte Dir ein ganzes Herz bieten, aber das geht nicht. Nicht solange diese beiden noch in mir existieren.

Manchmal bist Du dermaßen dramatisch, J., hatte sie geschrieben und er konnte beinahe das Lachen in ihrer Stimme hören, während er die Worte las.

Das gefiel ihm besonders an ihr – es zog ihn an und stieß ihn gleichermaßen ab: Vom Scheitel ihres glänzenden, braunen Haars bis zu den Spitzen ihrer zierlichen, hübsch beschuhten Füße war Catherine das Aushängeschild für alles, was in dieser Welt hell und schön war. Ihr Problem und ihre Prüfung waren ihre Eltern, die sich zu sehr um sie sorgten; ihr Leben drehte sich darum, wie weit sie die Grenzen, an die sie bei jedem Schritt stieß, verschieben konnte.

Er wollte ihr das nicht übelnehmen – er wollte ihr überhaupt nichts übelnehmen –, aber wenn man ein Mann war, der nur vierzig Dollar in der Tasche hatte, ließ sich dieses Gefühl nur schwer unterdrücken. Dreißig Dollar gingen wöchentlich für Kost und Logis drauf, fünf kamen in den Sparbeutel, den er in seiner Matratze versteckt hatte, und fünf blieben ihm für alles andere.

Mit fünf Dollar konnte man kein berauschendes Leben führen, nicht einmal in einem Provinzkaff wie diesem. Ein Buch oder ein Kinoabend, eine neue Topfpflanze, um die schmuddeligen vier Wände zu verschönern, die keine Dekoration der Welt in ein Heim verwandeln konnte.

Mit einem Seufzer blätterte er ein paar Seiten weiter, suchte nach einer weiteren Nachricht. Entweder war Catherine unterbrochen worden oder ihr war nichts mehr eingefallen, denn er fand nichts.

Nur diese fünf Wörter:

Manchmal bist Du dermaßen dramatisch, J.

Das Schlimmste daran war, dass sie recht hatte. Er war dramatisch. Schon immer gewesen. Seit er sich erinnern konnte, hatte er in den meisten Situationen falsch reagiert. Er lachte, wenn er hätte lächeln sollen, weinte, wenn er sich hätte zusammenreißen sollen, duckte sich, wenn er hätte Haltung bewahren sollen.

Er holte einen Stift heraus.

Tut mir leid. Wenn ich doch nur wüsste, wie ich das abstellen kann.

Er klappte das Buch zu und warf es in den Rückgabekasten der Bibliothek. Mit etwas Glück würde Catherine die Nachricht sehen und begreifen, dass er ein Mann war, der zu intensiv, zu unvermittelt fühlte, dass jeder Tag für ihn ein Kampf war, das Gleichgewicht zu finden zwischen dem, was die Welt von ihm erwartete, und dem, was sein Herz von ihm verlangte.

Mit zu Boden gesenktem Kopf schlurfte er über den Gehsteig zu seiner Wohnung. Die vierzig Dollar in seiner Hosentasche fühlten sich unangenehm an, als hätte er kein Recht auf sie. In gewisser Hinsicht stimmte das auch. Vor langer Zeit hatte er seiner Mutter versprochen, dass er ihr und den Geschwistern seinen Verdienst schicken würde. Ein Versprechen, das er drei lange Jahre gehalten hatte; zuerst als Sechzehnjähriger, der zum ersten Mal von zu Hause weg war, und nun als Neunzehnjähriger, der eine strapaziöse Arbeit verrichtete, die regelmäßig ausgewachsene Männer bis auf Haut und Knochen zermürbte.

Er war nicht Haut und Knochen – noch nicht jedenfalls –, doch er spürte, wie ihn die Schufterei mit jedem Tag mehr aufrieb. Sechs hungrige Mäuler zu stopfen, das zerfraß einen Mann.

»He, du. Holzfäller.«

Jasper hielt bei diesem Anruf den Blick fest auf seine Füße gerichtet, in der Hoffnung, er könnte Taubheit oder zumindest Beschränktheit vortäuschen.

Ein Paar gestiefelter Füße pflanzte sich vor ihm auf. »Du heißt Jacob, stimmt's? Oder ... Jeremy? Jerome? Tut mir leid, ich weiß, es ist irgendwas mit J.«

Seufzend blickte Jasper hoch. »Jasper«, sagte er mit jener sauertöpfischen Stimme, die ihm im Verlauf seines kurzen Lebens schon viele Antipathien eingebracht hatte.

»Ja, stimmt, Jasper.« Der Mann lächelte ihn strahlend an. »Gesichter kann ich mir gut merken, Namen nicht. Stört es dich, wenn ich dich ein paar Schritte begleite?«

Jasper störte es sehr wohl, wusste aber nicht, wie er die Ablehnung hätte formulieren sollen. Er neigte zustimmend den Kopf.

»Wir kennen uns bisher nur vom Sehen – ich bin William McBride. Ich bin beim Radarstützpunkt stationiert.« Er trug dies mit dem Habitus eines Mannes vor, der einem kleinen Schuljungen ein Bonbon schenkt. »Second Lieutenant McBride? Vielleicht hast du von mir gehört?«

Jasper grunzte. »Ich weiß, wer du bist.«

»Gut, dann wirst du mein Anliegen bestimmt nicht seltsam finden.«

Er fand die gesamte Situation bereits seltsam, konnte allerdings wenig dagegen unternehmen. Er passte seinen Schritt dem weniger schnellen des anderen an.

»Du bist ein großer Leser vor dem Herrn, stimmt's? Verbringst viel Zeit damit, Bücher aus der Bibliothek auszuleihen.«

Jasper verlangsamte seinen Schritt. »Wer hat dir das erzählt?«

»Niemand. Ich sehe dich ständig in diesem Teil der Stadt rumhängen und dann steckst du fast immer bis über die Augenbrauen in einem anderen Buch. Wie heißt das, was du vor kurzem gelesen hast? Der Einband war grün.« Er schnippte mit den Fingern, als fiele ihm die Antwort gleich ein. Jasper hätte ihn leicht aufklären können – es war Daphne du Mauriers *Rebecca* gewesen und er hatte jede Sekunde der Lektüre genossen –, aber er würde sich hüten, das Gespräch am Laufen zu halten. Vor allem nicht über seine tiefe, höchst verschämte Vorliebe für alles, in dem auch nur ein Hauch Romantik enthalten war.

Das hatte er noch niemandem verraten, nicht einmal Catherine. Sie konnte ihn noch so viel löchern, er war entschlossen, in dieser Hinsicht eine uneinnehmbare Festung zu bleiben. Ansonsten würde sie ihn auf ewig gnadenlos damit aufziehen.

»Ist nicht wichtig«, sagte William. »Auf alle Fälle liest du viel.«

»Ja«, bestätigte Jasper schließlich, da offenbar irgendeine Antwort erwartet wurde.

»Würdest du ...? Könntest du ...?« William stockte, sein

Schritt ebenfalls. Jasper blieb notgedrungen stehen. »Die Sache ist folgende: Ich versuche, mich mit einer der Bibliothekarinnen gutzustellen. Catherine Martin. Sie ist die Tochter meines Kommandanten und ausschließlich an Büchern interessiert.«

Jasper musste gegen den übermächtigen Drang ankämpfen, sich aus diesem Gespräch fortzuschleichen. Er hätte diesen jungen Mann leicht über Catherines Interessen aufklären können. Sie mochte Bücher, aber sie mochte auch Filme – je grausamer und blutiger, desto besser. Zu Mittag aß sie jeden Tag einen Apfel, obwohl sie lieber einen Cheeseburger mit extra Essiggurke und einem Schokoladenmilkshake gehabt hätte. Sie liebte ihre Mutter mehr als jeden anderen Menschen und obwohl sie nach außen hin ihrem Vater gegenüber folgsam war, sehnte sich ihr Herz danach, jede seiner Regeln, jede seiner Vorschriften über Bord zu werfen.

Doch am meisten sehnte sie sich nach einem größeren, bunteren Leben als diese Stadt ihr bieten konnte. Und da dieser Wunsch unerfüllt bleiben würde, suchte sie Trost in einer Affäre mit einem Mann, der nicht das Recht hatte, sie auch nur zu berühren.

»Dann versuch doch mal, ein paar Bücher zu lesen«, schlug Jasper vor.

Zu seiner Überraschung lachte der junge Offizier und ließ seine Zähne blitzen, die im vollen Tageslicht unnatürlich weiß wirkten. »Bin dabei. In den letzten zwei Monaten habe ich mehr gelesen als in meinem ganzen bisherigen Leben. Scheint aber nicht zu helfen. Sie findet mich langweilig.«

Unwillkürlich nickte Jasper. Das hörte sich ganz nach Catherine an. Sie wollte kein gewöhnliches Leben, sie wollte Drama und Schrecken, Aufregung und Spaß. Alles an ihr brannte lichterloh. Es war, als ob an dem Tag, an dem sie in dieses Städtchen gezogen war, die Sonne hinter einer Wolke hervorgekommen war und sie alle zu blenden drohte.

»Ich habe mich gefragt …« William kickte Staub auf. »Vielleicht hast du zufällig mitbekommen, wie sie über ihre Lieblingsbücher geredet hat. Oder du hast eine Idee, was ich lesen kann, um ihre Aufmerksamkeit zu erregen. Vor ein paar Wochen war ich mit ihr im Autokino, aber ich glaube nicht, dass es ihr gefallen hat.«

Jasper ging weiter, hauptsächlich, damit er diesem Kerl nicht ins Gesicht schlug. Catherine war mit ihm ausgegangen, in aller Öffentlichkeit? Keine Heimlichtuerei, kein Buch, hinter dessen Seiten man sich versteckte? Und der hatte die Gelegenheit verschenkt?

»Halt, bleib da.« William legte einen Zahn zu und holte Jasper mit geschmeidigen Schritten ein. Jasper war in guter körperlicher Verfassung, was man sein musste, wenn man zehn Stunden lang am Tag Bäume fällte –, aber elegant waren seine Bewegungen nicht. »Nur einen Buchtitel. Mehr will ich gar nicht. Ich habe gesehen, wie du sie beobachtest. Ich weiß, dass du mir helfen kannst, wenn du nur willst.«

»Sie beobachtet?«, wiederholte Jasper mit trockenem Mund.

»Wie ein Hund, der einen Knochen anstarrt. Keine Sorge, du bist mir keine Erklärung schuldig.« Ein Feixen umspielte die Mundwinkel des jungen Offiziers. »Du solltest allerdings weniger offensichtlich sein.«

Menschenkenntnis war nie Jaspers Stärke gewesen, aber selbst er begriff, dass dies eine nur halb versteckte Drohung war.

»Sie mag Gruselgeschichten«, sagte er mehr um Catherines als um seinetwillen. Keineswegs, weil er der Meinung war, dieser pomadenverkleisterte Windbeutel verdiente eine Chance bei ihr, sondern weil der das Gefühl hatte, William könnte, wenn er wollte, Catherine das Leben sehr schwer machen. »Versuch's mit der *Frau in Weiß* oder mit ›Sleepy Hollow‹. Oder irgendwas von Poe.«

William krauste die Nase, was ihn wie ein bockiges Kleinkind aussehen ließ. »Ist das dein Ernst? Oder nimmst du mich auf den Arm?«

Beinahe hätte Jasper entnervt die Arme hochgeworfen. Er hatte weder die Zeit noch die Energie, diese Unterhaltung fortzusetzen. »Du hast mich nach meiner Meinung gefragt«, sagte er barsch. »Die hast du bekommen. Was willst du noch?«

Er wollte weitergehen, doch die Stimme des jungen Lieutenants brachte ihn zum Stehen, noch ehe er drei Schritte gemacht hatte.

»Einen wie dich sieht sie nicht zweimal an«, sagte William, ohne die Stimme zu heben. Das musste er auch nicht. Er wusste sehr gut, dass Jasper jedes seiner Worte hörte. »Hast du eine Ahnung, wer ihre Familie ist? Welche Verbindungen die hat?«

Davon hatte er keine Ahnung, zumindest nicht in dem von William angedeuteten Sinn. Doch Jasper verstand nur allzu gut, worauf der andere hinauswollte. Es ging weder darum, dass Catherine aus einer militärischen Elitefamilie stammte und jeden Mann haben konnte, den sie wollte, noch dass sie aus reichen Verhältnissen stammte und sich nie Gedanken machen musste, wo ihre nächste Mahlzeit herkam, sondern dass Jasper nicht mal ein Fingerschnipsen ihrerseits wert war.

Als wüsste er das nicht bereits. Als spürte er das nicht bis ins Mark.

»Wenn sie mich kein zweites Mal ansieht, dann musst du dir ja keine Sorgen machen«, sagte Jasper und seine Stimme glich sich dem Tonfall des anderen an. Er würde nichts von sich preisgeben, jedenfalls nicht freiwillig. Das konnte sich ein Mann wie er nicht leisten. »Lies die Bücher. Lies sie nicht. Mir egal, solange du mich da raushältst.«

17

Jasper, Gegenwart

Jasper hörte das Knattern des Autos, noch bevor er es nebenan vorfahren sah.

Zuerst dachte er, es könnte dieser Typ sein, den Chloe neulich im Schlepptau gehabt hatte. Zach, ein junger Mann, der aussah, als wäre er gerade aus dem Wald gekrochen, bloß um sich mitten in Jaspers Haus aufzupflanzen, die Hände unter die Achseln geklemmt, die Augen fast unverwandt auf Chloes Gesicht gerichtet. Jasper kannte diesen verliebten, betäubten Blick nur zu gut, hatte allerdings nicht erwartet, ihm je wieder zu begegnen. Dieser Junge würde von nun an ständig bei den Sampsons auf der Matte stehen oder Jasper hatte sich gehörig verschätzt.

Ein seltsames Gefühl, sein Anflug von Eifersucht, als er an die Aufgabe dachte, die Zach vor sich hatte. Ein harter Kampf, der ihn da erwartete, so viel war gewiss. Chloe Sampson gehörte nicht zu jenen jungen Frauen, die es einem Verehrer leichtmachen. Sie würde im richtigen Augenblick lachen und lächeln, das Grübchen in der rechten Wange aufblitzen lassen, aber sie würde nicht kampflos nachgeben. Wenn Zach etwas erreichen wollte, musste er sein ganzes Herz in sein Werben legen, und selbst dann war nichts gewiss.

Jasper war nicht im Geringsten an Chloe interessiert. Er vermisste lediglich die Unsicherheit, dieses flatternde, bange Gefühl, dass er einer Situation nicht gewachsen war, das verstohlene Lächeln, das bedeutsamer war als eine Berührung.

Es war lang her, dass er selbst solche Gefühle gehabt hatte. Mehr als sechzig Jahre, wenn er sich zum Nachrechnen aufraffen könnte, was nicht der Fall war. In seinem Alter war Rechnen keine gute Idee. Die Additionen und Subtraktionen waren letztlich stets deprimierend.

Er spähte aus dem Fenster über seiner Spüle, das auf den Vorgarten der Sampsons hinausging und ihm einen unverstellten Blick auf das Haus bot. Das Auto, das vorfuhr, war ihm unbekannt. Dunkelblau und schnittig, mit getönten Fensterscheiben, sodass er kein Lebenszeichen dahinter erkennen konnte.

Das letzte derartige Auto, das bei seinen Nachbarn vorgefahren war, hatte dem Jugendamt gehört. Alles in Jasper hatte sich gegen den Anruf gesträubt, mit dem er diese armen Kinder dem System auslieferte, ohne Garantie, dass man sie fair oder gar liebevoll behandelte, aber hatte er eine andere Wahl gehabt? Ein paar Lebensmittel ins Haus schmuggeln, während die Kinder in der Schule waren, und nachts draußen auf der Veranda sitzen und Wache halten, das hatte einige Tage lang funktioniert, aber er war ein alter Mann, ein müder obendrein. Hinter verschlossenen Türen konnte man nicht allzu viel Hilfe leisten. Er hatte so lange gewartet, bis er Angst bekam, dass er zu lange gewartet hatte.

Als sich die Autotür öffnete und ein Paar Männerbeine ausstiegen, wappnete er sich. Sie waren viel zu kurz, als dass sie zum verliebten Zach, dem Mann aus den Bergen, hätten gehören können, zudem waren die Schuhe viel zu verspielt. Genauso wie die Schuhe, die sich aus der Beifahrerseite schwangen –

High Heels, die jeden Rasen schneller ruinierten, als man Vertikutierschuhe sagen konnte.

Dann erkannte er, wer es war.

»Nein«, sagte er, obwohl ihn niemand hören konnte, außer hundert Pflanzen, die niemals antworteten, egal, wie viel er mit ihnen redete. »Nein, nein, nein, nein.«

Seine Worte waren so hilflos wie er selbst. Als er die Frau aus dem Wagen steigen sah, die ihr flammendrotes Haar zurechtschüttelte, wusste er, dass alles Gute, worauf er hingearbeitet hatte, vorbei war. Keine Chloe mehr, die herüberstürmte und ihm Bücher aushändigte, die sein Herz im Brustkorb Purzelbaum schlagen ließen. Kein Noodle mehr, der schüchtern in seinem Garten saß und ihm aus einer der *Nightwave*-Graphic-Novels vorlas, auf die er ganz versessen war. Auch keines der beiden anderen Kinder mehr, die so laut, lebhaft und lebendig waren, dass es manchmal schmerzte, sie zu beobachten.

Ravenna Sampson war zurück. Und angesichts der Größe der Gepäckstücke, die der kleine Mann auf ihre Anweisung hin einen nach dem anderen aus dem Kofferraum hob, sah es so aus, als wollte sie bleiben.

Jasper wartete zehn Minuten, bis er sich zum Handeln entschloss.

Die ersten fünf Minuten zählte er sämtliche Gründe auf, weshalb er sich nicht in das Drama einmischen sollte, das sich laut und vernehmbar auf der anderen Seite des Zauns entwickelte.

1. Es ging ihn nichts an.
2. Er hasste Dramen.
3. Die Sampson-Kinder konnten auf sich selbst aufpassen.
4. Er hatte sich ohnehin schon zu sehr auf sie eingelassen.
5. Ganz im Ernst. Es war ihm gelungen, sich sechzig Jahre lang von allen emotionalen Verwicklungen fernzuhalten. Es gab keinen Grund, diese Glückssträhne gewaltsam zu beenden.

Die zweiten fünf Minuten war er in seinem Wohnzimmer auf und ab gegangen und hatte dabei eine Laufspur in den dicken, weißen Teppich getreten. Wie oft er sich auch einredete, dass es ihm egal war, dass sie ohne ihn zurechtkamen, dass niemand ihn brauchte, nicht einmal um sich haben mochte, wurde er das Gefühl nicht los, dass dort drüben Schreckliches vor sich ging. Es war zu ruhig. Diese Kinder waren niemals ruhig. Da bellte der Hund, der Fernseher lief auf voller Lautstärke und ständig – ständig – sausten Frisbees in sein Refugium, es war, als lebte man neben einem aktiven Vulkan.

Gerade als er den Plan gefasst hatte, mit einigen dieser Frisbeescheiben nach drüben zu gehen, klopfte es an seiner Hintertür.

»Mr. Holmes!«, rief eine Frauenstimme. »Bitte, Mr. Holmes! Wir wissen, dass Sie da sind. Lassen Sie uns rein. Es ist ein Notfall.«

Jaspers erster Gedanke, Chloe wolle ihn um Hilfe bitten, wurde schnell von der Erkenntnis verdrängt, dass diese Stimme eine höhere Tonlage hatte. Sein zweiter Gedanke lautete, dass es natürlich Trixie Sampson war, die sein ganzes Haus zum Beben brachte. Chloe Sampson war jemand, der nicht um Hilfe bat. Sie war jemand, der nie um etwas bat. Sie erinnerte Jasper so sehr an sein junges Selbst, dass es manchmal schmerzte.

»Was ist denn los?«, grummelte er, als er die Tür aufmachte. Und richtig, da stand die jüngere der Sampson-Schwestern mit ihren seelenvollen Kulleraugen und den versprengten Sommersprossen, wie einem Roman von L. M. Montgomery entsprungen. Vermutlich hätte er sich dieser Familie länger verschließen können, wenn sie einander nicht so ähnlich gesehen hätten. Diese Ähnlichkeit war schon deswegen sehr charmant, weil keiner von ihnen auch nur einen zweiten Gedanken daran verschwendete. Sie waren auf ewig durch die Bande des Bluts und der Zuneigung verbunden und kein einziges Mal kam ihnen in den Sinn, wie wertvoll – und selten – das war.

»Endlich!« Theo schob sich an seiner Schwester und Jasper vorbei ins Haus, ein Wirbel aus langen Gliedmaßen und vorpubertärem Körpergeruch. Kaum drinnen, blieb er abrupt stehen. »Warum haben Sie so viele Pflanzen? Züchten Sie Kräuter? Gemüse? *Gift?*«

Seine Begeisterung für Letzteres vibrierte geradezu, sodass sie Jasper, der direkt neben ihm stand, in die Knochen fuhr.

»Theo, du kannst nicht einfach, ohne zu fragen, bei jemandem reinplatzen«, sagte Trixie. Dann richtete sie ihre Augen auf Jasper, dem klar wurde, dass es um ihn geschehen war. »Sie lassen uns doch rein? Es macht Ihnen doch nichts aus? Nachdem Sie sich sowieso schon um Noodle und alles kümmern?«

Jasper, der vor langer Zeit seinem Herzen bis auf die schlichte Tätigkeit des *Dab-dab, Dab-dab* alles untersagt hatte, öffnete seufzend die Tür. »Gut. Ihr dürft reinkommen, aber zu essen gibt's nichts. Und fasst nichts an.« Er warf einen raschen Blick nach draußen. »Wo ist Noodle?«

Trixies Gesicht verzog sich kurz. »Er wollte nicht kommen. Er ... hat Besuch.«

Jasper brauchte nicht zu fragen, wer ihn besuchte. Selbst wenn er nicht die Rückkehr der verlorenen Mutter mit eigenen Augen gesehen hätte, der angeekelte Gesichtsausdruck des Mädchens verriet alles.

»Hat eure Schwester auch ›Besuch‹?«, fragte er um höfliches Desinteresse bemüht, ein Vorhaben, das ihm völlig missriet. Doch zu seinem Glück waren Trixie und Theo so sehr in ihre Gefühle verstrickt, dass sie das nicht mitbekamen.

»Sie hat sich beinahe den Finger abgeschnitten«, verkündete Theo und sein Tonfall verriet, wie unterhaltsam er den Vorfall fand. Er drehte sich, bis Jasper den Ärmel seines T-Shirts sehen konnte, auf dem ein roter Fleck prangte. »Sehen Sie nur. Sie hat mich überall mit Blut bespritzt. Sie hat Karotten fürs Abendessen geschnitten. Dabei mag die keiner von uns. Aber dann kommt Mom rein und zack!«

»Wag ja nicht, sie so zu nennen«, sagte Trixie mit gefährlich leiser Stimme. »Sie ist nicht unsere Mom. Mir egal, wie viele Geschenke sie anschleppt oder wer dieser geschniegelte neue Typ –« Sie schnitt sich selbst das Wort ab, biss sich auf die Unterlippe und ließ etwas dumpf auf den Boden fallen.

Erst da erkannte Jasper, was sie dabeihatte – was sie beide dabeihatten. Rucksäcke, die derart vollgestopft waren, dass sie keinesfalls nur vorbeigekommen waren, um sich Hilfe für ihre Hausaufgaben zu holen.

Trixie folgte seinem Blick und biss sich noch fester auf die

Unterlippe. »Ich weiß, Sie mögen uns nicht besonders«, sagte sie. »Und ich weiß, es ist viel verlangt, aber könnten wir bitte, bitte, bitte für ein paar Nächte hierbleiben? Wir beide, Theo und ich?«

»Nein«, entfuhr es Jasper unwillkürlich.

Statt diese harsche Weigerung für bare Münze zu nehmen, schöpften beide Sampsons offenbar Kraft daraus. Theo rang die Hände und setzte eine Miene auf, die man nur als die eines gefallenen Engels bezeichnen konnte. Trixie hingegen kniff die Augen mit einer verständnisvollen Scharfsicht zusammen, die ihr zartes Alter Lügen strafte.

»Wir sind auch ganz brav, Mr. Holmes«, bettelte Theo. »Sie werden gar nicht merken, dass wir überhaupt da sind, ehrlich. Es sei denn, die Blume da beim Fenster ist tatsächlich eine Tollkirsche. Vielleicht knipse ich da ein winziges Stückchen ab, damit ich –«

»Halt die Klappe, Theo. Du bist keine Hilfe.« Mit energisch hochgerecktem Kinn räusperte Trixie sich und legte los: »Im Wörterbuch wird *Gemeinschaft* so definiert: *Eine Gruppe von Personen, die sich einander verbunden fühlt.* In meiner nun folgenden Argumentation werde ich der Zuhörerschaft nicht nur darlegen, dass Gemeinschaft über die bloße –«

»Definitiv nicht«, unterbrach Jasper sie.

Sie blinzelte ihn an. »Aber das Beste kommt doch noch. Sie müssen mich zumindest mein Eröffnungsstatement machen lassen.«

Jasper wollte darauf hinweisen, dass er gar nichts musste, da schob Theo die rechte Hand tief in seine Hosentasche und zog ein verknülltes, mitgenommenes Stück Papier heraus.

»Hier«, er drückte es Jasper in die Hand. »Vielleicht hilft das ja. Das hab ich Chloe aus ihrer Tasche geklaut. Es ist der Blankoscheck, den Sie ihr gegeben haben.«

»Was zum Teufel«, murmelte Jasper und strich das Stück Papier glatt. Tatsächlich zwinkerte ihm seine eigene Unterschrift entgegen. Wie es aussah, hatte niemand versucht eine Zahl einzutragen – weder die von ihm angebotenen fünftausend Dollar noch die von ihr angedrohte Million, ja nicht einmal eine Gebühr von fünf Dollar für eine einsame Schachtel echter Cheerios.

»Wenn ich Ihnen den Scheck zurückgebe, dann bezahle ich doch quasi für Kost und Logis, stimmt's?«, fragte Theo und um seinen Mund zeigten sich besorgte Falten. Von allen Sampson-Kindern fühlte sich Jasper Theo am wenigsten nahe; der Junge war zu überschwänglich und ungestüm, mit einem durch die Decke gehenden Selbstbewusstsein. Doch hier schwang etwas mit, was ihn sehr anrührte.

»Ich hab kein eigenes Geld, sonst hätte ich es dazugelegt«, sagte Theo. »Ich wollte als Zeitungsausträger jobben, aber in der Stadt kriegen nur noch ungefähr sechs Leute eine Zeitung.«

»Wollt ihr denn nicht verstehen?«, fragte Jasper geradezu flehentlich. Er trat einige Schritte zurück, als könnte er durch einen gewissen Abstand zu den Kindern das Unvermeidliche abwenden. »Ihr könnt nicht hierbleiben.«

»Wir brauchen kaum Platz«, versprach Theo mit weiterhin jammervollem Blick.

»Und die meiste Zeit sind wir sowieso in der Schule«, fügte Trixie hinzu. »Sie werden uns gar nicht bemerken.«

Jasper griff nach dem einzigen noch verfügbaren Rettungsanker. »Aber was ist mit eurer Schwester? Wollt ihr die einfach im Stich lassen?«

Die beiden Kinder tauschten einen so intensiven Blick, dass Jasper geradezu den Strom zwischen ihnen fließen sah. Er legte nach.

»Sie hat alles aufgegeben, damit sie sich um euch kümmern kann, und so vergeltet ihr es? Indem ihr bei der kleinsten Schwierigkeit die Flucht ergreift? Ihr seid mir schöne Geschwister.«

Seine Worte waren grausam, sein Tonfall noch mehr, doch das war das Problem mit Kindern, die unter solchen Umständen aufgewachsen waren wie diese. Kaum etwas jagte ihnen Angst ein.

»Chloe wird mit allem fertig.« Entschlossen reckte Theo das Kinn vor.

»Sie weiß, wie ich zu dieser Frau stehe«, fügte Trixie hinzu und konnte gerade noch an sich halten, um nicht angewidert auszuspucken. Als spürte sie, wie kurz vorm Einknicken Jasper war, zog sie den Reißverschluss ihres Rucksacks auf. »Ich kann Sie auch bezahlen, falls das hilft.«

»Ich will euer Geld nicht …«, setzte er an, verstummte aber, als er sah, was sie aus dem Rucksack zog. Wie die beiden anderen Bücher, die ihm vor kurzem zurückgegeben worden waren, war ihm dieses so vertraut wie sein eigenes Gesicht. Wie Catherines Gesicht.

»Das gehört doch Ihnen?« Trixie hielt das Buch – eine Erstausgabe von *Spuk in Hill House,* die einmal in einer Bibliothek gestanden hatte – außerhalb Jaspers Reichweite. Obwohl er ihr die Jackson trotz seines fortgeschrittenen Alters hätte entreißen können, ließ er es bleiben.

Ich hatte recht. Es war tatsächlich bei Lonnie. Die alte Schachtel hat es all die Jahre aufbewahrt.

»Wo hast du das her?«, fragte er, obwohl er die Antwort kannte.

»Aus ihrem Zimmer. Ich bin nicht blöd. Sie und Chloe haben da so eine komische literarische Schnitzeljagd am Laufen.«

Beinahe hätte er laut aufgelacht, so grottenfalsch und gleichzeitig erschütternd richtig war Trixies Einschätzung. Allem äußeren Anschein nach war Chloe einzig daran interessiert, eine Reihe belletristischer Werke aufzuspüren, in die vor mehr als sechzig Jahren hineingekritzelt worden war. Für Jasper hingegen kam, was sie tat, der Exhumierung einer Leiche gleich.

»Hast du's gelesen?«, wollte er mit bemühter Stimme wissen.

»Nö. Bücher sind Chloes Ding, nicht meins, und außerdem gibt's das mittlerweile als Netflix-Serie.« Trixie hielt ihm das Buch fast unter die Nase. »Was sagen Sie? Kommen wir ins Geschäft? Sie kriegen den müffelnden alten Schinken und dafür lassen Sie Theo und mich hier wohnen, bis das Stöckelbiest weg ist.«

»Stöckelbiest?«, fragte er, um Zeit zu gewinnen. Was er mit dieser Zeit anzustellen gedacht, wusste er vermutlich selbst nicht.

»Sie-deren-Name-nicht-genannt-werden-darf?«, schlug Trixie vor. »Der leibhaftige Teufel? Die Simsalabim-ich-bin-weg-Ravenna? Mir egal, wie Sie die nennen, solange Sie die nicht als *meine Mutter* bezeichnen.«

Theo schniefte. »Sie hat nicht mal gesagt, dass es ihr leidtut. Sie ist einfach reingekommen, als ob nichts gewesen ist.«

»Sie ist jetzt verheiratet«, ergänzte Trixie. »Sie hat einen anderen Nachnamen. Sie ist keine Sampson mehr.«

Jeder dieser Sätze klang wie das schlagende Argument, mit dem vor langer Zeit eine Diskussion gewonnen worden war. Und im Grunde genommen traf das zu. Jasper fragte sich, seit wann er, was diese Familie betraf, so leicht herumzukriegen war. Vermutlich seit jenem Tag, an dem Ravenna mit Chloe aus dem Krankenhaus heimgekommen war. Dieses rotgesichtige, sich windende Baby hatte einen Blick auf ihn geworfen und gebrüllt, als würde es alles dafür geben, wenn es zurück in den warmen Kokon dürfte, aus dem es gekrochen war.

Ich auch, Kind, hatte er damals gedacht. Ich auch.

»Lass mich sehen«, sagte er und griff nach dem Buch. Trixie ließ es ohne Gegenwehr zu, dass er ihr *Spuk in Hill House* aus der Hand riss und begierig die letzte Seite aufschlug.

In der dröhnenden, nicht enden wollenden Sekunde, bevor der Wagen gegen den Baum krachte, dachte sie ganz klar: Warum tue ich das? Warum mache ich das? Warum halten sie mich nicht fest?

Ernst gemeinte Frage an die Nicht-Eleanor in meinem Leben: Wenn Dich jetzt jemand festhalten würde, was würdest Du tun? Weglaufen? Vor mir? Vor uns?

Du weißt, dass ich das nicht tun würde. Ich kann nicht.

Aber warum tust Du das? Warum machst Du das?

Weil ich Dich liebe, C. Das weißt Du so gut wie ich. Ich liebe Dich, seit ich Dich zum ersten Mal gesehen habe.

Ja, aber jetzt hast Du das Buch gelesen. Es ging nicht gut aus für Eleanor und für uns wird es auch nicht gut enden.

Ich weiß.

Jasper fuhr mit dem Finger über den letzten Satz, sein hastig hingekritzeltes »Ich weiß«. Ach, könnte er doch nur durch die Zeit greifen und den jungen Mann schütteln, der diese Worte geschrieben hatte. Er wusste es eben nicht. Er konnte es nicht wissen. Der Bursche, der er gewesen war – nur einige Jahre älter als Trixie und Theo, mit genauso hoffnungsvoll leuchtenden Augen –, hatte keine Ahnung, dass ihm ein Leben mit gebrochenem Herzen, voller Reue und Einsamkeit bevorstand.

Vor allem voller Einsamkeit.

»Heißt das, wir dürfen bleiben?«, fragte Trixie erwartungsvoll.

»Ja.« Plötzlich war er zu erschöpft, um weiterzukämpfen. Er hatte gekämpft seit dem Tag, an dem er auf die Welt gekommen war, und was hatte es ihm gebracht? Ein Haus voller Pflanzen, aber ohne Bilder. Einsame Tage und noch einsamere Feiertage. Ein Schrank randvoll mit Frisbees, die er weder brauchte noch wollte, an denen er aber festhielt, weil diese bunten Farbscheiben dem, was ein Leben verkörperte, am nächsten kamen.

»Ja!«, schrie Theo.

»Danke«, seufzte Trixie.

Beide Kinder machten eine Bewegung, als wollten sie ihm mit einer Umarmung zu Leibe rücken, aber Jasper wich schnellstens aus.

»Denkt nicht einmal dran«, warnte er. Schon viel zu lange hatte er nicht mehr gespürt, wie sich der Arm eines anderen Menschen zärtlich um ihn legte. Mit ziemlicher Sicherheit würde es ihn umbringen, wenn diese »Glückssträhne« riss. »Ein Gästezimmer gibt es nicht, ihr müsst im Wohnzimmer auf dem Fußboden schlafen.«

»Ich kann überall schlafen«, prahlte Theo.

»Wir bauen uns eine Kissenburg«, stimmte Trixie zu.

»Und wenn eure Familie anklopft, ich lüge nicht. Ich sage denen, wo ihr seid und dass ihr mich gezwungen habt, euch aufzunehmen.«

»Das ist uns egal«, sagte Theo und bekam einen eigensinnigen Zug um den Mund.

»Es spielt sowieso keine Rolle«, ergänzte Trixie weitaus weniger kampfeslustig. »Ich habe Chloe gesagt, was wir vorhaben.«

Das weckte Jaspers Interesse. »Und sie hat euch zur Tür rausgelassen? Widerstandslos?«

»Wir sollen unser Schlimmstes geben, hat sie gesagt.« Trixie grinste breit und so einnehmend, dass Jasper beinahe zurückgegrinst hätte. »Sie meinte, Sie würden in hundert kalten Wintern nicht zustimmen.«

18

1960

In seinem jungen Leben hatte Jasper nicht weniger als drei Benimmbücher gelesen.

Das erste, eher eine Broschüre als ein Buch, hatte ihm seine Mutter gegeben, nachdem er eine Einladung zu einer Kindergeburtstagsfeier bekommen hatte, auf der er keinen der Gäste kannte und noch weniger die vielen unterschiedlichen Gabeln, mit denen er konfrontiert würde. Das zweite war Emily Posts *Der gute Ton in allen Lebenslagen* gewesen und er hatte es nur mitgenommen, weil es jemand in dem Zug vergessen hatte, der ihn nach Colville gebracht hatte. Das dritte war zugleich ein Kochbuch und er hatte daraus lediglich erfahren, dass man für sämtliche Dinnerpartys heutzutage großzügig in Aspik investieren musste, aber er zählte es trotzdem mit.

Nichts hatte ihn jedoch auf die heikel-delikate Situation vorbereitet, dass er einer jungen Frau beibringen musste, ein aufstrebender Lieutenant, der dem Befehl ihres Vaters unterstand, erpresse ihn und daher müsse er ihm helfen, ihre Liebe zu gewinnen.

»Heraus damit«, zischte Catherine, als sie im dunklen Lichtspielhaus saßen und absichtlich eine Reihe zwischen ihren jeweiligen Plätzen gelassen hatten, falls jemand Bekanntes hereinkam. »Was ist so wichtig, dass es nicht bis zu einer Anmerkung in unserem nächsten Buch warten kann?«

Er warf einen Blick über die Schulter und der flackernde Film beleuchtete kurz ihr Gesicht. Es war ein Streifen, den sie beide bereits gesehen hatten – *Manche mögen's heiß* –, und sie hatten absichtlich eine Uhrzeit ausgesucht, in der das Filmtheater voraussichtlich leer sein würde, dennoch wünschte Jasper sich, sie könnten sich den Billy Wilder ansehen wie zwei Menschen, die eine richtige Verabredung hatten. Seite an Seite sitzen, sich einen Eimer Popcorn teilen, ihr Schenkel, der warm gegen seinen drückte ... Jasper wusste, ihre Eltern würden das nie gestatten, aber er sehnte sich dennoch danach.

»Wir müssen ein neues Buch aussuchen«, sagte er, um Zeit zu gewinnen, und lehnte sich in seinen Sitz zurück. »Mir fällt nichts mehr Interessantes zu *Spuk in Hill House* ein.«

Ihr leises Seufzen drang zu ihm vor. Ebenso ein Sugar Baby, das dank Catherines erstaunlicher Treffsicherheit seinen Hinterkopf traf. Mit einem leisen Plopp landete das Karamell auf dem klebrigen Boden. »Du bist ein solcher Lügner«, frotzelte sie. »Du hast dieses Buch geliebt.«

Er grunzte. Es hatte ihm eher missfallen, die fehlende Liebesgeschichte und die mäandernden Sätze waren nicht nach seinem Geschmack, aber das würde er für sich behalten. Vor allem, weil der Roman ganz eindeutig ihr Lieblingsbuch war.

»Nur keine Sorge«, sagte sie immer noch in dem frotzelnden Tonfall, der es ihm zwar angetan hatte, aber dem er ungefähr so über den Weg traute wie einer zusammengerollten Schlange. Dennoch drohte die Gefahr, dass er unwiderruflich in dessen Bann geriet. »Ich habe ein neues Buch für uns gefunden. Es wird dir bestimmt gefallen.«

»Welches?«, fragte er.

»Ich kann dir den Titel nicht verraten. Er würde deine jungfräulichen Gefühle schockieren.«

Er spürte, wie er sich auf seinem Sitz aufrichtete. »Meine Gefühle sind nicht jungfräulich«, sagte er. »Sie sind ... sensibel.«

»Du bist beinahe in Ohnmacht gefallen, als ich vor kurzem meine Bluse auszog.«

»Catherine!« Er fuhr herum, außer Stande, weiterhin so zu tun, als spräche er mit der Luft vor ihm. Und natürlich erhellte ein Lachen ihr Gesicht, zwischen den geöffneten Lippen blitzten die Zähne auf. »So was kannst du doch in der Öffentlichkeit nicht sagen.«

»Warum nicht?«, wollte sie wissen. »Ich sage doch nur, wie es ist. Wenn ich nicht dich nicht in weiser Voraussicht gegen die Wand deiner Blockhütte gedrückt hätte, dann wärst du auf die Nase gefallen.«

Stöhnend sank er auf seinem Sitz zusammen und spürte, wie seine Wangen brannten. Es stimmte zwar, dass sie ihn gegen die Wand gedrückt hatte, und zwar während seine Hand das herrlichste Stück Körper umfasst hielten, das Gott oder die Menschheit je erschaffen hatten – aber schockiert war er nicht gewesen.

Erregt war er gewesen. Entzückt.

Doch ihm war auch die Wahrheit bewusst, die schrecklicher war als alles, was in ihren dämlichen Horrorbüchern stand: Es war unmöglich, dass er aus dieser Sache heil herauskam. Er steckte zu tief drin, hatte sich so in ihr verloren, dass er in Gefahr war zu ertrinken.

»Wenn es D.H. Lawrence ist, hättest du früher aufstehen müssen«, sagte er bockig. »Ich habe *Lady Chatterley* bereits gelesen und meine jungfräulichen Sinne waren kein bisschen schockiert.«

Ein glucksendes Lachen entfuhr ihr. »Es ist nicht *Lady Chatterley,* aber erzähl mir mehr. Wann hast du denn dieses stimulierende Meisterwerk gelesen?«

Er ignorierte ihre Frage und starrte auf die Leinwand, auf der Marilyn Monroe hin und her tänzelte.

»Den gesamten Walt Whitman habe ich ebenfalls gelesen, gib dir keine Mühe«, fügte er hinzu. »Und Marquis de Sade, obwohl die Übersetzung derart schlecht ist, dass ich das meiste nicht verstanden habe.«

Zu Jaspers Überraschung kletterte Catherine über die Rückenlehne des Sitzes neben ihm. Mit funkelnden Augen ließ sie sich auf den leeren Platz gleiten. »Na, Jasper Holmes, du bist mir ja ein kleiner Schmutzfink.«

Er war zutiefst dankbar, dass sie im Dunkel des Lichtspielhauses unmöglich sehen konnte, wie er errötete.

»Ich wollte nur wissen, warum so ein Gewese darum gemacht wird, mehr nicht«, erklärte er.

Statt ihn weiter zu necken, seufzte Catherine und machte es sich auf ihrem Sitz bequem, ließ ihren Unterarm seinen leicht streifen. Darin war sie gut – sie wusste, wann ihn ihr Duft und ihre Berührung überwältigten. Manchmal dachte er, dass es eher ihre Zurückhaltung und nicht ihre Keckheit war, die ihn am meisten faszinierte.

Als ob sie instinktiv wüsste, dass Menschen wie er Freiraum zur Entfaltung benötigten. Die Gesprächspause, die keiner von ihnen füllte, die elektrischen Funken, wenn ihre Schenkel sich nicht berührten, die Zeilen einer Seite, auf die Catherine manchmal nur ein einziges Wort kritzelte – das bedeutete ihm mehr als alles andere. Dann war es still und er konnte seinen Gedanken nachhängen, ohne sich einsam zu fühlen.

»Und was meinst du mit ›Gewese‹?«, fragte sie.

Eine Antwort war nicht nötig. Ihre Frage war eine rhetorische, sie würde es daher nicht seltsam finden, wenn er sich zurücklehnte und einige Minuten lang den Film ansah, während er sich fasste.

Aber er wollte es ihr erklären. Er wollte, dass sie ihn verstand.

»Mir ist klar, dass ich diese Bücher des skandalösen Inhalts wegen lesen soll«, sagte er und setzte sich bequemer hin. Sein großer Arbeitsstiefel streifte seitlich die Rundung ihres roten Lacklederpumps. »Manchmal höre ich, wie ein paar der anderen Burschen über so was lachen, als ob einige aneinandergereihte Wörter auf einer Seite das Gleiche sind wie das Gefühl, wenn eine Frau in deinen Armen dahinschmilzt.«

Sie holte scharf Luft, ihr Fuß drückte immer noch gegen seinen. »Für dich ist es nicht das Gleiche?«

Beinahe hätte er laut losgelacht. In keiner Sprache gab eine Abfolge von Buchstaben, die auch nur ansatzweise dem Gefühl gleichkam, wenn Catherines Körper ihm nahe war – ihr Herz, das an seinem pochte, ihr geöffneter Mund, der bereit für ihn war, ihr ganzes Sein, das sich aus ihr löste und sich um sein Innerstes schlang, bis er nicht mehr wusste, wo er aufhörte und sie anfing. Er hätte sämtliche Bücher, die je geschrieben worden waren, lesen können und wäre diesem Gefühl nicht einmal nahegekommen.

Er verneinte.

Erwartungsvoll hielt sie den Atem an, aber Jasper erklärte

sich nicht weiter. Es war zwecklos. Er war weder Schriftsteller noch Dichter und hatte nichts zu sagen, was nicht schon tausendmal besser gesagt worden war.

Er war nur ein schüchterner, unbeholfener, zu sensibler Mann, dem es nicht gelang, die Welt in seinem Herzen und die Welt, in der er gezwungermaßen lebte, in Einklang zu bringen. Catherine war ein Art Brücke, das wusste er. Er hatte es beinahe von dem Moment an gewusst, als er sie das erste Mal sah, als sie ihn unter ihrem demolierten Fahrrad hervor angeschrien hatte, so voller Leidenschaft, dass schon ihre bloße Anwesenheit ihn zum Leben erweckte.

Ihre Hand stahl sich in seine. »Okay«, sagte sie.

Als sie den Kopf entspannt an seine Schulter lehnte und ihre Aufmerksamkeit auf die Leinwand richtete, spürte er, wie er erneut diese Brücke überquerte – zumindest für den Moment.

»Was, wenn jemand reinkommt und uns sieht?«, fragte er.

»Dann bekomme ich lebenslang Hausarrest«, sagte sie, als wäre das die selbstverständlichste Sache der Welt. »Oder sie schicken mich zurück in den Osten zu meinen Großeltern. Oder ich werde mit dem ersten gutaussehenden Offizier verheiratet, der über die Schwelle meines Elternhauses tritt.«

Der letzte Satz ließ Jasper seine Hand wegziehen – oder vielmehr er versuchte es. Catherine hielt sie so fest, dass er sich nur mit Gewalt hätte losreißen können.

»Nicht«, sagte sie. »Das war ein Scherz.«

Das wusste er wohl, aber zum Lachen war ihm nicht zumute. »Er mag dich«, er wählte seine Worte sorgfältig. »William McBride.«

»Ich weiß. Das tun solche wie er immer.«

»Kürzlich hat er mich vor der Bibliothek angesprochen.«

»So?« Jetzt zog sie ihre Hand weg. Ein ängstlicher Blick traf ihn, sie hatte die Stirn gerunzelt und die Nase gekraust. »Was wollte er? Was hat er zu dir gesagt?«

Jasper wollte sich von ihrem Tonfall nicht beeinflussen lassen, aber ihre Besorgnis durchbohrte ihn wie die Klinge eines frisch geschärften Schwerts. Es hatte ihm auf der Zunge gelegen, alles auszuplaudern – die Drohungen, den Spott, die Angst, dass sie nicht so diskret waren wie erforderlich –, aber er wollte sie nicht noch mehr beunruhigen.

»Ich sollte ihm eine Leseliste geben«, sagte Jasper, denn das entsprach ja der Wahrheit.

Ihr Lachanfall kam zur rechten Zeit und war dem der Leinwandgöttin ebenbürtig. »Wie süß. Hast du es gemacht?«

»Musste ich ja. Er wollte wissen, was du gern liest. Damit er dich … umwerben kann. Mit Literatur.«

»Du hast ihm aber doch nichts von unseren Büchern erzählt? Denn wenn er die ausleiht …«

»Nein, natürlich nicht«, sagte er grob. »Die sind nur für uns.«

»Und für jeden, der sie ausleiht und unsere Anmerkungen findet«, merkte Catherine an.

Jasper grunzte zustimmend. Sie wussten beide, dass es nur eine Frage der Zeit war, bis jemand auf eines ihrer Bücher stieß und ihre Unterhaltung darin entdeckte, und das genau war der Sinn. Jasper würde nie eine Literaturgröße sein. Dazu hatte er seine Ausbildung zu früh beenden müssen, dazu war seine Zeit zu sehr von körperlicher Arbeit in Anspruch genommen. Er würde nie auch nur den Bruchteil dessen schreiben können, was er fühlte, was in seinem Herzen vor sich ging.

Aber einige Zeilen, eine kurze Zeit lang konnte er so tun als ob. Auf diese dürftige Weise konnte er seine Liebesgeschichte niederschreiben.

»Sei bloß nicht überrascht, wenn er anfängt, Edgar Allan Poe zu zitieren«, warnte Jasper. »Und komm bloß nicht auf die Idee …«

Sie sah zu ihm hoch, den Kopf unschuldig fragend zur Seite geneigt. »Komm nicht auf welche Idee?«

Es lag ihm auf der Zunge, sie solle ja nicht darauf hereinfallen – nicht auf William hereinfallen –, doch er ließ es wohlweislich sein. Er hatte genug Bücher gelesen, um zu wissen, wie solche Geschichten im wahren Leben ausgingen. Da gab es kein »bis an ihr seliges Ende«. Nicht für einen wie ihn.

»Ermutige ihn bloß nicht zu D. H. Lawrence«, sagte er eingeschnappt. »Er gehört genau zu denen, die meinen, es geht um die skandalösen Stellen.«

19

1960

Die Stelle am Fluss, an der sich Jasper und Catherine heimlich trafen, war sehr urwüchsig.

Jasper hatte sie auf einem seiner vielen Spaziergänge durch den Wald entdeckt. Diese Alleingänge waren eine Angewohnheit, die er angenommen hatte, als er vor drei Jahren nach Colville gezogen war und keine Menschenseele außerhalb seiner Holzfällertruppe gekannt hatte. Es war nicht so, dass er seine Kollegen nicht mochte, aber es fiel ihm schwer, einen gemeinsamen Nenner mit ihnen zu finden.

Ehrlich gesagt, fiel es ihm schwer, mit überhaupt jemandem eine gemeinsame Basis zu finden. Das lag daran, dass die Leute, mit denen er arbeitete, raue Männer, müde Männer waren, Männer, die gezwungen waren, ihre Kraft und ihre Jugend für einen Gehaltsscheck hinzugeben, der meistens nicht zum Leben reichte. Sie soffen und rammelten, als wäre morgen ihr letzter Tag auf Erden, zogen die naheliegenden Freuden der Ungeschliffenen dem langfristigen Nutzen der Belesenen vor.

»Ich hatte keine Ahnung, dass du so ein Snob bist.« Catherine lag lachend in seinen Armen und nippte gelegentlich an einer Thermoskanne, die starken Kaffee und noch stärkeren Hochprozentigen enthielt. »Wie kannst du auf andere Männer hinabsehen, bloß weil sie saufen und rammeln, obwohl du genau das gerade getan hast?«

Jasper schüttelte den Kopf und beobachtete, wie ein mit Whiskey versetzter Tropfen Kaffee aus Catherines Mundwinkel lief. Blitzschnell streckte sie die Zunge aus dem lippenstiftverschmierten Mund, um ihn aufzufangen, aber sie war nicht ganz erfolgreich. Natürlich musste er die Arbeit zu Ende bringen, die sie angefangen hatte, daher dauerte es gute fünf Minuten, bis sie wieder zum Thema zurückkehrten. Bis dahin hatte er nicht nur die Frage vergessen, sondern auch seine Antworten darauf.

»Wie hast du das hier eigentlich gefunden?«, fragte Catherine mit einem schiefen Lächeln, das durch den mittlerweile noch verschmierteren Lippenstift noch schiefer wirkte. »Eine Blockhütte wie diese muss doch jemandem gehören. Warum bist du so sicher, dass die Eigentümer nicht zurückkommen?«

Jasper sah sich in der baufälligen Baracke um – er verweigerte sich Catherines Optimismus, sie Blockhütte zu nennen – und schnaubte. Ja, sie hatte ein Dach und vier Wände. Es gab ein Bett und einen Kamin und dank Jaspers schweißtreibender Bemühungen genügend Feuerholz und Vorräte für vier Wochen. Er hatte auch ein Bücherregal gezimmert, auf dem die wenigen Bücher standen, die er besaß. Er fürchtete den Moment, in dem Catherines Neugier die Oberhand über ihre träge, katzenhafte Schläfrigkeit gewann und sie sich seine Sammlung näher besah. Mit ziemlicher Sicherheit würde sie über jeden der Titel, die er im Laufe der Jahre zusammengetragen hatte, schallend lachen – seine Lieblingsbücher wahrscheinlich als romantischen Unsinn abtun. Abgesehen von Beth March, die dem Scharlach erlag, oder Matthew Cuthbert, den ein Herzinfarkt dahinraffte, kam der Tod auf den Seiten dieser Bücher so gut wie nicht vor.

»Die Eigentümer kommen nicht zurück, weil niemand, der noch bei Verstand ist, hier wohnen will«, erklärte er, als sie fragend eine Augenbraue hochzog.

»Du schon.«

Er zuckte kurz zusammen.

Sie kicherte. »Du kannst mir nichts vormachen, Jasper. Du würdest alles dafür geben, wenn du hier draußen wie ein Einsiedler im Wald leben, Holz hacken, deine Nahrungsmittel anbauen und dich dem Austausch mit der Welt völlig verweigern könntest.« Sie verstummte, ehe sie ergänzte: »Ehrlich gesagt, bin ich neugierig, warum du das nicht längst getan hast. Du bist ohnehin schon zu neun Zehnteln ein Einsiedler. Was hält dich vom letzten Schritt ab?«

»Ich kann nicht«, sagte er schlicht.

Ebenso schlicht fragte sie: »Warum?«

Jasper holte tief Luft und dachte kurz darüber nach, welche Wirkung die weiche, süße Kurz-und-Bündigkeit dieser Frau auf ihn hatte. Bei jedem anderen Menschen hätte ihn die Fähigkeit, direkt zum Kern der Sache vorzustoßen, panikartig die Flucht ergreifen lassen. Bei Catherine hingegen fühlte er sich zum ersten Mal in seinem Leben ruhig und im Reinen mit sich selbst.

Sie spielte keine Spielchen, seine Catherine, auch wenn sie neckte und stichelte. Sie hatte ihn derart aus seinem sicheren Mauseloch herausgezerrt, dass ihn momentan nur ein winziges Wölkchen aufrechthielt, das der erste kräftige Wind auseinanderreißen würde. Sie gab sich leicht und freudig hin und, soweit Jasper das beurteilen konnte, weil sie es wollte. Während der ganzen Zeit, in der sie ihm auf den Seitenrändern Nachrichten hinterlassen hatte, war sie immer ganz sie selbst gewesen.

Daher erzählte er ihr, sosehr es ihm wehtat, die Wahrheit, sosehr auch sein Herz plötzlich flatterte, als wüchsen ihm Flügel, mit denen es gleich aus seiner Brust flattern würde.

»Mein Leben gehört nicht mir«, sagte er. »Hat es noch nie.«

»Wie meinst du das? Beziehst sich das auf die Firma, für die du arbeitest? Bist du ... ein Lohnsklave?«

»Gewissermaßen«, gab er zu und fuhr sich über die Stoppellandschaft seines Kinns. Egal, wie oft er sich rasierte, der Bartschatten war Punkt fünf Uhr nachmittags zur Stelle. Das war praktisch, wenn er den Eindruck eines Mannes erwecken wollte, der sich um solche Sachen nicht scherte, aber manchmal wünschte er sich, er sähe nicht bereits so verwittert aus. Seine Kindheit war ihm ohnehin rasch durch die Finger geglitten.

»Schuldest du denen Geld?«, hakte Catherine nach. »Wenn das so ist, dann –«

Er unterbrach sie, bevor sie den Gedanken weiterverfolgen konnte. »Ich habe daheim Familie. Eine große Familie.«

Abrupt setzte sie sich auf. Dabei rutschte das verblichene geblümte Laken nach unten, das ihren Oberkörper bedeckt hatte. Jasper musste sich die Nägel der rechten Hand in die Handfläche graben, ansonsten hätte er es nicht ertragen, mit so viel Vollkommenheit in einem Raum zu sein.

Dass sie sich ihm hingegeben hatte, ohne auch nur den geringsten Anflug von Reue, war schlimm genug. Dass sie es immer wieder tat, war angesichts dieser erbärmlichen Baracke und Jaspers persönlicher Situation noch schlimmer.

Er verdiente das hier nicht. Er verdiente sie nicht.

»Was meinst du mit Familie?«, fragte sie und ignorierte ihre Nacktheit. »Meinst du ... eine Ehefrau? Kinder?«

Er lachte tonlos. »Was schätzt du, wie alt ich bin, Catherine?«

»Ich weiß nicht. Achtundzwanzig? Neunundzwanzig? Schwer zu sagen.«

Diesmal war sein Lachen nicht lautlos, aber es lag keine Fröhlichkeit darin. »Ich bin neunzehn«, sagte er. »So alt wie du.«

»Oh.« Ihre Lider flatterten. Sie schlang sich wieder das Laken um den Körper. Auch wenn er sie hätte ewig ansehen können, war er doch dankbar, dass sie seinen Blicken wieder verborgen war. Mit zu viel des Guten hatte er noch nie umgehen können.

»Das heißt also, du hast nirgendwo Ehefrau und Kinder versteckt?«, hakte sie nach.

Jasper richtete sich im Bett auf und griff nach seinem Geldbeutel. Er zog ein vergilbtes Foto heraus, dessen Ränder abgegriffen waren, und gab es ihr.

»Das ist meine Mutter«, er deutete auf die große, schlanke Frau, die auf den Stufen eines baufälligen Reihenhauses stand. »Die fünf Kinder, die um sie herumsitzen, sind meine Brüder und Schwestern.«

Sie betrachtete das Foto für einen Augenblick, der selbst einem Mann, der ausführliches Schweigen gewohnt war, lang vorkam.

»Wo ist dein Vater?«, fragte sie schließlich.

Er nahm das Foto an sich und verstaute es. »Er ist gestorben, da war ich zwölf. Sie war damals schwanger mit Bobby – das ist der Kleine zu ihren Füßen.« Er stockte und überlegte, wie er weitererzählen sollte, ohne dass es mitleiderheischend klang.

»Ein paar Monate kamen wir einigermaßen zurecht, weil die Nachbarn uns unterstützten und meine Mutter für andere Leute Wäsche wusch, aber unser Erspartes war schneller aufgebraucht als gedacht. Ich hatte keine andere Wahl. Ich musste von der Schule runter und als Holzfäller arbeiten.«

»Mit zwölf?«, fragte sie mit großen Augen.

In schweigender Zustimmung senkte er den Kopf, nicht direkt beschämt, aber auch nicht gänzlich ohne Scham. Er befand sich in einer seltsamen Situation, schon seit Jahren, sodass er es fast nicht mehr anders kannte. Die fehlende formelle Bildung würde immer auf ihm lasten, zumal die Schule der einzige Ort gewesen war, an dem er sich richtig wohlgefühlt hatte, doch er war auch stolz auf den Mann, der aus ihm geworden war. Ein armer Mann, ja. Ein ausgelaugter Mann, gewiss. Aber auch ein Mann, der für seine Familie sorgte. Einer, der darauf achtete, dass Bobby, Tina, Harriet und die Zwillinge Uli und Olly kein Opfer bringen mussten, zu dem sie nicht bereit waren.

»Ich bin erst vor wenigen Jahren nach Colville gezogen«, fügte er hinzu, da Catherine offenbar das Schweigen nicht brechen wollte. »Damals hatte ich bereits knapp vier Jahre in den Mühlen von Aberdeen gearbeitet und die Neilson Logging Corporation hier suchte nach Holzfällern. Ich wollte nicht von daheim weg, aber sie boten ein Handgeld sowie Gefahrenzulage. Also log ich über mein Alter, packte ein paar Sachen zusammen und kam hierher. Die Hälfte meines Verdienstes schicke ich nach Hause. Die Hälfte meines Verdienstes werde ich *immer* nach Hause schicken. Muss ich. Zu viele Menschen verlassen sich auf mich.«

»Dein Leben gehört nicht dir«, wiederholte sie seine Aussage.

Er zuckte unbehaglich die Schultern. »So schlimm, wie es sich anhört, ist es nicht. Ich bin gern draußen und arbeite gern mit den Händen. Ich mag den Wald und wie still er nachts wird.« Das, was er als Nächstes sagen würde, entlockte ihm ein Lächeln. »Und unsere Bibliothek hier in der Stadt ist immer gut bestückt. Das bedeutet mir mehr als alles andere.«

Catherine glitt aus dem Bett, raffte das Laken wie eine Toga um sich. Für einen ewig währenden Augenblick fürchtete Jasper, er hätte zu viel gesagt – seine Realität so trostlos, dass ihr nichts anderes übrigblieb, als zu flüchten –, aber sie ging lediglich zum Bücherregal. Beim Anblick ihres geschwungenen nackten Rückens, der aus dem Stoff hervorlugte, schmerzte sein Körper sehnsuchtsvoll, aber er rührte sich nicht.

Sanft strich sie über die Bücherreihe und warf ihm einen Blick über die Schulter zu. »Deshalb liest du so viel, stimmt's?«, fragte sie und ihre Stimme klang so sanft, dass fast etwas Wildes aus ihm herausgebrochen wäre. »Das ist deine Bildung. Deine Verbindung zur Welt.«

Er nickte, schwieg aber, weil er seiner Stimme nicht traute.

»Ich wünschte, du würdest mir dein Lieblingsbuch verraten«, sagte sie, als wäre es selbstverständlich, dass ein Mann sein Innerstes offenbarte. Mit einem schelmischen Lächeln nahm sie die Buchrücken unter die Lupe. *»Stolz und Vorurteil. Vor ihren Augen sahen sie Gott. Sturmhöhe.* Das ist eine ziemlich spezielle Sammlung. Sehr … romantisch.«

Er hielt den Atem an, denn ihr leichter, neckender Tonfall verriet ihm, was als Nächstes kommen würde. Bei jedem anderen Menschen hätte er zurückgeschlagen – sich gegen die Vorstellung gewehrt, dass er ungeschützt war und trotzdem in einer Welt funktionieren musste, die ihn täglich in die Knie zwingen wollte. Aber von Catherine würde er alles ertragen.

Zumindest gingen seine Gedanken in diese Richtung, bevor sie wieder das Wort ergriff.

»Ich habe das Buch mitgebracht, das wir als Nächstes gemeinsam lesen werden«, sagte sie, immer noch mit neckendem Tonfall. Langsam schlenderte sie zu ihrer Handtasche und bückte sich, um es herauszuholen, und war sich die ganze Zeit ihres halb entblößten Körpers wohl bewusst. »Aber denk daran, was ich gesagt habe – du wirst schockiert sein.«

Schockierend war lediglich, wie ruhig Jaspers Hand blieb, nachdem er das in grünes Leinen gebundene Buch entgegengenommen hatte.

»Wendekreis des Krebses«, sagte er laut. Er warf ihr einen scharfen Blick zu. »Catherine! Woher hast du das?«

Wäre er nicht bereits bis über beide Ohren in sie verliebt gewesen, hätte das Lächeln, das ihre Lippen umspielte, sein Schicksal besiegelt. Es war gleichzeitig schelmisch und scheu, verwegen und sittsam. In anderen Worten: ganz Catherine.

»Du hast also davon gehört«, hauchte sie. »Das hatte ich gehofft.«

»Das Buch ist in den Vereinigten Staaten verboten«, sagte er. Noch hatte er es nicht aufgeschlagen, aus Furcht, der Inhalt könnte ihn verbrennen. Als Catherine ihm zum ersten Mal geküsst hatte, hatte er das gleiche Gefühl gehabt. »Du hast das aber nicht aus der Bibliothek ausgeliehen?«

Ihr volles Lachen erfüllte die Blockhütte und mit diesem letzten fehlenden Mosaiksteinchen wurde sie ein richtiges Heim.

»Natürlich nicht. Kannst du dir vorstellen, dass ich diesen Einkauf an Mrs. Peters vorbeischmuggle? Schon beim bloßen Gedanken an die vielen herrlichen Pariser Orgien würde sie Herzflattern kriegen.«

»Woher hast du es dann?«

Sie ließ sich aufs Bett gleiten und lehnte sich gegen das Kopfbrett. »Ich habe meine Quellen«, sagte sie und wackelte mit den Augenbrauen.

»Du hast illegale literarische Quellen? In Colville?«

Sie kicherte. »Na gut, ich hab's von Lonnie, aber das darfst du niemandem verraten. Einer ihrer Brüder hat von seiner letzten Reise nach Mexiko einen ganzen Karton davon mitgebracht und verkauft die Dinger jetzt aus seinem Kofferraum für zwanzig Dollar das Stück.«

Jasper stieß einen leisen Pfiff aus, während er das Buch in seiner Hand betrachtete. Das war ein gepfefferter Preis für ein einziges Buch, aber er war unbestreitbar fasziniert. Seit seinem Erscheinen in den 1930ern war das Buch skandalumwittert, es ging dabei um den Tatbestand der Pornografie sowie um Verführung Minderjähriger. »Und du hast ein Exemplar gekauft? Für uns?«

Sie nahm das Buch wieder an sich und blätterte liebevoll darin. »Ach, ich hätte mir auch ohne dich eins geschnappt, doch ich dachte, es könnte ganz lustig sein, wenn wir es gemeinsam lesen.«

»Catherine ...«

Sie warf ihm einen unschuldigen Blick zu. »Was? Belesen zu sein ist wichtig. Betrachte es als nächste Phase deines Selbststudiums.«

Missbilligend schüttelte er den Kopf, konnte sich ein schwaches Lächeln allerdings nicht verkneifen. Nur Catherine konnte ein unschuldiges Lektürespiel in etwas verwandeln, was sein ganzes Leben auf den Kopf zu stellen drohte.

»Du bist also dabei?«, fragte Catherine erwartungsvoll.

Selbstverständlich war er dabei, sagte aber stattdessen: »Woher kommst du, Catherine Martin? Wer bist du?«

Schnurrend streckte sie sich auf dem Bett aus und interpretierte seine Fragen höchst wortwörtlich. »Ich bin eine Nomadin, Jasper. Ich komme von überall und nirgendwo her.«

»Und?«

»Nichts und. Ich bin genau das, wonach ich aussehe. Ein Mädchen, das sein ganzes Leben lang brav dem Vater gehorcht.« Ihre Lippen verzogen sich leicht. »Genau wie einer seiner gehorsamen kleinen Soldaten.«

Jasper sah sich in der Blockhütte um, diesem Nest aus Laster und Tugend, dem Ort, der in seinem Herzen immer einen Platz haben würde, und lachte.

»Was?«, wollte Catherine wissen und setzte sich auf. »Was ist daran lustig?«

Er drehte sich zu ihr. In dem Augenblick, als seine Knie das Laken berührte, das sie noch immer um sich gewickelt hatte, umfing ihn ihr Duft. »Du bist überhaupt nicht wie einer der Soldaten deines Vaters«, sagte er und seine Lippen streiften über ihren Mund. »Alles, was du sagst, ist eine Trotzreaktion.«

»Das sagst du nur, weil du mich zu einer weiteren Trotzreaktion provozieren willst, bevor wir gehen.«

Er schüttelte unwillig den Kopf und verschränkte seine Finger mit ihren. »Ich kenne niemanden, der so unbeschwert und schnell die Welt auf den Kopf stellt wie du. Du liest Bücher, die du nicht lesen sollst. Du freundest dich mit Leuten an, mit denen du nicht befreundet sein sollst.« Errötend und etwas stotternd stieß er den nächsten Satz aus. »Du verführst Männer, die du nicht verführen sollst.«

Sie drückte seine Finger. »Stimmt.«

»Versprich mir etwas. Lass nicht zu, dass dir jemand einredet, du schuldest ihm oder ihr etwas.« Er sprach übertrieben heftig, aber das war nichts Neues. Jasper trug, wo er ging und stand, stets eine Extraportion Emotionen mit sich herum, wurde davon gleichzeitig verfolgt und gefesselt. »Nicht mir, nicht deinen Eltern und ganz gewiss nicht Männern wie William McBride.«

»Hui, Jasper Holmes, das hört sich verdächtig nach Eifersucht an.«

»Falsch.« Er hob ihre Hand zu seinem Mund und küsste zart jeden einzelnen Finger. »Ich weiß nur, wie die Welt funktioniert. Sie ist darauf ausgerichtet, Menschen wie dich zu zermalmen.«

»Und was ist mit solchen wir dir?«, konterte sie, ihren Blick auf seine Lippen geheftet. »Was tut die Welt dir an?«

Jasper hatte die Antwort parat. »Ich war schon am Tag meiner Geburt zermalmt. Ich kann höchstens hoffen, so in die Erde zurückzukehren, wie ich aus ihr gekommen bin.«

20

Jasper, Gegenwart

Jasper spürte das Frisbee an seinem Kopf vorbeizischen, bevor er es überhaupt sah. Es war ein kurzes, neonfarbenes Leuchten, das an seinem Augenwinkel vorbeiflog. Zuerst hatte er es für den Distelfink gehalten, der manchmal das Vogelhäuschen besuchte oder für eine der seltsamen optischen Täuschungen, die in letzter Zeit seine Sicht immer häufiger beeinträchtigten, doch dann folgte dem grellgelben Blitz ein lauter, mehr als offensichtlicher Schrei: »Och, Gummy Bear! Schau mal, wozu du mich gebracht hast.«

Seufzend legte er das Buch beiseite. *Spuk in Hill House* war genauso grotesk, wie er es in Erinnerung hatte, doch anders als der jugendliche Jasper fand er es nicht sehr gruselig. Als er das Buch zum ersten Mal gelesen hatte, war er definitiv ein Kind gewesen. Mit neunzehn Jahren zählte man eigentlich zu den Erwachsenen, doch es war dumm und unreif von ihm gewesen, zu glauben, dass er auch nur die geringste Ähnlichkeit mit dieser Eleanor-Figur hatte.

Hatte ich eine melodramatische Ader und war mir oft nach langen, Spaziergängen im Mondenschein zumute? Natürlich.

Verließ mich alle Vernunft, sobald es dunkelte? Offenbar.

Wollte ich in einem letzten Versuch, dem Unvermeidlichen zu entkommen, mein Auto gegen einen Baum fahren? Da war er sich mittlerweile nicht mehr so sicher.

Im Licht der zunehmenden Morgendämmerung, mit mehr als sechzig Jahren hartem Leben auf dem Buckel und zwei Kindern, die sich in Schlafsäcken auf seinem Wohnzimmerfußboden zusammengerollt hatten, konnte er sich nur schlecht an seine damaligen Gefühle erinnern. Catherine und er waren so jung gewesen, ganz verstrickt in eine Liebesbeziehung, die so kurz wie unbedacht gewesen war, bei der sie keinen Gedanken an die langfristigen Auswirkungen verschwendeten. Wenn man ihn damals gefragt hätte, ob diese Liebe es wert sei, dafür zu sterben, wäre seine Antwort ein eindeutiges Ja gewesen. Heute hingegen ...

»Psst, Jasper. Jasper, bist du wach?«

»Natürlich bin ich wach.« Er rappelte sich aus dem Stuhl auf, warf einen Blick durch den Garten und entdeckte das Frisbee, das sich in einem Johannisbeerstrauch verfangen hatte. Er schnappte es und stakste zum Zaun. »Warum bist du so früh auf?«

Chloes Gesicht war Antwort genug. Sie sah aus, als hätte sie die vergangene Nacht gerade einmal fünf Minuten geschlafen; sie hatte sich das wilde, flammendrote Haar hochgesteckt und die Sommersprossen hoben sich dunkel auf dem blassen, bekümmerten Gesicht ab. Über dem Hemdchen mit den Spaghettiträgern und der kurze Schlafanzughose trug sie einen zerschlissenen Bademantel, war damit aber nicht annähernd gegen die morgendliche Kälte geschützt. Der Herbsttau kristallisierte bereits zu Frost und ihr Atem waberte in kleinen Wölkchen.

»Waren wir nicht übereingekommen, dass ihr nicht mehr mit dem Hund im Garten spielt?«, sagte er und seine Stimme war rau vor Sorge.

Sie ignorierte sowohl seine Bemerkung als auch den Hund, den das Apportieren so wenig interessierte, dass er sich stattdessen neben seinem leeren Futternapf ausstreckte.

»Geht es ihnen gut?«, fragte sie.

»Hast du etwa Angst, dass ich sie im Schlaf erschlagen und hinten im Garten begraben habe? Du weißt anscheinend nicht, wie lange es dauert, ein Grab dieser Größe auszuheben.«

Sie lachte, ein unheimliches, fast irres Geräusch, das klang, als wäre es aus eigenem Antrieb aus ihr herausgeschlüpft. »Weißt du, dass ich den ersten Satz noch vor einigen Wochen bejaht hätte?« Sie deutete mit dem Kopf auf eines von Jaspers Lieblingsblumenbeeten. Dort säte und setzte er einjährige Pflanzen, eine völlige Platz- und Arbeitsverschwendung, aber umso schöner, weil ihr Aufenthalt auf diesem Planeten nur kurz war. »Eine Zeitlang dachte ich, das wäre das Grab deiner langverschollenen Catherine.«

Der Name ging ihr so glatt von der Zunge, dass Jasper fast weiche Knie bekam.

»Aber das kann ja nicht sein«, meinte sie und beobachtete ihn. »Dass es ihr Grab ist, oder?«

Ihre Frage schien rein rhetorisch zu sein, aber das anschließende Schweigen zog sich, sodass Jasper etwas sagen musste. »Nein«, pflichtete er ihr langsam bei. »Das kann nicht sein.«

»In welchem Jahr, sagtest du, ist sie gestorben?«

Das kam ihm seltsamerweise wie eine Herausforderung vor. »Ich habe gar nichts gesagt.«

Im Haus hinter Chloe ging ein Licht an und sie zuckte zusammen. »O Gott. Sie ist auf. Kann ich rüberkommen? Sofort?«

Hilflos breitete Jasper die Hände aus. In dem Moment, in

dem er ihrem Bruder und ihrer Schwester zu bleiben erlaubt hatte, hatte er auch ihr seine Tür geöffnet. Seine Tür, sein Heim, sein ganzes verdammtes Leben – sechzig Jahre lang hatte er all das unter Schloss und Riegel gehalten, bis er schließlich herausfand, dass seine Barrikaden einzig aus heißer Luft bestanden.

»Kannst du Noodle tatsächlich allein lassen?«, fragte er, als Chloe durchs Gebüsch geflitzt kam. Kurz verzog sie das Gesicht, hatte sich aber gleich wieder im Griff.

»Noodle ist der Grund, weshalb wir überhaupt in diesem Schlamassel stecken. Er ist derjenige, der sie – Ravenna, *Mom* – angerufen hat.«

Das überraschte Jasper. Aus dem, was der Junge hatte fallen lassen, war klar, dass er mehr von Chloes Überlebenskampf mitbekam als die beiden anderen Kinder zusammen. Die Geldsorgen, dass sie wie eine Tigerin kämpfte, wenn jemand auch nur ein Wort gegen ihre Familie sagte, wie entschlossen sie war, auf eigenen Beinen zu stehen, koste es, was es wolle. Auch Jasper hatte das mitbekommen, aber es war nicht an ihm, sich einzumischen.

»Er will dir nur helfen«, sagte er.

Erneut warf ihm Chloe diesen neugierigen Blick zu, so als versuchte sie, hinter seine Fassade zu sehen. Er war anders als der Blick, mit dem sie ihn sonst ansah, in dem Misstrauen und ein Hauch Verachtung lagen.

»Heißt das, du hast ihn ermutigt?«, fragte sie. »Hat Noodle mit dir über den Anruf geredet?«

Das entlockte Jasper ein Schnauben. »Meinst du etwa, wir hocken hier den ganzen Tag rum und reden über die Mutter, die euch im Stich gelassen hat? Und ich erteile ihm einen großväterlichen Ratschlag, wie er damit umgehen soll?«

Die Anspannung um Chloes Augenwinkel ließ ein klein wenig nach und das genügte Jasper, sie hatte verstanden. Den Großteil der Zeit saßen Noodle und er in seligem, kameradschaftlichem Schweigen da.

»Willst du den ganzen Morgen in deiner Unterwäsche hier draußen herumstehen oder wolltest du auf einen Kaffee hereinkommen?«, fragte er. Nichts an seinem Tonfall deutete darauf hin, dass sie willkommen war. Hoffentlich wusste sie, dass dies trotzdem der Fall war.

Chloe biss sich auf die Unterlippe. Nach einem schnellen Blick zurück auf ihr Haus, wo Licht und Schritte darauf schließen ließen, dass drinnen das Leben erwachte, nickte sie.

»Er heißt Todd«, sagte sie und verzog das Gesicht.

Jasper hätte beinahe laut aufgelacht. »Todd?«

»Todd Aarons. Er arbeitet in der Versicherungsbranche, aber nur, weil seine Karriere als Profi-Footballer sich anders entwickelt hat als erwartet. Offenbar sind seine Knie kaputt.«

»Typen wie der haben immer kaputte Knie«, stimmte Jasper zu und unterdrückte ein Lächeln. So wie Chloe sich anhörte, hätte man meinen können, der Mann wäre ein regelrechter Blaubart, der demnächst seine Horde toter Ehefrauen auf die Welt losließ.

»Alles in allem ist er ganz nett«, gab Chloe zu, dabei verzogen sich ihre Lippen, als wäre »nett« das schlimmste Urteil, das sie über jemanden fällen konnte. Sie hielt kurz inne, ehe sie hinzufügte: »Und offenbar ist er gut zu meiner Mutter. Anscheinend unterstützt er sie.«

Jasper nickte nur. Er wusste, was ein solches Eingeständnis sie kostete. »Dann komm rein. Du kannst dich höchstpersönlich davon überzeugen, dass es Theo und Trixie blendend geht.«

Ihre Hand berührte seinen Arm, die Bewegung war so flüchtig wie ein Windhauch. Als Chloe wieder das Wort ergriff, war ihre Miene wie immer leicht sorgenvoll.

»Und du? Wie kommst du zurecht?«

»Wenn du damit fragen willst, ob dein Bruder bereits versucht hat, mein Heim abzufackeln, dann lautet die Antwort ja.« Jasper drehte sich auf dem Absatz um und stapfte ins Haus. »Aber meine Rauchmelder sind ausgezeichnet und ich habe alle Brandbeschleuniger gut versteckt. Vorläufig sind wir sicher.«

Sie stellten fest, dass beide Kinder wach, munter und dabei waren, Jaspers Küche ins Chaos zu stürzen.

»Chloe, bist du zum Frühstücken gekommen?«

»Chloe, guck mal! Jasper – ich meine Mr. Holmes – ich meine Jasper – hat fünf verschiedene Sorten! Und auch noch die guten.«

»Chloe, sagst du Theo bitte, dass er nicht einfach alle fünf zusammen in eine Schüssel kippen kann? Cini Minis und Fruit Loops zu mischen ist ein Verbrechen gegen die Natur.«

Chloe gab ihren Geschwistern, die sich offenbar nicht in einem Raum aufhalten konnten, ohne ihn zu demolieren, keine Antwort, sondern warf einen Blick über die Schulter auf Jasper.

»Du hast tatsächlich fünf verschiedene Markensorten im Haus?«, fragte sie.

Unbehaglich zuckte er mit den Achseln. »Ich wusste nicht, wie lange sie bleiben wollen. Also habe ich aus der Stadt ein paar Vorräte mitgebracht.«

»Choco Krispies! Echte, richtige Choco Krispies.« Theo hörte auf, die Sorten zu mischen, und kippte sich stattdessen so viel gezuckerte Krispies in die Schüssel, dass er die nächsten Stunden völlig überdreht sein würde. »Sorry, Chloe, aber jetzt ist es offiziell: Ich ziehe zu Jasper.«

Trixie entriss Theo die Schachtel, ehe er sich den gesamten Inhalt in seine Schale kippen konnte. »Lass mir auch was übrig, du Arsch.« Sie hatte den Anstand, rot zu werden, als sie einen kurzen Blick auf Chloe warf, reckte aber gleichzeitig herausfordernd das Kinn. »Wenn du hier bist, um uns mit nach Hause zu nehmen, das kannst du dir sparen. Ich will nichts mit dieser Frau zu tun haben oder mit diesem Klotz am Bein, den sie mitschleppt. Wenn du's versuchst, reiße ich aus.«

Das war eine deutliche Kampfansage, aber Chloe stellte sich als würdige Gegnerin heraus.

»Ach ja? Wo willst du hin?«, fragte sie. »Zu den Klippen im Wald, wo Noodle beinahe zu Tode gekommen ist? Diese Variante bekommt für meinen Geschmack allmählich einen Bart.«

Trixie bekam einen steifen Unterkiefer. »Wenn's sein muss, ja. Ich sterbe lieber an Unterkühlung, als im selben Zimmer mit dieser Frau zu sein.«

»Sie ist extra aus Vancouver gekommen, um uns zu unterstützen«, sagte Chloe.

»Diese Frau könnte vom Mars angereist sein, das wäre mir gleich. Du bist womöglich bereit, eine Erstausgabe der *Braut-*

prinzessin als Friedensangebot zu akzeptieren, aber mein Preis ist beträchtlich höher.«

Neugierig sah Jasper Chloe an, der Röte in die Wangen kroch. *Die Brautprinzessin* also. Merkwürdig. Er mochte den augenzwinkernden Stil nicht besonders, aber so wie Chloe den Mund zusammenpresste, musste ihr das Buch viel bedeuten.

»Du nennst sie immer ›diese Frau‹«, sagte Theo, den Mund voller Choco Krispies. »Solltest du sie nicht einfach Mom nennen?«

»Das mach ich, wenn sie sich wie eine benimmt.«

Mit diesen Worten rausche Trixie aus dem Zimmer. Jasper hatte keine Ahnung, wohin sie wollte – sein Haus war klein, sie würde ihren Stimmen nicht entkommen können. Allmählich wurde ihm klar, dass diese Familie keine Ahnung hatte, was »nicht viel Platz einnehmen« bedeutete. Sie waren wie ein Meteor, der in die Erde einschlägt: rasend schnell, mit Donnergetöse, und hinterließen bei jeder Landung einen enormen Trichter.

»Tut mir leid.« Chloe sank auf einen von Jaspers Hockern. Sie nahm die Tasse Kaffee entgegen, rührte aber nur geistesabwesend darin herum. »Ich hatte mir schon gedacht, dass es für Trixie hart werden würde, aber ...«

Sie verstummte und ihr Blick fiel auf das Buch, das Jasper mit hineingenommen hatte – das Buch, das noch gestern in ihrem Besitz gewesen war. Ihre Augen verengten sich und sie nahm denjenigen aufs Korn, der die Schuld trug.

»Theo«, sagte sie drohend. »Warst du an meinen Sachen?«

Er schaufelte sich einen Löffel Choco Krispies in den Mund. »Ja.«

»Und hast du das Buch genommen, ohne zu fragen?«

»Eigentlich war das Trixie. Ich hatte nur die Aufsicht.«

Bevor ihr Gezänk ausarten konnte, schritt Jasper ein. »Zu ihrer Verteidigung, das Buch gehört mir. Sie haben es nur dem rechtmäßigen Eigentümer zurückgebracht.« Er hielt inne. »Hatte ich recht? Es war die ganze Zeit bei Lonnie?«

Chloe richtete den Blick auf ihn und wieder schimmerte in ihren Augen ein unheimliches Licht. »Ja. Wir hatten ein nettes, ausführliches Gespräch über dich. Und über Catherine.«

Er zuckte bei ihrem Namen nicht zusammen, spürte aber einen Stich in der Herzgegend. »Interessant«, stachelte er die junge Frau weiter an. »Wie geht's der alten Lonnie zurzeit?«

»Sie stirbt«, äußerte Chloe unverblümt.

Diesmal zuckte er zusammen. Obwohl sie früher einmal über Catherine Martin verbunden gewesen waren, hatten sich Lonnie Pakootas und er nie nahegestanden.

Er hatte immer das Gefühl gehabt, dass Lonnie ihm die Schuld für das gab, was mit Catherine geschehen war. Natürlich war es seine Schuld, aber Lonnie hätte nicht gleich ein so harsches Urteil über ihn fällen müssen. Er hatte versucht, Catherine zu lieben. Er hatte Catherine geliebt.

Leider reicht Liebe manchmal nicht aus.

»Du solltest sie besuchen«, sagte Chloe. »Womöglich freut sie sich, wenn ein Jugendfreund vorbeikommt.«

Jaspers Antwort bestand lediglich aus einem Nicken. Worauf wollte Chloe hinaus? Oder vielmehr, was hatte Lonnie ihr erzählt? Doch diese Fragen hatten momentan keine Priorität. Er konnte immer nur ein Problem auf einmal angehen und schon das war anstrengend genug.

»Wie lange bleiben sie?«, fragte er stattdessen. »Ravenna und … Todd?«

Theo hielt mit dem Löffel auf halbem Weg zum Mund inne und wartete mit blanken Augen auf die Antwort.

»Ich weiß es nicht.« Chloe hörte auf, in ihrem Kaffee zu rühren, und ließ die Schultern hängen. »Ein paar Tage? Ein paar Wochen? Für immer? Auch wenn sie keine Vormundschaft über die Kinder hat, läuft das Haus auf ihren Namen, also kann sie so lange bleiben, wie sie will.«

»Und sie hat sich bisher nicht geäußert?«, hakte Jasper nach. Es widerstrebte seinem Naturell, in offenen Wunden herumzustochern, die er nicht verursacht hatte, aber er konnte sich nicht zurückhalten. »Warum sie einfach so abgehauen ist? Drei minderjährige Kinder im Stich gelassen hat?«

Theos Mund wurde zu einem verkniffenen Strich. Chloes ebenso.

Sie streckte die Hand aus und zerzauste Theo liebevoll das Haar. »Ihre Entscheidung, wie lange sie bleibt, hängt wohl von Noodle ab«, sagte sie dann. »Er ist derjenige, der sie angerufen hat. Er ist derjenige, der sie braucht.«

»Er braucht sie gar nicht.« Theo schob die halbleere Schüssel mit Choco Krispies & Co. weg. »Nicht, wenn er uns hat.«

Statt ihn für die Verschwendung zu rügen, stützte Chloe seufzend das Kinn auf die Hand. »Tut mir leid, Theo. Mir gefällt das auch nicht. Leider kann ich nicht einfach alles zusammenpacken und bei Jasper einziehen so wie du und Trixie. Jemand muss dableiben und ein Auge auf Noodle haben.«

Stillschweigend ging Jasper darüber hinweg, dass er keine Einladung ausgesprochen und sie daher keinerlei Anrecht hatte, bei ihm einzuziehen. Was sollte das auch bringen? Irgendwann im vergangenen Monat hatten die Sampson-Kinder beschlossen, dass er zu ihnen gehörte: als Freund, Beschützer, als Großvater gar. Er war nicht mehr dermaßen in den Gefühlsstrudel anderer Menschen hineingezogen worden, seit … seit Catherine.

Chloe verzog das Gesicht. »Zumindest könnte Mom Noodle entlocken, was in der Schule passiert ist und warum er weggelaufen ist. Ich bekomme keinen vernünftigen Satz aus ihm heraus.«

»Guck nicht mich an.« Theo zuckte mit den Schultern. »Er sagt bloß, dass es ihm leidtut und dass er keinen Ärger machen wollte.«

Mit einem hoffnungsvollen Glitzern in den Augen wandte sich Chloe an Jasper. Er wusste, was kommen würde, und hob abwehrend die Hand. »Ich habe nicht in den Angelegenheiten des Jungen herumgeschnüffelt und das wird auch so bleiben. Wenn er wollte, dass du über den Vorfall Bescheid weißt, hätte er dir alles erzählt.«

»So was Schwachsinniges habe ich noch nie gehört. Er ist ein *Kind.*«

»Ja«, klinkte Theo sich ein. »Kindern kann man nicht trauen. Wir fressen euch bloß die Haare vom Kopf und machen Unordnung.«

»Danke auch«, sagte Jasper gedehnt und ließ einen ostentativen Blick durch seine verwüstete Küche schweifen. »So viel habe ich mir bereits selbst zusammengereimt.«

Theo kicherte, aber Chloe war noch nicht bereit, das Thema fallenzulassen. »Du weißt aber schon, dass Noodle erst zwölf ist«, sagte sie. »Er ist immer noch minderjährig und steht immer noch unter meiner Obhut.«

»Gute Güte, Mädchen. Mit zwölf ist man alt genug, um zu wissen, was man will. Hast du eine Vorstellung, was ich in dem Alter gemacht habe?«, bemerkte Jasper.

»Nein«, konterte sie, »erzähl's mir.«

Was hatte ihn bloß zu dieser Frage verleitet? Seine Kindheit ging Chloe nichts an und zudem war es nicht sein Stil, rührselige Geschichten über Dinge zum Besten zu geben, die sich nicht ändern ließen. Besser, man hielt die Dinge unter Verschluss, statt sie nach außen zu tragen und jemand anderem das Problem aufzuhalsen.

Und dennoch antwortete er.

»Ich war voll berufstätig. Ich habe für meine Familie gesorgt, genau wie du. Also hock hier nicht seufzend rum, als wärst du der einzige Mensch, der jemals sein Brot mit Tränen aß. Der Opfer bringen musste.«

Entgegen seiner Erwartung giftete Chloe nicht zurück, sondern ihr zusammengekniffener Mund wurde weich. »Das tut mir leid«, sagte sie. »Das wusste ich nicht.«

»Wie solltest du auch«, ging er zum Gegenangriff über, hauptsächlich, weil er das Gespräch weiterführen wollte, aber auch, weil er nicht wusste, was er sonst sagen sollte. Es war zu früh am Tag für Freundlichkeit und Verständnis. Der Mensch musste sich erst einmal zurechtruckeln.

Garantiert war dieses Gefühl der Verunsicherung verantwortlich für das, was ihm als Nächstes entfuhr. »Na schön. Wenn du dir um den Jungen derart Sorgen machst, schaue ich mal, was ich herausfinden kann.«

»Das würdest du tun? Wie? Warum?«

Wie in Zeitlupe wandte Chloe sich ihm zu und ihr Mund öffnete sich zu einem lautlosen, überraschten O.

»Stell mir keine impertinenten Fragen«, grummelte er. So erstaunt brauchte sie nun auch wieder nicht dreinzusehen. Sein Hilfsangebot entsprang nicht nur altruistischen Motiven. Wie sollte er sonst diese Familie aus seinem Haus und von seinem Rasen bekommen? »Willst du deinem Bruder helfen oder nicht?«

»Natürlich will ich ihm helfen«, sagte sie.

»Und traust du mir zu, dass ich nicht so zimperlich bin wie du und ihm Antworten entlocken kann?«

Ein Lächeln trat auf ihre Lippen. »Natürlich traue ich dir das zu.«

Er griff wieder nach seiner Kaffeetasse und stellte erfreut fest, dass seine Hände nicht zitterten. »Dann machen wir das so.« Er nickte zuerst Chloe, dann Theo zu, der den ganzen Schlagabtausch beobachtet hatte, als handelte es sich um einen Hochseilakt im Zirkus. »Da ich ohnehin bereits neun Zehntel der Arbeit für dich erledige, kann ich das genauso gut auch noch auf die Liste setzen. Es ist ja nicht so, als hätte ich sonst etwas, womit ich meine Tage ausfüllen kann.«

»Womit hast du sie denn früher ausgefüllt?«, fragte Theo.

»Mit Lesen«, sagte Jasper, obwohl das eine glatte Lüge war. Bevor Chloe mit *Wendekreis des Krebses* aufgetaucht war, hatte er jahrelang kein Buch in die Hand genommen. Seit kurzem konnte er jedoch nicht genug von ihnen bekommen. Plötzlich stapelten sich auf dem Nachttisch seine früheren Lieblingsromane – diese kitschigen, sentimentalen Liebesromane, die ihm einst der einzige Halt im Leben waren.

Er hatte vergessen, wie es sich anfühlte, ein Buch in Händen zu halten, im beruhigenden Wissen, dass am Schluss das Happy-end wartete, wie es war, sich in einer Geschichte zu verlieren … Eine Freude, die er sich lange Zeit verwehrt hatte.

Hatte er seine Gefühle schlecht verborgen oder war Chloe morgens immer so aggressiv? Jedenfalls stellte sie ihm mit schiefgelegtem Kopf die Frage, die er gefürchtet hatte: »Warum tust du das alles für uns? Was hat sich geändert?«

Er gab nicht die Antwort, die ihm auf dem Herzen lag, denn damit hätte er zu viel aufs Spiel gesetzt. Diese Worte waren im Verborgenen viel sicherer, geschützt durch die Mauer, die er vor langem um sich herum hochgezogen hatte.

Es liegt an mir, lauteten die Worte. *Ich habe mich verändert.*

Stattdessen schlurfte er mit finsterem Blick in sein Schlafzimmer davon, wo seine Privatsphäre hoffentlich respektiert wurde.

»Ich kann euch immer noch alle vor die Tür setzen«, sagte er stattdessen, eine Drohung, die keiner ernst nahm. »Treibt es nicht zu weit.«

21

Jasper, Gegenwart

Ravenna Sampson – Ravenna Aarons, wie immer ihr Nachname jetzt auch lauten mochte – war genauso, wie Jasper sie in Erinnerung hatte.

»Mr. Holmes, nehme ich an?«, sagte sie, als sie auf sein Klopfen die Tür öffnete. Sie lächelte sonnig zu ihm auf; um ihre Augen konnte er allerdings kleinste Fältchen sehen. Diese winzigen Fältchen waren fast das Einzige, was sie von ihren Töchtern unterschied. Diese Frau besaß starke Gene. »War ein Scherz. Ich erinnere mich an Sie. Chloe deutete an, Sie könnten heute eventuell vorbeischneien. Kommen Sie doch rein.«

Seine ganze Antwort bestand in einem Grunzen. Mehr hätte höchstwahrscheinlich einer Unterhaltung Tür und Tor geöffnet und daran hatten beide kein Interesse. Jasper, weil ihm nicht nach einer längeren Plauderei war, Ravenna, weil ihr nichts von dem gefallen würde, was er zu sagen hatte.

»Ich wollte Noodle für den heutigen Tag abholen«, er versuchte, um sie herumzuspähen. Auch wenn es fast unmöglich schien, das Haus war noch unordentlicher, seit er das letzte Mal vor der Tür gestanden hatte. Aufgeklappte Koffer, deren Inhalt wahllos verstreut war, auf dem Sofatisch türmten sich ungeöffnete Geschenkschachteln. »Ist er da?«

Sie runzelte die Stirn, dabei vertieften sich die Linien um ihre Augen. »Hat Chloe Ihnen das nicht gesagt? Ich kümmere mich um Noodle, bis er wieder gesund ist. Sie sind aus dem Schneider.«

Jasper bekam keine Gelegenheit, darauf zu antworten, denn einerseits schlich der faule, tollpatschige Hund des Hauses in der Hoffnung auf ein Leckerli heran und andererseits machte eine laute Männerstimme dröhnend auf sich aufmerksam.

»Kommen Sie rein, kommen Sie rein!«, rief sie. Dem tiefen Timbre, das die Wände erzittern ließ, zum Trotz gehörte die Stimme einem Mann von schlanker Statur und mit beträchtlichem Bauch, der nicht größer als 168 cm sein konnte. Jasper musste bei seinem Anblick ein Prusten unterdrücken; wenn dieser Typ die Leute überzeugen konnte, dass seine Football-Karriere aufgrund seiner kaputten Knie gescheitert war, dann war er ein verdammt guter Verkäufer.

»Sie müssen der Retter sein«, sagte Todd.

Jasper spürte, wie seine Hand fest umschlossen und fast aus dem Gelenk gekugelt wurde.

»Wie haben Sie mich gerade genannt?«, fragte Jasper und riss seine Hand wieder an sich.

Der Mann zuckte nicht einmal mit der Wimper. »Der Retter. Die gute Fee. Der edle Ritter.« Jede dieser Bezeichnungen ließ Jasper noch tiefer erröten. Todd schmunzelte. »Der Nachbar von nebenan.«

Selbst die letzte Variante klang bei ihm wie aus einem Märchen, was Jasper nicht im Mindesten schätzte.

»Ich bin wegen des Jungen hier«, sagte Jasper mit steifem Unterkiefer. »Wo habt ihr ihn versteckt?«

»Ich bin hier.« Noodle tauchte mit Krücken und zögerndem Schritt in der Diele auf. Strahlend breitete Ravenna ihre Arme aus, aber Noodle duckte sich, bevor sie ihn an sich ziehen konnte. Stattdessen umarmte er den Hund.

»Ist er nicht ein tapferer, starker Junge?«, fragte Ravenna.

Obwohl sich Jasper ziemlich sicher war, dass sie sich an ihn gewandt hatte, sprang Todd mit der Antwort in die Bresche. »Richtig hart im Nehmen«, sagte er in einer Lautstärke, als spräche er zu einer Versammlung von dreitausend Menschen statt nur drei. »Mumm in den Knochen wie seine alte Mutter.«

»Also bitte, Todd.« Ravenna errötete, allerdings nicht aus dem von Jasper vermuteten Grund. »Untersteh dich, mich alt zu nennen!«

»Und immer noch so schön wie an dem Tag, an dem ich sie traf«, fügte Todd hinzu und gab ihr einen Klaps auf den Hintern.

Der Blick, den Noodle Jasper zuwarf, war so sprechend – und so gepeinigt –, dass er das Kind am liebsten auf den Arm genommen und schnellstens von hier fortgebracht hätte. Leider machten da seine alten Knochen nicht mit.

»Du bist mittlerweile mindestens fünfundvierzig, Ravenna«, sagte er stattdessen. Wenn Handeln nicht möglich war, mussten giftige Worte den Zweck erfüllen – was sie seiner Erfahrung nach meistens taten. »Ich finde das Adjektiv passend.«

Ravenna blieb vor Erstaunen der Mund offenstehen, doch Todd schmunzelte nur. »Also, Mr. Holmes, so spricht man doch nicht mit einer Dame«, bemerkte er.

»Wenn ich eine Dame sehen sollte, lasse ich es dich wissen.« Jasper richtete seine Aufmerksamkeit auf Noodle. »Wie schaut's aus, Quälgeist? Kommst du jetzt mit oder nicht? Ich habe für heute einen Ausflug geplant, aber mit deinem Bein werden wir ewig brauchen. Wir sollten sofort in die Pötte kommen.«

Als das Kind aufleuchtete wie ein Weihnachtsbaum, der allein auf weiter Flur inmitten eines abgeholzten Waldes steht, wurde sich Jasper seiner Pflicht bewusst: Er musste Noodle hier herausholen, koste es, was es wolle.

»Einen Ausflug?«, wiederholte Ravenna. Ihr Gesicht fiel geradezu comicmäßig in sich zusammen. »Och, nein, Noodle, Schätzchen. Ich dachte, wir verbringen den Tag gemeinsam, nur du und ich.«

Todd hüstelte leise.

»Und natürlich dein Stiefvater«, fügte sie hinzu. Sie biss sich auf die Unterlippe. »Wir müssen so viel nachholen.«

»Ungefähr vier Jahre Nachholbedarf meiner Schätzung nach«, mischte Jasper sich ein. Er tat, als überlegte er. »Oder sind es fünf? Die Zeit vergeht so schnell, wenn sie klein sind. Da kann man schon mal den Überblick verlieren.«

Ravenna erbleichte und Jasper wusste, dass er ins Schwarze getroffen hatte. Es war ihm schnurzpiepegal, ob er ihre Gefühle verletzt hatte. Chloe war eventuell bereit, diese Frau ihren Geschwistern zuliebe zu akzeptieren, und Noodle hatte seine Gründe, warum er sie angerufen hatte, aber das hieß nicht, dass Jasper nett zu ihr sein musste.

Zumal er die Kunst des Nicht-nett-Seins seit langem perfektioniert hatte. Eine Fertigkeit, die sich mehr Leute aneignen sollten.

»Ihr zwei habt bestimmt genug zu tun, während wir weg sind«, fügte Jasper hinzu, schnappte sich die Leine, die bei der Tür hing, und befestigte sie am Halsband der Taugenichts-Bulldogge. Mit dem verflixten Vieh im Schlepptau würden sie dreimal so lange brauchen, aber er wusste, wie viel Gummy Bear dem

Jungen bedeutete. »Die Spüle steht voll mit Geschirr, das auf den Abwasch wartet, das Dach ist mindestens an einem Halbdutzend Stellen undicht und ich bin mir sicher, wenn du lange genug herumstöberst, findest du einen Stapel unbezahlter Rechnungen. Mehrere Stapel.«

Ravenna öffnete den Mund und schloss ihn, sah dabei aus wie ein Fisch, der soeben entdeckt hat, dass ihm ein Haken im Maul steckt. Jasper wartete Todds Reaktion nicht ab, denn zum einen interessierte es ihn nicht die Bohne, was dieser Mann dachte, und zum anderen starrte Noodle ihn mit großen Augen an, ein Blick, den er nicht recht deuten konnte. Lag Überraschung darin? Pein? Oder, wie er einen kurzen Moment zu hoffen wagte, Respekt für gute Arbeit?

»Auf geht's Noodle«, sagte er schroff und zerrte den Hund durch die Tür. »Wir wollen den Tag nutzen. Du hast versprochen, mir aus dem nächsten *Nightwave* vorzulesen.«

Noodle senkte den Kopf und humpelte Jasper auf Krücken hinterher, warf jedoch zuvor seiner Mutter einen entschuldigenden Blick zu. Jasper hätte ihm am liebsten gesagt, er solle sich seine Entschuldigungen und Gefühle für jemanden aufsparen, der diese mehr verdiente, aber was brachte das schon?

Er wusste, wie es war, der Sohn einer Frau zu sein, die sich täglich bemühte, das Richtige zu tun, einer Frau, die schließlich ihr Problem meist an jemand anders weitergab, der es für sie lösen musste.

Man litt und man strengte sich an. Und auch wenn es wehtat, man überlebte es.

»Halt dich fest, Aloysius. Den nächsten Abschnitt nehmen wir mit Karacho.«

Schwer atmend stützte sich Jasper am Stamm einer Goldkiefer ab, während der junge, enervierend fitte Zach den Pfad hinunterraste, Noodle wie einen Rucksack auf dem Rücken. Die beiden hüpften und sprangen den ganzen Weg nach unten ohne Rücksicht auf Knochenbrüche, Gipsverbände und andere drohenden Gefahren. Jasper tat schon beim bloßen Zusehen der ganze Körper weh, und dem Knurren, das Gummy Bear neben ihm von sich gab, entnahm er, dass es dem Hund genauso ging.

Die Jugend war an die Jugend verschwendet, dieser Ausspruch stimmte wahrlich. Was hätte Jasper nicht darum gegeben, wieder den starken Rücken und die kräftigen Beine seiner Holzfällerzeit zu haben, als eine Frau hochzuheben so einfach war wie ...

»Kommst du, alter Mann, oder wie sieht's aus?«, rief Zach von der Lichtung am Ende des Pfads hoch. Selbst nachdem er den fünfzig Kilo schweren Jungen über eine Meile weit auf seinem Rücken getragen hatte, war er kein bisschen außer Atem und auf seinem gutmütigen Gesicht lag ein Grinsen.

»Immer langsam mit den jungen Pferden.« Mit einem Knurren stieß Jasper sich vom Stamm ab. Er und Gummy Bear machten sich auf den Weg nach unten, dabei knackten ihre Knochen bei jedem Schritt. Ganze zehn Minuten lang hatte er mit sich gehadert, ehe er schließlich die Waffen streckte, das Survival-Ausbildungszentrum anrief und Zach um Hilfe bei seinem kleinen Abenteuer bat. Er wollte den jungen Mann nicht dabeihaben, musste aber. Derzeit war sein ganzes Leben ein einziger Kompromiss.

»Kein Grund, den Helden zu spielen«, murrte Jasper, nachdem er über einen Stein gestolpert war. »Chloe ist nicht hier, du kannst dir deine Angeberei sparen.«

Zach wackelte mit den Augenbrauen. Auch dies völlig gutmütig, als wäre dieses verflixte Lächeln auf seinem Gesicht festgewachsen. »Aber Aloysius kann ihr daheim davon erzählen, was fast genauso gut ist. Was glaubst du, warum ich mir sonst einen Urlaubstag zum Packeselspielen genommen habe?«

Noodle lächelte schüchtern über die Spitze von Zachs Mütze hinweg. Sein offensichtliches Desinteresse an allem, was eine mögliche Liebesgeschichte seiner Schwester betraf, glättete die Wogen überdies. »So viel Spaß hatte ich bei einem Ausflug noch nie«, sagte er.

Zach lachte. »Weil ich nämlich die gesamte schwere Arbeit mache. Wie weit noch?«

»Schon müde?«, stichelte Jasper, aber ohne großen Groll. Hauptsächlich, weil er selbst ziemlich müde war. »Keine Sorge. Nur noch über diese Lichtung, dann sind wir da. Der Schlüssel ist unter der Fußmatte versteckt, aber den brauchst du wahrscheinlich sowieso nicht. Seit ewigen Zeiten sind dort Waschbären zugange.«

»Jeder muss irgendwo Unterschlupf finden«, kommentierte Zach, drehte sich um und trottete die noch verbleibenden Meter zur Blockhütte.

Jasper war seit Jahren nicht mehr hier gewesen – knapp ein Dutzend wahrscheinlich, wenn er sich's recht überlegte –, und wusste nicht genau, was ihn erwartete, als er die kleine Blockhütte betrat, die einst so viele seiner Hoffnungen und Träume beherbergt hatte. In seiner Erinnerung lag sie stets in sonnengefleckten Dämmerlicht, wie eine Unterwasserhöhle, an die weder Zeit noch Gezeiten rührte.

Wie bei so vielen seiner Erinnerungen war die Wirklichkeit weitaus weniger aufregend. Die Baracke, einst von rustikalem Charme, stand kurz vorm Einsturz. Die Wände aus aufeinandergeschichteten Baumstämmen hatten bedenklich Schieflage, die Tür war eingesunken, sodass er einen Schritt nach unten machen musste. Und je weniger Worte man über das Innere verlor, desto besser. Die Waschbären hatten die Baracke offenbar einzig und allein als Urinal genutzt.

»Wahnsinn«, hauchte Noodle, als Zach ihn vorsichtig absetzte.

»Absolut«, erwiderte Zach, so ironiefrei, dass Jasper auf der Hut war. »Ist das deine Blockhütte?«

»Eigentlich gehört sie der Neilson Logging Company, aber ja, irgendwie schon. Sie steht leer, seit ich in Colville lebe.« Er kniff ein Auge zu. »Das sind gut sechzig Jahre, keine blöden Sprüche jetzt.«

Zach grinste. »Aber ich doch nicht, Sir.« Er ging durch die Blockhütte und verschränkte achtsam die Hände auf dem Rücken, als er sich zu den Kunstwerken vorbeugte, die sich an den Wänden befanden. Es waren hauptsächlich Naturskizzen und gepresste Blumen, doch über dem Bett hing, leicht schief, die Schwarz-Weiß-Fotografie einer lächelnden Catherine.

»Ist sie das?«, fragte er und betrachtete das Foto genauer. »Catherine? Die Frau, die … gestorben ist?«

Jasper gefiel der Tonfall des jungen Mannes nicht, aber was sollte er dagegen tun? »Das ist sie«, bestätigte er.

Zach stieß einen lautlosen Pfiff aus. »Wow, Jasper. Sie war echt ein Hingucker.«

In seiner Brust schlug etwas einen Purzelbaum. »Ich weiß.«

Zum Glück für Jaspers trauriges, immer noch klopfendes Herz mischte sich Noodle ahnungslos nochmals ein. »Mr. Holmes, Sie haben Unmengen Bücher hier. Unmengen.«

»Ich weiß«, sagte er erneut. Er ließ sich auf einen Korbstuhl sinken, der aussah, als könnte er sein Gewicht gerade lang genug aushalten, bis er hier fertig war. Gummy Bear, dessen Anhänglichkeit Jasper allmählich beunruhigend fand, legte sich mit einem müden Schnaufer neben ihn.

»Aber in Ihrem Haus gibt es überhaupt keine Bücherregale«, fuhr Noodle fort. »Sie haben bloß Pflanzenregale.«

»Weil Pflanzen lebendig sind und Bücher nicht«, sagte Jasper.

Das entsprach nur teilweise der Wahrheit. In vielerlei Hinsicht waren Bücher lebendiger als die meisten Leute, die er kannte. Sie waren lebendige, atmende Wesen, die jedes Mal anders waren, wenn man sie in die Hand nahm. Als er ein junger Mann gewesen war, hatte ihm jedes Buch die Gelegenheit geboten, die Welt aus einer sicheren, gemütlichen Warte zu betrachten, exotische Länder zu besuchen – Reisen, die er sich im wahren Leben nicht leisten konnte. Und er war sowieso zu schüchtern, solche Unternehmungen auf eigene Faust zu unternehmen. Als Mann mittleren Alters stellte er fest, dass es in Büchern weniger um Hoffnung ging, sondern darum, die Diskrepanz zwischen dem zu erkennen, was die Literatur versprach und was die Wirklichkeit bot.

Und als alter Mann ... Da war er sich noch nicht sicher. In

letzter Zeit bemerkte er, dass sich der Optimismus erneut auf flinken Beinen an ihn heranschlich.

Noodle humpelte zum Regal und fuhr über die feuchten, verwitterten Rücken dessen, was einmal eine hervorragende Privatbibliothek gewesen war. Die Zeit war mit diesen Büchern nicht gut umgegangen, aber das war sie mit Jasper auch nicht. Das war der Grund, weshalb er die Bücher hiergelassen hatte. Nicht um sie der Verwesung preiszugeben, sondern um ihnen eine Grabstätte zu geben.

»Haben Sie die alle gelesen?«, wollte Noodle wissen.

»Mehrfach«, sagte Jasper. Er sah Zach einen interessierten Blick auf die Bücher werfen und wechselte rasch das Thema. »Aber deswegen habe ich dich nicht hierhergebracht, ich will dir etwas anderes sagen.«

Noodle ließ sich auf eine Ecke der verschimmelten Matratze sinken und faltete erwartungsvoll die Hände im Schoß. Zach tat es ihm beinahe gleich, musste aber zu dem Schluss gekommen sein, dass das klapprige Gestell seinem Gewicht nicht gewachsen war, und lehnte sich stattdessen an den Türrahmen.

»Darf ich mithören?«, fragte er. Dann zeigte er mit dem Daumen über seine Schulter. »Oder soll ich mich lieber dünnemachen? Das geht auch. Auf dem Weg habe ich ein paar Fette Hennen gesehen, die würde ich gern einsammeln.«

»Hier draußen gibt's Hennen?«, fragte Noodle. »Wo denn? Ich hab keine gesehen.«

Zach schenkte ihm ein schiefes Lächeln. »Nicht die Art, an die du denkst, Aloysius. Ich rede über Pilze. Sparassis crispa. Süße, erdige Delikatessen, die –«

Noodle verzog das Gesicht. »Iih, Pilze.«

Jasper unterdrückte ein Lachen. Demnächst würde er die Beherrschung verlieren und tatsächlich lospruster, doch noch war es nicht so weit.

»Wenn du willst, kannst du bleiben«, beschied er Zach. »Das ist das Mindeste, nachdem du den ganzen Weg hierher mit diesem Sandsack auf dem Rücken zurückgelegt hast – vor allem, weil du ihn auch zurückschleppen musst.« Warnend hob Jasper den Finger. »Aber du darfst Chloe nichts davon erzählen, verstanden? Das soll unter uns Männern bleiben.«

Zach salutierte. »Aye, aye, Sir.«

»Echt?« Noodle bekam große Augen. »Ist das jetzt so was wie unser Geheimnis?«

»Unser Geheimnis«, bestätigte Jasper. »Ich möchte nicht, dass deine Schwester meint, ich gehe durch die Welt und drohe jedem jungen Menschen mit Gewalt, nur weil er mir krumm kommt.«

Noodles Augen wurden noch größer. Zachs Augen hingegen verengten sich interessiert.

»Gewalt, soso«, murmelte er. »Ich wette, du konntest zu deinen Glanzzeiten ordentlich hinlangen. Den Körperbau dafür hast du.«

»Völlig richtig.« Jasper presste die Lippen zusammen. »Einmal habe ich dermaßen zugeschlagen, dass ich einem Mann den Kiefer brach.«

Noodle quietschte auf, ob vor Aufregung oder Bestürzung, ließ sich nicht sagen.

»Das hätte ich natürlich nicht tun sollen«, erklärte Jasper, damit der Junge das nicht in den falschen Hals bekam. »Einem anderen wehzutun, ist keine Lösung, egal, wie sehr man provoziert wird oder einen die Faust juckt.«

»Hat Sie die Faust gejuckt?«, fragte Noodle. Der Junge war klug genug, zwischen den Zeilen lesen zu können – dass diese Geschichte mit seinem eigenen kleinen Gerangel kürzlich zu tun hatte und Jasper ihn einzig und allein mitten in den Wald geschleppt hatte, um darüber zu reden.

»Oh, und wie.« Jasper ballte die Hand und öffnete sie wieder, als fühlte er noch einmal, wie William McBrides Kiefer brach. »Er hat mir die Liebe meines Lebens gestohlen.«

Noodle zeigte auf Catherines Foto. »Du meinst die hübsche Dame da?«

»Sie hieß Catherine Martin«, sagte Jasper. »Und der Tag, an dem ich ihm eine verpasst habe, war der Tag, an dem ich erfuhr, dass ich Vater werde.«

22

1960

Es ist eine allgemein anerkannte Tatsache, dass die Geschichte zweier Menschen, deren Liebe unter einem schlechten Stern steht und die sich das Bett sowie ein Exemplar von *Wendekreis des Krebses* teilen, unglücklich endet.

»Jasper, hör bitte auf, ständig hin und her zu laufen, und setz dich.« Völlig gefasst saß Catherine an dem kleinen Tisch vor ihrer geheimen Blockhütte und hatte die Hände um eine angemackte Tasse mit Zichorienkaffee gelegt. Noch hatte sie keinen Schluck genommen, aber die Wärme, die das Porzellan ausstrahlte, verlieh ihr offenbar Kraft. »Mir wird ganz schwindlig.«

»Ich wusste, das ist keine gute Idee«, murmelte Jasper und ging weiterhin auf und ab. Nie wieder würde er Zichorienkaffee riechen können, ohne dass ihn die Gefühle dieses Tages durchfuhren: absolute, allumfassende Angst, gefolgt von einer so tiefen und überwältigenden Freude, die im wahrsten Sinne des Wortes umwerfend war. »Ich hätte nie zulassen dürfen, dass du mich verführst.«

Catherines schallendes Gelächter, das so warm und wunderbar war, bremste seinen hektischen Schritt etwas.

»Das ist ja goldig von dir, Jasper Holmes, dass du mich zur Schurkin in unserem Stück machst. Diese Rolle wollte ich schon immer unbedingt spielen.« Sie klopfte auf den Stuhl gegenüber. »Setz dich. Ich meine es ernst.«

Er setzte sich, obwohl der nächste Schritt, eine Frau endgültig ins Verderben zu stürzen, bestimmt darin bestand, dass man ihr die Entscheidung überließ, wie es weitergehen sollte.

»Im wievielten Monat bist du?«, fragte er heiser. Er nahm ihr den Henkelbecher weg und kippte den Kaffee hinunter; das erdige Brennen in der Kehle ließ ihn leicht zusammenzucken. »Oder – warte. Bist du dir überhaupt sicher? Warst du beim Arzt?« Er stöhnte. »O Gott. Hast du es deinen Eltern gesagt?«

Ihre Hände legten sich auf seine. Sie mochten klein sein, aber ihr Griff war fest.

»Nein, ich war noch nicht beim Arzt, aber anhand meiner Berechnungen müsste ich ungefähr im dritten Monat sein.«

Er nickte, auch wenn er kaum eine Vorstellung hatte, was drei Monate Schwangerschaft bedeuteten. Dass sie sich nicht mehr irren konnte, ja, aber sonst? Dass er in sechs kurzen Monaten Vater werden würde? Dass er für zwei weitere Menschen sorgen musste?

Bei dem Gedanken wurde sein Mund trocken. Die Ersparnisse in seiner Matratze würden für kurze Zeit ausreichen, aber dann musste er sich nach anderen Einnahmequellen umsehen. Vielleicht abends im Supermarkt Regale auffüllen oder nach Kanada gehen, wo die Holzfällerei weniger Sicherheitsvorschriften unterworfen war, aber …

»Hör auf«, sagte sie.

»Womit?«

»Pläne für unsere gemeinsame Zukunft zu schmieden. Ich schwöre bei allem, was dir heilig ist, wenn du mir jetzt einen Antrag machst, werde ich dir das nie verzeihen.«

Er wollte seine Hände wegziehen, aber auch hier war sie die Stärkere. Das Lächeln, das um ihre Augen Fältchen legte, tat ihm im Herzen weh.

»Du hast vergessen, dass ich dir bereits einen Antrag gemacht habe und du mir einen Korb gegeben hast«, sagte sie. »Du willst offenbar nur meinen Körper, damit musst du jetzt leben.«

Es dauerte kurz, bis Jasper begriff, was sie meinte. Und als der Groschen fiel, hämmerte ihm das Herz sinnlos in der Brust. Wenn er das doch nur gewusst hätte. Wenn er doch damals nur die Kraft gehabt hätte, wegzugehen.

»Moment«, krächzte er. »Meinst du am Seitenrand von *Spuk in Hill House?* Das zählt nicht. Du hast mich nur zu einer Reaktion provozieren wollen.«

»Irgendwann würde ich mit sechs oder sieben Kindern dasitzen, hast du gesagt, wenn ich mich richtig entsinne.« Sie seufzte gespielt theatralisch. »Das sind mehr als mir lieb ist, aber wenn dein Herz daran hängt ...«

»Catherine«, bat er, »sei bitte ernst.«

»Mir ist es ernst«, sagte sie so abrupt leise, dass er ihr glaubte. Sie nahm ihre Hände weg und legte sie in den Schoß. Jasper fühlte ihre Abwesenheit noch mehr als ihr beruhigendes Gewicht.

»Ich weiß, für dich kommt das plötzlich, aber nicht für mich. Ich hatte viel Zeit, darüber nachzudenken, und ich wüsste keinen Grund, weshalb du dir deswegen dein Leben ruinieren solltest.«

»Es wird nicht mein Leben ruinieren ...«, begann er, aber es war sinnlos. Bei Catherine war Widerstand immer sinnlos. Sie würde ihren Willen bekommen und er konnte lediglich zusehen, wie der Zug ihrer gemeinsamen Zukunft vor seinen Augen entgleiste.

»Vielleicht nicht«, stimmte sie ihm zu, »aber es würde das Leben deiner Mutter ruinieren. Und das Leben deiner fünf Geschwister.«

»Das ist kein Problem. Tina wird wahrscheinlich in wenigen Jahren ohnehin heiraten und –«

»Und damit hast du dann genug Zeit und Geld, um eine eigene Familie zu unterhalten?« Da es sich um eine rhetorische Frage handelte, wartete sie die Antwort erst gar nicht ab. »Armut ist nicht romantisch, das hast du selbst gesagt, Jasper.«

»Könnte sie aber sein, wir könnten sie dazu machen.«

Daraufhin schüttelte sie den Kopf, den Blick so starr auf ihren Schoß gerichtet, dass Jasper das Blut in den Adern gefror. »Ich habe mich bereits entschieden. Es kommt nicht in Frage, dass ich dich bitte, mich und das Baby zu unterstützen.«

Verzweiflung krallte sich in Jaspers Hals, doch er schüttelte das Ungeheuer ab. Seit er sich erinnern konnte, war Geld eine Barriere gewesen, die zwischen ihm und der Welt stand. Man konnte sich damit kein Glück kaufen und zahllose Familien hatten über Generationen hinweg mit dem Kärglichen überlebt, was sie zusammenkratzen konnten, doch dieser Kampf ums tägliche Brot war Catherine fremd.

Sie hatte nie gehört, wie ein Kind vor Hunger ins Kissen weinte. Sie hatte nie diesen nagenden Schmerz gespürt, der viel mehr war als das biologische Bedürfnis nach Nahrung. *Wendekreis des Krebses* zeichnete ein recht realistisches Bild der Armut, sie versteckte sich allerdings hinter selbstgefälliger Introspektion und hatte für den Einzelnen alarmierend wenig Konsequenzen.

Catherine hatte diese Art der Entbehrung nie erlebt – und wenn es nach Jasper ging, würde sie das auch nie. Selbst wenn es ihn umbrachte, selbst wenn ihn, wie Hemingway seinen Helden sagen ließ, die Welt brechen würde, das zumindest konnte er für sie tun.

»Okay«, sagte er und ihm wurde die Kehle rau. »Was immer du willst, was immer du brauchst. Ich habe etwas Geld gespart, wenn du ... deine Möglichkeiten ausloten willst. Ich werde deiner Entscheidung nicht im Wege stehen.«

Sie musterte ihn mit einer solchen Intensität, dass er das Gefühl hatte, sie würde ihm die Haut abziehen und sein Innerstes enthüllen.

»Du meinst das ernst, oder?«, fragte sie. »Du würdest mir tatsächlich alles geben, was du hast – selbst wenn das bedeutet, dass du dich deswegen vierteilen musst.«

»Natürlich«, sagte er. Bisher war er immer ehrlich zu Catherine gewesen, warum sollte er jetzt damit aufhören? »Ich liebe dich, C. Es gibt nur eine Sache, die wichtig für mich ist: dich glücklich machen.«

Sie holte tief Luft. Er hatte das Gefühl, als rutschte ihm die Erde unter den Füßen weg und er würde nie wieder auf festem Boden stehen.

»Dann wirst du nicht böse sein, wenn ich dir meinen Entschluss mitteile, dass ich den Heiratsantrag von William McBride annehmen werde. Ich habe ihm von der Schwangerschaft erzählt und er ist willens, das Kind als seines auszugeben, wenn er dafür von meinem Vater gewisse ... Geschenke bekommt.«

»Nein!« Jasper spürte, wie ihm das Blut aus dem Körper wich. Vom Kopf beginnend, strömte es wie ein Wasserfall der Gefühle abwärts, bis er kalt und ausgehöhlt zurückblieb.

»Es ist der einzige Ausweg aus dieser Situation, das weißt du.« Sie schob den Stuhl zurück und baute sich vor ihm auf. Wenn er genauer hinsah, konnte er die Anzeichen erkennen, die ihm bisher entgangen waren – ihre Taille war ein wenig füllig, ihr Gesicht runder als zuvor. Vor allem aber war es ihr gesundes, blühendes Aussehen, das seine schlimmsten Befürchtungen bestätigte: Nicht nur war sie schwanger, sondern sie war auch glücklich.

»Du sollst wissen, dass diese letzten Monate die schönsten meines Lebens waren«, sagte sie und ihre Stimme zitterte kein bisschen. Sie streckte ihm die Hand entgegen, aber Jasper ergriff sie nicht. Er konnte es nicht. Er konnte sich nicht rühren, geschweige denn sie berühren.

»Natürlich hat William darum gebeten, dass wir beide uns nicht mehr sehen. Angesichts seiner Position und dessen, was er für mich tut, ist das wohl nur recht und billig.« Sie verstummte mit einem Stirnrunzeln, ihre Hand war immer noch ausgestreckt. »Bitte gib mir die Hand. Es ist wichtig für mich, dass es für dich in Ordnung ist. Es ist wichtig für mich, dass du einen Strich darunterziehst.«

»Einen Strich darunterziehen?«, wiederholte er ausdruckslos. »Worunter?«

Mittlerweile war er aufgestanden, überragte sie, blieb jedoch irgendwie sehr klein.

»Ich habe sonst nichts, Catherine«, er fuhr sich durchs Haar, wollte sich verzweifelt an etwas festklammern, wusste aber, dass sie das trotz der ausgestreckten Hand nicht mehr sein konnte. »Nur dich. Du bist alles. Wenn du gehst –«

»Jasper, es war immer klar, dass ich gehen werde«, unterbrach sie ihn und ihre Stimme schnitt geradewegs durch ihn hindurch. »Das weißt du so gut wie ich. Der einzige Unterschied ist jetzt, dass ich dabei einen Teil von dir mitnehmen kann.«

Er hatte das Gefühl, die ganze Welt versickerte in der Wunde, die ihre Worte geschlagen hatten. Nicht, weil das, was sie sagte, falsch war, sondern weil sie recht hatte. Er hatte immer gewusst, dass er Catherine nicht behalten konnte, dass sie eine Leihgabe war, solange ihm das Glück lächelte, hatte jedoch angenommen, sie zöge weiter in das Leben ihrer Wahl – in den Großstadttrubel und zu aufregenden Abenteuern, hinaus in die Welt, die nur darauf wartete, dass sie ihr Glück versuchte.

Kein Leben, das aus dem gleichen Stumpfsinn bestand, mit dem sich ihre Mutter zufriedengab. Vor allem nicht mit William McBride, diesem Arsch.

»Sag was«, flehte sie. »Ich kann nicht gehen, bevor ich nicht weiß, dass es dir gut geht.«

Er hätte ihr diesen Wunsch gern erfüllt. Das Beste wäre, sie loszulassen, sie ruhigen Gewissens das nächste Kapitel ihres Leben aufschlagen zu lassen, aber das konnte er nicht. Es würde ihm nicht gut gehen und keine Lüge der Welt, ob ihr oder sich selbst gegenüber, würde das ändern.

»Erinnerst du dich noch, dass du mich gefragt hast, welches mein Lieblingsbuch ist?«, fragte er, wartete aber die Antwort nicht ab. »Ich habe es dir nicht gesagt, weil ich wusste, du würdest mich auslachen. Du wolltest lieber Marginalien schreiben.«

»Und das ist schlecht?«, fragte sie mit zusammengezogenen Augenbrauen. Es war das Schlimmste überhaupt. Sie war bereits so sehr Teil dieses Romans, dass er ihn nie wieder mit denselben Augen würde sehen können.

»*Sei immer um mich, nimm jede Gestalt an, treibe mich zum Wahnsinn*«, zitierte er mit heiserer Stimme. »*Nur lass mich nicht in diesem Abgrund, wo ich dich nicht finden kann.*«

Ihre Augen verengten sich, als sie die Stelle aus *Sturmhöhe* erkannte. Statt sich über seine Wahl lustig zu machen – eine der verhängnisvollsten Liebesgeschichten in englischer Sprache, ein Buch über Liebende, die sich vom Augenblick ihrer ersten Begegnung an zerstören –, ließ sie die Hand fallen und trat einen Schritt zurück, ihre Mundwinkel zuckten.

In dem darauffolgenden langen Schweigen pulsierten die nächsten Sätze des Romans zwischen ihnen, waren von einer solchen Präsenz, dass keiner von ihnen die Worte laut ausgesprochen hören musste.

O Gott, es ist unaussprechlich! Ich kann nicht leben ohne mein Leben! Ich kann nicht leben ohne meine Seele!

Sie brach als Erste das Schweigen. »Das ist nicht fair, Jasper.«

Damit hatte sie recht, das war ihm bewusst. Nichts von alledem war fair.

»Ich tue es für dich. Für deine ganze Familie«, beharrte sie. »Das musst du doch begreifen. Wenn ich bei dir bleibe, wenn ich dich bitten würde …«

Sie verstummte und wandte sich ab, aber er sah noch, wie sie sich wütend mit der Hand über die Augen fuhr. »Gott, was bin ich blöd. Ich hätte wissen müssen, dass du hieraus ein romantisches Melodrama machst, statt die Lage nüchtern zu betrachten.«

Ihre Worte verletzten ihn, mehr aber noch ihre geradezu fluchtbereite Haltung. Es kam ihm fast so vor, als fürchtete sie, er könnte sie gewaltsam festhalten. Oder schlimmer noch: sie kampflos gehen lassen.

»Und wie ist die Lage?«, fragte er mit rauer Stimme. »Was passiert deiner weisen, allumfassenden unromantischen Weltsicht nach hier?«

Es dauerte eine ganze Minute, bis sie antwortete. Jasper fiel ein Dutzend verschiedener Möglichkeiten ein, wie er diese sechzig Sekunden hätte herumbringen können. Mit Weinen vielleicht oder einer Wut Heathcliff'schen Ausmaßes, die sie beide zutiefst verletzt hätte. Indem er auf die Knie fiel und sich von Kopf bis Fuß wie der melodramatische, liebeskranke Einfallspinsel benahm, der er ihrer Ansicht nach offenbar war.

Doch er stand nur eisern schweigend da und wartete, bis sie die Worte laut aussprach.

»Das ist das wahre Leben, Jasper. Mehr nicht. Keine düstere Horrorgeschichte, die mir als Flucht aus meinem banalen Dasein dient, und auch keine herzige Erlösungsgeschichte, wie du sie dir eventuell vorgaukelst. Es geht lediglich um zwei Menschen, die die Suppe auslöffeln müssen, die sie sich eingebrockt haben.«

Etwas Grausameres hätte sie nicht sagen können und das wusste sie. Also antwortete er so grausam wie möglich.

»Er wird dich unglücklich machen«, warnte er und seine Stimme war, angesichts dass es ihm das Herz zerriss, erstaunlich ruhig. »Er wird dich jeden Tag deines Lebens unglücklich machen und erst an dem Tag, an dem das nicht mehr der Fall ist, wirst du begreifen, was du getan hast.«

23

1960

Am nächsten Tag stellte Jasper fest, dass William McBride ihn erwartet hatte.

Er würde nie erfahren, ob Catherine den anderen Mann gewarnt hatte, dass er auftauchen würde – ihm erzählt hatte, was in der Blockhütte vorgefallen war, damit er sich entsprechend vorbereiten konnte –, oder ob William intelligenter war, als Jasper ihm zugestand. Jedenfalls ließ die Miene des anderen, als Jasper ihn auf dem Radarstützpunkt aufgespürt hatte, keinerlei Überraschung erkennen.

»Aha«, sagte William und drehte sich elegant zu ihm um. »So sehen wir uns also wieder.« Er war in voller Air-Force-Montur und obwohl Jasper seinen bloßen Anblick verabscheute, beeindruckte ihn die imposante Erscheinung. In einem anderen Leben, mit einer anderen Familie und weniger Ballast sah er sich in Gedanken gern einen ähnlichen Weg einschlagen. Sein eigener Vater hatte im Zweiten Weltkrieg gedient, wenn auch als gemeiner Soldat, nicht als Offizier.

Das war gewissermaßen die Verkörperung des Unterschieds zwischen ihnen. Jasper war und würde immer das sein, was er äußerlich darstellte: ein unbedeutender Niemand, ein Mann, dessen Körperkraft bei weitem das Wertvollste war, was er zu bieten hatte. William McBride hingegen war geballtes Potenzial.

In den vergangenen vierundzwanzig Stunden hatte Jasper

seine Rede in allen Einzelheiten geprobt. In seinem Kopf war er ein Meister der artikulierten Überlegenheit, der den anderen mit seinem rasiermesserscharfen Verstand zerstückelte.

Du bietest Catherine das einzig Wertvolle an, was du hast – dein Geld und deine Stellung, weil du weißt, du kannst ihr sonst nichts bieten, würde er fauchen.

Catherine und das Baby mögen dem Namen nach zu dir gehören, aber sie werden zuallererst mein sein, würde er sagen.

Verletze sie nicht, würde er flehen. *Was immer du tust, was immer geschieht, bitte sorge dafür, dass sie glücklich sind.*

Als es dann so weit war, kam ihm nichts davon über seine Lippen. Nicht nur war es unmöglich, einen Mann inmitten des kameradschaftlichen Gewimmels vieler Soldaten, die ihrer Arbeit nachgingen, zu zerstückeln, sondern auch die Zunge klebte ihm am Gaumen fest.

»Ich muss mich wohl bei dir bedanken«, sagte William, während Jasper den Mund öffnete und schloss, vergebens seine Zunge zu bewegen versuchte. »Der Edgar-Allan-Poe-Trick hat hervorragend funktioniert. ›Wir liebten uns mit einer Liebe, die mehr als Liebe war.‹ Ein wenig übertrieben, wenn du mich fragst, aber ihr hat es offenbar gefallen.«

»Komm mir ja nicht mit Poe-Zitaten«, fauchte Jasper, der erstaunt feststellte, dass seine Hände geballt waren. Er hatte noch nie zu Tätlichkeiten geneigt, obwohl einige aus der Holzfällertruppe nur rohe Gewalt verstanden. »Das Spiel verlierst du. ›Lass meine Einsamkeit intakt.‹«

»Da bin ich dir nicht gewachsen, das weiß ich«, gestand William mit einem aufblitzenden Lächeln, das Jasper eine Gänsehaut der Wut verursachte. »Das ist die einzige Zeile, die ich auswendig kann. Und ›Sprach der Rabe: Nimmermehr‹, aber das passte nicht richtig. Mädchen wie Catherine brauchen ein wenig Romantik, selbst wenn sie keine Wahl haben.«

Da schlug Jasper zu. Er hätte nicht sagen können, ob die Selbstgefälligkeit des Mannes ihn dazu trieb oder die herablassende Art, mit der er über eine Frau sprach, die ihm so haushoch überlegen war – man konnte kaum glauben, dass sich die beiden einen Planeten, geschweige denn demnächst ein Haus teilten. Seine Faust schoss nach oben und knallte so schnell gegen Williams Kiefer, dass beide völlig überrascht waren.

Mit einem Grunzen torkelte William rückwärts, die schiere Wucht des Schlags ließ seinen gesamten Körper taumeln. Auch wenn Jasper über sich selbst entsetzt war, stürzte er nach vorn und wollte William endgültig zu Boden schicken. Es wäre ihm vielleicht auch gelungen, wenn nicht ein Halbdutzend junger Männer angerannt wäre, um ihn davon abzuhalten.

»He, du. Mach mal halblang, Mann.«

»Er hat gerade Lieutenant McBride eine verpasst, habt ihr das gesehen?«

»Der gehört nicht zu uns, oder?«

»Hol doch einer den Major.«

Aus dem Stimmengewirr, das sich plötzlich erhoben hatte, war es der letzte Satz, der Jasper erstarren ließ. Der Major, das war Catherines Vater, ein Mann, den er nur wenige Male gesehen und dabei mit einer misstrauischen Vorsicht betrachtet hatte, wie sie zu einem Neunzehnjährigen passt, der sich dem Vater jener Frau gegenübersieht, mit der er vor kurzem im Bett war.

»Du hast mich geschlagen, du Arsch«, lallte William, der sich den bereits anschwellenden Kiefer hielt.

»Komm näher und du kriegst gleich noch eine verpasst«, warnte Jasper.

Plötzlich ließen die Arme ihn los. Er taumelte nach vorn und wäre beinahe gestürzt. Als er sich aufrichtete und umsah, standen sämtliche jungen Männer kerzengerade da, den Blick geradeaus gerichtet, die Miene ausdruckslos.

»Jemand sollte mir besser erklären, was hier los ist«, verlangte eine kalte, autoritäre Stimme. Langsam drehte Jasper sich um, wohl wissend, wer hinter ihm stand.

Major Gene Martin sah genau aus wie der Typ Mann, der eine Tochter wie Catherine hatte. Seine Gestalt war klein, aber drahtig, sein Gesichtsausdruck warnte jedes Lebewesen, ihm ja nicht in die Quere zu kommen, seine Uniform war makellos und saß, als wäre er darin geboren worden. Vor allem aber strömte er die gleiche Vitalität aus wie Catherine, die alles, was sie sagte und tat, vibrieren ließ. Als sprudelte das Leben geradezu aus diesen beiden Menschen heraus; in ihnen steckte mehr als nur Energie.

Catherine trieb sich herum und brach die Regeln, das war ihr Ventil, der Major hatte sich stattdessen für rigorose Disziplin entschieden. Jasper war sich nicht sicher, ob ihn das gefährlicher als Catherine machte, doch das würde er bald herausfinden.

»Lieutenant McBride, Sie beschmutzen Ihre Uniform. Bitte verfügen Sie sich umgehend auf die Krankenstation und lassen Sie sich versorgen. Solange kein Krieg im Gange ist, gibt es keinen Grund, dass Sie Ihre Uniform mit Blut besudeln.« Der Major warf einen abschätzigen Blick ins Rund. »Was den Rest betrifft, habe ich mich nicht klar geäußert hinsichtlich Regeln und Vorschriften in Bezug auf entspannende Faustkämpfe während Ihrer Mußestunden? Muss ich selbige zu Ihrer Erbauung wiederholen?«

Möglicherweise hätte der »No, Sir«-Chor, der auf diese Frage erklang, Jasper zum Lachen gebracht, wäre er nicht als Nächster ins Visier des Adlerblicks geraten.

»Was nun Sie betrifft, junger Mann, so stelle ich fest, dass Sie nicht zu den Meinen gehören. Verfügen Sie über eine Aufenthaltsgenehmigung für den Radarstützpunkt?«

»Nein«, sagte Jasper und konnte sich gerade noch ein »Sir« verkneifen. Er würde sich für sein Verhalten wahrscheinlich verantworten müssen, aber dieser Mann hatte keine Macht über ihn.

Seine Tochter hingegen ...

»Tauchen Sie immer uneingeladen auf und bringen Unruhe in die Reihen der Streitkräfte?«

»Normalerweise nicht«, antwortete Jasper. Der Gedanke, dass es wohl kaum schlimmer kommen konnte, ließ ihn kühn hinzufügen: »Aber es handelt sich um besondere Umstände.«

Der Major verengte seine Augen auf eine Art, die Jasper, wäre er einer seiner Soldaten gewesen, auf der Stelle hätte in sich zusammensacken lassen. Stattdessen straffte er sich und erwiderte den unverwandten Blick des Mannes.

Das schien dem Offizier zu gefallen. »Wie heißen Sie?«

»Jasper. Jasper Holmes.«

Unvermittelt zuckte der kleinere Mann zusammen, als hätte ihm eine göttliche Hand von oben einen Schlag versetzt, und Jasper wusste, dass er die ganze Geschichte kannte. Und er dafür gleich bitter würde büßen müssen.

Doch der Major sagte lediglich »aha«, ehe er sich an den

Mann wandte, der ihm im Rang am nächsten war. »Captain Lindholdt, Sie übernehmen, bis ich wiederkomme. Sorgen Sie dafür, dass die Drillübungen zur gleichen Zeit wie immer durchgeführt werden. Ich bringe den jungen Mann nach Hause.«

»Eigentlich bin ich mit –«, fing Jasper an, aber sein Widerspruch stieß auf taube Ohren.

»Das wäre alles. Abtreten.«

Wäre Jasper nicht bereits eingeschüchtert gewesen, hätte dies die Geschwindigkeit besorgt, mit der sich die Männer zerstreuten. In Sekundenschnelle stand er auf einem staubigen Fleckchen Erde mit einzig Catherines Vater als Zeuge dessen, was als Nächstes geschehen würde.

»Kommen Sie schon«, sagte der Major und streifte an Jasper vorbei. »Ich habe nicht den ganzen Tag Zeit.«

»Äh ... darf ich fragen, wohin wir fahren?« Unwillkürlich schloss und öffnete Jasper die Hand, auf deren geschwollenen Knöcheln sich bereits ein deftiger Bluterguss bildete. Am nächsten Tag würde sich sein Verhalten bei der Arbeit bitter rächen, aber bedauern konnte er den Schlag beim besten Willen nicht. »Oder wäre das impertinent?«

Der Major blieb kurz stehen und warf einen Blick über die Schulter auf Jasper. »Das ist es, aber ich kann es Ihnen genauso gut sagen. Sie werden genug Zeit haben, in sich zu gehen und zu bereuen, bis wir dort sind.«

»Wo dort?«, fragte Jasper.

»Bei mir zu Hause natürlich«, sagte er, als wäre dies die selbstverständlichste Sache der Welt.

»Meine Frau möchte gern ein paar Worte mit Ihnen wechseln.«

Als Jasper vor dem makellos weißen, zweigeschossigen Haus ausstieg, wusste er nicht, ob er erleichtert oder bestürzt sein sollte, dass Catherine nirgendwo zu sehen war.

Einerseits schüttelte es ihn bei dem Gedanken an die Reaktion seiner Geliebten, wenn sie wüsste, was er getan hatte – er war in blinder Wut zum Radarstützpunkt gerast, hatte den Mann angegriffen, der sie ehelichen würde, und war ihrem Vater auf dessen ureigenstem Terrain in die Quere gekommen. Zudem war er noch nie gut im Umgang mit Eltern gewesen, besonders nicht, wenn er sich ihnen allein gegenübersah.

»Kommen Sie schon«, sagte der Major, schloss die Fahrertür seines grünen Chevrolet Bel Air und ging zur Haustür. Er vergewisserte sich nicht einmal, ob Jasper ihm folgte. »Mrs. Martin möchte Sie unbedingt kennenlernen.«

»Das bezweifle ich«, murmelte Jasper, setzte sich aber in Bewegung.

Drinnen interessierte ihn seine Umgebung mehr, als er gedacht hatte. Bisher war ihm nicht in den Sinn gekommen, er könnte einmal an Catherines Elternhaus vorbeifahren, auch fragte er sich nie, wie ihr Leben aussah, wenn sie nicht in der Bibliothek arbeitete oder ihn heimlich traf. Aus ihren Gesprächen wusste er, dass ihre Eltern herrisch und überheblich waren und ein Leben wie aus dem Bilderbuch als gehorsame Tochter und Ehefrau keineswegs ihr Traum war.

Das machte die Sache William McBride besonders bedrückend. Catherine wollte kein Leben in Sicherheit und Geborgenheit, mit weißem Lattenzaun ums Eigenheim und militärischer Genauigkeit. Sie wollte auf Abenteuerreise gehen. Sie wollte das Beste aus jedem Tag machen. Unerschrocken wollte sie die höchsten Höhen und die tiefsten Tiefen erkunden.

Diese Möglichkeit hatte er, Jasper Holmes, ihr genommen. Er hatte sie des Lebens beraubt, das sie verdiente. Und indem sie der Heirat mit William McBride zustimmte, hatte sie ihn gewähren lassen.

Das Haus der Martins war typisch für die wenigen Ober- und Mittelschichtshäuser der kleinen Stadt. Alles, was in dieser Gegend als »herrschaftlich« bezeichnet werden konnte, war um die Jahrhundertwende erbaut worden; die historische Fassade war tadellos erhalten. Anders als in seinem Elternhaus, einem schmalen Reihenhäuschen, das zwischen zu vielen seiner Art eingequetscht am verklausten Ufer des Chehalis stand, sah hier alles aus wie gemalt. Im Wohnzimmer standen die Sofas genau im rechten Winkel zueinander und auf einem silbernen Tablett harrten schon Teegedecke für seinen Besuch.

Das war schlimm genug, doch die kleinen Anzeichen, die von Catherines Leben in diesem Haus zeugten, trafen Jasper wie ein Schlag – ein Exemplar von *Frühstück bei Tiffany*, das mit dem Rücken nach oben aufgeschlagen auf einem kleinen Beistelltisch lag, daneben ein Fläschchen mit ihrem hellrosafarbenen Nagellack sowie ein Notizbuch und ein Bleistiftstummel, wahrscheinlich, damit sie sich Zitate notieren konnte, die ihr wichtig erschienen.

Am erschreckendsten jedoch war die exakte Kopie von ihr, die, angetan mit einer Schürze, am anderen Ende des Wohnzimmers stand. Von einigen zufälligen Begegnungen in der Stadt wusste Jasper, dass diese Frau Catherines Mutter war, aber er hatte sie noch nie aus der Nähe gesehen. Die zarten Linien um die Augen und die wenigen grauen Strähnen im Haar verrieten, dass sie älter war, aber ansonsten sahen die beiden Martin-Frauen völlig gleich aus. Es war wie einen Blick in Catherines Zukunft – eine Zukunft, an der er nicht teilhaben würde, eine Zukunft, nach der er sich so sehnte, dass es schmerzte.

»Mrs. Martin?«, fragte er und blieb vor ihr stehen. Er wollte ihr die Hand geben, merkte aber, dass seine Fingerknöchel noch immer den Abdruck von William McBrides Gesicht trugen. Schnell versuchte er die Hand hinter seinem Rücken zu verstecken, ehe sie die Verletzung bemerkte, doch das war sinnlos. Catherine und ihre Mutter glichen sich nicht nur hinsichtlich der Gesichtszüge, sondern auch was den blitzschnellen, wachen Verstand betraf, den er so verführerisch fand.

»Ach, Sie Ärmster«, murmelte sie und umschloss seine Hand sanft mit beiden Händen. »Da legen wir rasch ein Steak darauf, bevor sie anschwillt. Ich habe ein wunderbares Rib-Eye, das sollte den Schmerz lindern.«

»Ich dachte, das Rib-Eye gibt's zum Abendessen …«, begann der Major, presste aber sofort die Lippen zusammen, als er den Blick seiner Frau auffing. Mit einem kurzen Nicken verließ er das Zimmer. »Du weißt wohl am besten, was du tust. Ich warte draußen im Auto und fahre ihn anschließend zurück.«

Und damit verschwand er. Jasper war der irrigen Meinung gewesen, nichts könne unangenehmer sein als die lange, schweigsame Fahrt vom Stützpunkt zu Catherines Elternhaus. Doch das hier war schlimmer. Viel schlimmer.

»Wahrscheinlich brauchte es einen Befreiungsschlag«, sagte Mrs. Martin, während sie ihn zum Sofa führte und zum Sitzen aufforderte. »Es ist mir schleierhaft, warum Männer in Krisenzeiten stets gewalttätig werden müssen, aber gut zu wissen, dass Sie genauso sind wie die anderen.«

»Bin ich nicht«, setzte Jasper protestierend an, doch sie tätschelte ihm schmunzelnd die unverletzte Hand.

»Das war keineswegs als Beleidigung gemeint«, sagte sie und lächelte. »Ich gehe im Gegenteil davon aus, dass so der nächsten Teil unseres Gesprächs sehr viel einfacher wird. Entspannen Sie sich und schenken Sie sich eine Tasse Tee ein, wenn Sie mögen. Ich bin gleich mit dem Steak zurück.«

Weder entspannte sich Jasper noch griff er zur Teekanne. Stattdessen sah er sich im Zimmer nach möglichen Fluchtwegen um. Im hinteren Teil gab es ein Fenster, das vielversprechend aussah, aber was sollte das bringen? Colville war eine Kleinstadt. Wo hätte er sich hinflüchten sollen, wo verstecken können?

»Sie sind weit weg von zu Hause, hat Catherine erzählt«, sagte ihre Mutter fragend, als sie wieder hereinkam. Statt ihm das kalte eingewickelte Stück Rindfleisch in die Hand zu drücken, drapierte sie es sorgfältig über seine Fingerknöchel. Schon lange hatte sich niemand mehr so mütterlich um ihn gekümmert, daher saß er einfach nur wie benommen da und ließ sie gewähren. »Ihre Familie stammt aus Aberdeen, richtig?«

»Ja, Ma'am«, entfuhr es ihm.

Ihr Lachen schallte durch die Luft. Es klang genau wie Catherines. »Bitte sagen Sie nicht Ma'am zu mir. Es ist schon schlimm genug, dass ich Großmutter werde.« Sie schauderte damenhaft und nahm im Sessel gegenüber Platz. »Was für eine merkwürdige Vorstellung – ich und Großmutter!«

»Bitte, ich –«, krächzte er.

Mit erhobener Hand brachte sie ihn zum Verstummen. »Sie sind nicht hier, weil ich Sie anschreien will, sondern ich möchte Sie einfach kennenlernen und ... mit Ihnen reden.«

»Reden?«, wiederholte er verständnislos. »Worüber?«

Seiner Hand ging es bereits ein wenig besser, die betäubende Kälte des teuren Fleischstücks tat seine Wirkung. Der restliche Jasper hingegen zeigte ernstlich Anzeichen großer Anspannung.

Mrs. Martin spitzte die Lippen. »Das liegt bei Ihnen. Diese Sache muss ein Schock für Sie gewesen sein. Für den Major war es definitiv einer. Noch nie habe ich ihn so violett anlaufen sehen. Auberginefarben, hätte es mein Mutter genannt, aber sie besaß einen ausgeprägten Hang zum Dramatischen. Den haben die Frauen in meiner Familie alle, doch damit haben Sie mittlerweile bestimmt Ihre Erfahrungen gemacht.«

Jasper hatte das Gefühl, diese überfrachtete Unterhaltung sollte ihn unter Kontrolle bringen, ihn im Zaum halten. Der Erfolg war durchschlagend. Er schluckte schwer und unternahm den Versuch, das Gespräch wieder in die richtigen Bahnen zu lenken.

»Soll das heißen, Sie waren nicht überrascht?«, fragte er.

Wieder erklang das Lachen, diesmal etwas leiser. »Ehrlich gesagt, nein. Ich kenne Catherine und ich weiß, was in ruhigen, verschlafenen Städtchen passiert, wenn die einzige Samstagabendunterhaltung darin besteht, sich mit dem attraktivsten Mann der Gegend, auch wenn er schlicht gestrickt ist, aus dem Autokino zu schleichen.«

»Oh«, sagte Jasper, mehr nicht, nur oh. Diese einzige Silbe sagte alles und nichts.

»Und mehr ist es ja auch nicht«, sagte sie und legte den Kopf schräg. »Ihr war langweilig und Sie zeigten Interesse und dann nahm die Natur ihren Lauf. Haben Sie Catherine einen Heiratsantrag gemacht?«

»Äh, nein«, gab Jasper zu, dem angesichts der schnellen, direkten Fragen ganz blümerant zumute wurde. »Ich wollte, aber –«

»Es hätte nichts geändert. Sie hätte Ihnen einen Korb gegeben.« Catherines Mutter hielt inne und sah dann Jasper an, sah ihn richtig an, ihr Blick freundlich, aber durchdringend, ihr Urteil unmissverständlich und klar. »Ich behaupte nicht, dass Sie ein schlechter Mensch sind, Jasper Holmes, oder dass Sie den größeren Teil der Schuld an dieser Situation tragen, aber Sie verstehen meinen Standpunkt, oder?«

Er nickte, nicht nur, weil er mittlerweile kein Wort herausbrachte, sondern weil er sie tatsächlich verstand. Diese Menschen waren das genaue Gegenteil seiner Familie, vornehm und wohlhabend, die sichtbare Schande der Schwangerschaft war für sie schwerwiegender als der Grund dafür.

Auch waren sie fest entschlossen, dass ihre Tochter die Tradition des elterlichen Lebensstils fortführen sollte, egal, wie hoch der Preis war – für Catherine oder für ihn.

Wie um diesen Punkt zu verdeutlichen, klopfte sich Mrs. Martin nachdenklich mit dem Zeigefinger auf das Kinn. »Aberdeen … Aberdeen. Ich glaube, wir haben einmal einen Matrosen kennengelernt, der von dort stammte. Reizender junger Mann. Tragische Vorgeschichte. Aus einer der Familien, die während der Großen Depression in Not gerieten und nie wieder Fuß fassen konnten.«

Jasper ahnte, worauf die Geschichte hinauslief.

»Catherine hatte auch für ihn eine Schwäche. Ist es nicht komisch, dass Mädchen ihres Alters einen bestimmten Typ haben, auf den sie fliegen?«

»Ja, Ma'am«, sagte er, wohl wissend, dass dies die einzige Antwort war, die von ihm erwartet wurde.

»Nun«, sagte sie heiter und faltete die Hände im Schoß. »Ich sehe, Sie sind genauso intelligent, wie Catherine Sie beschrieben hat, daher wird Sie das, was jetzt kommt, nicht überraschen. Der Major und ich sind bereit, Ihnen für Ihre Mühe einen einmaligen Geldbetrag zu zahlen, vorausgesetzt, Sie erheben keinerlei Anspruch auf das Kind.«

Mit einem feuchten Plumps kam das Steak auf dem Boden auf. »Ich ... wie bitte? Ein einmaliger Geldbetrag?«

»Es ziemt sich eigentlich nicht, diese Dinge zu besprechen, aber ich möchte sichergehen, dass es keine Missverständnisse gibt. Das ist Catherines Wunsch.«

»Catherines Wunsch«, wiederholte er und war sich bewusst, dass er sich ganz wie ein ungehobelter, vertrottelter Holzfäller anhörte. Er war völlig durcheinander. Mütterliche Fürsorge und Bestechung hätte er bei diesem Treffen als Letztes erwartet – wenn man es überhaupt ein Treffen nennen konnte. Allmählich kam es ihm eher wie ein Überfall aus dem Hinterhalt vor.

»Ja. Der Major und ich waren drauf und dran, Catherine wegzuschicken und für das Kind nach der Geburt ein gutes Heim zu finden, aber sie beharrte darauf, sie wolle ihren Sohn oder ihre Tochter lieber selbst aufziehen. Die Heirat mit William McBride war ihre Idee und obwohl ich anfänglich dagegen war, scheint dies die beste Lösung zu sein. Er hat sich von Anfang bis Ende wie ein feiner Kerl benommen.«

Jasper starrte diese souveräne Frau an, die freundlich und sanft mit ihm sprach, und brachte kein Wort heraus. Mit einem Nicken griff sie nach ihrer Handtasche, die neben dem Sessel stand. Ihm wurde das Herz schwer, als sie einen gefalteten Scheck herauszog und ihm über den Couchtisch zuschob.

»Wie Sie feststellen werden, sind wir gewillt, uns großzügig zu zeigen. Nicht nur für Ihre Umstände, sondern auch für Ihre Diskretion.«

Er wollte nicht hinsehen, er wollte das Stück Papier nicht in die Hand nehmen. Doch wie sie so dasaß, ihn wie eine ältere, weisere und eiskalte Version Catherines anlächelte, blieb ihm keine andere Wahl.

ZAHLEN SIE GEGEN DIESEN SCHECK AN JASPER HOLMES $ 5 000,00

Fünftausend Dollar. Das war mehr Geld, als Jasper im Jahr verdiente, mehr als er je auf einmal gesehen hatte, ein veritables Vermögen.

Er ließ fast sofort los. Das Papier flatterte zu Boden, als hätte es Flügel, ließ sich auf dem feuchten Steakklumpen nieder. Catherines Mutter schnaubte leise, hob es auf und wischte das Rot von den Rändern.

»Es tut mir sehr leid«, sagte sie und drückte ihm mit Entschiedenheit den Scheck in die Hand. »Ich weiß, ich höre mich wie ein grässlicher Snob an, aber da unsere Tochter wollte, dass wir großzügig sind, kommen wir dieser Bitte nach.«

»Ich glaube Ihnen nicht«, unvermittelt sprang Jasper auf, in der Faust den zerknüllten Scheck. »Catherine hätte dem nie zugestimmt. Das würde sie mir nicht antun.«

Da sah er es aufblitzen, das Feuer, das so charakteristisch für diese Frauen war, den stählernen Kern, den nichts Irdisches berühren konnte.

»Lügen mag Ihre Angewohnheit sein, meine ganz sicher nicht.« Dann schenkte sie ihm ein Lächeln und obwohl es so charmant gemeint war wie ihre früheren Bemühungen um Freundlichkeit, erschütterte es ihn bis ins Mark. »Im Übrigen soll ich Ihnen eine Nachricht übermitteln – eine, die Sie bestimmt verstehen würden, meinte sie.«

»Bitte nicht«, krächzte Jasper.

»Ich muss es tun«, entgegnete sie diesmal etwas herzlicher. Nach einiger Suche fischte sie einen Zettel aus ihrer Schürzentasche. Von seiner Warte aus konnte Jasper die geneigte, schmerzlich vertraute Handschrift Catherines erkennen. »Es ist die einzige Möglichkeit. Noch ist es Ihnen nicht klar, aber so ist es für alle das Beste.«

Und dann las sie die Worte vor, mit denen Jasper gerechnet hatte.

»*Es kommt mir ebenso wenig zu, Edgar Linton zu heiraten, wie im Himmel zu sein*«, sprach sie mit leiser, fester Stimme, »*und wenn dieser Bösewicht da drinnen Heathcliff nicht hätte so tief sinken lassen, dann hätte ich niemals an dergleichen gedacht.*«

Flehend hob Jasper die Hand. Zu seinem Erstaunen zeigte die Geste Wirkung. Catherines Mutter hielt mitten im nächsten Satz inne, ihre geöffneten Lippen bildeten ein perfektes O.

»*Jetzt wäre es unter meine Würde, Heathcliff zu heiraten*«, beendete er das Zitat für sie.

Sie sah auf den Zettel. »Ja, stimmt. Also verstehen Sie, was Catherine damit meint. Sie sagte, Sie würden die Worte erkennen, aber ich wollte ihr nicht recht glauben.«

Unvermittelt wurde ihm das ungeheure Ausmaß der Lage bewusst und er stöhnte auf. Das ungeheure Ausmaß der Ironie, dass Catherine – seine Catherine – ihm die einzigen Worte entgegenschleuderte, die ihn zum Rückzug bewegen würden, dass sie eine Stelle aus *Sturmhöhe* zitierte, als könnte ein einziges dämliches Buch das ungeheure Ausmaß seiner Liebe für sie beschreiben.

Und dass sie sich bewusst entschieden hatte, die nächste Passage wegzulassen.

Darum darf er nie wissen, wie sehr ich ihn liebe – und das nicht etwa, weil er schön ist, Nelly, sondern weil mein Wesen in ihm noch klarer ausgeprägt ist als in mir selber. Woraus auch unsere Seelen gemacht sein mögen, seine und meine gleichen sich.

Im Buch reichte die Liebe zwischen Catherine und Heathcliff nicht aus, um die pekuniären Anforderungen ihrer Welt zu überwinden. Im wirklichen Leben war die Liebe zwischen Catherine und Jasper offenbar dazu verdammt, das gleiche Schicksal zu erleiden. Und genau wie bei Emily Brontës Klassiker musste auch er tatenlos zusehen, wie die Katastrophe ihren Lauf nahm, wie ihn die Liebe seines Lebens zerstörte, an Leib und Seele.

»Lösen Sie den Scheck aber auch bitte ein, mein Bester«, sagte Mrs. Martin, als sie ihn zur Haustür brachte. Sie machte einen Schritt über den Steakklumpen, trat aber mit dem Absatz auf den Rand. »Der Major fährt Sie jetzt zurück. Ich gehe davon aus, dass wir nie wieder etwas von Ihnen sehen oder hören.«

Und dann, obwohl es ihm das Herz brach – in einer Holzkiste zerbarsten tausend Porzellanteller in hunderttausend Stücke –, hatte Jasper keine andere Wahl, er musste der hellroten Spur folgen, die aus dem Haus führte.

Catherine hatte gesprochen. Sie hatte sich entschieden.

Es war vorbei.

Dritter Teil

24

Noodle

Man darf nicht stehlen.

Das weiß ich ganz genau. Ich weiß vieles ganz genau, aber mein Wissen ist anders als das von anderen. Viele – die meisten – verstehen die Regeln einfach so. Sie wissen, wann sie reden sollen und wann sie den Mund halten sollen, wann jemand eine Umarmung braucht und wann jemand Freiraum braucht.

Ich weiß vieles, weil ich ein guter Beobachter bin. Na ja, weil ich beobachte und weil ich durch meinen Bruder und meine Schwestern viel Übung habe.

Wenn Theo zum Beispiel was in Brand steckt, werden alle wütend, das ist also einfach. Zünde nichts an. Und wenn Trixie lächelt, was sie ständig tut, lächeln die meisten zurück. Die schenken ihr Sachen und sind supernett zu ihr, das ist also ein guter Kniff. Meistens kann ich darauf zählen, dass Trixie mir beibringt, was ich tun soll, und Theo mir beibringt, was ich nicht tun soll. Sie sind wie so ein Guter-Cop-böser-Cop-Gespann im Film, bloß dass es Theo nichts ausmacht, dass er der Böse ist. Meistens gefällt ihm das sogar, glaube ich.

Jedenfalls wollte ich das Buch gar nicht aus Jaspers Bücherregal nehmen, aber ich konnte nicht anders. Als Jasper uns diese Geschichte erzählt hat, wie er einem Typ eine verpasst hat und er das nur gemacht hat, weil sein Herz gebrochen war und diese Frau ständig traurige Stellen aus einem Buch mit dem Titel *Sturmhöhe* zitiert hat, musste ich es aus dem Regal ziehen. Und dann habe ich diese Nachrichten gesehen, von denen Chloe schon seit Wochen besessen ist.

Bloß, dass in dem Buch zig davon drinstehen. Fast auf jeder Seite und bloß in der Handschrift der Frau.

»Noodle, Schätzchen, hast du daran gedacht, vor dem Zubettgehen deine Schmerztabletten zu nehmen?«

Als ich die Stimme meiner Mom höre, schiebe ich das Buch sofort unters Kopfkissen. Sie soll es nicht sehen. Denn sonst stellt sie Fragen, auf die ich noch keine Antworten habe. Ich warte, bis ich die Antworten habe, dann erst zeige ich das Buch her.

Übrigens ist das mein anderes Geheimnis. Wenn ich nicht weiß, wie ich reagieren soll oder was ich sagen soll, halte ich die Dinge zurück oder verstecke sie, bis ich so weit bin.

»Ja, Mom«, sage ich und kuschele mich unter meine Decke. Gummy Bear schnarcht am Bettende, deshalb kann ich mein gebrochenes Bein nicht richtig bequem ausstrecken, aber das ist schon okay.

Meine Mom steht in der Tür des Zimmers, das ich mir mit Theo teile, aber der wohnt gerade nicht hier. Er und Trixie schlafen bei Jasper drüben. Ich bin ein bisschen eifersüchtig, denn es ist bestimmt lustig, wenn man zwischen all den Pflanzen auf dem Boden kampiert, aber weil ich derjenige bin, der Mom angerufen hat, muss ich wohl hierbleiben und ihr und Chloe Gesellschaft leisten. Und Todd auch.

Ist es schlimm, wenn ich ihn mag? Das sollte ich eigentlich nicht – der böser Stiefvater und so –, aber er ist nett und er lacht viel. Mir gefällt besonders, dass er am meisten über seine eigenen Witze lacht und es ihm egal ist, ob die anderen mitlachen. Wenn er einen seiner Lachanfälle kriegt, dann zwinkert er mir zu und tut so, als ob nur ich den Witz kapiere.

»Du siehst aus, als hättest du es ganz gemütlich«, sagt Mom, lehnt den Kopf gegen den Türrahmen und betrachtet mich. Sie ist anders als die Mom, an die ich mich erinnere, aber das ist keine Überraschung. Ich war erst sieben, als sie weggegangen ist, was heißt, dass sie fast mein halbes Leben lang weg war.

»Möchtest du noch was?«, fragt sie. »Ein Glas Wasser? Eine Gute-Nacht-Geschichte? Dir hat doch Beatrix Potter immer gefallen, stimmt's?«

Ich nicke. Theo würde fuchsteufelswild werden, wenn man ihn an die Bücher erinnert, die er als Kind gemocht hat – er ist so verrückt nach den *Warrior-Cats*-Büchern gewesen, dass er sich mit einem Filzstift Schnurrhaare ins Gesicht gemalt hat –, aber ich lese manchmal, wenn ich traurig bin, immer noch *Die Geschichte von Peter Hase.*

Mom nimmt mein Nicken wahr und seufzt. Sie schlüpft ins Zimmer, wobei sie darauf achtet, dass die Zimmertür ins Schloss fällt.

»Du bist der Einzige, der meinen Anblick erträgt, was?« Sie setzt sich auf mein Bett und durch ihr Körpergewicht sinken wir beide in die Matratze ein. Sie hebt die Hand und will mir das Haar aus dem Gesicht streichen, hält sich aber in letzter Sekunde zurück. »Ist wahrscheinlich meine eigene Schuld.«

Das ist so eine der Situationen, in denen ich nicht weiß, was ich sagen soll, also sage ich gar nichts. Was wie immer funktioniert. Sie seufzt wieder und redet weiter.

»Wenn Chloe mich doch bloß anschreien würde«, sagt sie und faltet die Hände im Schoß. Sie betrachtet ihre Fingernägel, die lang und glänzend und rot sind. Sie sehen aus, als gehören sie einer Hexe. »Es würde mir besser gehen, wenn sie mich anschreien würde. Oder mich ignorieren. Oder mir Sachen an den Kopf werfen. Seit ich da bin, verhält sie sich mir gegenüber einfach nur nett.«

»Chloe *ist* nett«, sage ich.

Den Rest lasse ich weg – dass ich meine Schwester von allen Menschen auf der ganzen Welt am liebsten habe und dass mein Herz sich jedes Mal verkrampft, wenn ich mitbekomme, wie sie im Wohnzimmer weint, weil sie denkt, wir sind alle im Bett –, weil Mom das bestimmt alles sowieso weiß.

»Wenn du angeschrien werden willst, kannst du jederzeit Trixie fragen«, schlage ich vor.

Moms leises Lachen lässt das ganze Bett wackeln. »Das stimmt«, sagt sie und dann lacht sie plötzlich nicht mehr. »Trixie ist schön, oder?«

»Sie sieht aus wie du«, sage ich und Mom guckt auf einmal ganz ernst drein.

»Schätzchen, verrätst du mir was?«, fragt sie, schaut dabei aber immer noch ihre Fingernägel an und nicht mich. »Warum hast du mich angerufen? Was war der wahre Grund?«

Das ist einfach. »Ich hab mir das Bein gebrochen.«

Sie schüttelt ungeduldig den Kopf. »Das weiß ich. Ich meine …« Sie verstummt, aber ich sage nichts, weil ich weiß, dass sie gleich weiterredet. Sie sieht mich an mit Augen, die genau so aussehen wie Chloes, aber nicht Chloes sind. Ich weiß nicht, wie ich das erklären soll. Sie haben die gleiche Form und Farbe und wenn ich sie malen müsste, würden sie am Schluss gleich aussehen, aber sie sind trotzdem anders.

Wenn Chloe mich ansieht, kann ich die ganze Welt sehen. Wenn Mom mich ansieht, sehe ich bloß Mom.

»Ich weiß nicht, was ich tun soll«, sagt sie, und zwar so, dass mir ganz unbehaglich wird, als ob sie will, dass ich ihr sage, was sie tun soll. »Chloe arbeitet den ganzen Tag, während die Kinder in der Schule sind und du ... du verbringst jede Minute mit diesem Griesgram nebenan. Als du angerufen hast, hast du gesagt, dass du mich brauchst, aber das stimmt gar nicht. Du kommst offenbar ganz gut ohne mich zurecht.«

Mir wird immer unbehaglicher.

»Ich war ganz fassungslos, als das Telefon geläutet hat und eure Nummer im Display auftauchte«, fügt sie hinzu und ich wünsche mir ganz dringend, dass Todd witzemachend mit einem seiner Geschenke reinkommt, die keiner will. »Zuerst habe ich gedacht, es ist ein Telefonscherz, aber Todd sagte, ich soll rangehen. Eigenartig, ich wusste nicht mal, dass ihr Kinder meine Nummer habt.«

Zumindest auf den Teil habe ich eine Antwort.

»Chloe hat sie vor ein paar Jahren bei der Arbeit im Computer gefunden«, sage ich. »Sie hat sie mir für den Notfall gegeben.«

Sie kriegt um den Mund rum Falten. »Vor ein paar Jahren? Willst du damit sagen, sie hat die Nummer die ganze Zeit gehabt?«

Ich krame in der Schublade meines Nachttischs, bis ich den zerknitterten Zettel finde. Als ich ihn ihr hinhalte, zittert ihr ganzer Arm. Weil sie ihn so lange anguckt, mache ich mir Sorgen, dass ich was übersehen habe, aber als sie hochsieht, merke ich, sie ist eigentlich gar nicht mehr bei mir im Zimmer.

»Sie hat nie angerufen«, sagt sie. »Sie hat es nicht mal versucht. Sie muss mich echt hassen.«

Wieder weiß ich nicht, was ich sagen soll. Ich glaube nicht, dass Chloe unsere Mom hasst, aber ich weiß, dass sie sie nicht mehr liebt. Was fast schlimmer ist.

»Sie ist oft traurig«, sage ich. »Und sie macht sich Sorgen wegen der Rechnungen.«

Meine Mom wirft den Zettel in die Schublade zurück, als ob es ihr wehtut, ihn länger anzusehen. »Hast du deshalb angerufen? Ist das der Notfall? Chloe braucht Geld?«

Ich zucke mit den Schultern. Chloe braucht absolut Geld, aber ich bin mir ziemlich sicher, dass sie keins annehmen wird. Wenn sie Jaspers Scheck nicht einlöst, warum soll sie einen von Mom einlösen? Vor allem, weil der wahrscheinlich über Todd laufen muss.

Auf einmal sind meine Hände zwischen denen meiner Mom gefangen. Ich mag nicht, wie warm und feucht sich ihre Handflächen anfühlen, daher versuche ich meine Hände wegzuziehen, aber sie hält mich fest. Sie kommt mir so nahe, dass ich den Geruch meiner Bubble-Gum-Zahnpasta in ihrem Atem riechen kann.

»Bitte rede mit mir, Noodle«, sagt sie. »Warum hast du angerufen? Warum hast du mich aus meinem Leben gerissen? Was willst du?«

Da wünsche ich mir ganz doll, dass ich das alles nicht gemacht hätte: Dass ich Aiden in der Schultoilette nicht geschlagen hätte, nicht in den Wald weggelaufen und in die Schlucht gefallen wäre, nicht die Telefonnummer angerufen hätte, damit Chloe mal ein, zwei Tage für sich hat. Mir fehlen die richtigen Worte, sogar die richtigen Gefühle, um das alles wieder in Ordnung zu bringen.

Deshalb ist es gut, dass ich die Worte von Jasper nehmen kann.

Ich setze mich ganz aufrecht im Bett hin und entreiße Mom meine Hände. Ich spüre, dass sie verletzt ist, aber ich mag nicht angefasst werden, wenn meine Gefühle zusammengeklumpt sind. Jasper hat heute in der Blockhütte was Wichtiges gesagt – er hat auch noch vieles andere gesagt, womit ich nicht gerechnet habe, was aber auch sehr lehrreich war.

»Es ist nicht in Ordnung, wenn man jemandem wehtut«, wiederhole ich das, was Jasper gesagt hat. »Wenn sich alles anfühlt, als ob es gleich explodiert und man nicht weiß, wie man das verhindern kann, dann sollte man sich trotzdem nie dazu verleiten lassen, jemanden zu schlagen.«

Meine Mom reißt die Augen auf. »Ich habe euch Kindern nie wehgetan. Nicht so.«

Das weiß ich, aber darum geht es nicht. Jasper hat tatsächlich mal jemanden geschlagen. Er hat mir und Zach alles erzählt. Er hat einem Mann eine verpasst, der doch bloß das Richtige für das Mädchen tun wollte, das sie beide geliebt haben. Ich hab Aiden nicht wegen einem Mädchen – die sind doof! – geschlagen, sondern wegen dem, was er über meine Familie gesagt hat.

Dass unsere Mom uns nicht genug geliebt hat, dass sie deshalb weggegangen ist. Dass wir Assis sind. Dass es praktisch ist, dass wir uns haben, weil uns sonst niemand mag.

Als ich die Faust geballt habe, habe ich mich furchtbar gefühlt, und wahrscheinlich wäre ich bis nach Kanada gerannt, wenn ich nicht hingefallen wäre und mir das Bein gebrochen hätte, aber Jasper sagt, das ist mein Gewissen gewesen, das seine Arbeit tut.

»Ich habe den Mann nur deshalb geschlagen, weil ich das, worauf ich eigentlich wütend war, nicht schlagen konnte«, hat Jasper erklärt und das war so einleuchtend, dass sogar Zach zustimmend genickt hat.

»Worauf warst du denn wütend?«, habe ich gefragt.

»Auf das Leben«, hat er gesagt. »Auf meine Mutter. Auf meine Geschwister. Auf meine sämtlichen Irrtümer und auf meine sinnlosen Träume. Auf alles, was ich nicht hatte, und auf alles, was ich nie haben würde. Aber am meisten war ich wütend auf mich. Ich bin sehr lange wütend auf mich gewesen.«

Die nächste Frage hätte ich wohl lieber nicht stellen sollen, aber ich konnte nicht anders. Als er das Bild der Frau an der Wand angestarrt hat, sah er ganz traurig aus. Ich musste es einfach wissen.

»Bist du jetzt auch wütend auf dich?«

Jasper hat sich nicht aufgeregt, sondern mich angelächelt – und zwar auf die Weise, die ich nur kenne, wenn wir zusammen *Nightwave* lesen und er so tut, als ob es ihm nicht gefällt.

»Ich arbeite daran, Noodle«, hat er gesagt und mir durchs Haar gewuschelt. Wenn das jemand anders als Chloe macht, mag ich das gar nicht, aber bei Jasper hat es mir nichts ausgemacht. »Frag mich in ein paar Monaten noch mal.«

Meine Mom sieht immer noch so aus, als ob sie gleich anfängt zu weinen, also versuche ich es so gut zu erklären, wie ich kann.

»Jasper hat versprochen, dass ich in seine Blockhütte darf, wann immer ich will«, sage ich. »Sobald es meinem Bein besser geht, meine ich. Er sagt, es ist ein schöner, ruhiger Ort, wo ich hinkann, wenn mir meine Gefühle zu viel sind, und ich darf dort meine Lieblingsbücher aufbewahren so wie er.«

»Ich komme nicht recht mit«, sagt sie.

»Du bist weggegangen, weil dir deine Gefühle zu viel waren, stimmt das?«, frage ich. »Weil *wir* zu viel waren?«

Sie macht den Mund auf und wieder zu und sieht genauso aus wie Theo, wenn ihm eines seiner Experimente misslingt.

»Wir haben alle manchmal das Gefühl, dass wir weglaufen wollen«, sage ich und tätschle kurz ihre Hand. Sie sieht aus, als hätte sie das nötig. »Aber nicht jeder kann das. Du bist weggelaufen, deshalb muss sich jetzt Chloe um uns kümmern. Ich will nichts von dir und Theo und Trixie auch, aber ich glaube, du solltest vielleicht Chloe fragen, ob sie was von dir will.«

Dann drehe ich mich, so gut es geht, um und ziehe mir die Decke bis zum Kinn hoch. Gummy Bear knurrt leise, als ich ihn versehentlich trete, aber meine Mom sagt ganz lange nichts.

So lange, dass ich schon eingeschlafen bin, als sie geht. Ich weiß nicht, wo sie hingegangen ist, aber bestimmt spricht sie nicht mit Chloe. Das wäre nämlich mutig und obwohl Mom schön und weich ist und wie die Parfümabteilung in einem Kaufhaus riecht, hat sie nicht mal annähernd so viel Mut wie Chloe.

25

Noodle

Am nächsten Morgen steht Todd mit einem Spachtel in der Hand und einer Maske im Gesicht auf der Eingangstreppe.

»Sir? Mr. Aarons? Äh ... Dad?«

Er hört meine Stimme und bleibt sofort stehen. Hinter der Maske erkennt man seinen Gesichtsausdruck nicht gut, aber wahrscheinlich lächelt er. Er lächelt immer.

»Ich glaube, wir einigen uns vorläufig auf Todd, mein Kleiner«, sagt er mit einem Augenzwinkern. Er schiebt sich die Maske auf den Kopf. »Für den Rest bleibt immer noch genug Zeit, wenn Ravenna sich entschieden hat, ob sie bleibt.«

Mit dem Lächeln habe ich recht gehabt, das ist gut, aber das andere gefällt mir nicht. Ich wollte nie, dass meine Mom für immer bleibt. Ich wollte bloß, dass sie Chloe eine Zeitlang hilft.

»Todd«, sage ich und lasse mir seinen Namen auf der Zunge zergehen, um herauszufinden, ob mir das gefällt. Es fühlt sich gut an. Nicht super, aber gut. »Kannst du mich wohin fahren?«

»Das kommt darauf an.« Er späht über meinen Kopf hinweg ins Haus. Er sucht meine Mom, aber da drin wird er sie nicht finden. Sie ist vor einer Weile hinten rausgegangen und raucht eine Zigarette und spielt mit ihrem Handy. Todd ist früh aufgestanden und hat sofort angefangen, alles Mögliche zu machen – er hat die klappernde Klimaanlage in der Küche repariert, den Brandfleck neben Theos Bett übermalt und jetzt kratzt er den ganzen Rost von der Eingangstür –, aber meine Mom schleppt sich bloß traurig durchs Haus.

Zuerst habe ich gedacht, dass sie vielleicht traurig ist, weil ihr so viele Erinnerungen kommen, aber jetzt glaube ich, sie hasst hier einfach alles. Genauso hat sie ausgesehen, als ich klein war, als ob ein schlechter Geruch in der Luft liegt, dem sie nicht entkommen kann.

»Sie spielt Candy Crush«, informiere ich ihn. »Ich hab kurz auf ihr Handy geguckt. Sie ist ungefähr bei Level elftausend.«

Todds Lächeln lässt an den Mundwinkeln nach. Bevor es ganz weg ist, wirft er den Spachtel zur Seite und reibt sich die Hand. Es klingt trocken und knisterig, aber nicht unangenehm.

»Wenn das so ist, machen wir tatsächlich am besten eine Spazierfahrt. Und zwar eine lange. Sie spielt immer Candy Crush, wenn es ihr nicht gut geht.«

Ich zögere. »Wenn es ihr nicht gut geht, sollen wir nicht lieber hierbleiben und uns um sie kümmern?«

Todd macht einen Schritt rückwärts, als ob direkt hinter mir ein Monster steht. »Auf keinen Fall, mein Kleiner. Wenn ich dir einen Ratschlag geben darf: Einer Frau wie deiner Mutter lässt man am besten viel Freiraum.«

»Freiraum?«, wiederhole ich.

»Sie mag es nicht, wenn man sie in die Enge treibt.« Er schüttelt den Kopf. »In dieser Hinsicht ist sie wie ein wildes Tier. In vielerlei Hinsicht, wenn ich es mir recht überlege. Sie sagt, sie fühlt sich wie in einer Falle, wenn sie zu viel Verantwortung hat.«

Ich will darauf hinweisen, dass wilde Tiere viel Verantwortung haben – die müssen fressen und kämpfen und sich um ihre Jungen kümmern, damit die das Erwachsenenalter erreichen –, doch ich lasse es bleiben.

»Heißt das, du kannst mich zu Zach fahren?«, frage ich stattdessen.

»Ist das nicht Chloes Freund?«, fragt Todd und runzelt die Stirn.

»Er ist auch mein Freund«, sage ich.

Ich muss lauter gesprochen haben, als ich gedacht habe, denn Todd hebt die Hände und schmunzelt. »Aber klar. Er ist der Freund der ganzen Familie.« Als ob ihm erst jetzt das Buch in meiner Hand auffällt, zeigt er mit dem Kopf darauf. »Seid ihr etwa in einem Buchclub?«

Ich werfe einen Blick auf *Sturmhöhe* und drücke das Buch enger an mich. Ich will nicht darüber reden, was ich damit mache – oder warum –, daher sage ich, was mir als Erstes in den Sinn kommt.

»Er lebt im Wald«, sage ich.

»Im Wald?«

»Oben in den Bergen.«

Todd blinzelt. »Willst du mich veräppeln? Hat dich dein Bruder dazu angestiftet?«

Ich schüttele den Kopf. Theo ist ein guter Bruder und ich habe ihn nach Chloe und Gummy Bear am drittliebsten, aber er kriegt nicht immer mit, was um ihn herum vorgeht. Es ist unwahrscheinlich, dass er was über Jasper und Chloe und ihre Bücher weiß.

»Zach hat gesagt, ich kann immer zu ihm kommen, wenn ich was brauche.« Ich halte das Buch hoch. »Er muss mir damit helfen.«

Todd wirft noch mal einen Blick ins Haus. Als er bloß Gummy Bear sieht, der ausgestreckt auf dem Wohnzimmerfußboden liegt, nickt er kurz. »Okay, mein Kleiner. Machen wir. Wir fahren in die Berge zu deinem Freund.« Als er die Verandatreppe hinuntergeht, kann ich hören, wie er vor sich hinmurmelt: »Mit ein bisschen Glück kriegt es Ravenna nicht mal mit, dass wir weg sind.«

—

»Aloysius!« Sobald Todd sein Auto auf dem unbefestigten Parkplatz des Survival-Ausbildungszentrums abstellt, kommt Zach angerannt und begrüßt uns. Bestimmt ist er gerade mitten bei der Arbeit, denn es stehen ein paar Leute in Tarnkleidung rum, aber er lässt trotzdem alles fallen, als er mich sieht.

Das mag ich an Zach am meisten. Bei ihm und Chloe. Sie geben mir nie das Gefühl, dass ich sie nerve, wenn ich Hilfe brauche. Manchmal glaube ich, selbst wenn die ganze Welt in Flammen aufgeht, steht Chloe in der Küche und fragt uns, was wir zum Frühstück wollen.

Das hört sich nicht nach besonders viel an, aber wenn dein Dad weggeht und deine Mom weggeht und die Lehrer dich in der Schule herumreichen, weil sie nichts mit dir anzufangen wissen, ist Frühstück eine wichtige Sache.

Zach beugt sich vor, damit er auf meiner Höhe ist, und seine Nase kräuselt sich besorgt. »Ist was passiert, Aloysius? Bist du verletzt? Ist was mit Chloe?«

Das Letzte sagt er in einem so schrillen Tonfall, dass ich das Gefühl habe, ich bin hier richtig.

»Mir geht's gut. Ihr geht's gut.« Ich werfe einen schnellen Blick über seine Schulter auf die Tarnkleidungsleute, die jede Menge Campingzeug in Rucksäcke stopfen. »Bist du beschäftigt? Ich hab nicht gedacht …«

Über mir räuspert sich Todd. »Entschuldigen Sie die Störung, aber er wollte Sie unbedingt sehen. Hat was von einem Buch gesagt, bei dem er Ihre Hilfe braucht. Wahrscheinlich Hausaufgaben, daher hat es keinen Zweck, mich zu fragen. Ich war nie ein großer Gelehrter. Bin zweimal bei englischer Literatur durchgerasselt, wenn Sie's genau wissen wollen.«

Ich schiebe den Unterkiefer vor. Als ob ich Todd den ganzen Weg hierherfahren lasse wegen so was Albernem wie der Schule.

»Es geht nicht um Hausaufgaben«, sage ich. »Es geht um Jasper. Und um die Nachrichten, die er und die tote Dame sich geschrieben haben.«

Sofort springt Zach auf und dann tut er das, was ich an ihm mag und was er mit Chloe gemeinsam hat. Er nickt Todd so zu, dass dieser wie durch Zauberei einwilligt, bugsiert mich zu den Tarnkleidungsleuten und sorgt dafür, dass ich bequem auf einem Baumstamm sitze – und dabei kommt es einem so vor, als ob er gar nichts gemacht hat.

Genauso war es auch, als er mich vor ein paar Wochen auf dem Boden der Schlucht gefunden hat. Ich bin dagelegen, habe gegen die Tränen gekämpft und der Schmerz brodelte wie Lava in meinem Bein und auf einmal stand er plötzlich da. Wenn er nicht so nach Dreck gerochen hätte und seine Hände nicht so warm und stark gewesen wären, als er meinen Knochen richtete und eine Schlinge gemacht hat, damit er mich tragen kann, hätte ich ihn für einen Schutzengel gehalten. Aber vielleicht sind Schutzengel so.

»Leute, das ist Aloysius Sampson«, sagt Zach, sobald er hört, dass Todds Auto die Straße runterknirscht. Er hat versprochen, mich später heimzufahren, damit ich mir keine Sorgen machen muss, dass Todd wiederkommt und alles ruiniert. »Er ist der junge Mann, der mich vor ein paar Wochen zum Lokalhelden gemacht hat. Ich schulde ihm viel. Ich kann nicht mal den Drugstore betreten, ohne dass alle herkommen und mir die Hand schütteln wollen.«

Bestimmt will er nur nett sein, aber die Tarnkleidungsleute finden das echt spannend. Sie klopfen mir auf den Rücken und sagen, wie tapfer und zäh ich bin, und dann stellen sie Zach alle möglichen Fragen, was für ein Holz er für die Schiene genommen hat und ob man notfalls auch ein Kanupaddel nehmen kann und was der Unterschied zwischen Segeltuch und Gore-Tex ist, wenn man eine Schlinge machen will.

Er lacht und beantwortet ihre Fragen, aber zuerst gibt er mir einen kleinen Beutel mit Energy-Gel. Von denen hat er welche in seinen Taschen gehabt, als er mich gerettet hat, und ich musste an einem nuckeln, damit ich bei Kräften bleibe, und obwohl es sich komisch anhört – essbarer Schleim in einem Capri-Sun-Beutel –, finde ich die Dinger ganz lecker.

Als er alles beantwortet hat, schaut er auf seine Armbanduhr. »So, dann zur Sache. Hat jeder seine Koordinaten?«

Die Tarnkleidungsleute nicken.

»Dann schicke ich euch schon ein paar Minuten früher los. Denkt daran – bei dieser Übung kommt es auf Schnelligkeit an. Je länger euer Partner allein da draußen ist, desto eher stirbt er oder sie an Unterkühlung.« Er zwinkert mir zu, falls mir die Sache mit dem Sterben zu schaffen macht, tut es aber nicht. Er hat mir erklärt, worum es bei seiner Arbeit geht – wie er den Piloten beibringt, wie sie sich selber und ihre Mannschaft retten, wenn sie versehentlich abstürzen –, daher weiß ich, dass alles nur ein Spiel ist. »Uuuund los!«

Ich nuckle den Rest aus dem Energy-Gel-Beutel und sehe den Männern und Frauen hinterher, wie sie zu ihrem Überlebenstraining in den Wald aufbrechen. Da kriege ich Lust, Pilot zu werden, wenn ich groß bin. Die Vorstellung, dass man nach einem Absturz ein paar Wochen allein im Wald ist, gefällt mir, solange Zach einem vorher alles beigebracht hat, was man über Nahrungssuche wissen muss und wie man sich von den Bösen nicht erwischen lässt.

»Musst du nicht mitgehen?«, frage ich, sobald wir allein sind. »Damit ihnen nichts passiert?«

»Nein. Im gesamten Wald hängen Wildkameras. Mein Chef kann alles auf seinem Computer verfolgen.« Er setzt sich neben mich auf den Baumstamm und holt sich ebenfalls einen Quetschie mit Energy-Gel raus. »Weiß deine Schwester, dass du den Tag mit mir verbringst?«

Genau das meine ich, wenn ich sage, dass er nett ist. Statt mich zu fragen, ob ich die Erlaubnis habe, hier zu sein oder mir das Gefühl zu geben, dass ich ihn störe, klingt es bei Zach so, als ob wir das Ganze gemeinsam geplant haben.

»Nein«, gebe ich zu. »Ich sollte eigentlich bei meiner Mom und Todd bleiben.«

Er vermeidet meinen Blick und nuckelt seinen Beutel aus. »Aber das willst du nicht?«

Ich zucke mit den Schultern und wirble mit meinem gesunden Fuß Staub auf. »Todd ist in Ordnung, aber meine Mom gibt sich zu viel Mühe. Und dann wieder zu wenig.« Ich verstumme. »Verstehst du, was ich meine?«

Er nickt. »Ja. Deine Schwester hat was Ähnliches gesagt.«

Ich nicke zurück, damit er weiß, dass wir auf derselben Wellenlänge sind. Und dann sage ich ihm, was mir Bauchschmerzen macht.

»Chloe ist sauer, dass ich unsere Mom angerufen habe.«

»Nicht sauer«, berichtigt er mich. »Wahrscheinlich nur besorgt. Sie hat Angst, dass du etwas brauchst, was sie dir nicht geben kann.« Das fühlt sich wie ein arg ernstes Gespräch an, deshalb bin ich froh, dass er aufsteht und mit dem Kopf auf ein Zelt zeigt, das neben dem Parkplatz aufgebaut ist. »Was hältst du davon, wenn wir aus einem alten Fallschirmseil ein Fischernetz knüpfen, während wir uns weiterunterhalten?«

»Ganz viel.«

Er lacht auf seine besondere Art, wie der Weihnachtsmann, bevor er alt geworden ist und zu viele Plätzchen gegessen hat. »Dann schnapp deine Krücken und geh voran, junger Mann. Das Knotenaufdröseln macht dir bestimmt Spaß.«

Während ich es mir auf dem Stapel Decken gemütlich mache, den Zach mir vors Zelt gelegt hat, kann ich hören, dass er Chloe anruft und ihr sagt, wo ich bin, und sie soll sich keine Sorgen machen. Obwohl mir das nichts ausmacht, tue ich trotzdem so, als ob ich nichts gehört habe, als er mit einem Knäuel verknoteter Seile zurückkommt und es mir in den Schoß fallen lässt.

»Bevor wir ein Netz knüpfen können, brauchen wir erst einmal mindestens drei Meter Seil am Stück«, sagt er. »Dann leg mal los mit deinen geschickten kleinen Fingern.«

Ich bin froh, dass ich was zu tun habe, während wir reden, und ich ziehe und zupfe, bis ich ein loses Ende finde.

Er nimmt einen Campingstuhl, setzt sich neben mich und schnitzt an einem langen, gebogenen Stock herum.

»Kannst du mit dem echt Fische fangen, wenn du fertig bist?«, frage ich. »Solche, die man essen kann?«

»Das ist jedenfalls der Plan. Überleben um jeden Preis. Du wärst erstaunt, wie köstlich eine Mahlzeit schmeckt, wenn man von A bis Z dafür verantwortlich ist – fangen, töten und kochen.«

Eigentlich sollte ich über Chloes und Jaspers Buch reden, aber dieses Thema ist viel interessanter. Wenn man Zach zuhört, ist es fast so, als ob man eine Abenteuergeschichte liest.

»Wo hast du das alles gelernt?«, frage ich. »Woher weißt du, welche Pflanzen man essen kann und wie man Tiere fängt und wie man sich tarnt, damit man zwischen den Bäumen nicht auffällt?«

»Tja«, sagt er, lehnt sich in seinem Campingstuhl zurück und streckt die langen Beine von sich. »Das ist eine ziemlich gewichtige Frage.«

Ich halte das Knotenknäuel hoch. »Das ist okay. Dafür brauche ich ewig.«

Wieder lacht er sein Weihnachtsmannlachen. »Na schön. Das meiste habe ich von meinem Dad gelernt. Der liebt die freie Natur. Als ich so alt war wie du, waren wir oft wochenlang zelten.«

»Dein Dad?«, wiederhole ich langsam. Und als ich die Worte ausgesprochen habe, komme ich mir ein bisschen verloren vor, aber traurig bin ich nicht. An meinen eigenen Dad erinnere ich mich nicht. Eigentlich gehört er Theo und mir gemeinsam. Trixie hat einen anderen Vater und Chloe auch, aber das ist für uns alle nicht wichtig. Wenn der Vater bloß eine Leerstelle ist, kann man leicht so tun, als ob er für alle dieselbe Leerstelle ist. »Wie ist er denn so?«

Zach überlegt kurz. »Eigentlich sind wir uns ziemlich ähnlich. Groß. Ein bisschen ungeschliffen. Sehr praktisch veranlagt. Und er ist gelegentlich gern allein. Er kann einen Monat in der Wildnis verbringen, doch wenn er heimkommt, geht er den ganzen nächsten Monat abends mit meiner Mutter tanzen. Ein ausgewogenes Verhältnis von Leben und Leben nennt er das.«

Das gefällt mir. Ein ausgewogenes Verhältnis von Leben und Leben.

»Alle Männer in meiner Familie sind Naturburschen«, fügt er hinzu, wobei er mich aus dem Augenwinkel beobachtet. »Liegt uns im Blut, könnte man sagen.«

»Mir liegen Bücher im Blut«, erwidere ich schnell. »Mir und Chloe jedenfalls. Theo sagt, lesen ist was für Leute, die kein Minecraft haben, und Trixie redet lieber mit Leuten als über sie zu lesen, aber Chloe und ich lieben Bücher.«

Statt mich niederzumachen, wie das viele Erwachsene tun, nickt Zach. »Das sehe ich auch so. Ihr zwei seid euch sehr ähnlich.« Dann versucht er, wie alle Erwachsene, mich zum Reden zu bringen. »Bist du deshalb heute hier? Wegen eines Buchs? Wegen Jaspers Buch?«

Weil ich Zach mag und weil ich Knotenentwirren mag, spiele ich mit. »Ja, schon. Neulich habe ich eins aus der Blockhütte gestohlen.«

Zach zuckt nicht zusammen, nicht mal ein klein bisschen. »Du hast eins gestohlen?«

»Ja, ich hätte vorher fragen sollen, aber ich hab Angst gehabt, dass er nein sagt, also hab ich das Buch, von dem er gesprochen hat, einfach genommen. Das über die Dame – *Sturmhöhe.*«

Zach atmet tief aus. Aber sauer sieht er nicht aus. Und dann weiß ich ganz sicher, dass er nicht sauer ist, denn er lacht. »Du hinterhältiges kleines Aas. Im Regal ist mir dieses Buch gar nicht aufgefallen. Wo hast du es denn gefunden?«

»Es stand bei den anderen Büchern.« Ich stoße auf einen kniffligen Knoten und konzentriere mich darauf, bis ich ihn aufgedröselt habe. Es muss länger gedauert haben, denn als ich hochsehe, betrachtet Zach mich mit einem Gesichtsausdruck, den ich nicht verstehe. »Ich glaub nicht, dass er das oft liest. Das war viel staubiger als die anderen und die Seiten haben überhaupt keine Knicke.«

»Hast du das Buch dabei?«, fragt er.

»Ja. Da stehen jede Menge Notizen drin. Ich hab gedacht, du und Chloe wollt es euch vielleicht angucken.«

Er schweigt wieder und diesmal habe ich keinen kniffligen Knoten, auf den ich mich konzentrieren kann, deshalb bleibt mir nichts anderes übrig und ich muss dem Schweigen zuhören. Schließlich sagt er: »Darf ich dir eine Frage stellen, Aloysius?«

Jedes Mal, wenn jemand das sagt, stellt derjenige einem die Frage sowieso. Aber Zach ist mein Freund, also sage ich: »Klar.«

»Warum kommst du mit dem Buch zu mir und nicht zu Chloe?«

Das ist eine gute Frage – sogar eine ausgezeichnete und mir gefällt, dass Zach sie gestellt hat.

»Weil du dann einen tollen Grund hast, wieder mit ihr zum Bowling zu gehen. Du brauchst uns dieses Mal auch nicht mitzunehmen, wenn du nicht magst. Theo ist sowieso bloß im Weg. Meistens ist er ein guter Bruder und man hat ihn gern um sich, aber nicht, wenn man allein sein will.« Ich verstumme und mustere ihn, so wie er mich mustert. »Und du willst doch mit Chloe allein sein?«

Zuerst bekomme ich Angst, dass er böse ist, aber dann schüttelt er den Kopf. »Nein und nochmals nein.«

»Was meinst du damit?«

»Ich werde mich nicht über dich aufregen, weil du ausgesprochen hast, was wir alle denken. Das habt ihr auch gemeinsam, du und Chloe. Ihr kommt sofort zum Kern der Sache. Als jemand, der viel Zeit damit verbringt, der unnötigen Hektik der Welt aus dem Weg zu gehen, weiß ich diese Eigenschaft mehr als zu schätzen.«

Ich weiß, dass er die Wahrheit sagt, deshalb lege ich das Knotengewirr weg und hole das Buch aus meinem Rucksack. Ich habe ein bisschen darin gelesen, als ich damit heimgekommen bin, aber die Geschichte ist nichts für mich. Alle reden in furchtbar langen Sätzen und es dauert ewig, bis was dabei rauskommt.

Als ich Zach das Buch gebe, atmet er tief und lange aus. Er

fährt über den Einband, beinahe als ob er Gummy Bear streicheln würde.

»Es ist wirklich wahr«, sagt er, aber so leise, dass ich nicht weiß, ob ich es hören soll oder nicht. »Alles, was Jasper erzählt hat, stimmt also.«

Ich nehme mir wieder meine verhedderten Knoten vor und tue so, als kriege ich nicht mit, dass er das Buch aufschlägt und sein Blick über die Seiten wandert. Obwohl mir das Buch nicht gefällt, habe ich das erste Kapitel geschafft, daher weiß ich, was er sieht, wenn er zum ersten Abschnitt mit der Handschrift kommt.

Mein Gefühl sagt mir: seine Zurückhaltung entspringt einer Abneigung gegen Gefühlsäußerungen und Freundlichkeitsbekundungen. Er wird gleicherweise im Verborgenen lieben und hassen und wird es als eine Art von Unverschämtheit erachten, wiedergeliebt oder -gehasst zu werden.

In der hübschen Handschrift steht da:

Wenn Du sonst keine Seite dieses Buchs liest, bitte lies dies hier. Ich weiß, Du glaubst, Du bist mein Heathcliff und dass außer irgendwann einem dunklen und düsteren Grab nichts auf Dich wartet, aber das stimmt nicht. Bitte lass Dich wieder von jemandem lieben. Bitte verliebe Dich wieder. Das schönste Geschenk, das Du mir machen kannst, ist das Versprechen, dass Dein Leben so erfüllt und reich sein wird, wie Du es verdienst.

Ich weiß nicht viel über die Bücher oder die Anmerkungen darin oder was passiert ist, was Jasper zu so einem traurigen alten Mann gemacht hat, aber ich weiß, dass diese Nachricht für ihn ist. Und dass der Wunsch der Dame nicht in Erfüllung gegangen ist.

Früher habe ich Angst vor Jasper gehabt und vor dem, was er macht, wenn ich aus Versehen Gummy Bears Frisbees über seinen Zaun werfe, aber er hat mir den Schrank gezeigt, wo er sie alle aufbewahrt, deshalb habe ich jetzt keine Angst mehr. Er hat sich entschuldigt und gesagt, ich kann so viele zurückhaben, wie ich will, aber wahrscheinlich lasse ich sie dort. Ich glaube, es gefällt ihm, wenn er viele bunte Plastikstapel im Haus hat.

Es ist ein bisschen so, als ob man dieses alte Exemplar von *Sturmhöhe* behält, es aber nie liest. Ihm gefällt der Gedanke, dass die Dinge ganz nah sind, die das Leben schöner machen, und dass er nur ein paar Schritte vom Glück entfernt ist. Ihm gefällt auch, dass er es nie erreicht. Das ist okay, das verstehe ich. Ich verstehe viel mehr, als die Leute denken.

Denn was passiert, wenn man sein Ziel erreicht, und man ist immer noch nicht glücklich? Was passiert, wenn man versucht, es besser zu machen, aber egal, wie sehr man sich anstrengt, man wird nie so sein, wie einen die Lehrerinnen und Chefs und die Leute im Lebensmittelladen haben wollen?

»Er hat dieses Buch hier nicht gelesen, oder?«, will Zach wissen. Seine Stimme klingt irgendwie schwer. »Er hat nicht das erfüllte und reiche Leben gehabt, das sie ihm ermöglichen wollte.«

Ich stimme ihm zu. Dann finde ich noch einen kniffligen

Knoten und stürze mich darauf. Schließlich sage ich das, warum ich eigentlich in die Berge raufgekommen bin und bei dem mir Zach hoffentlich helfen kann. »Aber wenn wir uns doll anstrengen, können wir ihm vielleicht immer noch dazu verhelfen.«

26

1960

Letztlich brachte Catherine es nicht fertig.

Sie versuchte William McBride zu schenken, was von ihrem Herzen noch übrig war, sie bemühte sich wirklich sehr. Sie nahm den Ring an, den er ihr überreichte, einen engen Goldring, den sie am kleinen Finger tragen musste, weil offenbar ihr gesamter Körper anschwoll. Gemeinsam mit ihrer Mutter plante sie eine diskrete Hochzeit; beide durchforsteten Zeitschriften nach der Silhouette, die einen schnell wachsenden Kugelbauch am besten kaschierte.

Außerdem lernte sie ihren Verlobten auf die bewährte Weise aller überbehüteten Mädchen besser kennen: Höflich plaudernd saß sie mit ihm im Wohnzimmer ihrer Eltern. Stets hatten sie in gegenüberstehenden Ohrensesseln Platz genommen, während sich ihre Eltern in der Küche aufhielten. Catherine und William konnten nicht sehen, wie sie Kakao zubereiteten und eifrig mit den Löffeln in den Tassen herumrührten, aber hören konnten sie die beiden bestens.

Hätten ihre Eltern ein viktorianisches Tête-à-tête besessen, eines dieser Sofas, deren zwei Sitzflächen entgegengesetzt angebracht und durch eine Armlehne in der Mitte voneinander getrennt sind und so rundum für den nötigen Anstand gesorgt ist, wären sie und William vermutlich darin angebunden worden.

Wenn man darüber nachdachte, war das Ganze urkomisch. Was konnte nach Meinung ihrer Eltern passieren, ließe man das verlobte Paar allein? Dass Catherine noch schwangerer würde?

»Dein Vater hat für mich einen tollen Posten in Moriarty gefunden«, sagte William, eine Tasse in der Hand. Auf seiner Unterlippe hing ein Klecks, ein dicker Tropfen zuckersüßer Trinkschokolade, der aussah wie ein Leberfleck und ihm langsam übers Kinn rann. Catherine wollte nicht hinsehen, konnte aber nicht anders. Spürte er das denn nicht? War er denn ganz gefühllos?

Er grinste und der Tropfen setzte seinen Weg nach unten fort. »Der Ort ist nicht besonders mondän und deine Mutter befürchtet, dass die Hitze in New Mexico für dich unerträglich wird, wenn deine Zeit kommt, aber wir könnten ganz neu anfangen, nur wir beide. Oder vielmehr wir drei.«

Er klang, als wäre er aufrichtig glücklich über die ganze Situation – eine Zwangsehe, an deren Grund für den Zwang er nicht beteiligt gewesen war, und die Aussicht ein Kind aufzuziehen, das nicht seines war.

»Moriarty«, wiederholte sie und brachte sogar ein Lächeln zustande. »*Die Spinne im Mittelpunkt des Netzes.*«

Mit einem solchen Namen konnte die Stadt nicht allzu übel sein. Als Catherine nachgeschlagen hatte, stellte sie fest, dass Moriarty mit siebenhundert Einwohnern zugebenermaßen erschütternd klein war und das Abmalen der pittoresken umliegenden Wüstenlandschaft wahrscheinlich die einzige Unterhaltung der Bewohner darstellte, aber sie würde ohnehin beschäftigt sein.

Damit, dieses Kind aufziehen. Dieses Kind zu lieben.

William McBride sah irritiert drein. »Spinne?«, fragte er. »Welche Spinne?«

»Die Sherlock-Holmes-Geschichten?«, soufflierte Catherine. »Moriarty? Professor der Mathematik? Napoleon des Verbrechens?«

»Ach so. Du redest von Büchern.«

Catherine versuchte, sich ihren plötzlichen Anflug von Depression nicht anmerken zu lassen. Es wäre ihr vielleicht sogar gelungen, wenn William nicht unvermittelt mit strahlendem Gesicht ein flaches, rechteckiges Geschenk herausgezogen und ihr überreicht hätte.

»Apropos, das habe ich für dich besorgt. Ich weiß doch, wie gern du liest.«

Ein Hauch von Hoffnung flackerte in ihr auf, als sie das Geschenkband abstreifte und das Papier zerriss, doch dieses Gefühl war äußerst kurzlebig. Sobald sie den blauen Schutzumschlag sah, wusste sie, dass sie verloren war.

»Das Buch für die amerikanische Hausfrau«, sagte sie tonlos.

Falls ihm ihr plötzlicher Stimmungsumschwung aufgefallen war, ließ er es sich nicht anmerken. Stattdessen rückte er mit seinem Sessel ein Stück vorwärts, dessen Beine über den sorgfältig gebohnerten Parkettboden ihrer Mutter schrammten. »Da ich auf diesem Stützpunkt einen höheren Offiziersrang haben werde, müssen wir oft Gäste bewirten. Bestimmt können die Frauen der anderen Offiziere mitanpacken, aber für den Anfang solltest du damit gut gerüstet sein.«

Sie ließ das Buch in den Schoß sinken und sein Gewicht

drückte ihr viel mehr auf die Stimmung als das Baby, das tief in ihrem Bauch gelegentlich bereits ein leichtes Lebensflattern von sich gab.

»Bis alles geregelt ist, müssen wir fürs Erste vorübergehend auf dem Stützpunkt wohnen, aber man kann sich nie früh genug vorbereiten.« Er ließ seine vielen Zähne blitzen. »Da ist ein ganzes Kapitel drin, wie man Flecken aus der Wäsche bekommt. Es gibt sogar eine Tabelle, in der die verschiedenen Fleckentferner alphabetisch aufgelistet sind. All das in einem kleinen Buch, ist das denn zu fassen?«

An diesem Punkt zog sie den Schlussstrich. Sie hätte gern gesagt, sie sei freundlich und würdevoll vorgegangen, habe William McBride mit dem ihm gebührenden Respekt sitzen lassen, aber das wäre gelogen. Sie stand so schnell auf, dass das Buch zu Boden plumpste und sich öffnete. Auf einer der beiden Seiten war ein Schema zu sehen, das verdächtig nach einer für ein Galadinner gedeckten Tafel aussah.

William sprang gleichfalls auf, wollte ihr zu Hilfe kommen, doch sie wehrte ihn mit erhobener Hand ab.

»Nein, nicht«, rief sie. »Ich kann das nicht tun. Wir können das nicht tun. Es tut mir leid.«

Ihre Eltern kamen hereingerannt, alarmiert durch das tränenreiche Weinen, das Catherine nicht mehr unterdrücken konnte. Man muss ihnen zugutehalten, dass sie ihr instinktiv zu Hilfe eilen wollten, aber wie angewurzelt stehen blieben, als sie sahen, wie sich ihre Tochter den Ring vom Finger zerrte.

»Catherine, bitte überstürze nichts«, flehte ihre Mutter.

»Catherine, du gehst in dein Zimmer und beruhigst dich sofort«, befahl ihr Vater.

»Ich verstehe gar nichts«, sagte William und ließ seinen Blick über die drei Mitglieder der Familie Martin schweifen. Der Schokoladetropfen am Kinn gab endlich der Schwerkraft nach und fiel auf die aufgefächerten Seiten des Buchs über Haushaltsführung. »Was passiert denn hier?«

Catherine spürte, dass ihre Eltern sich einmischen wollten, und kam ihnen zuvor, indem sie mit zitternder Hand den Ring hochhielt.

»Das hier passiert: Ich gebe dir deinen Ring zurück und entbinde dich von deinem Heiratsversprechen«, sagte sie. Auch ihre Stimme zitterte, aber es gab kein Zurück. Sie konnte weder William McBride heiraten und sich dem gleichen trostlosen Leben ausliefern, das ihre Mutter führte, noch konnte sie Jasper Holmes heiraten und ihn einem Leben voller Selbstvorwürfe und Reue ausliefern.

Denn so sähe das Leben mit ihr für Jasper aus. Dessen war sie sich so sicher wie der Tatsache, dass Catherines Tod in *In einem anderen Land* notwendig war, damit Hemingways blödes Buch überhaupt einen Wert hatte. Sie hasste den Ausgang dieser Geschichte, hasste sie mit einer Leidenschaft, die sie normalerweise kleinkarierten Männern vorbehielt, die in noch kleinkarierteren Welten lebten. Wenn die Catherine in dem Buch überlebt hätte – und ihr Kind mit ihr –, was wäre dann die Moral? Dass das Leben einfach, leicht und lebenswert sein konnte? Dass die Lebensgeschichte eines Mannes nicht damit enden musste, dass er alles um eines ungewollten Kindes wegen aufgab?

Catherine hatte genug Bücher gelesen, um zu wissen, dass es eigentlich kein »Und sie lebten glücklich und zufrieden bis an ihre Lebensende« gab. Nicht für jemanden wie sie und ganz gewiss nicht für jemanden wie Jasper.

»Es tut mir leid, William«, sagte sie und meinte es ernst. »Ich wollte, ich könnte die Ehefrau sein, die du verdienst, aber das kann ich nicht. Egal, wie sehr ich mich anstrenge oder mich verstelle.«

»Catherine Winifred Martin!«, setzte ihr Vater an, doch Catherine schüttelte nur den Kopf und drückte William den Ring fest in die Hand.

»Du bist ein guter Mensch«, sagte sie, während sie seine Finger um den Ring schloss. »Und du wirst zweifellos der Tochter eines anderen Offiziers ein wunderbarer Ehemann sein. Aber ich möchte momentan niemanden heiraten. Möglicherweise nie.«

»Daran hättest du denken sollen, bevor du dich in Schwierigkeiten mit –«, setzte ihr Vater wieder an, aber diesmal ging ihre Mutter dazwischen.

»Vielleicht ist es am besten, wenn du Lieutenant McBride zur Tür bringst, Schatz«, schlug sie ihrem Mann vor. Sie tat das auf ihre trügerisch liebreizende Art, die Catherine früher auf die Palme gebracht hatte, jetzt aber traurig machte. Ihre Mutter hatte der Welt sehr viel mehr zu bieten als ein blitzblank geputztes Haus und einen perfekten Schmorbraten. In einem anderen Leben hätte sie selbst eine militärische Einrichtung leiten können. »Alle Einzelheiten klären wir später.«

Das hörte sich vage bedrohlich an, aber in dem Augenblick, in dem Catherine den Gesichtsausdruck ihrer Mutter sah, wusste sie, dass das Schlimmste abgewendet war. Ihre Mutter mochte wütend sein und hätte sie am liebsten für den Rest ihres Lebens in ein Kloster verbannt, aber sie würde ihre Tochter niemals vor den Altar und in die Arme eines ungeliebten Mannes zwingen.

»Bitte lasst uns darüber reden«, sagte William. Seine Bitte war mehr an ihren Vater als an Catherine gerichtet, was sie wurmte, doch seine zweite Bitte war noch mehr daneben. »Mrs. Martin, Sie dürfen das nicht zulassen. Die Leute reden ohnehin schon. Sie wissen, was die sagen werden, wenn die Verlobung platzt.«

»*Ich* lasse gar nichts zu«, erwiderte ihre Mutter, die immer noch elegant auf dem schmalen Grat der nachgiebigen Bescheidenheit balancierte. »Und wenn Sie glauben, dass so etwas Banales wie Kleinstadtklatsch meine Tochter im Zaum halten kann, dann haben Sie keine Ahnung, was für ein Mensch sie ist. Oder wozu sie fähig ist.«

Ihr Vater, der die Niederlage voraussah, schob William rasch aus dem Wohnzimmer. »Kommen Sie schon, Lieutenant McBride.«

»Aber meine Zukunft, Sir. Die Versetzung ...«

Als sie aus ihrem Blickfeld verschwunden waren, meinte Catherine die beruhigende Stimme ihres Vaters William versprechen zu hören, falls er Interesse habe, stehe ihm die Position in Moriarty weiterhin offen.

Auch wenn sie wusste, dass ihr Vater den jungen Offizier mit der Versetzung nach New Mexico bestach, damit er schwieg und sich mit der Entlobung abfand, freute sie sich ehrlich für ihn. Wenn er erst einmal dort war, würde er wahrscheinlich in tiefe Bewunderung für die Tochter eines anderen hochrangigen Militärs verfallen – diesmal eine, die den Wert seines allzu strahlenden Lächelns und seiner noch strahlenderen Karriereaussichten zu schätzen wusste. Wer weiß, womöglich würde er sie schließlich sogar lieben.

Bei diesem Gedanken überkam Catherine Erleichterung. Sie ließ sich in ihren Ohrensessel sinken, ignorierte das heruntergefallene Buch über Haushaltsführung und legte die Hände auf die sanfte Wölbung ihres Bauches. Da es keine Anzeichen gab, dass ihr Vater ins Haus zurückkam, hätte sie sich noch mehr entspannt, wenn nicht die Stimme ihrer Mutter sie davon abgehalten hätte.

»Bitte sag mir, dass du nicht deinen Waldhüter heiraten wirst«, sagte sie.

»Mom, bei dir hört sich das an, als wäre er der Jäger aus Rotkäppchen. Er ist Holzfäller. Wie viele Männer hier.«

»Ich weiß. Das macht mir ja Angst.« Schwungvoll hob ihre Mutter das Buch auf und verstaute es außerhalb Catherines Blickfeld. »Das ist ein hartes Leben, Schätzchen, selbst für jene, die hineingeboren werden. Hast du nicht gesehen, wie sie vorzeitig altern?«

Catherine nickte. Sie hatte es sehr wohl gesehen. War sie nicht diejenige gewesen, die sich bei Jasper um zehn Jahre verschätzt hatte? Nichts an diesem starken, abweisenden Mann hatte sie ahnen lassen, dass in ihm ein neunzehnjähriger Träumer steckte. Zumindest nicht, bevor sie in seiner Umarmung lag, beschützt und gehalten auf eine Art, die sie bisher nicht für möglich gehalten hatte. Erst als er von den Büchern sprach, die er gelesen hatte, und den Dingen, nach denen er sich sehnte, vom Leben, das seit dem Tag seiner Geburt grausam zu ihm gewesen war, hatte sie die Wahrheit erkannt.

Er war ein Romantiker. Wahrscheinlich der romantischste

Mensch, den sie je kennengelernt hatte. Seine Füße standen fest auf dem Boden der Tatsachen, sein Herz aber war frei und ungebunden.

Und wenn sie ein Wörtchen mitzureden hatte, würde es das auch bleiben.

»Ich werde Jasper nicht heiraten«, sagte Catherine, die Hände immer noch auf dem Bauch. »Das kann ich nicht. Es würde ihn zerstören.«

»Gott sei Dank«, sagte ihre Mutter, aber ihr Seitenblick verriet, dass sie nicht ganz überzeugt war. »Innerhalb von zwei Jahren wärst du genauso abgeschafft wie er.«

Catherine verschwieg, dass sie diese Entscheidung nicht für sich, sondern allein für Jasper gefällt hatte, dessen Leben nicht seines war. Es war wenig damenhaft gewesen, doch sie war ins Rathaus gegangen und hatte aus Samantha, der gesprächigen Blondine hinter dem Schalter, Informationen herausgequetscht. Die junge Frau hatte viel zum Thema Jasper Holmes zu sagen, den sie verzückt als Helden pries, der jede Woche die Hälfte seines Gehaltsschecks ohne Murren nach Hause schickte.

»Wissen Sie, ich möchte den Armen einfach nur nach Hause mitnehmen und ihm eine gutes Essen hinstellen«, Samantha hatte ihre hübschen Locken geschüttelt. »Solche wie ihn gibt's ja kaum mehr.«

Catherine hatte die Entgegnung auf der Zunge gelegen, dass es überhaupt keinen gab, der war wie er, schluckte sie jedoch hinunter. Auch aus Selbstschutz, sonst wäre sie womöglich in Tränen ausgebrochen. Denn traurigerweise gab es keine Zukunft, in der alle Teile des Puzzles zusammenpassten: Jasper, seine Mutter, seine Geschwister, Catherine, das Baby ... und alle weiteren Babys, die bestimmt folgen würden. Schließlich wäre er gezwungen, sich zwischen ihnen zu entscheiden, und sie hatte keinen Zweifel, dass seine Wahl auf sie fallen würde.

Und das würde ihn umbringen. Nicht gleich und ohne sichtbare Einwirkung von außen, aber durch tausend der sprichwörtlichen Stiche. Diese Art Spektakel hätte Catherine womöglich in einem Horrorroman goutiert, aber im wahren Leben würde sie auf keinen Fall einem Mann wie Jasper beim Leiden zusehen.

»Ich werde Jasper nicht heiraten«, wiederholte Catherine daher und ein Schluchzen saß ihr tief in der Kehle. Sie hoffte, je öfter sie diese Worte sagte, desto eher würde sie sich daran gewöhnen. »Nur keine Sorge.«

»Warum spüre ich, dass gleich ein Aber kommt?«

Catherine brachte ein schwaches Lächeln zustande. »Weil er mich nicht einfach gehen lassen wird. Nicht, wenn er erfährt, dass ich William den Laufpass gegeben habe. Er wird Himmel und Hölle in Bewegung setzen, um einen Weg zu finden, dass ich bei ihm bleibe.«

Ihre Mutter straffte sich auf eine Weise, die Catherine kannte, fürchtete und vor allem bewunderte.

»Ich würde zu gern erleben, wie er versucht, dich zu etwas zu zwingen«, sagte ihre Mutter schneidend. »Mir ist egal, ob er diesen Scheck weggeworfen hat oder ihn einlöst. Momentan mögen wir in die Enge getrieben worden sein, aber in uns steckt weiterhin großer Kampfgeist.«

Catherine streckte den Arm aus und ergriff die Hand ihrer Mutter. Diese war über die plötzliche demonstrative Zuneigung überrascht, machte sich aber nicht los.

»Danke, Mom, aber das wird nicht nötig sein. Ich habe bereits eine Idee. Mir ist ein Weg eingefallen, wie das Baby und ich einigermaßen glücklich sein können, aber er wird dir nicht gefallen.«

»Mir gefällt das alles nicht, Liebling. Doch darum geht es nicht.«

Dessen war sich Catherine bewusst. Wenn ihre Mutter allerdings auch nur geahnt hätte, welchen Vorschlag sie ihr unterbreiten wollte, wäre sie weniger nonchalant gewesen.

»Also dann.« Catherine holte tief Luft, wie um sich für das Kommende zu wappnen. »Wir müssen Jasper weismachen, dass ich bei der Geburt gestorben bin.«

Beinahe hätte Mrs. Martin ihre Hand losgerissen. »Catherine, das meinst du nicht ernst?«

Doch genau das tat sie, aus tiefstem Herzen. Der Plan war grausam, verheerend und endgültig. Zugleich aber auch die einzige Möglichkeit, die ihr einfiel, um ihn zu retten.

»Ich kenne ihn und ich weiß, welche Art Bücher er liest, deshalb musst du mir glauben: Wenn ich William McBride nicht heirate, ist mein Tod das einzige Ende, das Jasper akzeptieren wird.«

Entschlossen holte sie erneut Luft und machte sich bereit, ihren Plan zu erläutern.

Die schönste Formulierung stammte von Hemingway, doch er war nicht der Erste, der diesen Gedanken gehabt hatte, und würde mit Sicherheit nicht der Letzte sein.

»Aber das Leben ist ziemlich einfach, wenn man nichts zu verlieren hat.«

27

Noodle

»Ich fasse es nicht, dass das wirklich wahr ist.«

Chloe sitzt auf der Treppe vor der Bibliothek, hat sich den Rock um die Beine gewickelt und blättert in *Sturmhöhe*. Obwohl sich ihre Stimme so ruhig anhört wie immer, ihre Augen sind weit aufgerissen und wenn sie die Seiten umschlägt, zittern ihre Hände.

Sie sieht zu mir hoch – na ja, wohl eher zu Zach, aber weil wir nebeneinanderstehen, kommt es fast aufs Gleiche raus.

»Fast jede Seite ist beschrieben«, sagt sie. Sie tippt mit dem Finger auf eine Zeile in der zweiten Buchhälfte. »Hier. Das ist die Stelle, an der Heathcliff und Catherine gemeinsam auf einem Baum sitzen.« »*Er wollte, dass alles im tiefsten Frieden daliegen sollte, ich wünschte, dass alles funkelte und tanzte in jubelnder Pracht. Ich sagte, sein Himmel lebe nur zur Hälfte, und er sagte, mein Himmel wäre berauscht. Ich sagte, ich schliefe in seinem ein, und er sagte, er könne in meinem nicht atmen.*«

Zach neben mir rührt sich nicht. Seit ich ihm das Buch gezeigt habe, benimmt er sich komisch, aber ich kann es nicht einordnen. Er ist nicht wütend – das weiß ich bestimmt –, aber er ist auch nicht glücklich, glaube ich. Je mehr ich darüber nachdenke, desto mehr kommt er mir vor wie Chloe in der Weihnachtszeit. Sie ist echt super, wenn es darum geht, uns beim Basteln von Christbaumanhängern zu helfen oder Plätzchen zu backen, aber ich weiß, dass sie sich wegen der Geschenke Sorgen macht, wie viele es geben wird, wenn überhaupt.

»Was hat sie dazu zu sagen?«, fragt er. »Unsere Catherine?«

Ich glaube, Chloe ist noch nicht aufgefallen, wie seltsam Zach ist. Wir haben sie aus ihrer Mittagspause herausgeholt, deshalb denkt sie wahrscheinlich immer noch an Buchkataloge und Vorlesestunden.

Sie schreibt:

Ist es nicht amüsant, wie unoriginell der Mensch ist? Einhundertfünfundsiebzig Jahre später stehen wir hier und leben das gleiche Leben und machen die gleichen Fehler. Du sitzt oben im Baum, beobachtest die Wolken und atmest die Luft ein und ich will bloß weglaufen, hinüber zum nächsten Feld. Ich hätte der Heathcliff in unserer Beziehung sein können. Das wäre eine amüsante Abwechslung gewesen.

Chloe hebt das Buch hoch, damit wir die Anmerkung sehen können.

»Ich verstehe kein Wort«, sagt sie, ehe wir die Stelle selber noch einmal lesen können. »Offenbar hat Catherine die Anmerkungen in diesem Buch als eine Art Abschiedsgeschenk für Jasper gedacht. Er sollte es lesen, nachdem sie weg war. Aber warum ist sie gegangen? Und warum glaubt Jasper, dass sie gestorben ist?«

Ich bin froh, dass ich wenigstens eine Antwort habe. Es kommt nicht oft vor, dass ich was weiß, was Chloe nicht weiß.

»Jasper hat gesagt, dass sie ein Baby kriegen würden. Er war so wütend, weil sie ihn nicht heiraten wollte, dass er einen Mann geschlagen hat.« Ich überlege kurz, was er noch gesagt hat, und füge hinzu: »Er hat auch so was gesagt wie, dass Gewalt keine Lösung ist und dass es nicht in Ordnung ist, jemandem wehzutun, bloß weil einem selbst wehgetan wurde.«

Chloe sieht Zach an. Ich habe das Gefühl, sie hat beim letzten Teil gar nicht richtig zugehört.

»Stimmt das?«, fragt sie. »Er hat ihr einen Antrag gemacht und Catherine sagte nein. Sie war schwanger? Und du hast mir das nicht erzählt?«

Zach schaut so unbehaglich drein, wie ich mich immer fühle, wenn ich zu Erwachsenen, die ich nicht mag, höflich sein muss.

»Zu meiner Verteidigung kann ich anführen, dass ich vorhatte, es dir zu sagen«, erklärte er. »Ich wollte es dir erzählen, als wir uns das letzte Mal trafen, aber du warst so mit deiner Mutter beschäftigt, dass ich keine Chance hatte.«

Statt wie sonst was Beschwichtigendes zu sagen, kneift Chloe die Augen zu Schlitzen zusammen. »Und du hättest mir keine Nachricht aufs Handy schicken können?«

»Und was schreiben? Dass mir Jasper sein innigstes, dunkelstes Geheimnis zu Füßen gelegt hat?«

»Eigentlich schon, ja. Du weißt doch, wie sehr mir ihre Geschichte am Herzen liegt.«

Zachs Stimme wird ganz leise. »Du hast momentan viel um die Ohren. Ich wollte dir nicht noch mehr aufhalsen.«

Da tut Chloe was, was ich noch nie bei ihr erlebt habe. Sie wird wütend. Superwütend – mit rot Anlaufen und hässlich verzerrtem Gesicht, aber Chloe sieht trotzdem nicht hässlich aus, das geht gar nicht. Außerdem springt sie so schnell hoch, dass der Inhalt ihrer Tasche über die Treppe kullert.

»Du meinst also, Jaspers uneheliches Kind ist der Tropfen, der mein Fass zum Überlaufen bringt?«, sagt sie und ihre Stimme ist so laut, dass man sagen kann, Chloe brüllt. »Wenn man mein Leben zusammenfasst – die Jobs, durch die ich mich gequält habe, meine Pläne, die ich aufgeben musste, die Mutter, die derzeit in meinem Wohnzimmer hockt und so tut, als hätte sie daran keine Schuld –, meinst du tatsächlich, dass es die Lösung dieses Bücherrätsels ist, die mir final das Genick bricht?«

Zach zuckt nicht mal zusammen. Er sammelt stattdessen Chloes herausgefallene Notizbücher und den Lippenpflegestift ein. »Ich habe mich ja entschuldigt.«

»Hör auf damit!« Chloe entreißt ihm ihre Handtasche und schaufelt den Rest ihrer Sachen rein. »Ich räume dieses Chaos selbst auf. Das ist die einzige Sache, in der ich halbwegs gut bin.«

Zach weicht zurück und sieht so aus, als will er ganz dringend, dass sich die Erde auftut und ihn komplett verschlingt – oder als ob er gleich die Treppe der Bibliothek runterläuft und nie wieder zurückkommt. Vor dem zweiten habe ich dermaßen Angst, dass ich was sage, bevor Chloe wieder mit Brüllen anfängt.

»Zeigst du Jasper das Buch?«, frage ich. »Oder soll ich es heimlich ins Regal zurückstellen? Wenn du willst, kann ich das machen. Sobald es meinem Bein besser geht, hat er gesagt, kann ich, wann immer ich will, in die Blockhütte. Er wird nie erfahren, dass ich es stibitzt habe.«

Chloe zögert und als sie Zach anschaut, sehe ich, dass sie nicht mehr ganz so wütend ist. »Das ist nicht die allerschlechteste Idee. Wenn er tatsächlich glaubt, Catherine ist tot und –«

»Genau das glaubt er«, sagt Zach grimmig.

Chloe redet weiter, als ob er nichts gesagt hat. »Und wenn er um das Buch absichtlich einen Bogen gemacht hat, weil die Erinnerung zu schmerzhaft war …«

Sie wartet darauf, dass Zach sie wieder unterbricht, aber er bleibt stumm. Sie revanchiert sich mit einem Schulterzucken.

»Dann lassen wir am besten die Scherben liegen. Das sage ich als jemand, der in so was Erfahrung hat. Manchmal ist es besser, die Vergangenheit bleibt, wo sie hingehört. Denn wenn man sie erst einmal wieder ins Haus gelassen hat …«

Sie wird still und ich weiß, dass sie Mom meint.

Ich lasse den Kopf hängen. »Ich hätte sie nie anrufen sollen, oder?«, frage ich schuldbewusst. »Es tut mir leid. Ich hab gedacht, sie kann helfen, aber sie macht für dich alles nur noch schwerer. Theo und Trixie sind weg. Du und Zach streitet euch. Ich hab alles kaputt gemacht. Ich mach immer alles kaputt.«

»Nein. Nein!« Plötzlich hockt Chloe vor mir. Ich weiß, dass sie mich umarmen will, aber stattdessen faltet sie die Hände. »Noodle, es ist nicht deine Schuld, okay? Nichts davon ist deine Schuld. Du bist einfach bloß in ein großes Erwachsenenschlamassel reingeraten, über das du dir nie auch nur einen Gedanken hättest machen sollen.«

Ich schaue zu Zach rüber und ich bin froh, dass er nickt und wieder lächelt. »Deine Schwester hat recht, Aloysius. Ich hätte verhindern müssen, dass du da mitreingezogen wirst. Als ich hierherkam, hätte ich nie gedacht ... Das heißt, ich hatte nicht vor ...«

Zum ersten Mal, seit Zach mich auf dem Berg gerettet hat, sieht es so aus, als ob er nicht weiß, was er tun soll. Das gefällt mir nicht.

Und ich glaube, Chloe auch nicht. Sie berührt seinen Arm.

»Hey«, sagt sie. »Das gilt auch für dich. Du trägst an diesem ganzen Chaos keinerlei Schuld und ich könnte es dir nicht verdenken, wenn du auf Nimmerwiedersehen in den Wald verschwindest, so weit weg von meiner Familie wie möglich. Ja, ich hatte dich gewarnt, dass es uns nur im Kombipack gibt, aber ich habe vergessen zu erwähnen, dass dieser Kombipack völlig kaputt ist. Die meisten würden einen Blick auf uns werfen und den Kombipack zum Fenster rausschmeißen.«

Er berührt ihre Hand winzigkurz, hüpft ein paar Stufen nach unten und bringt ordentlich Abstand zwischen sie beide. Das ist für mich der erste Hinweis, dass gleich was Schlimmes passiert. Dass er tief einatmet, ist der zweite. Ich weiß, was dieses tiefe Einatmen bedeutet. Das habe ich so oft in meinem Leben gehört, dass ich manchmal glaube, alle um mich rum haben Lungen groß wie der Himmel.

»Ich hätte diese Unterhaltung lieber an einem anderen Ort und zu einer anderen Zeit geführt, aber jetzt komme ich nicht drum herum«, sagt er so ernst, dass es mich überall kribbelt. »Wir werden dieses Buch leider nicht in Jaspers Blockhütte zurückschmuggeln können.«

Meine Schwester blinzelt. »Warum nicht? Hast du es ihm bereits gezeigt? Weil –«

Zach bringt sie mit einer Handbewegung zum Schweigen.

»Nein, ich habe es ihm nicht gezeigt. Das hätte ich besser tun sollen, aber ich wollte zuerst die Version meiner Großmutter hören. Das war ein … Fehler.«

Chloes Augenbrauen schnellen zusammen. »Wovon redest du? Was hat deine Großmutter mit alldem zu tun?«

Mein Herz hämmert, als Zach die Stirn runzelt.

»Ich hatte gehofft, das wäre alles nur ein Missverständnis, aber leider nein«, sagt er.

Ich weiß nicht, was er damit sagen will, Chloe schon. Ihr Gesicht wird bleich und sie lässt ihre Tasche noch mal fallen.

»Bitte versteh doch«, fügt er mit komischer Stimme hinzu. Ich will gern fragen, was los ist, aber ich glaube, keiner der beiden bekommt mehr mit, dass ich hier bin. »Eigentlich hat sie nie über ihn gesprochen. Eigentlich hat sie über die ganze Sache nie gesprochen. Das war der Hauptgrund, weshalb ich hierhergezogen bin. Leider hat sie, sobald ich ihr von dir und deiner literarischen Schnitzeljagd erzählt habe, einen Flug nach Spokane gebucht. Ich soll sie morgen vom Flughafen abholen.«

»Das kann nicht sein«, sagt Chloe und ihre Worte sind so leise, dass die Luft sie davonträgt. »Du bist nicht sein –«

»Das kann sehr wohl sein«, sagt Zach und verzieht das Gesicht. »Und ich bin es definitiv.«

Vierter Teil

28

Zach

Ich wollte nie jemanden verletzen.

Das war die einzige Regel, an die ich mich immer gehalten habe, aber Regeln bringen's nicht immer. Das ist so etwas wie unser Familienfluch: Wir wollen die Menschen nicht verletzen und tun es trotzdem. Vermutlich ist das mit der Grund, weshalb wir so viel Zeit in der freien Natur verbringen. Wenn dein Bett einzig aus einem Stück Segeltuch auf dem Waldboden besteht und das eigene erbärmliche Ich die einzige Gesellschaft darstellt, kann man nicht viel Schaden anrichten. Jedenfalls reden wir uns das ein.

»Moment«, sagte Chloe, die auf der Treppe der Bibliothek stand, ihr Gesichtsausdruck schwankte zwischen Verwirrung und Schmerz. Beides wichtige Beobachtungen. Ersteres, weil die Entdeckung, dass Jasper mein leiblicher Großvater war, ein harter Brocken war, der erst einmal verdaut werden musste, und zweitens, weil nur eine Frau, der diese Geschichte am Herzen lag, Schmerz empfinden konnte. Ob ich oder Jasper ihr am Herzen lag, musste sich allerdings noch herausstellen.

»Du wusstest die ganze Zeit von ihr? Von ihnen?«, fragte sie. Die Verletzung drohte die Oberhand über die Verwirrung zu bekommen, doch ich hatte nichts anderes erwartet. Auch wenn sie behauptete, sie sei eine Frau, die von einer Sackgasse zur nächsten taumele, Chloe Sampson war verflucht gescheit. Sie hatte die Puzzleteile schneller zusammengefügt als der Rest von uns sich die Schnürsenkel binden konnte.

»Von ihr wusste ich, ja«, gab ich zu. »Aber Jasper war bloß eine Gute-Nacht-Geschichte, die Oma erzählte. Manchmal war er der große, mutige Mann aus den Bergen, der jeden Tag seines Lebens hart schuftete und entschlossen war, das Richtige für die Menschen zu tun, die er liebte. Ein anderes Mal war er ein sanftmütiger Romantiker, der Omas Herz durch Bücher eroberte. Stell dir meine Überraschung vor, als ich hierhergezogen war und ihn das erste Mal sah. Ich lief ihm im Lebensmittelladen über den Weg, wo er das verwelkte Gemüse anfunkelte, weil er sich dadurch persönlich beleidigt fühlte.«

Mein Kommentar entlockte Chloe kein Lachen, sondern sie runzelte noch heftiger die Stirn.

»Du wusstest, dass sie ein Baby hatte«, sagte sie immer noch in diesem anklagenden, abwesenden Tonfall. »Du wusstest, dass sie ihm absichtlich das Herz gebrochen und die Lüge all die Jahre aufrechterhalten hat.«

»Es ist nicht so übel, wie es sich anhört«, sagte ich, was vermutlich ziemlich lahm klang; eine nachgetragene Entschuldigung taugt ohnehin nichts. »Bis Jasper mir die ganze Geschichte erzählt hat, wusste ich nicht, dass sie es fertiggebracht hat, ihm weiszumachen, sie sei bei der Geburt gestorben. Catherine – meine Großmutter, meine ich –, hat immer den Eindruck vermittelt, sie und Jasper seien einfach auseinandergegangen, ihre Liebe sei nicht von Dauer gewesen. Als er das erste Mal erwähnte, sie sei gestorben, hielt ich das für so etwas wie eine Metapher seines emotionalen Verlusts.«

Chloe starrte mich an, dass einem das Blut in den Adern hätte gefrieren können. »Eine Metapher? Zach, er ist der unglücklichste Mensch, dem ich je begegnet bin. Er leidet seit sechzig Jahren an gebrochenem Herzen und du bringst die Frau hierher, die dafür verantwortlich ist? Jetzt?«

Ich zuckte zusammen. Im tiefsten Inneren wusste ich, dass Chloe recht hatte. Nachdem ich mittlerweile meinen Großvater getroffen und die Blockhütte gesehen hatte, die sich wie ein Schrein für die Erinnerung an meine Großmutter ausnahm, ließ sich da nichts mehr beschönigen.

»Sie wollte nie, dass ich Kontakt mit ihm aufnehme«, gab ich zu. »Und genau genommen erfuhr sie erst, dass ich nach Colville gezogen war, nachdem ich bereits die Stelle im Survival-Ausbildungszentrum angenommen hatte. Und glaub mir, als sie davon erfuhr, war sie alles andere als glücklich darüber. Erst jetzt begreife ich, warum.«

Ich sah zu Aloysius hinüber, ob er die Sache einigermaßen verkraftete, aber er beobachtete uns einfach nur mit diesem wissenden, großäugigen Blick. Dieses Kind sah mehr, als den meisten klar war, aber ob er begriff, was Chloe mir vorwarf?

Lügen. Die Wahrheit verschweigen. Einen gefälschten Bibliotheksstrichcode auf das alte, stark mitgenommene Exemplar von *In einem anderen Land* kleben, das meiner Großmutter gehörte, und es seiner Schwester als Köder hinwerfen. Letzteres war das Einzige, worauf ich nicht stolz war. Von Aloysius, der halb verrückt vor Schmerz im Wald lag, hatte ich erfahren, dass seine Schwester vor kurzem ein altes Buch mit handschriftlichen Anmerkungen gefunden hatte, das ihr der Nachbar abkaufen wollte. Auch hatte ich erfahren, wie man solche Dinge in einer Kleinstadt eben erfährt, dass die fröhliche, quirlige

Familie Sampson direkt neben meinem leiblichen Großvater wohnte.

Damals war mir die Sache mit dem Hemingway wie der nächste logische Schritt vorgekommen. Ich wollte meinen Großvater näher kennenlernen. Ich wollte Chloe näher kennenlernen. Mich mittels einer literarischen Geschichte in die reale Geschichte hineinzuschmuggeln, wirkte wie die Ideallösung.

Bis mir klar wurde, wie verkorkst die reale Geschichte war. Auch wenn meine Oma schon immer eine herausragende Persönlichkeit gewesen war, der Typ Frau, der einzig mit einem Lächeln einen ganzen Raum in den Bann zieht, wuchs mir die gesamte Situation allmählich über den Kopf.

Trotz meiner Statur.

»Oma wollte mich überreden, Colville zu verlassen, ehe ich mich verriet, doch ich hatte über diesen Ort so viele Geschichten gehört, dass ich bleiben wollte.« Ich holte tief Luft und sah mich um – die unnatürlich breiten Straßen dieser Stadt, die zerklüfteten Berge, die ringsum aufragen, so viele Bäume, dass man im Wald beinahe das Gefühl hatte, sich inmitten eines Ozeans zu befinden. »Und als ich mich dann eingelebt hatte, na ja …« Ich verstummte, in der vergeblichen Hoffnung, dass Chloe an meiner Stelle weitersprechen würde.

»Wahrscheinlich ähnle ich meinem Großvater mehr, als ich zugeben möchte«, schloss ich schließlich. »Nachdem ich den Fuß in diese Stadt gesetzt hatte, wusste ich, dass ich hierhergehöre. Dieser Ort spricht etwas in mir an.«

»In mir nicht«, sagte Chloe, die schließlich ihre Sprache wiedergefunden hatte. »Ich will seit dem Tag meiner Geburt von hier weg.« Ihre Bemerkung war verletzend, aber ich hatte es nicht anders verdient. Ich hätte von Anfang an ehrlich zu ihr sein sollen, aber was hätte ich sagen sollen?

Ach ja, dieser verbitterte alte Mann, von dem du so besessen bist: Wir sind miteinander verwandt, allerdings weiß er nichts von meiner Existenz. Von der Existenz meines Vaters weiß er offenbar auch nichts. Für ihn sind wir der Teil seiner weit zurückliegenden Vergangenheit, den er vor langer Zeit begraben hat. Möchtest du eigentlich eine Wandertour mit mir machen? Ich kenne da eine Stelle, wo wir uns gemeinsam verlaufen können.

Letztlich spielte das keine Rolle mehr, denn es war Aloysius, der sich ihre verletzende Bemerkung zu Herzen nahm.

»Du würdest gern wieder aufs College nach Spokane gehen, stimmt's, Chloe«, sagte er und es war eine Feststellung, keine Frage. »Und dich nur um dich kümmern.«

Chloe warf mir einen so hasserfüllten Blick zu, dass ich eine ganze Rede in ihren großen grünen Augen lesen konnte.

»Ich bin genau dort, wo ich sein möchte, Noodle«, sagte sie, griff nach ihrer Tasche und streckte ihrem Bruder die Hand entgegen. Die er natürlich nicht nehmen konnte, weil er sich auf Krücken die Treppe der Bibliothek hochquälen musste. Als sie mir den Rücken zuwandte, wusste ich, was sie sagen wollte. Sie gab mir die Schuld an dieser Misere. Daran, dass ich einen Zwölfjährigen in mein Familiendrama hineingezogen hatte, dass ich die Wahrheit ans Licht gezerrt hatte, die sie so sehr von den drei Menschlein verbergen wollte, die von ihr abhängig waren. Aber vor allem dafür, dass ich mich auf die Seite einer Frau gestellt hatte, die diese Stadt verlassen hatte, ohne auch nur einen Blick zurückzuwerfen – nicht auf die Lokalitäten, die sie hinter sich ließ, und schon gar nicht auf die Menschen.

Chloe wusste, was es hieß, der Mensch zu sein, der zurückblieb, der versuchte, alles zusammenzuhalten. Jasper ebenso.

Und so sehr ich es mir auch anders wünschte, ich war lediglich ein weiteres Problem für zwei intelligente, belesene Griesgrame, die im Leben zu kurz gekommen waren … und die nie ein Wort der Entschuldigung oder des Dankes von denen bekommen hatten, die es ihnen am meisten schuldeten.

29

Zach

So wenig mir die Vorstellung einer zweistündigen Fahrt behagte, um meine Großmutter vom Flughafen in Spokane abzuholen, die Alternative – ihr diese Bitte abzuschlagen –, war noch unerquicklicher. Ganz in Gedanken setzte ich mich hinter das Steuer meines Jeeps. Da ging die Beifahrertür auf und eine Frau schwang sich auf den Sitz neben mir.

»Ähm ... hallo«, sagte ich und meine Hand erstarrte auf dem Zündschlüssel.

»Hey, Zach«, sagte die Frau mit lachender Stimme. Ich kannte sie aus der Bibliothek – Pepper, Chloes beste Freundin. So wie sie mich ansah, war sie höchstwahrscheinlich auf dem neuesten Stand der Entwicklungen.

»Schön, dich endlich kennenzulernen – so ganz offiziell. Wie ich höre, fährst du zum Flughafen.«

Da sich der Beweis für diese Fahrt demnächst mitten unter uns in Colville befinden würde, nickte ich. Gleichzeitig war ich erleichtert. Kleinstadtklatsch macht zwar normalerweise rasch die Runde, aber das hier ließ sich eher auf eine persönliche Unterhaltung zurückführen. Wenn Pepper über meine Pläne Bescheid wusste, hatte sie das von Chloe erfahren.

Und wenn Chloe ihr davon erzählt hatte, bedeutete das, sie hatte mich nicht ganz abgeschrieben. Noch nicht.

»Meine Großmutter landet um zehn«, sagte ich mit Blick auf

die Autouhr. Mein Chef, ein pensionierter Air-Force-Pilot, der erschütternd tüchtig war und einzig auf sein Rufzeichen Bones reagierte, hatte mir den Tag nur ungern freigegeben, aber ich hatte ihm im Gegenzug das Geheimrezept meines Vaters für Grillen-und-Löwenzahnsuppe versprochen. »Wenn du also hier bist, um mich anzubrüllen, weil ich Chloe angelogen habe, mach's bitte kurz.«

Pepper ließ sich durch meine Worte keineswegs beirren, griff über ihre Schulter nach dem Sicherheitsgurt und schnallte sich an. »Wenn ich mitkomme, habe ich alle Zeit der Welt, dich anzubrüllen«, sagte sie für meinen Geschmack immer noch viel zu gutgelaunt. »Und wenn du Gas gibst, können wir auf dem Weg bei Starbucks halten. Ich hatte schon seit Ewigkeiten keine Pumpkin Spice Latte mehr.«

Ich warf ihr einen Blick aus dem Augenwinkel zu – sie hatte sich offenbar dauerhaft auf dem Beifahrersitz eingerichtet.

»Hat deine Mutter dir nicht beigebracht, wie gefährlich es ist, zu fremden Männern ins Auto zu steigen?«, wollte ich wissen.

Sie strahlte mich über die Mittelkonsole hinweg an und mir war klar, warum sie mit Chloe so gut befreundet war. Pepper gehörte zu jenem Typ Frau, der das Wort nein nicht ohne weiteres hinnimmt – und Chloe war der Typ Frau, der dieses Wort sehr häufig benutzte.

Pepper tätschelte ihre Handtasche, die sie zu ihren Füßen verstaut hatte. »Meine Mutter nicht, aber du kannst einen drauf lassen, dass mir meine Oma höchstpersönlich praktische Ratschläge gegeben hat. Komm mir komisch und du kriegst eine große Ladung Bärenspray ins Gesicht.«

Lachend ließ ich das Auto an. Zwar steckte ich in einem Schlamassel, das nur noch schlamasseliger werden würde, aber zumindest diese Fahrt könnte unterhaltsam werden.

»Bärenspray wirkt bei mir nicht«, sagte ich. »Bei jedem Wildnis-Trainingskurs besteht die erste Lektion darin, dass man einzustecken lernt, was man austeilt. Mittlerweile bin ich quasi immun gegen das Zeug.«

Wenn ich schon befürchtete hatte, dass eine zweistündige Fahrt mit Chloes bester Freundin eine einzige Qual aus üblen Verhörmethoden und peinlichen Fragen würde, war das nichts im Vergleich zu dem qualvollen Anblick, wie sich Pepper und meine Großmutter vor dem Flughafen in den Armen lagen.

»Mein Gott«, sagte meine Großmutter, als sie mit einem ganzen Rattenschwanz überformatigen Gepäcks durch die Schiebetür ins Freie trat. Offenbar wollte sie sich für den Rest ihres Lebens in Washington niederlassen. »Als ob man direkt durch die Pforten der Zeit blickt. Sag nichts – du musst eine Pakootas sein!«

»Ist das so offensichtlich?«, fragte Pepper lachend. Sie ging auf die Umarmung meiner Großmutter ein, als würde sie jeden Tag Wildfremde herzen. »Ich wäre jetzt ernstlich beleidigt, aber ich kenne Fotos von Oma, als sie jung war. Sie war der absolute Hingucker.«

»Und ob«, stimmte meine Großmutter zu. Dann wandte sie sich an mich, aber ich bekam keine Umarmung. Sie wirkte eher verärgert, als sie mich dastehen sah. »Hallo, Enkelsohn. Du hast ja Nerven, mich hierherzuzerren, obwohl ich mir geschworen habe, nie wieder einen Fuß in diesen Bundesstaat zu setzen.«

»Ich bin mir ziemlich sicher, dass ich dich nicht hierhergezerrt habe«, sagt ich mit ostentativem Blick auf ihr Gepäck. »Genaugenommen habe ich dich nicht mal eingeladen.«

»Wann hat mich das jemals abgehalten?«, konterte sie.

Dann bekam ich endlich meine Umarmung. Meine Großmutter ist um einiges kleiner als ich, aber sie hat eine Energie, die sie zehnmal größer wirken lässt. Sie roch wie immer nach warmer Vanille und dem Moschusparfüm, das sie stets trägt. Die Situation war surreal. Seit ich mich erinnern konnte, war Oma Cathy eine mondäne, kultivierte Gestalt. Stets nach der neuesten Mode gekleidet und mit eleganten Schals, die ständig um ihre Person herumflatterten, ein Cocktail in der einen und ihr Mobiltelefon in der anderen Hand, war sie das Aushängeschild einer Generation, die hartnäckig das Alter als Chance betrachtete, weiterhin das Leben zu feiern. Sie war zu einer Zeit eine unverheiratete, alleinerziehende Mutter gewesen, als dies noch einer gesellschaftlichen Ächtung gleichkam. Sie war Buchlektorin für ein Themengebiet gewesen, das zu dieser Zeit dermaßen männlich dominiert war, dass sie oftmals nicht nur die einzige Frau im Raum, sondern im ganzen Verlagsgebäude war.

Dass sie nun an diesen Ort zurückkehrte, wo das höchste der modischen Gefühle die aktuelle Fleece-Kollektion von North Face und das nächste Restaurant mit Michelin-Stern vierhundert Meilen entfernt war, fühlte sich falsch an.

»Nun denn«, sie beäugte meinen Jeep. Er war schmutzig, verbeult und bestens für unbefestigte Straßen geeignet – in anderen Worten: mir sehr ähnlich. »Wir bringen das wohl am besten hinter uns.«

Sie überließ es mir, ihren Gepäckberg einzuladen, und nahm auf dem Rücksitz Platz. Pepper schwang sich nicht etwa wieder auf den Beifahrersitz, sondern ließ sich neben ihr nieder.

»Ich will alles über deine Zeit in Colville hören, als du meine Oma und Jasper kanntest«, sagte Pepper, kaum hatte sie sich wieder angeschnallt. »Und lass ja nichts aus.«

—

»Die Leute meinen immer, die eitlen Stadtfritzen wären am arrogantesten und ichbezogensten, doch da irren sie sich«, sagte meine Großmutter, während ich mit dem Jeep über den vielbefahrenen Highway heimwärts rauschte. Ihre Stimme hatte sie erhoben, denn ich sollte wohl mithören.

»Weißt du viel über arrogante Fritzen, Tantchen?«, fragte Pepper ebenso ostentativ. Binnen fünf Minuten hatte sie angefangen, meine Oma mit diesem vertraulichen Kosenamen anzureden und noch davor hatte sie beschlossen, sie beide seien dazu bestimmt, beste Freundinnen zu werden. »Ich wette, davon kanntest du genügend.«

»So könnte man es ausdrücken«, erwiderte meine Großmutter sittsam. Dann lehnte sie sich lachend vor und tätschelte mir die Schulter. »Aber ich werde mich nicht in Einzelheiten ergehen. Der arme Zach würde uns in den Graben fahren, wenn er wüsste, wie viele Männer ich in meinem Leben gekannt habe – im biblischen Sinne, meine ich.«

Ich stöhnte. »Das darf jetzt alles nicht wahr sein.«

»Siehst du, was ich meine?« Missbilligend schüttelte meine Großmutter den Kopf. »Das eigentliche Problem unserer Gesellschaft sind Männer wie Zach – er und auch sein Vater, ganz zu schweigen von Jasper, mit dem alles begann. Sie geben sich grob, hart und selbstgenügsam, aber in Wahrheit sind sie abscheulich egoistisch.«

»Gleich schalte ich das Radio ein«, warnte ich, aber wir wussten alle, dass dies eine leere Drohung war. Obwohl mir das Gespräch unangenehm war, interessierte mich doch sehr, was meine Großmutter erzählen würde. Offenbar war sie ahnungslos, welche Verwüstung sie angerichtet hatte, als sie diesen Ort auf diese besondere Weise verließ, welche Herzen sie gebrochen und welche Menschen sie zurückgelassen hatte.

»Ihnen dienen die Entbehrungen der Wildnis, denen sie sich freiwillig aussetzen, als Ausrede, sich der Wirklichkeit zu entziehen«, fuhr sie fort. »Denk doch nur in welch fabelhaften Zeiten menschlichen Daseins wir leben. Wenn ich mein Handy heraushole, habe ich sofort Zugang zu jedem dokumentierten Stück Geschichte. Seit wir im Wagen sitzen, sind wir an nicht weniger als fünfzehn Restaurants vorbeigefahren und wenn wir was essen wollen, können wir mit einem kleinen Stück Plastik bezahlen, das wir in der Hosentasche tragen. Und das schließt noch nicht mal diese Metallschleuder ein, in der wir gemütlich sitzen und die dafür konzipiert worden ist, über Straßen zu fliegen, die aus Meerespflanzen und Tieren bestehen, die vor Millionen Jahren lebten. Dennoch tun diese Männer, als wäre das Einzige, was uns als Spezies am Leben hält, ihre Fähigkeit, in einem Zelt zu schlafen und ein Eichhörnchen in weniger als einer Minute zu häuten.«

»Gib's ihm, Tantchen«, feuerte Pepper sie an.

Trotz des Motorenlärms konnte ich die Belustigung in der Stimme meiner Großmutter heraushören. Sie lehnte sich vor und tippte mir auf die Schulter. »Jetzt unterstütz mich mal, Zach. Wie oft lässt Bates deine arme Mutter in diesem riesigen Haus völlig allein, zieht hinaus und hält mit ›der Natur Zwiesprache‹?«

»Drei- oder viermal pro Jahr«, sagte ich und mir war völlig bewusst, welche Rolle mir hier zukam, wollte jedoch an dieser Stelle meinen Vater verteidigen. Die Ehe meiner Eltern mochte zwar sonderbar sein, aber sie war immer glücklich gewesen. »Du weißt aber schon, dass ihr das nichts ausmacht. Während er weg ist, malt sie immer sechs oder sieben neue Bilder.«

Meine Großmutter winkt ab. »Darum geht es nicht. Es geht um –«

»Moment«, unterbrach Pepper. »Dein Sohn heißt Bates? Wie der Butler in *Downton Abbey?*«

Ich schüttelte den Kopf. Die Liebe meines Vaters zur Wildnis ließ sich einigermaßen gut erklären, doch die Herkunft seines Namens war ein ganz anderes Paar Schuhe.

»Nicht dieser Bates«, sagte meine Großmutter. »Der aus *Psycho.* Norman.«

»Du hast deinen Sohn nach dem psychotischen Mörder aus einem Horrorfilm benannt?«, wollte Pepper ungläubig wissen.

Mit einem Hüsteln korrigierte meine Großmutter sie. »Nein, ich habe ihn nach dem psychotischen Mörder aus einem der besten Romane aller Zeiten benannt.«

Ich musste dringend mein Scherflein beitragen. »Ja, nach einem, der in einer ungesunden Abhängigkeit von seiner Mutter lebt, nachdem sein leiblicher Vater die beiden im Stich gelassen hat.« Ich musste über das abrupte Schweigen auf den Rücksitz lachen. »Oma hatte schon immer einen Hang zu schwarzem Humor.«

»Bates ist ein guter, starker Name und ich habe die Wahl kein einziges Mal bereut«, sagte Großmutter streng, ruinierte dann jedoch die Show, indem sie in lautes Kichern ausbrach. »Du hättest meine Eltern sehen sollen, als ich ihnen den Namen mitteilte. Die Nachricht von meiner Schwangerschaft haben sie besser verkraftet. Meine Mutter weinte sogar.«

Pepper holte tief Luft. »Herrje, Tantchen, du bist oberkrass. Chloe wird dich lieben.«

Bei diesem Namen holte ich tief Luft. Als wir erstmals wegen Colville & Co. telefonierten, ließ ich nichts von meinen Gefühlen für Chloe verlauten, aber natürlich fiel ihr Name – und meine Großmutter hatte schon immer die unheimliche Fähigkeit, hinter die Fassade zu blicken. Wahrscheinlich fühlte sie sich deshalb vor vielen Jahren zu Jasper Holmes hingezogen. Der Rest der Welt sah in ihm einen eingefleischten Miesepeter mit der sozialen Kompetenz eines aus dem Winterschlaf gerissenen Bären; sie sah ihn und dachte: Oh. Der ist bestimmt lieb.

»Ach ja«, sagte meine Großmutter, sorgfältig einen neutralen Tonfall wählend. »Die junge Frau, die das Buch gefunden hat. Diejenige, die Jasper sich in den letzten Jahren zum Feind gemacht hat.«

»Ich habe nie gesagt, dass er sich Chloe zum Feind gemacht hat«, protestierte ich. »Er hat ihre Frisbees geklaut, mehr nicht.«

Ich hätte genauso gut nicht anwesend können, so viel Aufmerksamkeit schenkten die beiden mir. »Was nur beweist, dass ich vorhin recht hatte«, beharrte meine Großmutter. »Ich habe dem Mann das Geschenk seines Lebens gemacht. Ihn zu verlassen, war das Schwerste, was ich je getan habe, aber ich wusste, nur so hat er die Chance auf ein eigenes Leben. Und was hat er damit angefangen?«

Ich hatte eine Antwort auf diese Frage, allerdings nicht die, die meine Großmutter hören wollte. Ich hatte zu viel von Jasper Holmes mitbekommen und zu viele Anmerkungen in diesen Büchern gelesen, als dass ich hätte glauben können, sein Leben nach ihr wäre etwas anderes gewesen als eine ewige, einsame Plackerei.

»Er hat es vergeudet, so sieht's aus«, sagte sie, als zöge sie den Schlussstrich unter eine Diskussion. »Er hockte in dieser Kleinstadt herum und ließ die Jahrzehnte verstreichen, ohne auch nur den kleinsten Versuch zu unternehmen, sich weiterzuentwickeln und vorwärtszukommen. Wie ich gesagt habe: Er ist egoistisch.«

Ich wollte erneut protestieren, doch Pepper kam mir zuvor. »Aber Tantchen, was wenn er deinen Tod nicht als Geschenk empfunden hat? Was wenn sein Herz gebrochen war und nie heilte?«

Meine Großmutter wurde unnatürlich schweigsam. Kurz dachte ich, sie würde schließlich zugeben, dass sie sich geirrt haben und zum Großteil dafür verantwortlich sein könnte, was für ein Mensch Jasper geworden war – aber nein. Womöglich konnte sie das zu diesem Zeitpunkt nicht.

»Jedem bricht es im Leben mindestens einmal das Herz«, beschied sie apodiktisch. »Das lässt sich so wenig vermeiden wie die Liebe selbst. Die eigentliche Herausforderung besteht darin, wie man damit umgeht.«

30

Catherine, Gegenwart

Mein Enkel war nicht dumm.

Statt mich in ein Zelt draußen im Wald zu verfrachten oder in einem der Billighotels unterzubringen, die es überall entlang des Highways gab, hatte er Verstand genug und buchte mir eine Airbnb-Wohnung in einer der älteren Villen, nicht weit weg von dem weißen Haus, in dem ich früher mit meinen Eltern gewohnt hatte. Ich will mich ja nicht brüsten, aber ich bin seit über achtzig Jahren auf diesem Planeten. In diesem Zeitraum habe ich in Mietskasernen gehaust, in schimmeligen Kellerwohnungen, einer winzigen Einzimmerbude im Herzen New Yorks und das sind noch lange nicht alle meiner Domizile. Ich kann unter allerprimitivsten Umständen leben, aber da ich nicht mehr gezwungen bin, in einem Stockbett zu schlafen, mit einem Abstand von genau 15 Zentimetern zwischen Kopf und Decke, werde ich das auch keinesfalls tun.

Alt werden war kein Zuckerschlecken, aber es hat seine Vorteile.

»Ich habe sämtliche Türen und Fenster überprüft, alle lassen sich offenbar von innen verschließen«, verkündete Zach, der durchs Wohnzimmer tigerte und an allem herumrüttelte, was auch nur im Entferntesten beweglich war. »Versteckte Kameras habe ich nicht entdeckt, aber das heißt nicht, dass es keine gibt. Hüpf also nicht nackt durchs Haus, es sei denn du möchtest das Risiko eingehen, dass dich jemand von seiner unterirdischen Höhle aus aufnimmt.«

Lachend packte ich seine Wangen und zog ihn für ein Küsschen zu mir herunter. »Wie herzig von dir, Kind. Jeder, der mich im Naturzustand aufnehmen möchte, darf das gern tun. Denen wird die Enthüllung mehr an die Nieren gehen als mir.«

Zach lachte auf diese abwesende Art, die mich so sehr an seinen Vater erinnerte, dass mir das Herz wehtat.

Eigentlich war das gelogen. Er lachte auf diese abwesende Art, die mich so sehr an Jasper erinnerte, dass mir das Herz wehtat. Bates war immer ganz der Vater gewesen, hochgewachsen, gelenkig und mit diesen durchdringenden, blauen Augen, die viel mehr sahen, als sie erkennen ließen. Zach sah weder seinem Vater noch seinem Großvater ähnlich, aber manche ihrer Wesenszüge waren vorhanden. Er war viel aufgeschlossener und fröhlicher – zweifellos der mütterliche Einfluss –, aber alle drei Männer hatten eine ausgeprägte ernsthafte Ader. Sie lebten und liebten intensiv.

»Hast du das Buch dabei?«, fragte ich, denn einer von uns musste das Thema ansprechen. Auffordernd streckte ich die Hand aus. »Ich würde es gern sehen. Ich kann mich nur an die Hälfte dessen erinnern, was ich reinschrieb, aber vermutlich ist alles sentimentaler Unsinn.«

Er sah verblüfft aus. »*Sturmhöhe,* meinst du?«

»Ja, Schätzchen«, sagte ich und unterdrückte meine Frustration. »Sosehr ich dich liebe, ich bin nicht den ganzen Weg hierhergeflogen, weil ich wissen möchte, welche Käfer du vertilgst und welche Sternbilder du umbenannt hast.«

Sein Lachen klang diesmal weniger zerstreut. Auch sein Lächeln war nicht mehr so geistesabwesend. Wenn ich eine Eigenart hätte nennen müssen, die alle drei der wichtigsten Männer in meinem Leben gemeinsam hatten, wäre es dieses unvermittelt aus dem Nichts auftauchende, verheerende Zucken um die Mundwinkel, das ein Herz zum Stillstand bringen konnte. Wenn diese Chloe auch nur den Hauch einer Ähnlichkeit mit mir hatte, dann war sie dagegen machtlos.

»Also komm schon, Oma, das habe ich nicht mehr gemacht, seit ich klein war.«

»Das mit den Sternbildern ja, aber ich wette jeden Cent, den ich habe, dass du in der letzten Woche etwas aus der Familie der Insekten verspeist hast.«

»Das muss ich doch«, er war leicht empört. »Das gehört praktisch zu meinem Job. Du würdest dich wundern, wie gesund die sind. Mehlwürmer haben enorm viel Protein.«

Der Würgereflex, den dieser Kommentar bei mir auslöste, war keineswegs gespielt. Jasper hatte schon immer eine rührende Wertschätzung für die freie Natur gehabt und Bates bevorzugte Freizeitbeschäftigung war Campen, doch Zach war der Einzige, der sich der Sache mit Leib, Seele und Beruf verschrieben hatte. Mich schauderte beim Gedanken, was passieren würde, wenn er eines Tages selbst ein Kind hatte. Das arme Würmchen würde wahrscheinlich unter Wölfen ausgesetzt und müsste sich allein durchkämpfen.

»Und versuch mich nicht abzulenken, indem du mir erzählst, was du im Namen deiner Karriere Abscheuliches getrieben hast«, bremste ich, falls er mich weiter provozieren wollte. »Ich bin wegen des Buchs hier und das werde ich auch bekommen. Es war immer ausschließlich für Jaspers Augen bestimmt.«

Aus seinem schuldbewussten Erröten schloss ich, dass er das Buch und sämtliche Anmerkungen darin gelesen hatte. Ich hatte nicht gelogen: Ich erinnerte mich tatsächlich nicht mehr an alles, was ich hineingeschrieben hatte. Damals war ich im fünften Monat schwanger gewesen und hatte eine Fluchtstrategie ausgetüftelt, die so kühn war, dass nicht einmal die Brontë-Schwestern mit ihrer überbordenden Liebe für die Schauerliteratur gewagt hätten, sie zu Papier zu bringen. Jede Nacht hatte ich in mein Kissen geweint und mir allersehnlichst gewünscht, alles möge anders kommen.

Natürlich waren meine literarischen Kommentare ein wenig übertrieben gewesen. Wenn man vor Schwangerschaftshormonen nur so strotzte und kurz davor war, einem Mann das Herz zu brechen, neigte man zur Dramatik.

»Ich habe das Buch nicht«, sagte er so ernsthaft, dass ich ihm glaubte.

»Hast du es verkauft? Ist das nicht etwas geldgierig?«

Reumütig fuhr er sich über den Nacken. »Natürlich habe ich es nicht verkauft. Ich habe es Chloe gegeben. Wenn es einen Menschen gibt, der noch mehr als wir am Ausgang dieser Geschichte interessiert ist, dann sie.«

Ich nickte, durchaus nicht unzufrieden mit seiner Bemerkung. Ich kannte diese Chloe nicht, aber ich kannte ihren Typ. Ach, und wie gut ich ihn kannte. Eine Bibliothekarin, die Bücher mehr liebte, als gut für sie war, eine junge Frau, die tat, was sie tun musste, auch wenn es ihr das Herz aus dem Leibe riss – man könnte sagen, tief in mir drin lebte und atmete diese junge Frau noch.

Zumindest bildete ich mir das gern ein.

»Dann bring mich zu ihr«, sagte ich, schnappte meine Birkin und strebte zur Tür. »Ich weiß nicht, ob es dir aufgefallen ist, aber ich werde hier in dieser Bude nicht unbedingt jünger.«

—

In der Sekunde, in der ich die Mutter kennenlernte, wusste ich, dass es mehr Probleme geben würde als gedacht.

»Kommen Sie rein, kommen Sie rein«, sagte sie, sobald sie meiner auf der Türschwelle ansichtig wurde. Ich ignorierte den prachtvollen Garten zu meiner Rechten bestmöglich. Ob Jasper daheim war, wusste ich nicht, und ich war mir auch nicht sicher, ob ich nach der anstrengenden Reise schon für ein Wiedersehen bereit war. Vor lauter Blumen und Wedel, die aus dem Garten wucherten und ein geradezu orgiastisches Wachstum an den Tag legten, konnte ich von seinem Haus ohnehin fast nichts sehen.

Oh, Jasper. Du hast deine gesamte Energie in Pflanzen statt in Menschen gesteckt, eine botanische Festung aus ebenso offensichtlichen wie lächerlichen literarischen Anspielungen erbaut. Gleich als Erstes fiel mir eine violette Glyzinie ins Auge, die direkt aus *In einem anderen Land* stammte. Wenn ich mich genauer umsah, würde ich zweifellos auf Rosen stoßen, die à la *Wendekreis des Krebses* auf einem Misthaufen wuchsen, sowie auf Oleander aus *Spuk in Hill House.*

»Sie müssen erschöpft sein«, fügte die Mutter hinzu, legte mir eine Hand auf den Arm und bugsierte mich sanft ins Haus. »Ich mache Ihnen eine schöne Tasse Tee und Sie ruhen Ihre müden Knochen aus.«

Sie steuerte auf ein durchgesessenes, beigefarbenes Sofa zu, das aussah, als hätte man es von der Mülldeponie gerettet, und platzierte mich darauf. So wie sie sich benahm, hätte man denken können, ich stünde bereits mit einem Fuß im Grab.

»Entschuldigen Sie das Chaos«, sie nahm mehrere Graphic Novels vom Sofa und warf sie auf den Couchtisch. »Momentan haben wir ein ziemlich volles Haus.«

»Es ist erstaunlich, wie viel Platz vier Kinder beanspruchen«, ergänzte ein kleiner, adrett gekleideter Mann, der mich sofort an eine Mischung aus Willy Wonka und einem seiner Umpa-Lumpas erinnerte. Freundlich streckte er mir die Hand entgegen und schüttelte meine mit all der Robustheit, die seiner besseren Hälfte fehlte. Das machte ihn mir noch sympathischer. »Ich bin Todd. Todd Aarons. Ravenna hier ist meine Frau und die Mutter der vier, kaum zu glauben. Sie sieht keinen Tag älter als dreißig aus.«

Auch das war sympathisch. Mein geschultes Auge schätzte Ravenna auf Ende vierzig, aber dank der Sommersprossen und der roten Haarpracht könnte mancher sie tatsächlich für ein Jahrzehnt jünger halten. Falls ihr die Tochter einigermaßen ähnlich sah, verstand ich, warum mein Enkel ihr verfallen war.

»Genau genommen wohnen momentan nur zwei Kinder bei Ihnen«, sagte Zach rundheraus. Er hatte das Haus noch nicht betreten, sondern war breitbeinig und mit verschränkten Armen im Türrahmen stehen geblieben. »Theo und Trixie wohnen immer noch bei Jasper.«

»Aber ihre sämtlichen Habseligkeiten sind hier, daher ist es fast das Gleiche«, sagte Ravenna, deren übertriebene Fröhlichkeit geradezu kühl wirkte. »Ich bin die letzten Jahre ein wenig durch die Welt gereist, daher habe ich vergessen, wie viel Zeug sie haben. Klamotten, Spielzeug, Bücher –«

»*Nightwave!*«, sagte ich und nahm eine der Graphic Novels in die Hand. »Jemand in diesem Haus hat einen guten Geschmack. Das ist eines von meinen.«

Blinzelnd sah Ravenna zu mir herunter. Im Laufe des Austauschs hatte sie anscheinend den Tee vergessen, doch das störte mich nicht. Mein bevorzugtes Laster war Kaffee und würde es immer sein, Vater sei Dank.

»Nein, meine Liebe«, sagte sie leicht irritiert. »Das gehört meinem Sohn. Noodle. Lesen ist sein Ein und Alles.«

Ich warf einen hilfesuchenden Blick zu Zach, doch er beobachtete unseren Austausch lediglich mit zusammengepressten Lippen. Es war deutlich, dass er nicht viel von dieser Frau hielt, wie immer er zum Rest der Familie stehen mochte.

»Ich wollte damit sagen, dass ich es eingekauft habe«, erklärte ich. »Für meinen Verlag. Eigentlich fallen Graphic Novels nicht in meinen Zuständigkeitsbereich, aber in dem Moment, als *Nightwave* auf meinem Schreibtisch landete, wusste ich, dieses Buch muss ich haben. Action mit einer Prise Horror? Tragische Helden, mit denen man mitfiebern muss? Her damit! Ich habe mich von Anfang an für diese Serie stark gemacht.«

Zur Ehrenrettung der Frau muss man sagen, dass sie nicht lange brauchte, um eins und eins zusammenzuzählen. Sie schlug das Buch hinten auf und überflog die Danksagung. »Moment. Wollen Sie damit sagen, dass Sie –«

»Das gibt's ja gar nicht«, rief eine Stimme und ein Junge stürmte durch die Haustür, wobei er Zach kurzerhand zur Seite drängte. Er humpelte auf einem Gips daher und sein Haar verriet, dass er ebenfalls ein Mitglied der Familie war. Ich schätzte ihn auf ungefähr zehn oder elf – ein paar Jahre jünger als die intendierte Zielgruppe, aber ich war in diesem Alter bis über beide Augäpfel in H. P. Lovecraft vertieft, durfte mir also kein Urteil erlauben.

»Ich habe alle *Nightwave*-Bände dreimal gelesen«, erklärte er mir mit fast ehrfurchtsvoller Stimme. »Kommt bald ein neuer raus? Ist Ygrit wirklich tot oder tut sie nur so? Wissen Sie, ob sie das Witzschnelle Rapier rechtzeitig für die letzte Schlacht finden?«

Lachend hob ich die Hände. »Immer langsam, junger Mann. Eins nach dem anderen.«

»Entschuldigung« sagte er und richtete seinen Blick sofort auf den Boden. »Ich mag die Bücher eben sehr.«

Ich wollte seine Fragen in der Reihenfolge beantworten, wie sie auf mich eingeprasselt waren, doch da erschien hinter ihm in der Tür eine Gestalt – eine hübsche, gehetzt wirkende junge Frau, die Chloe sein musste.

»Noodle, zum letzten Mal, das ist ein Gehgips, kein Renngips. Echt, allmählich habe ich den Eindruck, dass Theo mehr Verstand hat als du – oh.«

Bei meinem Anblick blieb sie wie angewurzelt stehen. Sie erkannte mich beunruhigend rasch. »Oh!«, sagte sie nochmals und bekam große Augen.

Der Gedanke, ich könnte vorhersehbar sein, hatte mir nie recht behagt, daher wusste ich nicht recht, ob ich ihre Reaktion als Kompliment werten sollte. Doch das war unwichtig, denn ihr auf dem Fuß folgte ein alter Mann und ich nahm nur noch ihn wahr.

Er war hochgewachsen und breitschultrig; trotz seines fortgeschrittenen Alters hielt er sich kerzengerade. Sein Schopf schneeweißer Haare streifte die niedrige Decke und die Kleidung war zwar derb, saß aber gut. Wäre ich zu einer Wette herausgefordert worden, hätte ich darauf gesetzt, dass er noch immer genügend Kraft besaß, um einen ganzen Wald abzuholzen.

Andererseits sah er auch gezeichnet aus. Und müde. Und so sehr wie der junge Mann, den ich einmal gekannt hatte, dass mir das Herz fast aus der Brust sprang.

Vor allem, als er mich bemerkte.

»Jasper, bitte ...«, fing die junge Frau an, aber es war zu spät. Sämtliche seiner Muskeln gaben auf einmal nach.

Und meine ebenso. Ich konnte mich nicht rühren, nicht reagieren, als er sich am Türrahmen festhalten wollte. Vergeblich. Er griff so weit daneben, dass nur Zachs blitzschnelle Bewegung verhinderte, dass er zu Boden stürzte wie ein gefällter Baum.

31

Catherine, Gegenwart

Die Seiten von *Sturmhöhe* waren dick und handschmeichlerisch, solches Papier wurde heute bei der Herstellung nicht mehr verwendet, es sei denn man gönnte sich eine gebundene Sonderausgabe. Obwohl ich den Roman vor langer Zeit ins Bücherregal der Blockhütte gestellt hatte, damit Jasper ihn fand, waren die Seiten praktisch frisch und unberührt.

»Du hättest das lesen sollen«, sagte ich anklagend, als ich mich auf die Bettkante setzte. Noch war er nicht aus der Ohnmacht erwacht, die ihn in Zachs Armen hatte zusammenbrechen lassen, aber sein Atem war regelmäßig und er murmelte im Schlaf vor sich hin.

Das Zimmer, in dem ich auf der Bettkante saß, befand sich nicht in seinem Haus; Zach war ein kräftiger Bursche, aber nicht einmal er konnte einen Mann dieser Statur weiter als bis zum Zimmer der Sampson-Jungen schleppen. Es erinnerte mich sehr an das Zimmer, in dem Bates aufgewachsen war. Wir hatten in der Anfangszeit kaum Geld, da in den 1960ern die Beschäftigungsmöglichkeiten für eine schlecht ausgebildete Frau sehr zu wünschen übrigließen; vielleicht hatte er deshalb fanatisch alles gesammelt, was die Natur hergab. Steine, Blätter, diverse vertrocknete Käferleichen – Hauptsache, es war schmutzig und er hatte es in Feld oder Flur gefunden. Selbst ein hastig übermalter Fleck an der Wand wirkte vertraut. Bates hatte einmal spontan versucht, mitten in seinem Zimmer ein Lagerfeuer zu machen, damit wir Würstchen grillen konnten.

Ich schlug das Buch ungefähr in der Mitte auf. Chloe hatte *Sturmhöhe* in ihrer Umhängetasche dabeigehabt und obwohl sie förmlich darauf brannte, mir einen ganzen Fragenkatalog zu stellen – und das Buch behalten wollte –, hatte sie es mir anstandslos ausgehändigt.

»*Du hast gesagt, ich hätte dich getötet – gut denn, verfolge mich!*«, las ich vor. »*Die Ermordeten verfolgen ihre Mörder. Ich glaube, nein, ich weiß, dass Geister auf Erden gewandelt sind. Sei immer um mich, nimm jede Gestalt an, treibe mich zum Wahnsinn, nur lass mich nicht in diesem Abgrund, wo ich dich nicht finden kann.*«

Mir entfuhr ein Seufzer, als ich sah, was am Seitenrand stand.

Du kannst ohne Dein Leben leben, J, und Du kannst ohne Deine Seele leben. Du musst. Um meinetwillen wie um Deinetwillen ich flehe Dich an, versuche es.

»Unfassbar, wie melodramatisch wir waren«, konstatierte ich und fuhr mit dem Zeigefinger über die Seite. Ich war mir fast sicher, dass ich die winzigen Vertiefungen spürte, die meine Tränen hinterlassen hatten, doch eventuell machte mich die Erinnerung auch nur sentimental. »Manchmal bekomme ich mit, wie sich heutige Jugendliche Hals über Kopf verlieben und aufführen, als wären sie die Ersten, denen dies widerfährt, und wünsche mir diese Leidenschaft zurück. Dann fällt mir die Qual der ersten Jahre ein und ich verwerfe den Wunsch. Ich weiß nicht, wie es dir erging, aber mir ging es eine Zeitlang dreckig.

Ich kann dir nicht sagen, wie oft ich daran dachte, zu dir zurückzukehren.«

Vielleicht hätte ich das tatsächlich getan, doch der Radarstützpunkt schloss seine Pforten, wenige Monate nachdem ich fortgegangen war. Mein Vater war am Boden zerstört, als er seinen Posten verlor, aber meine Mutter war mehr als bereit, ihr Glück anderswo zu suchen. Sobald sie alles zusammengepackt hatten und zum nächsten Stützpunkt gezogen waren – nach Philadelphia, wenn ich mich recht entsinne –, war Colville praktisch aus ihrem Gedächtnis getilgt.

Aus meinem jedoch nicht. Die Stadt lebte für immer in mir fort als der Ort, an dem ich lernte, auf eigenen Füßen zu stehen, selbst wenn mir das nur gelungen war, weil mich ein zusätzliches Paar Füßchen in mir stützte.

»Woher hätte ich wissen sollen, dass du dieses Buch sechzig Jahre lang im Regal stehen lässt und dich weigerst, es herauszuziehen?«, fuhr ich mit leiser Missbilligung fort. »Es war als Trost für dich gedacht, du alter Narr. Ich habe dir einen Geist geschenkt, dem du nachjagen solltest, damit du dein gesamtes Heathcliff-Potenzial ausschöpfen kannst, und du hast diese Gelegenheit verschenkt gelassen.«

»Raus.«

Die Worte kamen aus Jaspers Mund, als würden sie gewaltsam herausgezerrt. Mein Blick flog zu seinem Gesicht, doch seine Augen waren immer noch geschlossen und seine Farbe für meinen Geschmack zu blass. Er war für sein Alter tatsächlich in guter Verfassung war, aber ein plötzlicher Schock kann sich verheerend auf den Kreislauf auswirken. Vor wenigen Wochen hatte einige Straßen entfernt ein Auto eine Fehlzündung und ich tastete anschließend meinen Körper geschlagene zehn Minuten lang nach dem vermeintlichen Einschlussloch ab.

»Selber hallo«, sagte ich und griff nach seiner Hand. Obwohl seine Augen geschlossen blieben, riss er seine Finger weg, ehe ich sie berühren konnte. Ich legte den Kopf schief. »Also bitte. Behandelt man so eine alte Flamme? Kein Wunder, dass du dieses ganze Städtlein zum Beben bringst. Wenn du deine alten Freunde so behandelst, möchte ich mir nicht ausmalen, wie du mit deinen Feinden umgehst.«

Endlich öffnete er die Augen und richtete diesen ach so vertrauten Blick auf mich. Er sah so erschüttert aus, wie ich mich fühlte, und in der Sekunde, in der diese klaren blauen Augen meinen begegneten, war es, als fielen die Jahre von mir ab. Ich war keine Lektorin im Ruhestand mehr, die es etwas strapaziös fand, über Massen freier Zeit zu verfügen, keine hingebungsvolle Mutter und Großmutter, die leicht konsterniert feststellte, dass sie nicht mehr gebraucht wurde. In diesem Moment war ich wieder neunzehn Jahre alt, zum ersten Mal verliebt, und stürzte mich ohne Rücksicht auf Verluste in dieses berauschende, alles verzehrende Entzücken.

»Du bist tot«, sagte er und seine Stimme klang immer noch, als würde ihm jedes Wort gewaltsam entrissen. »Du bist ein Geist.«

Ich musste unwillkürlich auf ihn hinunterlächeln. »Fängst du jetzt wieder an, aus *Sturmhöhe* zu zitieren? *Ich glaube fest an Geister: ich bin überzeugt davon, dass sie zwischen uns leben können und es auch tun* und so weiter?«

Statt das Zitat weiterzuführen oder mit einem Gegenzitat zurückzuschlagen, schoss Jasper hoch und warf die Decke zurück, die ich sorgsam über ihm ausgebreitet hat. Er hob die Hand und deutete zur Tür, sein Arm zitterte nicht.

»Raus«, sagte er erneut, diesmal energischer. »Ich weiß nicht, was du hier machst oder warum du mir nach all diesen Jahren zum zweiten Mal das Herz brechen willst, aber ich möchte nichts damit zu tun haben. Und mit dir auch nicht.«

»Jasper, bitte«, sagte ich. Ich hatte gewusst, dass meine Rückkehr eine Überraschung für ihn sein würde, jedoch angenommen, die Jahre hätten ihn milder gestimmt, so wie mich. Denn das tat die Zeit einem an: Sie trampelte auf den Träumen und Sehnsüchten der Jugend herum und ersetzte sie durch die solideren, banaleren Realitäten des Lebens. In den vergangenen sechzig Jahren hatte ich vieles erlebt und getan. Auf manches – meinen Sohn, meinen Enkel, meine Karriere – war ich stolz. Anderes – wie ich den Kontakt zu meinen Eltern abgebrochen hatte, die viel zu vielen Stunden, die ich am Schreibtisch verbracht hatte, einige meiner höchst spektakulär gescheiterten Beziehungen – ließ mich wünschen, ich könnte noch einmal von vorn beginnen.

Dennoch war all dies Teil von mir. Gut und schlecht, tapfer und feige, ich hatte meine Entscheidungen gefällt. Mir blieb nun einzig, mit ihnen zu leben.

»Ich weiß, ich hätte zuerst anrufen sollen«, sagte ich und versuchte ein reumütiges Lächeln aufzusetzen. »Oder zumindest einen Brief schicken. Oder ein Buch.«

»Chloe!«, rief er, mich ignorierend. »Zach! Wenn ihr nicht für meinen Tod verantwortlich sein wollt, holt mich hier raus. Dalli!«

So abrupt wie die Tür aufflog, mussten die beiden jungen

Leute im Flur gestanden und auf das erste Anzeichen einer Notsituation gelauscht haben. Und der Abstand, den sie beim Betreten des Zimmers zueinander hielten, ließ darauf schließen, dass keiner der beiden die Wartezeit besonders erquicklich gefunden hatte.

Entweder hatte Jasper nicht richtig eingeschätzt, welche Wirkung es auf ihn haben würde, wenn er Zach und mich im selben Zimmer sehen würde oder er hatte nicht begriffen, in welcher Beziehung wir zueinander standen, jedenfalls warf er einen Blick auf uns beide und wurde blass.

»Nein«, sagte er. »Das ist unmöglich. Unmöglich.«

»Wiedersehen macht Freude, Sir«, sagte Zach mit einem halben Lächeln. »Oder sollte ich sagen: Opa?«

Etwas Schlimmeres hätte er in diesem Moment nicht von sich geben können, doch ich konnte es ihm kaum verübeln. Als Bates wenig bis kein Interesse gezeigt hatte, seinen Erzeuger kennenzulernen, glaubte ich, ich sei gerade noch einmal davongekommen. Es war so viel einfacher, die Tür zur Vergangenheit zuzuziehen, als sie einen Spalt offen stehen zu lassen, durch den Licht, Geräusche und Erinnerungen hereinkriechen konnten.

Aber Zach hatte Fragen gestellt. Zach hatte wissen wollen. Jetzt war die Tür ganz aufgestoßen und würde sich nie wieder schließen lassen.

»Bitte sei nicht böse auf Zach«, war ich um Frieden bemüht. Das war das Mindeste, was ich tun konnte, nachdem er Jasper vor einer gebrochenen Hüfte oder Schlimmerem bewahrt hatte. »Er kann nichts für meinem Besuch. Vielmehr wollte er ihn mir ausreden, aber du kennst mich ja. Je öfter man mir sagt, ich solle etwas nicht tun, desto mehr drängt es mich dazu.«

Jasper ignorierte meine Worte mit zusammengepressten Lippen. »Sohn oder Tochter?«, krächzte er stattdessen.

Unvermittelt war nun meine Welt aus den Fugen und um mich drehte sich alles. »Was?«

»Habe ich einen Sohn oder eine Tochter?«, wiederholte er und seine Stimme klang messerscharf. »Eine einfache Frage. Ich möchte gern über das Kind Bescheid wissen. Unser Kind.«

Auf einmal hatte ich das Gefühl, mich hätte ein roter Mustang gestreift, der viel zu schnell um die Ecke fuhr. Ich bestand nur aus aufgeschürften Handflächen und zittrigen Knien, die Räder meines Fahrrads surrten und surrten, als es auf mich fiel.

Fast sofort fing Zach mich auf, mit seinen starken, tüchtigen Armen, die mich zu einem wackligen Stuhl in der Ecke bugsierten, was die Sache nur noch schlimmer machte. Diese Arme waren die gleichen Arme, die mich damals unter meinem Fahrrad hervorgezogen hatten, sein Lächeln war das gleiche Lächeln, das ich damals aus Jasper mit allem, was mir zu Gebote stand, hatte herauslocken müssen.

»Einen Sohn«, keuchte ich. Zach versuchte mich zu beruhigen, indem er leise Unsinnigkeiten von sich gab, aber ich beachtete ihn kaum. »Wir haben einen Sohn.«

Jasper schloss die Augen und für einen langen Moment hatte ich Angst, er würde sie nie wieder öffnen, doch er holte tief Luft und blinzelte dann. »Okay. Danke.«

Chloe berührte seinen Arm – sanft, wie jemand, der ein besonders zerbrechliches Glasobjekt berührt. »Soll ich dir ein Glas Wasser bringen, Jasper? Oder vielleicht Milch? Kaffee? Was Stärkeres?«

»Ich will, dass du sie rausschaffst«, sagte er und seine Stimme war seltsam emotionslos. Dann runzelte er die Stirn und fügte hinzu: »Nein. Weißt du was? Sie sollen bleiben. Hol noch deine Mutter dazu.«

»Meine Mutter?«, wiederholte Chloe. »Wozu brauchst du die denn?«

»Ich brauche sie nicht«, sagte er grimmig. »Ich brauche keinen von denen, aber wenn jeder anfängt, die Wahrheit auszupacken, machen wir lieber gleich Nägel mit Köpfen. Ich werde mich nicht davonschleichen, ohne dass ich gesagt habe, was gesagt werden muss. Das habe ich bereits einmal im Leben gemacht und man sieht ja, wohin es geführt hat.«

Ravenna musste gleichfalls an der Tür gelauscht haben, denn sie streckte fast sofort den Kopf ins Zimmer. »Will jemand was von mir?«, fragte sie.

»Nein«, sagte Jasper und rappelte sich auf. Diesmal war Zach so klug und half ihm nicht. »Niemand will dich – nicht bei diesem Gespräch und schon gar nicht im Leben deiner Kinder. Das ist der Knackpunkt.«

Ravenna wurde kalkweiß und die Kinnlade klappte ihr herunter. »Entschuldigung?«

»Ich bin nicht derjenige, bei dem du dich entschuldigen musst«, gab Jasper zurück. Er ließ den Blick durchs Zimmer schweifen und ihm standen die Gedanken deutlicher ins Gesicht geschrieben, als ich es je erlebt hatte. Früher war sein Gesichtsausdruck undurchdringlich gewesen, was für mich anfänglich einen Großteil seiner Attraktivität ausgemacht hatte. Ein unwirscher, verschlossener Mann, der nur in deinen Armen zum Leben erwacht, das steigt einem neunzehnjährigen Mädchen schwer zu Kopf.

Seine Falten, die wie gemeißelt schienen, ließen sich viel leichter lesen, Falten, der er sich durch schmerzhafte Einschnitte erworben hatte.

»Schau dich um, Ravenna«, sagte er und machte eine weitausgreifende Armbewegung. »Davor bist du weggelaufen. Das hast du aufgegeben.«

Die Frau rümpfte die Nase, als ihr Blick an einem Haufen sichtbar schmutziger Unterhosen hängenblieb, der halb unter eines der Betten geschoben worden war. »Das verdreckte Zimmer meiner Söhne?«

Er spuckte seine Antwort fast aus. »Nein, du törichte Frau. Davor: Leben. Chaos. Familie.« Auch wenn er mich beim Sprechen nicht ansah, wusste ich, seine Botschaft war nicht nur für Ravennas Ohren gedacht. »Es lief schlecht. Du hast dich wie in einer Falle gefühlt und versucht, das Beste aus einer üblen Situation zu machen. Also bist du gegangen.«

»Wie können Sie es …« Ravenna warf einen einzigen Blick auf Chloe und schloss sofort den Mund.

»Ich weiß, warum du deine Kinder verlassen hast«, fuhr Jasper fort. »Ich weiß auch, wie es dazu kam. Du hast dich ständig im Kreis gedreht und dir schließlich eingeredet, dass dies das Beste für alle ist. Dass sie ohne dich besser dran sind. Dass sie mehr brauchen, als du geben kannst. Ein klarer Schlussstrich wäre das schönste Geschenk, das du ihnen machen kannst. Natürlich würde es wehtun, aber sie hatten noch ihr ganzes Leben vor sich. Sie würden darüber hinwegkommen und zwar so spielend, dass du letztlich das Gefühl hattest, du würdest mehr unter dieser Trennung leiden als sie.«

Mir traten die Tränen in die Augen. Ich wollte sie wegwischen, aber Zach, mit seinem allwissenden Herzen, bemerkte die Bewegung, griff nach meiner Hand und ließ sie nicht los.

»Nur so läuft das nicht«, sagte Jasper. Mittlerweile war seine Stimme sehr leise geworden, doch das ganze Zimmer hing ihm gebannt an den Lippen. »Man kann nicht über die Gefühle anderer bestimmen. Was man tut, hat Auswirkungen. Wenn man seine Kinder verletzt, hat es Auswirkungen. Vielleicht hast du ehrlich geglaubt, du würdest den einzig möglichen Weg einschlagen, aber in Wahrheit war es der Weg, den du einschlagen wolltest. Und du hast dich keinen Deut darum geschert, was passiert, wenn deine Kinder dir hinterherlaufen und feststellen, dass du ihnen den Weg zu dir verbaut hast.«

Auf einmal passierte zweierlei gleichzeitig. Ravenna, die mittlerweile kreidebleich war, sank langsam in sich zusammen, als könnten ihre Beine nicht länger das Gewicht des Körpers tragen. Und Jasper, gleichermaßen erschöpft, ging es ähnlich. Chloe stand zwischen ihnen und konnte nur einem der beiden helfen.

Sie entschied sich für Jasper.

»Komm, Jasper«, sagte sie, legte den Arm um ihn und geleitete den Schwankenden zur Tür. »Wir gehen lieber zu dir nach Hause, ehe du noch was sagst, was dir leidtut.«

Nie hätte ich gedacht, dass ich dieses Lächeln wiedersehen würde. Wie sich seine Lippen auf eine bestimmte Art kräuselten, ein Lächeln, das besonders kostbar war, weil man es ihm nur schwer entlocken konnte, ein Lächeln, das einst meine ganze Freude, mein Entzücken gewesen war.

»Ich bereue kein einziges Wort«, sagt er. »Sie können nicht einfach abhauen und dann wieder auftauchen, als wäre nichts geschehen. Wir sind Menschen, Chloe. Echte, lebendige Menschen. Nicht nur Nebenfiguren, die verschwinden, sobald sie sich zum Umblättern entschließen.«

»Definitiv«, stimmte sie zu, während sie ihn durch die Diele zur Haustür führte. Auf der Schwelle blieb sie stehen und betrachtete uns: Zach und mich, die einander an der Hand hielten, und Ravenna, die aufs Bett gesunken war. Dann drehte sie uns den Rücken zu und ging weiter. »Definitiv.«

32

Jasper, Gegenwart

Das Letzte, was Jasper nach einem solchen Tag machen wollte, war French Toast für die undankbarsten Gören auf diesem Erdenrund, aber genau dazu hatten sie ihn gebracht.

»Ich glaube, da muss mehr Zimt rein«, sagte Trixie, die hinter ihm herumlungerte. Aus einem tragbaren Lautsprecher kreischte schauerlich eine Popsängerin, daher verstand er sie kaum. »Und Chloe tut auch immer eine Prise Vanille rein.«

»Und Zucker!«, schrie Theo, der hereingehüpft kam. Nicht so schnell, wollte Jasper den Jungen anbrüllen, doch da riss dieser Goldjunge seiner Schwester den Minilautsprecher aus der Hand und schaltete ihn aus. »Keine Taylor Swift mehr«, erklärte er apodiktisch. »Alles außer Taylor Swift.«

»Sie spricht mir eben aus der Seele, da kann ich doch nichts dafür«, konterte Trixie, schaltete aber die Musik nicht wieder ein und Jasper hoffte, dass für eine Weile Ruhe herrschen würde. »Wenn du magst, kann ich gern weitermachen. Ich bin mit den Hausaufgaben fertig.«

»Nein, ich bin glücklich, wo ich bin«, sagte er zu seiner eigenen Überraschung. Die Vorstellung, dass er für ein paar ungezogene Gören zum Abendessen Frühstück machte, während Catherine Martin und ein junger Mann, in dessen Adern sein Blut floss, durch die Stadt spazierten, war in höchstem Maß absurd – wie die ganze Situation.

Sie ist am Leben. Sie war die ganze Zeit am Leben.

»Hast du Ahornsirup?« Trixie riss Schranktüren und Schubladen auf, um Teller und Besteck herauszuholen. Verblüfft wurde Jasper klar, dass sie den Tisch deckte. Theo war ebenfalls geschäftig, holte Milch aus dem Kühlschrank und goss allen ein übervolles Glas ein. Er hatte nicht weniger als zwölf Liter Milch kaufen müssen, seit die beiden in sein Haus eingefallen waren, und dabei zweierlei festgestellt: Chloes Lebensmittelrechnungen mussten astronomisch sein und er hasste den Geschmack. Trotzdem ließ er zu, dass Theo ihm einschenkte.

»Oooh, er hat echten Ahornsirup«, verkündete Theo begeistert, als er das Krüglein fand, das Jasper in der Kühlschranktür aufbewahrte. »Das feine Zeugs, von echten Bäumen. Dürfen wir den nehmen, Jasper, oder ist der nur für besondere Anlässe? Wir können den French Toast auch ohne essen, machen wir zu Hause sowieso.«

Beim sachlichen Tonfall des Jungen zog sich Jaspers Brust leicht zusammen. Die Zeiten, als er von der Hand in den Mund gelebt, echter Ahornsirup einen unvorstellbaren Luxus dargestellt hatte, waren lange her, doch die Erinnerungen an damals kamen seit einigen Tagen in beängstigender Häufigkeit hoch. Nur zu gut erinnerte er sich an den Hunger, der mehr war als nur ein körperliches Bedürfnis, an die Entschlossenheit, mit dem Vorhandenen auszukommen, so kärglich es auch war. Das Leben war für Menschen wie ihn nie einfach gewesen, aber das hieß nicht, dass er sich zurücklehnen und zusehen sollte, wie diesen armen Kindern das gleiche Schicksal bevorstand.

»Alles deins, Theo«, sagte er. »Ich mochte diesen zuckrigen Müll sowieso nie.«

»Hurra!« Mit leuchtenden Augen packte Theo den Krug beim Henkel und trug ihn zum Tisch. Trixie hielt beim Verteilen des Bestecks inne und starrte Jasper an. Es war ihm unangenehm, dass ihn ein Mädchen, das derart viel Zeit im Badezimmer verbrachte, so intensiv musterte, aber das konnte er schlecht laut sagen. Diese verflixten Gören spürten eine Schwäche schneller auf als ein Hai eine Blutspur.

»Wenn du diesen Zuckermist nicht magst, warum hast du ihn dann gekauft?«, fragte Trixie.

»War im Sonderangebot«, log er.

Sie warf einen Blick auf den Krugboden. »Auf dem Preisschild steht fünfzehn neunundneunzig. Für mich hört sich das nicht gerade nach Sonderangebot an.«

»Das ist der kanadische Preis«, reagierte er blitzschnell. Weil er ihrem zweifelnden Gesicht ansah, dass sie gleich nach dem Wechselkurs und den Versandkosten fragen würde, knurrte er mit zusammengekniffenen Augen: »Brichst du immer Diskussionen vom Zaun, wenn dir jemand Abendessen macht?«

»Ja«, erwiderte sie. »Deshalb bin ich ja im Debattierteam. Ansonsten würden die Leute mich einfach bloß nervig finden.«

Unwillkürlich musste er lachen. Wenn ihn jemand vor ein paar Stunden, als er sich Catherine gegenübersah, gefragt hätte, ob er jemals wieder würde lachen können, hätte er die betreffenden Person rausgeschmissen. Diese verflixten Sampsons konnte man jedoch nicht rausschmeißen. Zumindest nicht für lange. Die kamen einfach immer wieder und zwar mit einem so erwartungsvollen Blick, dass man sie einfach reinlassen musste.

Insgeheim stellte Jasper sich vor, dass seine Brüder und

Schwestern ähnlich aufgewachsen waren: Sie kamen mit den Wenigen, was sie hatten, zurecht, wussten, dass das Schicksal ihnen über Gebühr Opfer abverlangte, zogen aber Glück aus ihrer geschwisterlichen Gemeinschaft. Die wenigen Begegnungen mit ihnen, die es im Laufe der Jahre gegeben hatte, ließen vermuten, dass ihnen dies gelungen war.

Natürlich nicht immer. Harriet starb bei einer Grippewelle, im Alter von nur zweiundzwanzig, und ihre Mutter folgte bald darauf. Wenige Jahre darauf wurde Ulis Hand bei einem Unfall zerquetscht – er arbeitete ebenfalls als Holzfäller –, doch später besuchten er und Olly das College, offenbar war er mit dem Verlust einigermaßen fertiggeworden. Bobby war nie über Aberdeen hinausgekommen und lebte, soweit Jasper wusste, in einem traurigen, einsamen Haus wie er selbst, Tina hingegen hatte jung geheiratet und eine riesige Kinderschar bekommen. Manchmal erhielt er Postkarten von Großnichten und -neffen, die er nie kennengelernt hatte. Sie waren höflich und gutgelaunt, schickten ihm Bilder von fernen Orten, wo er nie gewesen war und auch nicht hinwollte. Ums Verrecken hätte er ihre Namen nicht gewusst, aber es war schön, dass es ihnen so gut ging.

»Was ist los, Jasper?«, fragte Trixie. »Warum siehst du auf einmal so traurig aus?«

Mit einem Grunzen wurde er sich wieder seiner Umwelt bewusst.

»Ich bin nicht traurig«, sagte er, »ich habe nur nachgedacht.«

»Über was?«, wollte Theo wissen. Er beäugte gierig die Pfanne, als hätte er noch nie etwas zu essen bekommen, also schaltete Jasper den Herd aus und ließ den French Toast auf einen großen Teller gleiten. Theo und Trixie stürzten sich eifrig darauf, allerdings nicht so eifrig, dass sie den Gesprächsfaden hätten fallenlassen.

Auch das war typisch Sampson – sie waren hartnäckige kleine Monster.

»Du bist nicht immer noch sauer, weil wir uns bei dir einquartiert haben?«, fragte Trixie, während sie Theo zusah, der sich den halben Krug Ahornsirup auf den Teller goss. Sie selbst nahm sich eine bescheidene Menge, aber Jasper sah, dass sie sich selbst am liebsten eine ordentliche Pfütze auf den French Toast gekippt hätte, griff nach dem Gefäß und übernahm das für sie.

Kurz protestierte sie, ehe sie kichernd nachgab. »Wenn Chloe so viel Zucker auf meinem Teller sehen würde, würde sie ausflippen.«

»Und uns vorm Schlafengehen dreimal die Zähne putzen lassen«, sagte Theo mit vollem Mund.

Trixie rümpfte die Nase. »Und dann auch noch mit Backpulver. Das ist viel ekliger als richtige Zahnpasta, aber billiger als Karies, daher zwingt uns Chloe dazu.«

Da alle vier Sampsons über ein tadelloses Lächeln verfügten, musste Jasper bei dieser Sache Chloe wohl oder übel beipflichten. Was er auch laut äußern wollte, doch da berührte Trixie seine Hand. »Kein Problem, wenn du nicht darüber reden willst, Jasper. Wir zwingen dich nicht.«

»Schon recht«, sagte er. Da dies barscher klang als beabsichtigt, hustete er und nahm einen neuen Anlauf. Man konnte zwei Halbwüchsige nicht mit teurem Ahornsirup verwöhnen und dann knickrig werden, wenn es ums Wesentliche ging. Wenn ihn sein vermurkstes Leben etwas gelehrt hatte, dann dies. »Ich dachte gerade an meine Brüder und Schwestern und habe mich gefragt, ob sie in eurem Alter so waren wie ihr.«

»Gibt's ja nicht«, schnaufte Theo. »Du hast Geschwister?«

Diese Bemerkung hätte ihn fast zum Lachen gebracht, doch Trixie grätschte dazwischen. »Was soll das heißen – du fragst dich? Wieso weißt du das denn nicht? Seid ihr nicht zusammen aufgewachsen?«

Er schüttelte den Kopf. »Nur die ersten Jahre. Ich war ungefähr so alt wie du, als ich von zu Hause weg bin. Daher habe ich den Großteil ihrer Kindheit und Jugend verpasst.«

Keines der Kinder machte auch nur Anstalten, darüber hinwegzulächeln. Theo schaufelte sich ausnahmsweise kein Essen in den Mund. Seine Gabel schwebte zwischen Lippen und Teller, zähflüssig tropfte der Sirup.

»Du bist weg?«, fragte er etwas verständnislos. Er runzelte die Stirn. »Wie Chloe? Du bist weg, weil du aufs College bist?«

Jasper war versucht zu lügen, aber der offene Blick des Jungen hielt ihn davon ab. Diese Kinder waren ihm ähnlicher, als er je hatte wahrhaben wollen. Seit Jahren hatte er über den Zaun hinweg ihr lärmendes Treiben, ihr quirliges Leben beobachtet. Wenn er sie spielen sah und lachen hörte, fühlte sich Jasper im wahrsten Sinne des Wortes als Außenstehender und er schämte sich, dass er sich automatisch auch wie einer benahm.

Wenn er zugegeben hätte, wie sehr er Teil ihrer Runde sein wollte, hätte er damit zugegeben, dass er sich sein gesamtes Leben lang nach Unerreichbarem gesehnt hatte. Zuerst nach Catherine. Dann nach der Familie, die er beinahe mit ihr gehabt hätte. Dann nach allem anderen, was das Leben lebenswert machte: den Höhen und Tiefen, dem Lachen und Weinen, den tausend Sorgen und Freuden.

»Nein, Theo«, sagte er, lächelte jedoch, in der Hoffnung, sein Schicksal wirke dadurch weniger grimmig. »Ich bin der Arbeit wegen gegangen. Genauer gesagt waren es Jahrzehnte harter körperlicher Arbeit, die mir wenig Zeit oder Energie für anderes ließen.«

Sein Geständnis wühlte die Kinder sichtlich auf. Wenn man ihn so sah, mit Knien, die jedes Mal ächzend protestierten, wenn er vom Sofa aufstand (und Sodbrennen, das sich bemerkbar machte, wenn er auch nur in die Nähe eines Stücks Obst kam), wäre man nicht auf die Idee gekommen, dass er einst ein strammer junger Bursche gewesen war, der einen Baum in weniger als dreißig Minuten fällen konnte.

»Meine Familie war eurer ziemlich ähnlich«, sagte er versöhnlich. Dies war nicht der richtige Zeitpunkt, ihnen zu erzählen, wie hart das Leben eines Holzfällers in den 1960ern gewesen war. »Wir waren sechs Kinder. Meine Mutter brachte uns durch, indem sie zu Hause die Wäsche fremder Leute wusch, aber es war nie genug Geld da, dass wir alle satt wurden, geschweige denn für Kleidung und Schuhe. Ich war der Älteste, deshalb hatte ich keine andere Wahl, ich musste so viel verdienen wie möglich und das Geld nach Hause schicken.«

Behutsam legte Trixie ihre Gabel weg und wandte ihm ihre volle Aufmerksamkeit zu. Theo tat es ihr fast umgehend gleich.

»Du hast dich um sie gekümmert«, sagte Trixie sehr entschieden und ihr ebenso entschiedenes Nicken gab ihm das Gefühl, er stünde vor dem Jüngsten Gericht. Was immer diesem

Mädchen in seinem Leben widerfahren würde, es würde sein Jurastudium mit wehenden Fahnen bestehen. »So wie sich Chloe um uns kümmert.«

Zwar pflichtete er Trixie bei, war allerdings nicht ganz ihrer Meinung. Chloe sorgte nicht nur finanziell für ihre Geschwister, sie war auch diejenige, die ihre Socken wusch und ihre Mahlzeiten zubereitete, die ihnen vorsang, wenn sie krank waren, und ihre Hausaufgaben beaufsichtigte. Das bedurfte einer Stärke, die er nie besessen hatte. »Leider gab es in der Nähe kaum Arbeit – zumindest keine, die genug einbrachte. Deshalb bin ich nach Colville gezogen, schickte meiner Familie so viel Geld wie möglich und versuchte, mit dem Rest irgendwie hinzukommen.«

»Hast du diese Frau deshalb nicht geheiratet?«, fragte Theo und schob sich nun doch wieder eine volle Gabel in den Mund. »Die aus den Büchern? Die, die heute vorbeigekommen ist?«

Jasper zuckte zusammen. »Davon weißt du?«

»Natürlich.« Offenbar musste sich Trixie schwer beherrschen, um nicht die Augen zu verdrehen. »Wir sind vielleicht noch nicht erwachsen, aber Kinder sind wir keine mehr.«

Seltsamerweise ergab das Sinn. Vom Alter und vom Altersabstand her würden die Sampsons für Jasper immer Kinder bleiben oder ihm so vorkommen, aber seit der Flucht ihre Mutter waren sie keine mehr.

»Ich habe sie aus vielen Gründen nicht geheiratet, aber ja, das war der Hauptgrund«, sagte er. Der French Toast auf seinem Teller war schon lange kalt geworden, er schob ihn weg. »Damals hatten Frauen nur wenig Möglichkeiten, wenn sie erst einmal verheiratet waren und Kinder bekamen. Nie im Leben hätte ich unsere eigene Familie ernähren und meine Geschwister weiterhin finanziell versorgen können. Ich musste mich entscheiden.«

»Und du hast dich für deine Brüder und Schwestern entschieden?«, fragte Theo geradezu ängstlich, als brauchte er die Bestätigung, dass Jasper sich wieder so entscheiden würde. Dass Chloe ihr Leben, mochte es auch noch so schwer sein, nicht ändern wollte. »Obwohl du nicht mit ihnen aufgewachsen bist?«

»Nein, ich habe mich nicht für sie entschieden«, gab er zu. Beim Anblick von Theos Gesichtsausdruck überkam ihn das altvertraute Schuldgefühl. »Nicht, weil ich nicht wollte, Theo«, stellte er hastig klar, »sondern weil ich nicht musste. Catherine traf die Entscheidung für mich.«

Sobald er die Worte ausgesprochen hatte, erkannte er, wie wahr sie waren, und die Erkenntnis traf ihn schwer. Das Schicksal hatte Jasper in jungen Jahren hart angepackt, ihm Opfer abverlangt. Der frühe Tod des Vaters, die prekäre finanzielle Situation, in welche die Familie dadurch geraten war, die Unterstützung, die seine Mutter brauchte und deren Last allein auf seinen jungen Schultern ruhte – nie hatte er bei alldem ein Mitspracherecht gehabt.

Dennoch würde er alles genau so wieder machen. Denn in Wahrheit ging es im Leben nicht nur darum, gute Entscheidungen zu treffen, sondern vielmehr darum, überhaupt Wahlmöglichkeiten zu haben. Mehr als sechzig Jahre lang hatte Jasper im Glauben gelebt, die Optionen, die er gehabt hatte, seien sämtlich schlecht gewesen. Würde er lieber die Liebe seines Lebens verlieren oder zusehen, wie seine Familie verhungerte? Würde er lieber die Last der Einsamkeit tragen und sich für den Rest seines Lebens abrackern oder mit erdrückenden Schuldgefühlen leben?

Ihm wurde klar, dass er das Gewicht dieser Entscheidungen nie hatte tragen müssen. Vor mehr als sechzig Jahren hatte ein zartes Mädchen, dem Armut und gesellschaftliche Ächtung drohten, ihm dieses freiwillig abgenommen. Sie hatte ihr Heim und ihre Familie aufgegeben, die Behaglichkeit des ihr vertrauten Lebens, und Jaspers Optionen – gute wie schlechte – mitgenommen.

Genau das hatte man eigentlich von einer jungen Catherine Martin erwarten können. Jasper hasste sie dafür. Und mit einem halben Salto sagte sein Herz, dass er sie dafür liebte.

Wieder. Immer noch. Für alle Zeit.

»Stimmt es, dass du mit Zach verwandt bist?«, platzte Theo in seine Gedanken. »Noodle hat gesagt, er ist dein Enkel.«

Jasper nickte lediglich, denn er traute seiner Stimme nicht.

»Wenn er Chloe heiratet, bist du dann unser Opa?«, erkundigte sich Trixie mit zusammengezogenen Augenbrauen, als wollte sie ihren Stammbaum um mögliche Zweige erweitern. »Oder zumindest so eng mit uns verwandt, dass es zählt?«

Theo machte große Augen. »Wir haben noch nie einen Opa gehabt.«

»Du könntest mit uns angeln gehen!«, rief Trixie, rümpfte dann jedoch angeekelt die Nase. »Eigentlich mag ich angeln gar nicht und Noodle auch nicht, aber das machen die Opas meiner Freunde alle. Entweder das oder sie schlafen vor dem Fernseher ein.«

»Vielleicht könnte er stattdessen einfach Frisbee mit uns spielen«, schlug Theo vor.

Jasper hob die Hände, auch um die eigene hervorbrechende Begeisterung abzuwehren, deren Ursprung er sich nicht recht erklären konnte. Vielleicht, weil ihm klar geworden war, dass er Catherine nicht hasste, sondern sie wiedersehen wollte. Vielleicht, weil die Kinder die Hochzeit ihrer Schwester mit Zach planten, obwohl sich die beiden gerade einmal einen Monat kannten.

Oder es lag womöglich daran, dass ihm die Aussicht, diese Kinder unter seine Fittiche zu nehmen und gemeinsam eine Frisbeescheibe zu werfen, sehr behagte?

»Moment. Warum siehst du wieder so traurig aus?«, wollte Trixie wissen. Sie ließ ihre Gabel fallen und kam herüber, warf ihm einen Arm über die Schulter und drückte ihn – es war eine regelrechte Umarmung. Theo wollte nicht zurückstehen, war im Nu auf den Beinen und drückte Jasper von der anderen Seite.

»Wir müssen nicht Frisbee spielen«, sagt Theo. »Das war bloß ein Scherz. Wir können stattdessen irgendwas machen, was du magst.«

Jasper konnte dem Impuls nicht widerstehen und fragte: »Und was zum Teufel mag ich eurer Meinung nach?«

Die Kinder schienen sofort zu spüren, dass sich etwas verändert hatte … und dieses Etwas Jasper selbst war.

»Verstaubte alte Schinken lesen«, verkündete Theo stolz.

»Täglich acht Stunden lang Unkraut jäten«, ergänzte Trixie.

»Kinder anschreien!«

»Welpen zum Heulen bringen!«

»Deinen Feinden die Knochen brechen!«

Als sie das Ende ihrer Liste erreicht hatten, brachen die beiden kichernd zusammen. Zu Jaspers Überraschung ging es ihm fast genauso.

»Ich wusste schon immer, dass es einen Grund gibt, warum Noodle mein Lieblingsenkel ehrenhalber ist«, brummte er dann, nahm die Gabel und fing an, seinen kalten French Toast zu essen. Damit sie nicht auf falsche Ideen kamen – ihre Entzückensschnaufer ließen stark darauf schließen, dass sie zu solchen neigten –, zeigte er mit einem aufgespießten Stück auf sie. »Im Gegensatz zu euch widerspricht er nämlich nicht ständig.«

33

Jasper, Gegenwart

Jasper wusste genau, wo er sie finden würde. In der Bibliothek natürlich.

»Hier, die habe ich dir gebracht.« Aus seiner ledernen Umhängetasche holte er mehrere Bücher: den verblichenen grünen *Wendekreis des Krebses,* das zerfledderte *In einem anderen Land,* den mit vielen Unterstreichungen versehenen *Spuk im Hill House* und natürlich die fast unberührte *Sturmhöhe,* die Zach ihm vorbeigebracht hatte. »Ich habe versucht, die Anmerkungen in Letzterem zu lesen, aber weil sie nur so vor Rührseligkeit triefen, bloß einige Seiten geschafft. Vielleicht hast du mehr Freude daran.«

Chloe sah ihn mit dem großäugigen Blick an, den alle Sampsons aus dem Effeff beherrschten. »Jasper! Was tust du denn hier?« Da sie offenbar nicht gewillt war, ihm die Bücher abzunehmen, ließ er sie vor ihr auf den Tresen fallen. Offenbar gab sie irgendwelche Daten in einen der Bibliothekscomputer ein – was reine Verschwendung ihrer Talente und zudem wohl die langweiligste Arbeit auf Erden war. Aber sie war wie er damals in ihrem Alter, entschlossen, ihre Arbeit gut zu machen, und ebenso entschlossen, niemanden merken zu lassen, was es sie kostete.

»Und bevor du mir die alle wieder zurückgeben willst, sollte ich dir mitteilen, dass ich direkt von der Bank hierhergekommen bin«, ergänzte Jasper. »Du hast diesen Scheck immer noch nicht eingelöst.«

Über ihre Schulter hinweg erspähte er zwei weitere Bibliotheksmenschen. Zum einen die junge Frau, die er schon oft bei Chloes Haus gesehen hatte – sie ähnelte Lonnie Pakootas fast aufs Haar und jagte ihm genauso viel Schrecken ein wie der alte Drachen. Beim anderen handelte es sich um ein watschelndes Männchen, das Jasper auf Anhieb unsympathisch fand.

Der Mann war als Erster beim Ausgabeschalter.

»Chloe«, sagte er in einem Tonfall, der seinen Status als Herrscher dieses Bücherreichs verriet. »Belästigt dich dieser Nutzer?«

»Natürlich belästigt er sie, Gunderson«, sagte die junge Frau, die ihm dicht auf den Fersen war. »Das ist Jasper Holmes. Du erinnerst dich? Der Typ, von dem du uns erzählt hast? Der damals in den 1960ern eine Frau umbrachte und sie in seinem Garten verbuddelte?«

In seinem plötzlichen Unbehagen stolperte der Mann beinahe. Er hustete, schnaubte und gab eine Vielzahl weiterer Geräusche von sich, die man eher auf einem Bauernhof vermutet hätte als am Ausgabeschalter einer Bibliothek. »Das habe ich nie gesagt«, murmelte er und war unfähig, Jasper in die Augen zu sehen. »Es war bloß ein Gerücht, mehr nicht. Meine Frau hat in einem ihrer Foren davon gelesen.«

Chloes lachender Blick suchte Jaspers. Es war sehr lange her, dass er zu einem Menschen diese ungezwungene Nähe gehabt hatte. Automatisch fühlte er sich von ihrer Belustigung angesteckt. Gleichzeitig tat er sein Möglichstes, diesen Kerl loszuwerden. Mit Dummen hatte er noch nie Geduld gehabt, da konnten noch so viele Sampsons in sein Leben dringen, das würde sich nicht ändern.

»Ich habe Catherine vielleicht nicht getötet, aber ich war verantwortlich für ihren Tod«, verkündete er Gunderson in völlig normalem Tonfall. »Das kannst du deiner Frau gern erzählen.«

Angesichts des entsetzten Gesichtsausdrucks des Bibliothekars griff Chloe hastig ein. »Erzählen Sie Ihrer Frau nichts dergleichen, Gunderson. Die fragliche Catherine ist gar nicht gestorben. Sie ist lediglich weggezogen unter ... sagen wir, unter verdächtigen Umständen. Viele Leute waren der Meinung, sie sei tot, doch das war ein Missverständnis.«

»Das stimmt«, mischte sich die junge Pakootas ein. Sie lehnte sich gegen den Tresen und ihr schelmischer Blick tanzte zu Jaspers Augen hoch. »Fragen Sie meine Großmutter. Die hat das damals alles miterlebt.«

Dieser Gunderson öffnete den Mund und klappte ihn wieder zu, ihm fehlten eindeutig die Worte – und die Autorität, Jasper aus der Bibliothek zu werfen, was er offenbar liebend gern getan hätte.

»Zudem wird sich das tote Mädchen für absehbare Zeit in der Stadt aufhalten. Falls du mit dem Gedanken spielst, Anzeige zu erstatten, das wäre also ein sinnloses Unterfangen«, sagte Jasper. Er sah auf seine Hände hinab, die stark geädert waren und schmerzten, sobald sich Regen ankündigte. Er verzog das Gesicht. »Allerdings ist sie kein Mädchen mehr. Das ist alles lange her.«

Da berührte Chloe seine Schulter, sie hatte wieder ihren typischen sorgenvollen Gesichtsausdruck, den sich Jasper diesmal nicht erklären konnte, bis er feststellte, dass seine Hände zitterten.

»Ist es okay, wenn ich heute früher Mittagspause mache, Gunderson?«, fragte sie. »Ich würde Jasper gern nach Hause bringen. In letzter Zeit war sein Leben aufregender als üblich.«

Bei dieser Aussage – der Königin aller Untertreibungen – entspannte sich Gunderson. »Nur zu, Chloe. Heute ist sowieso nicht viel los.«

»Und ich gebe die restlichen Empfehlungen für die Urlaubslektüre für dich ein«, erklärte das Pakootas-Mädchen. »Ich bin schon mit meiner Bücherbusrunde fertig, kein Problem also.«

Chloe warf einen Blick auf ihre Kollegen und nickte. »Vielen Dank, Leute. Ich weiß, in letzter Zeit war ich nicht immer superzuverlässig, aber –«

»Nichts aber«, sagte Gunderson, »das Wohlbefinden des Nutzers hat oberste Priorität.«

Das kam Jasper recht dramatisch vor. Der Gedanke an die Zeit, die vergangen war, und die Jahre, die er vergeudet hatte, mochte ihn leicht gebeutelt haben, aber er war doch aus härterem Holz geschnitzt. Gerade wollte er Entsprechendes von sich geben, als Gundersons Blick auf den kleinen Stapel fiel.

Er berührte den Buchrücken des Hemingway. »Moment. Gehören davon welche der Bibliothek?«

Angesichts dieser Frage gab es nur eine Möglichkeit. Jasper fasste sich an die Brust und stöhnte, als würden sämtliche seiner Organe gleich explodieren. »Ich kann nicht … ich bin nicht …« Er schwankte gefährlich. »Mein Herz schlägt ganz unregelmäßig. Ich muss mich setzen.«

Chloe biss sich auf die Unterlippe. »Du Armer«, sagte sie mit bebender Stimme. »Wir dürfen keine Zeit verlieren.«

Mit einer Geschicklichkeit, die sich vielen Jahren bibliothekarischer Übung verdankte, klemmte sie sich die Bücher unter den einen Arm, schob den anderen stützend unter Jaspers Ellbogen und geleitete den Torkelnden zur Tür. Sobald ihnen die kühle Herbstluft um die Nase wehte, ließ sie los.

»Jasper, du Halunke«, röchelte sie zwischen zwei Lachern hervor. »Gunderson hat so gut wie keinen Sinn für Humor. Wenn er jetzt rauskäme und dich auf deinen eigenen Füßen stehen sähe, würde er mich wahrscheinlich feuern.«

»Ein Typ wie der?« Er winkte ab, mittlerweile zitterten seine Hände kaum noch. Die Natur hatte stets eine beruhigende Wirkung auf ihn. Warum war ihm die Ähnlichkeit mit Zach nicht schon früher aufgefallen? Es gab nur wenige Menschen, für die frische Luft mehr Balsam als Sauerstoff war, die in einer Umgebung, die einen auf Schritt und Tritt mit dem Tod bedrohte, Ruhe und Gelassenheit fanden.

»Er wird dir nicht kündigen, wenn er keinen triftigen Grund und nicht die volle Rückendeckung der Bibliotheksleitung hat«, fügte Jasper grunzend hinzu. »Er hätte Bammel vor einem Prozess – oder schlimmer, vor noch einem öffentlichen Aufschrei. Das ist typisch für solche wie ihn.«

»Hm. So habe ich das noch nie gesehen.«

Natürlich nicht. Chloe Sampson befand sich im ständigen Survivalmodus. Sie war so damit beschäftigt, jeden Tag zu überstehen – jede Woche, jeden Monat –, dass sie sich kaum Zeit zum Luftholen gönnte. Jasper hatte das ungefähr zwanzig Jahre lang selbst so gemacht. Als die Zwillinge ihren College-Abschluss in der Tasche und seine anderen Geschwister sich allmählich ein eigenes Leben aufgebaut hatten, hatte Jasper schon so lange mit den Wellen gekämpft, sich mühsam über Wasser gehalten, dass er nicht bemerkte, wie nahe er dem Ufer war.

»Jasper, ich kann diese Bücher nicht nehmen«, sagte sie, während sie gemeinsam die Treppe hinuntergingen. »Sie gehören mir nicht.«

Er war dankbar, dass sie ihm nicht zu stützen versuchte; allmählich machte ihn das ewige Hin- und Hergeschiebe der Bücher müde. Wahrscheinlich ging es den Büchern selbst auch so. Sie trugen seit viel zu langer Zeit viel zu viele Geheimnisse mit sich herum; mittlerweile wollten sie bestimmt einfach nur einen Ort finden, wo sie ihren müden Rücken ausruhen konnten.

»Mir gehören sie auch nicht«, sagte Jasper gereizt. »Und ich will sie auch nicht.«

Auf der letzten Stufe angekommen, konnte er das Gewicht von Chloes Blick spüren. Schwer, aber nicht unangenehm, wie eine Decke an einem kalten Wintertag.

»Es tut mir leid wegen Catherine«, sagte sie. »Das Wiedersehen nach all den Jahren ist garantiert schwer.«

Jasper schnaubte. »Sie zu verlieren, war schwer. Zu glauben, dass sie tot ist, war schwer. Im Vergleich dazu ist es geradezu belanglos, dass sie wieder in mein Leben hereinbricht, als hätte es die letzten sechzig Jahre nicht gegeben.« So etwas wie ein Lächeln umspielte seine Lippen. »Das ist so typisch für sie. Wenn es sich jemand traut, mit einem Sohn, einem Enkel und nach einem Leben voller Abenteuer in diese Stadt zu spazieren, dann meine Catherine. Diese Chuzpe hätte sonst niemand.«

»Moment.« Chloe kräuselte die Nase. »Heißt das, du bist nicht böse auf sie? Du vergibst ihr?«

Sein Lachen war kurz und schneidend, aber es lag kein Schmerz darin. Nicht mehr.

»Ich bezweifle schwer, dass sie mich um Vergebung bitten wird«, sagte er trocken. »Oder überhaupt daran interessiert ist. Du musst dir im Klaren sein, dass Catherine Martin ihrer Namensvetterin sehr gleicht, auch wenn sie noch so gern einen anderen Eindruck vermitteln möchte.«

Chloes Blick senkte sich auf das Exemplar von *Sturmhöhe*. Sie musste das Buch nicht einmal aufschlagen, sondern zitierte die passendste Stelle überhaupt. *»Ich wünschte, ich wäre wieder ein Mädchen«*, sagte sie, *»halb wild und verwegen und frei.«*

Jasper spürte, wie ihm die Brust eng wurde. »Sie kann so tun, als wäre sie jetzt eine erwachsene Frau mit Familie und Verpflichtungen, aber ich kenne die Wahrheit. Seit je. Sie ist ein schöner, privilegierter, grausamer Wildfang und ich liebe sie so sehr, dass nichts, was sie sagt oder tut, dies jemals ändern kann. Nicht einmal der Tod oder, schlimmer noch, sechzig Jahre Schweigen.«

Als Jasper die Worte laut ausgesprochen hatte, schienen sie zum Leben zu erwachen – und mit ihnen er selbst. Chloe jedoch sah zweifelnd drein.

»Ich verstehe nicht«, sagte sie stirnrunzelnd. »Vor kurzem hast du noch gesagt, sie können nicht einfach weggehen und dann wiederkommen, als wäre nichts geschehen – dass Catherine und meine Mutter sich nicht aufführen können, als zählten wir nicht.«

Zum ersten Mal in seinem Leben wäre Jasper gern kein starrköpfiger Sonderling gewesen, der gleich als Erstes um sich schlug, wenn er verletzt wurde, und anderen ebenfalls Schmerz zufügte.

»Das habe ich tatsächlich gesagt«, stimmte er beschwichtigend zu. »Und du kannst mit Fug und Recht anzweifeln, ob das, was ich da und auch sonst von mir gegeben habe, klug ist. Aber unsere jeweilige Situation ist anders, Chloe. Dein Bruder und deine Schwester haben mir die Augen geöffnet. Als Catherine ging, tat sie das, weil sie das Richtige tun wollte – auch wenn es falsch war. Als deine Mutter ging ...« Er verstummte, weil er nicht wusste, wie weit er gehen konnte, ohne die Sache noch zu verschlimmern. Schließlich befand er, dass beschönigen zwecklos war.

»Sie wollte ein sorgenfreieres Leben haben«, sagte er schlicht. »Sie dachte ausschließlich an sich.«

Chloe wurde sehr still. »Meinst du, ich soll sie bitten, zu gehen?«, fragte sie schließlich ruhig.

Genau dieser Meinung war Jasper, aber er würde sich hüten, Chloe zu sagen, was sie tun sollte. Zum Lebensberater taugte er genauso wenig wie Theo.

»Wenn du ihr weiterhin einen Platz in deinem Leben einräumst, müsstest du weniger schultern«, sagte er wahrheitsgetreu. »Derzeit ist sie so schuldbewusst, dass du sie wahrscheinlich um alles bitten könntest. Und ihr Mann scheint ein ganz anständiger Kerl zu sein. Geld, Haus, Lebensmittel, Kinderbetreuung, sogar die Chance, wieder zurück aufs College zu gehen ... momentan ist wohl alles drin.«

»Oh«, sagte sie. Nur das – nur oh – und was von Jaspers Entschlossenheit noch übrig geblieben war, löste sich in Luft auf.

Er nahm ihr die Bücher aus der Hand, bückte sich und legte sie auf der nächsten Treppenstufe ab. In seinem Rücken knackste es und sicherlich würden ihm seine Knie diese Aktion nicht so schnell vergeben, doch er stellte zufrieden fest, dass er sich ganz wacker schlug.

»Chloe, hör mir zu. Dein Leben wird einfacher, wenn deine Mutter da ist, aber du brauchst sie nicht. Nicht, wenn du sie nicht in deinem Leben haben möchtest.«

»Nein?«

»Nein.« Er legte ihr die Hände auf die Schultern, bis sie ihn ansah. Wie war er nur auf die Idee gekommen, dass sie ihrer Mutter gleichsah? Ihre Gesichtszüge wiesen große Ähnlichkeit auf und bestimmt würde Chloe ebenso anmutig altern, aber in diesen klaren grünen Augen lag so viel Unsicherheit und Entschlossenheit. So viel Güte.

»Alles, was ich gerade aufgezählt habe – das Geld und die Kinderbetreuung, die Voraussetzung für eine weiche Landung?« Er verstärkte seinen Griff um ihre Schultern. »Das hast du bereits. Ich habe lange allein in meinem leeren Haus gesessen und euch zugesehen, wie ihr groß wurdet. Ich weiß, ich bin als Nachbar nicht einfach gewesen –«

Sie schnaubte und er antwortete mit einem Schmunzeln.

»Na schön, ich war eine grauenvolle Landplage, aber du weißt, was ich meine. Ich würde euch gern helfen – dir und Noodle und Theo und Trixie und sogar eurem Taugenichts von Köter. Du musst nichts annehmen, was du nicht willst, und ich werde nie, ohne zu fragen, in dein Haus oder dein Leben dringen, aber du sollst wissen, dass ich da bin und du eine Wahl hast. Wenn du diese Frau wieder in dein Leben lässt, dann tu dies im Bewusstsein, dass du ihr nichts schuldest – und sie noch weniger brauchst. Nicht solange du mich hast.«

Statt auf sein Angebot zu reagieren, biss sie sich auf die Unterlippe und blickte auf die Bücher hinunter. »Willst du sie echt nicht zurück? Die Bücher? Deine Liebesgeschichte?«

»Ich brauche die Liebesgeschichte nicht«, sagte er mit einer Leichtigkeit, die er sehr lange nicht mehr gespürt hatte. Wie sich Chloe auch entscheiden mochte, das Wissen, dass sie Wahlmöglichkeiten hatte, tat ihm gut – und ausnahmsweise waren es gute Optionen. »Nicht, wenn es noch so viele andere Geschichten gibt, die ich lesen muss.«

34

Catherine, Gegenwart

Ich wusste genau, in welchem Augenblick Jasper im Lichtspielhaus ein paar Reihen hinter mir Platz nahm.

Es wäre übertrieben zu sagen, dass ich ihn fühlte oder roch oder sich die Luft auf eine Art veränderte, die nur eine Geliebte wahrnehmen kann. Zum einen war es im Kino so dunkel, dass ich kaum den Popcorneimer vor mir erkennen konnte. Zum anderen war der Ton so stark aufgedreht, dass das fragile Art-déco-Gebäude fast in seinen Grundfesten erschüttert wurde. Nein, ich wusste es, weil der alte Trottel ungefähr so subtil war wie ein Rammbock.

»Du kannst genauso gut herkommen«, sagte ich, ohne mich zu ihm umzudrehen. Für den Fall, dass er mich wegen der Explosionen, die aus den Lautsprechern drangen, nicht hören konnte, erhob ich meine Stimme: »Wir sind die Einzigen hier im Saal, also können wir es genauso gut hier hinter uns bringen. Dieses Kino hat sich in den letzten sechzig Jahren nicht besonders verändert, was sagst du?«

Ich spürte genau, in welchem Moment er nachgab. Seine Schritte waren so energisch wie immer, der Rhythmus eines Mannes, der sich nie angepasst hatte. Während er die Treppe hinunterging, grummelte er unentwegt vor sich hin.

»Die Frau von der Security ist der Bösewicht«, sagte er, als er sich wuchtig auf den Sitz neben mir fallen ließ. Popcorn hüpfte aus dem Eimer und verteilte sich auf meinem Schoß. »Den habe ich schon gesehen.«

»Natürlich«, sagte ich und klang wie eine Frau, die sich weder dadurch reizen ließ, dass er ihr den Film ruiniert hatte, noch durch die betrübliche Vorahnung, dass die Butterflecken höchstwahrscheinlich nicht aus meinem Chiffonrock herausgehen würden. Man konnte davon ausgehen, dass ein Mann – und dieser im Besonderen – komplett unbedarft war, was den Umgang mit empfindlichen Stoffen betraf, geschweige denn deren Pflege. »Dieses Städtchen hat genau eine Kinoleinwand. Ein Film läuft zwei Monate lang. Den hier hast du wahrscheinlich acht Mal gesehen.«

Zu meiner Überraschung ließ ein leises, freundliches Lachen den Sitz neben mir wackeln. »Was bist du für ein Snob geworden, Catherine. Ich hätte es ahnen können.«

Ich wandte mich ihm zu und stellte überrascht fest, dass sein Lachen von einem ebenso freundlichen Lächeln abgelöst worden war. »Wie bitte?«

»Das Mädchen, das ich kannte, scherte sich keinen Deut um seine Klamotten, es war vielmehr am glücklichsten, wenn es überhaupt keine trug.« »Er stutzte kurz.« »Wenn man's genau nimmt, war auch ich dann am glücklichsten.«

Mit einem Ruck setzte ich mich aufrecht hin. Diesmal spritzte das Popcorn nach allen Seiten und es war allein meine Schuld. »Jasper Holmes, du alter Schmutzfink! Wie kannst du bloß sowas zu mir sagen? Ich bin Großmutter.«

»Und ich offenbar Großvater. Die letzten Tage waren höchst seltsam.«

Diese Bemerkung gab mir zu denken – und auch einen kleinen Stich in die Herzgegend. Es konnte genauso gut eine gastroösophageale Reaktion auf die ungesunde Menge Butter sein, die ich vertilgt hatte, doch die Wahrscheinlichkeit war groß, dass es sich um Gewissensbisse handelte.

»Jasper, ich –«

Seine Hände legten sich über meine, brachten mich zum Schweigen, noch ehe ich überhaupt wusste, was ich sagen wollte. Dass es mir leidtat, natürlich tat es das, andererseits aber auch nicht. Es tat mir leid, dass ich bei ihm so hereingeplatzt war und zwar in der Annahme, er würde mich mit offenen Armen empfangen. Es tat mir leid, dass ich ihn all die Jahre im Glauben gelassen hatte, ich sei tot und unser Kind mit mir gestorben.

Aber das war's dann auch. Weder bereute ich meinen Sohn noch meinen Enkel. Ich bedauerte weder, wo ich überall gewesen war noch was ich getan hatte. Ich bedauerte nicht einmal, dass ich eine Liebe wie die unsere verloren hatte. Damals war uns das nicht klar gewesen, aber sie hätte uns verschlungen. Was sie trotzdem auf gewisse Weise getan hatte – nur war ich nicht dageblieben und Zuschauerin geworden, wie sie auf spektakuläre Weise à la Brontë unser Leben vernichtete. Ich war gegangen, bevor unsere Liebe uns zerstören konnte.

»Du bleibst aber nicht in Colville, oder?«, fragte er, als hätte er jeden meiner Gedanken gelesen.

»Nein.« Ich drückte seine Hand, in der Hoffnung, dass er verstand. Er liebte diesen Ort sehr. Zach ebenfalls, aber für mich würde er nie mehr sein als ein kleines, engstirniges Stück Welt. Ein besonders schönes Stück, zweifellos, eines, in dem es mir gefallen hatte, aber nicht so sehr, um dort den Rest meines Lebens zu verbringen. »Und du wirst nicht nach New York ziehen, oder?«

Das brachte ihn wieder zum Lachen. »Ich wollte mir die Stadt immer mal ansehen, aber nein. Was soll ich da? Fremde mit dem Pferdewagen durch den Park kutschieren? Eine Topfpflanze finden und mich drin verstecken?«

»Aber du kannst mich jederzeit besuchen. Ich habe dieser Tage viel Platz.«

»Dieser Tage?«, wiederholte er. »Soll das heißen, daheim wartet kein ungeduldiger Ehemann auf dich?«

Mir gefiel, dass er mutig genug war, diese Frage zu stellen. Noch besser gefiel mir, dass er sich innerhalb weniger Minuten dazu überwunden hatte. »Es hat nie einen Ehemann gegeben, Jasper. Es stellte sich heraus, dass ich keine großartige Verwendung für einen habe.«

Das gab ihm kurz zu denken, zeitgleich blitzte der Abspann auf. Keiner von uns machte Anstalten, sich aus dem Sitz zu erheben.

»Aber warst du nicht einsam?«, hakte er nach.

»Eigentlich nicht.« Es tat gut, ohne Beschönigung die Wahrheit zu sagen. Mit Jasper hatte ich mich schon immer mühelos unterhalten können. Nicht, weil er ein besonders guter Zuhörer war, und ganz gewiss nicht, weil er ein gewandter Gesprächspartner gewesen wäre, sondern, weil ich mich bei ihm sicher fühlte. »Wie denn auch? Du hast Zach kennengelernt, daher weißt du, wie erfüllt mein Leben gewesen ist. Bates wirst du sogar noch mehr mögen. Er sagt, er würde dich gern treffen, aber erst, wenn du dazu bereit bist.«

Das schallende Gelächter, das dieses Geständnis auslöste,

ließ mich kurz zusammenzucken. Hatte die Erwähnung des Menschen, für dessen Existenz er zur Hälfte verantwortlich war, das Fass endgültig zum Überlaufen gebracht, ihn in den Wahnsinn getrieben? Doch das Gelächter versiegte in einem warmen Glucksen.

»Bates?«, wiederholte er. »Catherine, das ist nicht dein Ernst.«

Auch in mir stieg ein Kichern hoch. Das Mädchen von damals regte sich in mir, was es schon seit Urzeiten nicht mehr getan hatte. Auch wenn die Aussage, ich könnte nie an diesem Ort leben, mein Ernst gewesen war, begriff ich allmählich, dass es seinen Reiz hatte, wenn man in der Stadt seiner Jugend blieb. Selbst dieses Lichtspielhaus, in dem ich einst saß und mit Jasper geflirtet hatte, wir beide so jung und unschuldig, dass ich beinahe die Geister unserer Vergangenheit hinter uns sitzen spürte, war viel mehr als lediglich vier Mauern und eine verblichene Kinoleinwand.

»Ich hatte keine Wahl«, protestierte ich. »In dem Augenblick, als ich sein wütendes, zerknittertes Gesichtchen zum ersten Mal sah, wusste ich, dies ist der einzige Name für ihn. Es hätte schlimmer kommen können. Ich war kurz davor, ihn Norman zu nennen.«

Erneut schmunzelte er, aber ich ahnte, dass es in seinem Gehirn ratterte. »Ich möchte ihn eigentlich auch gern kennenlernen«, sagte er. »Nicht sofort – ich muss das alles erst verdauen. Aber vielleicht in ein paar Monaten.«

»Bestens. Du wirst Gefallen an ihm finden. Jahrzehntelang habe ich versucht, aus ihm einen sanften, kultivierten Mann von Welt zu machen, aber er kommt ganz nach dir. Und Zach ebenfalls. Du hättest mich warnen sollen, wie stark deine Gene sind. Ich hatte nie auch nur den Hauch einer Chance.«

Als er nicht antwortete, sondern weiterhin auf den endlosen Abspann starrte, fürchtete ich, dass ich zu weit gegangen war. Es war zu viel auf einmal. Er musste sechzig Jahre aufholen, sah, wie sich seine Vergangenheit aus dem Grab erhob. Das war nicht einfach.

Doch als er endlich sprach, lag ein Lächeln in seiner Stimme. »Sehr gut. Sie haben dir hoffentlich die Hölle heiß gemacht.«

»Oh, und wie – in gewisser Weise übrigens immer noch. Hast du etwa gemeint, ich wäre den ganzen Weg hierhergekommen, nur weil ich dich sehen wollte? Zach trägt die Schuld, ohne ihn wäre ich nicht gekommen. Er wollte diesen Ort sehen, dich sehen. Ich konnte mir den Mund fusselig reden, er ließ sich nicht davon abbringen.« Ich riskierte einen Blick aus den Augenwinkeln auf ihn. »Wenn ich es dir doch nur begreiflich machen könnte, Jasper. Die Art und Weise, wie ich gegangen bin, war auch für mich nicht einfach. Ich habe das gesamte dritte Trimester durchgeheult. Und danach, nun ja ...«

Ich verstummte. Wie konnte ich diesem Mann die Qualen schildern, die ich in meinen Zwanzigern und Dreißigern durchgemacht hatte? Wohl wissend, dass er immer noch hier war und sich für seine Familie bis auf die Knochen abrackerte. Wider besseres Wissen hoffend, dass er darüber hinwegkommen und seinen Weg finden würde.

»Du musst dich mir gegenüber nicht rechtfertigen«, sagte er. Ich glaubte ihm erst, als er mir den Kopf zudrehte, seine Augen waren immer noch so leuchtend und blau, das sah ich selbst im Flimmerlicht des Abspanns – als blickte ich in ein

Fenster zur Vergangenheit. In einem Anfall von Galanterie – eine Inspiration, die er weit weg von diesem hinterwäldlerischen Kaff aufgeschnappt haben musste –, hob er meine Hand an seine Lippen und küsste sie leicht. Unwillkürlich und obwohl ich viel zu alt für eine weitere verhängnisvolle Liebesgeschichte war, spürte ich mein Herz flattern. »Du hast mir von Anfang an gesagt, wie es ausgehen wird. Ich war nur zu sehr mit mir selbst beschäftigt, um es zu registrieren.«

Ich war mir nicht im Klaren, was mich mehr verunsicherte, der Kuss oder seine Worte. »Habe ich das? Wann?«

»Ich habe Chloe die Bücher gegeben, daher kann ich dir das genaue Zitat nicht mehr zeigen, aber ich erinnere mich daran, als wäre es gestern gewesen.« Er lächelte, aber das Lächeln galt nicht mir. Es galt dem Burschen, der er einst gewesen war, dem Burschen, der zum Großteil noch immer in ihm lebte. »Ich bin keine Hemingway-Heldin, hast du gesagt. Du hast dich geweigert, um die Erlösung des Helden willen im Kindbett zu sterben. Bei diesem Stichwort hätte ich wissen müssen, was du vorhast.«

Da rauschte mir etwas Helles durch die Adern. Es war das gleiche Gefühl, das ich immer gehabt hatte, wenn ich ein funkelnagelneues Manuskript eines unbekannten Autors entdeckte, das gleiche Gefühl, das am Tag, als Bates geboren wurde, meine Traurigkeit verdrängte. Als würde ich ein Buch zum ersten Mal aufschlagen, als eröffnete sich mir die Welt.

»Habe ich das tatsächlich gesagt? Was war ich für ein grauenvolles Biest.« Ich schüttelte den Kopf und fühlte mich geistig und körperlich so leicht wie schon seit langem nicht mehr. Ich wusste nicht, ob ich Jaspers Vergebung verdiente, war mir aber fast sicher, dass sie so gut wie nichts mit mir zu tun hatte. Annehmen würde ich sie trotzdem. »Mir ist schleierhaft, was du in mir gesehen hast. Nachdem ich weg war, hast du dich hoffentlich noch Dutzende Male verliebt.«

»Kein einziges Mal.«

Der Abspann war vorbei und die Lichter des Kinos gingen an. Kaum war der Raum voll erleuchtet, konnte ich die Risse im Wandverputz sehen, die schmutzige Auslegware und die noch schmutzigere Treppe. Jasper nahm das offenbar nicht wahr. Sein Blick war unverwandt auf mich gerichtet, nicht traurig, aber wehmütig und ein klein wenig verlegen.

»Tut mir leid, wenn es nicht das ist, was du hören willst, doch du warst für mich die ganze Geschichte«, sagte er. »Der Anfang, die Mitte und das Ende. Ich musste keine weitere Liebesgeschichte anfangen, wenn die vollkommene schon geschrieben war.«

»Jasper«, sagte ich. Es war eher ein Flehen. »Ich hätte dich nicht glücklich gemacht. Das muss dir doch mittlerweile klar sein. Egal, wie sehr ich mich bemüht hätte, mich in dein Leben einzufügen, oder du mir in meines gefolgt wärst, es gab schlichtweg keinen Ort, wo eine Schnittmenge der beiden möglich gewesen wäre.«

»Das weiß ich doch«, sagte er leise. »Aber ich hätte für den Versuch Himmel und Hölle in Bewegung gesetzt.«

Ich öffnete den Mund zu einer Entgegnung, obwohl ich gar nicht wusste, was ich sagen wollte, doch er war noch nicht fertig.

»Ich habe nie zu den Menschen gehört, die große Sehnsüchte hatten«, sagte er. »Ein Dach über dem Kopf, Essen auf dem

Tisch und einen Stapel Bücher, mehr brauchte ich für ein ruhiges, zufriedenes Leben nicht. Glaubte ich zumindest.«

»Und das glaubst du mittlerweile nicht mehr?«, fragte ich. »Meinetwegen?«

»Nicht direkt.« Er verzog die Lippen zu einem reumütigen Lächeln. »Aber wegen Zach. Und Chloe. Und Noodle und Theo und Trixie. Kann ich dich, bevor du zurück nach New York und dein großartiges, mondänes Leben verschwindest, um einen einzigen Gefallen bitten?«

»Um jeden«, sagte ich. Und diese Worte meinte ich ernst, ernster als je eine Silbenkombination. Nach allem, was er mir geschenkt hatte – meine Freiheit, meine Familie und seine Vergebung –, gab es nichts, was ich nicht für ihn tun würde. »Um wirklich jeden.«

Fünfter Teil

35

Chloe

Ich konnte mich nicht entscheiden, ob das Buch, das ich las, eher eine Komödie oder eine Tragödie war. Auf dem College hatte ich einmal ein Shakespeare-Seminar belegt, in dem die Professorin behauptete, die besten Werke des guten alten Will seien jene, in denen er beides vermische. Wahres Talent, hatte sie gesagt, sei die Fähigkeit, das Licht im Dunkel und das Dunkel im Licht zu zeigen.

Leider hatte ich das Seminar nach der Hälfte abbrechen müssen, hatte daher nicht den kompletten Überblick, aber wenn es darum ging, mich gleichzeitig zum Lachen und Weinen zu bringen, konnte Shakespeare einer jungen Catherine Martin nicht das Wasser reichen.

»Was ist so lustig?«, wollte meine Mutter wissen, als sie ins Wohnzimmer kam, in dem ich mit untergezogenen Beinen und *Sturmhöhe* auf dem Oberschenkel saß. »Ich kann dich bis in die Küche kichern hören.«

Ich schenkte ihr ein schwaches Lächeln. Es war immer noch gewöhnungsbedürftig, dass sie hier wie selbstverständlich ein- und ausging, aber ich wurde schon besser darin, meine Anspannung zu kaschieren.

»Ich lese eines der Bücher, die Jasper mir gestern gegeben hat«, sagte ich und hob es hoch. »Catherine hat ihm damals in den 1960ern alle möglichen Nachrichten reingeschrieben.

Sieh mal, genau hier, das ist die Stelle, an der Catherine gleich sterben wird. *›Sie ist ohnmächtig oder tot‹, dachte ich. ›Umso besser. Viel besser, sie wäre tot, als dass sie langsam dahinsiecht, eine Last und eine Qual für ihre Umgebung.‹*«

Meine Mutter krauste die Nase genau wie Theo, wenn er ein kompliziertes Minecraft-Gebäude konstruierte. »Das hört sich für mich nicht sehr lustig an. Du vergisst, dass ich das Buch gelesen habe. Ich kann mich an den Schluss erinnern.«

»Es soll ja auch nicht lustig sein«, erklärte ich. Aber Catherine schrieb an den Rand:

Du weißt ja bereits, was ich von dem »Die Heldin muss sterben, um den Helden zu retten«-Topos halte, aber es ist was Wahres dran. »Was ist der Sinn des Lebens, wenn man alle um sich herum nur unglücklich macht? Wozu sind wir auf der Welt, wenn nicht, um das Leben derer besser zu machen, die wir zurücklassen?«

Meine Mutter runzelte die Stirn noch heftiger. Sie verschränkte die Arme und lehnte sich mit einer Miene, die ich beinahe vergessen hatte, an den Türrahmen. Genauso hatte sie mich immer angesehen, wenn sie mich lange nach der Schlafenszeit beim Lesen unter der Bettdecke erwischt hatte. »Das ist auch nicht sehr lustig.«

Mit einem Seufzer klappte ich das Buch zu. »Ich weiß, aber während sie das schrieb, hat sie tatsächlich ihren eigenen Tod inszeniert. Sie tötete die Heldin – sich selbst –, um den Helden zu retten – Jasper. Doch sie schied nicht dahin, sondern verschwand stattdessen und lebte jenes mondäne Leben, von dem die meisten von uns nur träumen können. Es mag jetzt kein Schenkelklopfer sein, ist aber ziemlich ironisch.«

Ich verstummte und betrachtete meine Mutter lange. Als sie hier eingetrudelt war, mit Todd im Schlepptau, der genügend Koffer für eine Weltreise anschleppte, sah sie aus, als wäre sie direkt vom Laufsteg auf die Veranda des Hauses gesprungen, die Haare vom Friseur geglättet, ihre rotlackierten Nägel spitz gefeilt, ihre Absätze so hoch, dass sie mich überragte. Jetzt nach einer guten Woche sah sie ... anders aus. Alles Helle und Leuchtende an ihr war zu einem faden, stumpfen Grau verblichen.

»Als sie das schrieb, war sie nur ein paar Jahre älter als Trixie heute«, ergänzte ich, da ich etwas sagen musste. Eine von uns musste das Gespräch am Laufen halten und wie immer war ich diejenige. »Das bedrückt mich am meisten. Sie waren damals fast noch Kinder, trugen aber das Gewicht der Welt auf ihren Schultern.«

»Lass das«, sagte meine Mutter unvermittelt und hob eine Hand, als wollte sie eine weitere Diskussion abwehren.

Erschrocken über die Heftigkeit ihres Tonfalls blinzelte ich zu ihr hoch. »Entschuldigung. Langweilt es dich, wenn ich ständig über die beiden rede? In letzter Zeit bin ich etwas besessen von ihrer Geschichte, aber –«

»Chloe, bitte.«

»Ich höre ja schon auf«, versprach ich und versuchte, mir nicht anmerken zu lassen, wie sehr mich ihre Worte getroffen hatten. Zugegebenermaßen hatte ich bis auf Bücher und die Kinder nicht besonders viel Gesprächsstoff zu bieten, aber ich hielt mich trotzdem nicht für eine völlige Langweilerin. Bevor ich erfuhr, dass Zach mich lediglich benutzt hatte, um seinem

Großvater näherzukommen, hatte ich mir gar eine gewisse Wirkung zugeschrieben.

Ich legte das Buch weg und richtete meine Aufmerksamkeit auf meine Mutter. »Was ist los?«, fragte ich und stellte plötzlich fest, dass es im Haus ausnahmsweise sehr still war. »Wo sind eigentlich alle? Theo und Trixie sind in der Schule, aber –«

»Noodle und der Hund sind bei diesem Mann. Nebenan.« Sie machte einen Schritt ins Wohnzimmer, überlegte es sich anders und zog sich wieder zurück. »Und Todd habe ich zum Einkaufen geschickt. Lebensmittel und so weiter. Wenn wir gehen, möchte ich, dass ihr für eine Weile versorgt seid.«

Im Gegensatz zu meiner Mutter lag mir Zaudern nicht. Im Nu war ich auf den Beinen und an der Wohnzimmertür. »Moment. Du gehst? Jetzt schon? Bevor Noodle seinen Gehgips los ist?«

Die Art, wie sie zusammenfuhr, kam einer Ohrfeige gleich – allerdings hätte ich nicht sagen können, wer von uns beiden die Ohrfeige bekam.

»Das ist alles nicht einfach für mich«, sagte sie und ihre Stimme wurde immer leiser. »Nach so vielen Jahren heimzukommen, zu sehen, wie erwachsen alle sind, wie sehr sie mich hassen …«

Ich hätte protestieren müssen, ihr versichern, dass Theo und Trixie lediglich mit ihren Gefühlen und Hormonen zu kämpfen hatten und sich alles irgendwann einrenken würde, aber das konnte ich nicht. Denn ich war mir nicht sicher, ob sie diese Lüge überhaupt verdient hatte.

Nicht einmal zwei Wochen hatte sie durchgehalten.

»Bitte sag mir, dass du wenigstens lange genug bleibst, um dich zu verabschieden«, sagte ich und spürte, wie das Eis in meinen Adern in meine Stimme wanderte. »Sie haben das einmal überlebt, aber du hast offenbar keine Ahnung, wie knapp das war. Es dauerte Monate, bis ich das gesamte Vormundschaftsverfahren durchlaufen hatte und sie wieder heimholen konnte. Die Anwaltskosten stottere ich übrigens immer noch ab.«

»Todd soll dir über die Summe einen Scheck ausstellen«, sagte sie, das Wesentliche ignorierend. »Und diesmal schicke ich euch Geld, jeden Monat, versprochen.«

Ich schloss die Augen, wollte nicht nur ihren Anblick ausblenden, sondern alles andere auch: Wie müde und traurig sie aussah, wie ausgelaugt von sämtlichen Erinnerungen, die dieses Haus barg. Auch mein Verständnis hätte ich am liebsten ausgeblendet.

Denn ich verstand sie. Das ärgerte mich am meisten. Meine Mutter erkannte nicht, wie viel Leben und Zukunft in diesem Haus steckten. Ihr fielen nicht die vielen Klebezettel auf, die rund um den Computerbildschirm hingen und Theo daran erinnerten, was er alles für sein Minecraft-Königreich geplant hatte: Creeper-Käfige, ein Schlachthaus für Kühe, unterirdische Lavaröhren in der Form eines Pentagramms. Auch die Bücher, die Trixie penibel neben ihrem Bett aufgestapelt hatte, bemerkte sie nicht, alles Biografien berühmter Rechtsgelehrter und Juristinnen, sämtlich so über ihrem Leseniveau, dass sie zur Lektüre Monate benötigte. Noodle behandelte sie immer noch wie ein Bübchen, das Angst vor seinem eigenen Schatten hat, nicht wie einen jungen Mann, der seine eigene Persönlichkeit findet – sanft, süß und ein wenig seltsam.

Und mich, mich bemerkte sie kaum. Wäre das der Fall, hätte sie die Kinder nie im Stich gelassen, ohne mir vorher Bescheid zu geben.

Sie musste gewusst haben, dass ich alles für die drei tun

würde – und zwar so lange sie mich brauchten. Denn das taten die Catherines, die Jaspers und Chloes dieser Welt. Manchmal brachen wir zu großen Abenteuern auf. Manchmal blieben wir daheim und vergruben uns in Büchern. Aber Liebe stand für uns immer an erster Stelle. Immer.

»Geld wäre gut, danke«, sagte ich und ignorierte vergeblich den bitteren Geschmack der Worte auf meiner Zunge. Es brachte mich fast um, von dieser Frau ein derartig erbärmliches, zweitklassiges Geschenk anzunehmen, aber Lonnie und Pepper hatten recht. So ungern ich Hilfe annahm, manches war wichtiger als mein Stolz.

Und dazu zählte meine Familie.

»Du kannst jederzeit vorbeikommen«, sagte ich. »Das ist mindestens ebenso dein Haus wie unseres. Ich kann nicht versprechen, dass dich die Kinder mit offenen Armen empfangen, aber der Versuch steht dir zu.«

»Was das betrifft.« Sie hob einen Finger, drehte sich um und ging in die Küche. Papierrascheln drang an mein Ohr. Als sie zurückkam, hielt sie in einer ihrer manikürten Hände eine Aktenmappe, die sie mir entgegenstreckte, ehe ich auch nur blinzeln konnte. »Das ist für dich. Es ist die Eigentumsurkunde für das Haus. Es tut mir leid, dass es so lange gedauert hat, bis ich sie dir überschrieben habe. Mir war gar nicht bewusst, dass sie noch auf meinen Namen lautet, bis …« Nervös überspielte sie ihr plötzliches Unbehagen. »Also. Das Haus gehört jetzt dir. Bleib drin, wenn du willst. Oder verkauf es und zieh mit den Kindern woandershin. Aber denk daran, mir dann eure neue Adresse zu schicken, ja? Ich würde gern in Kontakt bleiben … so gut ich eben kann. Das verstehst du doch?«

Die Tragweite dessen, was sich hier zwischen uns abspielte, war mir sehr wohl bewusst. Sie schenkte mir das Haus – klein und renovierungsbedürftig, aber trotzdem hundertfünfzigtausend wert –, und sie schenkte mir damit einen Ausweg aus diesem Leben, dieser Stadt. Wenn ich wollte, konnte ich mit den Kindern nach Spokane ziehen. In der Nähe von Unis und Optionen neu anfangen. Mir etwas Eigenes aufbauen.

Doch als ich den Mund aufmachte, ging es nicht um die Urkunde in meiner Hand.

»Bis was?«, fragte ich.

Verwirrt blinzelte sie und ein paar Tränen, die ich geflissentlich ignorierte, verirrten sich ihre Wangen hinab. »Hä?«

»Gerade eben hast du gesagt, dir sei nicht bewusst gewesen, dass dir das Haus gehört – bis … und dann kam nichts mehr. Was wolltest du sagen?«

Sie fuhr sich mit dem Handrücken über die Augen. Mascaraklümpchen hinterließen schwarze Streifen auf ihrem Gesicht. »Nichts, ehrlich. Nur dass es mir echt leidtut, Chloe. Natürlich ist das völlig unzureichend, aber du musst begreifen, dass das alles hier zu viel für mich war. Als du hier gewohnt hast und mich bei den Kindern unterstützen konntest, kam ich ganz gut zurecht, aber nachdem du weg warst …« Sie schüttelte den Kopf, was wohl Bedauern signalisieren sollte, doch ich sah einzig ihre Eitelkeit, ihre Schwäche und ihre Unfähigkeit, jemanden mehr zu lieben als sich selbst. »Ich bin nicht dazu gemacht, so was allein durchzustehen.«

In diesem Moment rastete ich aus. Gern würde ich sagen, dass ich Gift und Galle verspritzte, wie Jasper Holmes in seiner zornrotesten Wut, dass der Stress und die Angst der letzten vier Jahre freigesetzt wurden – oder dass ich sie redegewandt mit einem literarischen Zitat vernichtete. Stattdessen kappte ich die letzte Verbindung in meinem Herzen und übrig blieb das einzige Gefühl, das sie tatsächlich verdiente: Mitleid.

»Du warst nie allein, Mom«, sagte ich. »Das war dein Irrtum –, nicht dass du dich mitten in der Nacht davongestohlen oder drei Minderjährige dem Staat überlassen hast, nicht einmal, dass du ewig weggeblieben bist und nie von dir hast hören lassen. Der springende Punkt ist, dass mehrere wunderbare Menschen mit dir in diesem Haus lebten, und du kein einziges Mal innegehalten und dir vor Augen geführt hast, was das für ein Glück war.«

Sie zuckte zusammen, nahm aber gefasst jedes Wort hin. »Ich weiß. Deshalb schenke ich dir das Haus. Euer Nachbar hatte jede Menge zu diesem Thema zu sagen. Es ist mir ein Rätsel, wie und womit ihr Kinder ihn auf eure Seite gezogen habt, aber es muss etwas Außergewöhnliches gewesen sein. Als ich hier wohnte, war er so fies zu mir, dass ich jedes Mal zitterte, wenn bei ihm das Licht anging.«

»Er ist immer noch fies«, sagte ich automatisch. »Mittlerweile können wir darüber hinwegsehen und den wahren Jasper darunter erkennen.«

Meine Mutter nickte verstehend, aber sie begriff nicht. Doch das war nicht wichtig. Wenn man die beiden nebeneinanderstellte, der eine ein mürrischer alter Mann, der schlechte Umgangsformen und noch weniger Taktgefühl hatte, die andere eine schöne Frau in den Vierzigern, mit einem Lächeln, das den Nachthimmel erleuchtete, würden alle die Gesellschaft Letzterer vorziehen.

Doch damit hätten sie die falsche Wahl getroffen. Ja, Jasper war mürrisch und voller Ecken und Kanten, aber meine Mutter war ein schönes, ätherisches Nichts. Ich hatte tief in Jaspers Vergangenheit eintauchen müssen, um zu begreifen, dass das Leben besser war, wenn man etwas hatte, an dem man sich festhalten konnte. Keine Erinnerungen oder Hoffnungen, sondern etwas Konkretes. Jemanden aus Fleisch und Blut.

»Er wird von jetzt an gut auf euch aufpassen«, fügte meine Mutter hinzu, als könnte sie Gedanken lesen. »Jedenfalls besser, als ich es getan habe.«

Sie verstummte und sah zugleich unbehaglich und hoffnungsfroh drein. »Darf ich dich umarmen, Chloe? Ein letztes Mal, bevor ich gehe?«

Ich nickte, ohne dass ich die Frage überhaupt verarbeitet hatte – nicht den Teil mit der Umarmung, aber »ein letztes Mal«. Vielleicht glaubte sie tatsächlich, dass dies die erste vieler solcher Umarmungen war, doch als sie mich fest an sich drückte, wusste ich tief im Inneren, sie würde nicht wiederkommen.

»Todd und ich holen die Kinder von der Schule ab.« Sie ließ mich los und ihre frische Gesichtsfarbe kehrte bereits zurück. Nachdem sie jetzt die letzte Verbindung zu diesem Ort – und zu ihrer Familie – gekappt hatte, war sie wie ein Vogel, dem nach der Mauser ein neues Federkleid wächst. »Wir verabschieden uns dort.«

»Und Noodle?«, fragte ich angespannt.

Sie richtete ihren Blick auf eine Stelle gut zehn Zentimeter über meinem Kopf. »Ich geh kurz rüber und sage ihm, dass wir gehen. Aber wahrscheinlich würde ihm unsere Abwesenheit überhaupt nicht auffallen. Er hat mich zwar angerufen und hergebeten, aber ... Chloe, ist er eigentlich nicht ziemlich herzlos?«

Nichts ahnend überreichte sie mir damit ihr Abschiedsgeschenk. Indem sie ihr Unverständnis für Noodle kundtat, zerschnitt sie den letzten Zuneigungsfaden, der mich mit ihr verband. Fast so als täuschte sie ihren eigenen Tod vor, ehe sie in die Nacht hinaus entschwand. Sie würde uns Geld schicken – falls sie daran dachte –, und womöglich gelegentlich sogar eine Geburtstagskarte frankieren, aber wir waren endlich frei.

»Ihr Herz war ein verborgener Garten, von sehr hohen Mauern umgeben«, kam mir unwillkürlich eine meine Lieblingsstellen aus der *Brautprinzessin* über die Lippen, der ich Worte hinzufügte, die auf meinem eigenen Mist gewachsen waren: »Leider hast du nicht gelernt, darüberzuklettern.«

Sie erkannte das Zitat fast sofort. »Das Buch haben wir beide immer geliebt.«

»Es gibt schlimmere Gemeinsamkeiten«, pflichtete ich ihr mit einem wehmütigen Lächeln bei. »Lebwohl, Mom. Und danke.«

Fast schien es, als wollte sie etwas sagen, doch wir wussten beide, es gab nichts mehr zu sagen. Sie hatte getan, weswegen sie gekommen war, hatte das Wenige gegeben, was sie geben konnte, und würde so umstandslos verschwinden wie beim ersten Mal.

Doch diesmal wusste ich, ich würde damit zurechtkommen, das war der Unterschied.

Das Haus fühlte sich merkwürdig leer an, nachdem meine Mutter und Todd die versprochenen Lebensmittel abgeliefert hatten und losgefahren waren, um Theo und Trixie von der Schule abzuholen. Sie hatten heillos übertrieben, als wollten sie sich von Sünden freikaufen, hatten Gefrierpizzen besorgt, die ich nicht unterbringen konnte, und exotische Saftmischungen, die die Kinder garantiert nicht anrühren würden, aber in den Einkaufstüten befanden sich mehrere Schachteln mit echten Cheerios, Toppas, Choco Krispies – meine Mutter hatte also nicht ganz versagt.

Gerade hatte ich den Gefrierschrank so umgeräumt, dass ich die letzten Lebensmittel verstauen konnte, die noch nicht weggepackt waren, da klopfte es.

»Es ist offen!«, rief ich, während ich mich mit meinem ganzen Gewicht gegen die Tür des Gefrierschranks stemmte. Ich hörte, wie Karton zerriss, aber immerhin ging die Tür nicht wieder auf und das genügte mir. »Und wenn du ein Kind bist, das von der Schule nach Hause kommt, bitte lass deinen Rucksack nicht auf den Boden fallen. Bring ihn in dein Zimmer, wo er hingehört, oder ich streiche dir ruck, zuck den Internetzugang.«

»Ist das schlimm, dass es mir gefällt, wenn du so fies autoritär bist?«, verkündete eine laute Stimme, mit der ich zuallerletzt gerechnet hätte.

»Zach!«, rief ich mehr an mich selbst gerichtet als an den Mann, dem die Stimme gehörte. Vorsichtig streckte ich den Kopf aus der Küche und sah ihn in der Diele stehen. Er wirkte einerseits verlegen, andererseits wie ein Mann, der sich in seinem bisherigen Leben vor nichts und niemandem gefürchtet hatte. »Was machst du denn hier?«

Er riss sich die Strickmütze vom Kopf und umklammerte sie wie ein Bettler von anno dazumal. Ich nahm ihm das Theater keine Sekunde lang ab. Jemand, der so gut aussah, während er Reue heuchelte, war nicht im Geringsten vertrauenswürdig.

Ich verschränkte die Arme und starrte ihn finster an. »Wenn du wegen Noodle hier bist, befindest du dich im falschen Haus. Er ist drüben bei Jasper – ich wollte sagen, bei *deinem Großvater.*«

Das Gift triefte derart aus meiner Stimme, dass sogar ich ein wenig zusammenzuckte. Zach blickte kurz auf, seine Miene war so niedergeschlagen, dass sie ein Herz erweicht hätte, das aus viel widerstandsfähigerem Material gemacht war als meines.

»Du bist echt sauer deswegen, stimmt's?«

Ich konnte mir genauso gut alles von der Seele reden, kein Grund zur Zurückhaltung. »Du meinst, weil du mich die ganze Zeit über angelogen hast, darüber, wer du bist und warum du nach Colville gekommen bist? Darüber, warum du mich ausfindig gemacht und dich in mein Leben und das meiner Geschwister hineingeschmeichelt hast?«

»Chloe, bitte. So war das nicht, Ehrenwort.«

Abwehrend hob ich die Hand. Ich wollte nicht hören, wie seine Stimme brach, wenn er meinen Namen sagte, oder sehen, wie sich seine Mundwinkel nach unten verzogen. Ich wollte auch nicht diese Fältchen um seine Augen sehen, in denen so viel Traurigkeit lag, dass ich ihm fast – aber auch nur fast – geglaubt hätte.

»Ich wollte es dir ja sagen«, erklärte er. »An dem Tag in der Bibliothek, als ich dir *In einem anderen Land* gab, das Exemplar, das meiner Großmutter gehört. Ich habe dir erzählt, dass es von meiner guten Fee stammt, aber du dachtest, ich mache Witze.«

»Das ist unfair, Zach.«

»Ich weiß. Aber es ist die Wahrheit.«

Die Schlichtheit seiner Worte ließ mich nur noch heftiger gegen ihn und seine Anziehungskraft ankämpfen.

»Es spielt so oder so keine Rolle«, sagte ich. »Wider Erwarten verstehe ich deine Vorgehensweise. Ich habe mein ganzes Leben direkt neben deinem Großvater gewohnt und weiß, wie zänkisch er sein kann. Du wolltest Zugang zu ihm und ich war das perfekte Einfallstor.« Ich lächelte bitter, aber durchaus verständnisvoll. »Ehrlich gesagt, hätte ich wahrscheinlich genau das Gleiche getan. Wenn es darum geht, schwierige Aufgaben zu erledigen, gibt es so gut wie keine Grenzen für mich.«

Er erwiderte mein Lächeln nicht. Vielmehr ließ echter Schmerz seine Miene erstarren. »Kannst du dich noch erinnern, was ich an dem Abend sagte, an dem wir bowlen waren? Wie einsam und allein ich als Kind war? Wie toll ich es inmitten einer so lauten und lustigen Familie wie deiner fand?«

Natürlich erinnerte ich mich an jenen Abend, der sich mir auf immer in mein Gedächtnis eingebrannt hatte, denn zum ersten Mal hatte ich tatsächlich zu hoffen gewagt, dass mein Leben anders verlaufen könnte. Doch ich sagte lediglich: »Ja, wieso?«

Er hob die Hände, als wollte er sie nach mir ausstrecken, ließ sie jedoch sinken. »Mir war es ernst damit. Mein Vater ist ganz und gar Jaspers Sohn, auch wenn sich die beiden nie kennengelernt haben. Er ist ebenso zänkisch und verschlossen, ein fanatischer Naturmensch wie ich.«

»Und? Was hat das mit mir zu tun?«

»Alles«, sagte er. »Und nichts.«

Diesmal ließ er die Hände nicht sinken. Er nahm mich nicht in die Arme, aber er griff nach meinen Händen. Seine Finger waren groß, rau und vertrauenerweckend, und ich verstand plötzlich, warum sich die junge Catherine so sehr in den jungen Jasper verliebt hatte.

»Ich bin letztes Jahr nach Colville gezogen, weil ich meine Neugier befriedigen und den Ort sehen wollte, vom dem meine Großmutter früher oft erzählt hat. Sie pflegte zu sagen, es sei sowohl der schönste als auch der schrecklichste Ort, an dem sie je gelebt habe. Dort hatte sie sich zum ersten Mal verliebt und gelernt, für sich selbst einzustehen, dort hatte sie einen Teil von sich begraben und wurde ein anderer Mensch. Natürlich war ich neugierig auf Jasper, aber das war zweitrangig gegenüber dem Rest.«

»Und was war das?«, fragte ich und ließ meine Hände noch ein Weilchen in den seinen.

»Ich weiß es nicht«, gestand er. »Womöglich ist das der Jasper in mir. Sobald ich den Wald hier betreten habe, wusste ich, dass ich hierhergehöre. Wie meinen Vater – und meinen Großvater – zieht mich die Wildnis an. Ruft nach mir. Dort fühle ich mich zu Hause. Aber wie meine Großmutter brauche ich mehr als bloß ein paar Bäume und den Nachthimmel. Damit meine ich weder schöne Kleidung noch eine steile Karriere, sondern Menschen. Geschwister, Freunde, Familie. Eventuell sogar dich.«

Ich wollte die letzten drei Worte nicht an mich heranlassen, war aber auch nur ein Mensch. »Soll das heißen, du bleibst noch eine Weile hier?«, fragte ich und beobachtete ihn durch halb gesenkte Lider.

Er spürte, dass dies nicht nur eine beiläufige Frage war. »Ja. Ich mag die Stadt und meine Arbeit und noch hat Jasper mir nicht die Tür vor der Nase zugeschlagen, daher interpretiere ich das als gutes Zeichen, dass er gewillt ist, dieser Großvater-Enkel-Sache eine Chance zu geben. Ich wäre auch gewillt, dieser Chloe-Zach-Sache eine Chance zu geben, doch ich weiß, ich muss mich mächtig anstrengen, dass du mir wieder vertraust. Wenn das überhaupt noch relevant ist, denn deine Mutter hat meinem Großvater versprochen, dass sie dir das Haus überschreibt. Damit stehen dir sämtliche Möglichkeiten offen. Aber wenn du hier bleibst, würde ich es gern versuchen.« Seine Mundwinkel zuckten wieder zu einem Lächeln hoch. »Aber ich will dich überhaupt nicht unter Druck setzen. Bloß mit dem Hoffnungsfähnchen wedeln.«

Unvermittelt machte mein Herz einen Sprung. So amüsant es war, sich den Was-wäre-wenn-Träumen hinzugeben, in denen ich das Haus verkaufte und die Kinder einpackte, nach Spokane zog und es irgendwie schaffte, sowohl die Rechnungen zu bezahlen als auch mein abgebrochenes Studium aufzunehmen – in Wahrheit würde mein Leben mehr oder weniger so weitergehen wie bisher. Theo und Trixie waren in ihren jeweiligen Schulen verwurzelt. Noodle war so glücklich, wie ich ihn schon lange nicht mehr erlebt hatte. Ich hatte Lonnie und Pepper, um die ich mich kümmern musste, und einen Job, den ich trotz der Lohnsklaverei wirklich mochte.

Außerdem war Zach hier. Und Jasper.

Catherine Martin war vielleicht in der Lage, sich loszureißen und woanders neu zu beginnen, aber wie ich schon sagte: Die Wurzeln der Sampsons reichen tief. Wenn ich die einfach herausriss, würden wir dabei alle beschädigt.

»So bald gehe ich nicht fort«, sagte ich und zum ersten Mal hörte es sich annehmbar für mich an. »Du kannst also dein Schlechtestes geben.«

Er versuchte, das breite Lächeln zu bekämpfen, das auf seinem Gesicht erstrahlte. Zwar bekam er es halbwegs in den Griff, aber der Schaden war angerichtet – mein Herz schlug einen Purzelbaum. Er würde sich mächtig ins Zeug legen, um meine Vergebung zu verdienen – mit allem möglichen Unsinn, dubiosen Aktionen, aber alles würde von Herzen kommen. Doch er war offenbar noch nicht fertig. »In dem Fall muss ich dich nach nebenan schleppen.« Er deutete mit dem Kopf Richtung Tür. »Jasper schmeißt eine kleine Abschiedsparty.«

»Abschiedsparty?«, wiederholte ich. »Für ... meine Mutter und Todd?«

»Nein, für meine Großmutter. Die fahre ich morgen gleich in aller Frühe zum Flughafen.«

Mein Herz machte einen Satz. »O nein. Sie geht schon? Was ist mit Jasper? Was ist mit ihrer Liebesgeschichte?«

»Die beiden haben sich wohl darauf geeinigt, dass sie besser keine Fortsetzung bekommt.« Er streckte die Hand nach mir aus. »Kommst du? Sie möchte dich unbedingt noch sehen, bevor sie geht. Sie würde dir gern etwas schenken.«

Ich schob meine Hand in seine, deren raue Wärme so tröstlich war. »Falls du dieses Etwas bist, sollte ich dich warnen, dass mir Geschenke in Geldform lieber sind.«

»Zur Kenntnis genommen«, sagte er und drückte meine

Hand. »Aber warte es lieber mal ab. Wenn meine Großmutter etwas gut kann, dann Menschen das zu geben, von dem sie nicht einmal wussten, dass sie es am meisten brauchen.«

36

Chloe

In der letztgültigen Fassung meiner Lebensgeschichte wird stehen, dass mein Anfangskapitel im Jahr 1960 beginnt. Lange bevor ich geboren wurde oder auch nur ein Gedanke war, als eine junge Frau und ein junger Mann sich über einem illegalen Exemplar von *Wendekreis des Krebses* verliebten, nahmen die Dinge ihren Lauf. Herzen wurden gebrochen und Babys geboren, Geld wurde verdient und schwere Arbeit geleistet. Auch ein Garten wurde angelegt, dessen Samen zwar Wurzeln schlugen, aber erst nach sechs Jahrzehnten Früchte trugen.

»Sie ist da!«

»Wird aber auch Zeit. Wir warten seit Ewigkeiten.«

»Chloe, hast du mir die laktosefreie Kaffeesahne mitgebracht? Ich hab dir eine Nachricht aufs Handy geschickt. Damit will ich eine Bombe basteln. Bloß eine winzig kleine, du brauchst gar nicht so zu gucken. Die ist für Jasper.«

Blinzelnd sah ich mich in der Menschenansammlung um, in die ich überraschend hineingeraten war. Nicht nur meine Geschwister, Jasper und Catherine waren anwesend, sondern auch Lonnie, Pepper und sogar Gunderson, der eine Auflaufform mit etwas Grünem in den Händen hielt und entzückt aussah, weil ihn endlich einmal jemand eingeladen hatte.

»Eine Bombe für Jasper?« Ich ignorierte alle Anwesenden und konzentrierte mich auf Theos hanebüchene Bemerkung.

»Theo, er war in letzter Zeit immer nett zu uns. Du kannst ihm seine Großzügigkeit doch nicht damit vergelten, dass du sein Haus in die Luft jagst.«

»Ich sage doch, es ist bloß eine kleine«, protestierte Theo. »Zum Unkrautvernichten. Wir mussten gestern alles von Hand jäten. Guck mal.« Er streckte mir seine rauen, von der Arbeit geröteten Hände hin. »Er hat gesagt, wenn mir was anderes einfällt, darf ich's gern versuchen.«

»Ich habe auch betont, dass du dabei meinen Blumenbeeten nicht noch mehr Schaden zufügen sollst«, erklärte Jasper und seine Stimme schwankte. Er warf mir einen gequälten Blick zu. »Ich dachte, das hätte ich deutlich gemacht.«

»Nicht deutlich genug«, murmelte Trixie. »Er findet auch, wir sollten uns eine Ziege anschaffen.«

»Kriegen wir eine Ziege, Chloe, bitte?«, bettelte Theo. »Die heißt dann Amalthea. Jasper hat uns abends immer griechische Mythen vorgelesen.«

Ich lachte und war sehr froh, dass meine Geschwister ihre üblichen Sperenzchen machten, daher kümmerte es mich im Moment wenig, ob sie Pläne zum Bombenbau schmiedeten.

»Nein, wir schaffen uns keine Ziege an und nein, wir helfen Jasper ausschließlich mit den Händen«, sagte ich so streng wie möglich. Da bemerkte ich, dass uns alle beobachteten, und fragte: »Haben Mom und Todd euch heute von der Schule abgeholt?«

Trixie verdrehte die Augen. »Ja. Und dann fuhren sie gemeinsam in den Sonnenuntergang. Wie romantisch.«

»Heißt das, wir können nach Hause?«, wollte Theo wissen. »Jaspers Fußboden ist nämlich nicht besonders bequem.«

Noodle kam näher und schob seine Hand in meine. »Du bist

deswegen aber doch nicht traurig, Chloe? Ist es okay, wenn es bloß wieder wir vier sind?«

Alle drei Kinder standen da, beobachteten mich und warteten ängstlich auf meine Antwort, und da löste sich der Druck auf meiner Brust, der mich seit dem Gespräch mit meiner Mutter gequält hatte. Ich hätte dieses Thema lieber nicht vor Menschen besprochen, die mir garantiert noch wochenlang Fragen stellen und ihre Nase in meine Angelegenheiten stecken würden, aber genau das war der springende Punkt. Allein würde ich diese Kinder nie großziehen können, jedenfalls nicht angemessen. Wenn ich meinen Geschwistern gerecht werden wollte, dann musste ich eingestehen, dass ich nicht auf alles eine Antwort hatte ... und nicht einmal zu allem eine Frage.

»Ich bin nicht traurig«, sagte ich. Ich schenkte meinen Geschwistern ein müdes Lächeln und wandte mich dann an die Runde. »Denn ich brauche sie nicht, wenn ich euch alle habe. Es hat lange gedauert, bis ich das begriffen habe, und ich habe es euch weiß Gott nicht leichtgemacht, aber ich schätze es enorm, was ihr seit langem alles für uns tut.«

Eine Rudelumarmung hätte mich wahrscheinlich überwältigt, doch Catherine ergriff das Wort, ehe sich die versammelte Mannschaft auf mich stürzen konnte. Sie wurde nicht laut, zog auch keine große Show ab, doch man verstand sofort, warum sie eine so lange erfolgreiche Karriere hingelegt hatte. Sie hatte gewaltige Präsenz, dieses zierliche Mädchen, das einst das Unmögliche fertiggebracht hatte – diese zierliche Frau, der es nun erneut gelang. »*Nicht der Dornbusch wuchs dem Geißblatt entgegen: das Geißblatt umrankte den Dornbursch*«, sagte sie scherzhaft. »Wo habe ich das bloß schon mal gehört?«

Jaspers und mein Blick trafen sich und wir sahen uns gefühlt unendlich lange an. Vielleicht waren wir beide die einzigen im Zimmer, die das Zitat aus *Sturmhöhe* erkannten.

»Okay. Jetzt wird's aber höchste Zeit fürs Büfett«, unterbrach Lonnie das plötzliche Schweigen mit einem Händeklatschen. »Ich weiß nicht, wie es bei euch aussieht, aber ich war schon seit Ewigkeiten auf keiner guten Abschiedsparty mehr. Pepper, Musik!«

»Bin schon dabei«, sagte Pepper und zückte ihr Mobiltelefon. »Sinatra-Klassiker für die Älteren und Taylor Swift für den Rest.«

»Moment. Soll das heißen, ich gehöre zu den Alten?«, fragte Gunderson mit bedröppeltem Gesicht.

Pepper schlang einen Arm um seine Schulter, während ihre Großmutter ihm die Auflaufform abnahm. »So weit kommt's noch, Gunderson. Sie sind einer von uns, das wissen Sie genau. Habe ich Sie nicht erst letzte Woche bei der Inventur den gesamten Text von ›Bad Blood‹ mitsingen hören?«

Sein Gesicht hellte sich merklich auf. »Meine Tochter Ophelia ist neun, Pepper. Natürlich kenne ich den gesamten Text.«

»Na, bitte, da haben wir's. Sie sind ein Swiftie, genau wie ich.«

Mit einem Zwinkern, das nur für mich bestimmt war, schob Pepper ihn in die Küche. Zach sammelte die Kinder ein und folgte dichtauf. Offenbar ein Komplott, damit Jasper und Catherine ein Abschied unter vier Augen möglich war, daher schnappte ich Gummy Bear und wollte ihn hinter mir herziehen.

Jasper kam mir jedoch zuvor.

»Ich habe mich daran gewöhnt, dass mir der Nichtsnutz

überallhin folgt«, knurrte er, tätschelte aber wohlwollend Gummy Bears Kopf, während er ihn wegführte. »Ich erkläre ihm ständig, dass er bei Fuß gehen soll, aber man kann einem alten Hund eben keine neuen Kunststückchen beibringen.« Er verstummte kurz, ehe er hinzufügte: »Obwohl, das geht sehr wohl, aber verrat bloß niemanden, dass ich das gesagt habe. Schließlich habe ich einen Ruf zu verlieren.«

»Warte!«, rief ich, denn es war seltsam, dass man mich mit dieser Frau alleinließ, die ich so gut verstand, aber kaum kannte. Als Jasper stehen blieb und die Augenbrauen hob, platzte ich mit dem heraus, was mir als Erstes in den Sinn kam. »Geht es den Kindern wirklich gut, nachdem meine Mutter erneut abgehauen ist? Ich habe Angst, dass es sie hart ankommt. Letztes Mal ...«

Er starrte mich einen ewigwährenden Moment lang an, in dem unsere Augen gefühlt ganze Bände sprachen, ehe er etwas sagte. »Letztes Mal hast du dich allein um sie gekümmert. Diesmal sind wir zu zweit.«

Mit gesenktem Kopf ging er mit dem Hund in die Küche, aus der fröhliches Gezänk drang. Obwohl die Lautstärke der Gespräche dort unverändert blieb – je länger ich einzig mit Catherine im Zimmer stand, desto leiser wurden die Geräusche.

»Ich beiße nicht«, sagte sie, setzte sich aufs Sofa und schlug ein Bein elegant übers andere. Sie wirkte ganz entspannt inmitten der sich ausbreitenden Ranken und des Pflanzengewimmels. Sie klopfte auf den Platz neben sich. »Komm, setz dich.«

Kaum hatte mein Po das Kissen berührt, ergriff sie wieder das Wort. »Da du hier bist, hat die Entschuldigung meines Enkels gefruchtet? Zumindest ein wenig?«

Ich musste mich schwer zusammenreißen, um nicht die Augen zu verdrehen. »Überrascht dich das? Sein Lächeln könnte ihn mit ziemlicher Sicherheit vor zwanzig Jahren Gefängnis bewahren.«

»Das hat er von seinem Großvater.« Ihr Glucksen war volltönend und selbstsicher. »Ich weiß, er ist ihm nicht gerade wie aus dem Gesicht geschnitten, doch die Ähnlichkeiten sind vorhanden. Damals hat es Stunden gedauert, bis ich Jasper dieses Lächeln entlocken konnte, vor allem anfangs, aber wenn es dann erstrahlte, Junge, Junge.« Sie fächelte sich mit der Hand Luft zu. »Für Zach ist lächeln so natürlich wie atmen. Ich bitte schon im Voraus um Entschuldigung. Wenn du die Oberhand über ihn gewinnen willst, wirst du es schwer haben in eurem Leben.«

Röte stieg mir in die Wangen. »So weit sind wir nicht«, protestierte ich rasch. »Noch nicht. Oder vielleicht nie. Ich weiß es nicht. Wir sind nur ...«

Ich war dankbar, als sie sich über das Kissen lehnte, mir die Hand auf den Oberschenkel legte und damit meinem Gestammel ein Ende machte. »Ich wollte dich nur aufziehen. Ihr seid noch ganz am Anfang und deine Zukunft ist noch sehr ungewiss. Deshalb wollte ich mit dir reden.«

Die Berührung ihrer Hand hatte eine beruhigende Wirkung auf mich. Mehr neugierig als besorgt ließ ich mich entspannt in die Kissen sinken.

»Im Gegenteil, meine Zukunft ist sehr gewiss«, erklärte ich. »Zumindest für die nächsten zehn Jahre. Theo ist erst elf und ihn mit intakten Gliedmaßen ins Erwachsenenalter hinüberzuretten, wird mir wahrscheinlich sämtliche Energie abverlangen.«

Ihr Gesicht blieb regungslos, sie zuckte nicht einmal mit der Wimper. »Du wirst also weiterhin in der Bibliothek arbeiten?«

Ich bejahte.

»Bücher einsortieren, schlecht verdienen und gelegentlich einen Briefumschlag mit Geld bekommen, wenn deine Mutter daran denkt.«

Hilflos spreizte ich die Hände. »So habe ich es die vergangenen vier Jahre gemacht, allerdings ohne den Briefumschlag. Weitere zehn Jahre bringen mich jetzt nicht um.«

»Nein«, pflichtete sie mir bei, »das nicht. Aber wird es nicht wehtun? Das Wissen, dass du gefangen bist? Dass sich die große weite Welt da draußen ohne dich dreht?«

Auch wenn man diese Fragen leicht als rhetorisch hätte abtun können, nahm ich sie ernst – teilweise, weil diese Frau am nächsten Morgen abreisen würde, daher fiel, was ich ihr sagte, nicht ins Gewicht, und teilweise, weil ich mir bisher noch nie die Zeit gegönnt hatte, richtig darüber nachzudenken.

»Die Welt hat sich immer ohne mich gedreht«, sagte ich gelassen und ohne Groll oder Trauer. Ich hatte mein Schicksal akzeptiert. War sogar glücklich. »Auch auf dem College habe ich nicht jeden Tag Party gemacht. Ich hatte mich fast die ganze Zeit in Büchern vergraben. Es waren lediglich andere Bücher. Solche, deren Ende ich noch nicht kannte.«

Sie nahm die Hand von meinem Bein. Bestimmt wollte sie aufstehen, doch sie griff in ihre riesige Handtasche, eines dieser teuren Dinger, die laut Trixie unerlässlich sind, wenn eine Frau in der Welt etwas erreichen will. Sie zog ein gefaltetes Blatt Papier heraus.

»Das ist für dich«, sagte sie und hielt mir das weiße Rechteck entgegen. »Es ist kein Geschenk – jedenfalls nicht so, wie du denkst –, daher kannst du es ohne schlechtes Gewissen annehmen. Nur zu.«

Ich tat, worum sie mich gebeten hatte. Als ich das Blatt auffaltete, stand lediglich auf der obersten Linie eine E-Mail-Adresse. An und für sich bedeuteten die Buchstaben nichts, aber die Handschrift löste etwas in mir aus. Natürlich handelte es sich bei dieser Frau um das Mädchen aus den Büchern – in dessen hübscher, ausgreifender Handschrift so viel Herz und Hoffnung gelegen hatte –, aber erst als ich mit eigenen Augen den Beweis sah, begriff ich wirklich.

Catherine und Jasper. Jasper und Catherine.

»Es tut mir so leid«, sagte ich und unvermittelt traten mir Tränen in die Augen. Ich weinte selten und noch seltener vor Fremden, doch ich konnte mich nicht zusammenreißen. Rasch wischte ich mir über die Wangen, vergeblich, die Tränen liefen und liefen.

»Es muss dir nicht leidtun, Kind. Du weißt ja noch nicht einmal, wozu die E-Mail-Adresse gut ist.«

Das war auch nicht wichtig. Ich weinte weniger um mich selbst, sondern um die vielen zerbrochenen Träume und gebrochenen Herzen, die es hier an diesem Ort gegeben hatte. Catherine, die den Mann verließ, den sie liebte, um ihrer beiden Zukunft willen. Jasper, der sechzig Jahre lang geglaubt hatte, er sei allein auf der Welt. Meine Mutter, die unfähig war, das Glück in den eigenen Kindern zu finden.

Ich, die verzweifelt versuchte, für sie das Glück in ihnen zu finden.

»Am meisten habe ich schon immer an Büchern geliebt, dass

sie einem tausend verschiedene Leben ermöglichen«, sagte Catherine, als würde mir das Herz nicht über die Wangen rinnen und auf ihre teure Handtasche tropfen. »Das Leben verläuft selten nach Plan und häufig finden wir uns auf Straßen und in Städten wieder, die wir nie aufsuchen, geschweige denn dort für immer bleiben wollten. Es ist tröstlich, dass ich immer ein Buch in die Hand nehmen kann – ein neues, wenn ich zu unbekannten Ufern aufbrechen will, ein altes, wenn ich einen Freund brauche. Dann fühlt sich alles wieder gut und richtig an.«

»Ich verstehe nicht«, schluchzte ich. »Was hat das mit mir zu tun?«

Sie fuhr fort, als hätte ich nichts gesagt. »Aus diesem Grund bin ich Lektorin geworden. Ich fing als Bibliothekarin an, so wie du, aber es genügte mir nicht, lediglich für andere Bücher aus dem Regal zu ziehen. Ich wollte diejenige sein, die dafür sorgte, dass sie überhaupt in den Regalen stehen konnten. Ich wollte eine Frau sein, die ihr Schicksal in die eigene Hand nahm.«

Wieder starrte ich auf die E-Mail-Adresse. Diesmal sah ich nicht nur die Handschrift, sondern tatsächlich die Buchstaben, die unter anderem den Namen eines der führenden New Yorker Verlage bildeten.

»Du wirst Payton mögen«, sagte Catherine lächelnd. »Sie ist nur ein paar Jahre älter als du, aber sie hat sich bereits einen Namen gemacht. Ein Praktikum ist für den Anfang nicht viel. Es ist nur Teilzeit, wird aber bezahlt. Deine Aufgabe besteht hauptsächlich darin, den Haufen unverlangt eingesandter Manuskripte zu prüfen, aber du kannst die Arbeit im Homeoffice erledigen und damit weiterhin deinen Bibliotheksjob machen. Payton erwartet im Lauf der nächste Woche deine Mail.«

Das Papier fiel mir aus der Hand und flatterte Richtung Boden. »Ich verstehe nicht«, sagte ich, doch das war eine Lüge. Ich verstand sehr wohl.

Sie streckte die Hand aus und fing den Zettel auf. Diesmal drückte sie ihn mir fest in die Hand. »Die Welt ist nicht mehr das, was sie einmal war, Chloe.« Sie lachte kurz. »Nein, das stimmt nicht. Sie ist genauso gnadenlos, schön und herzzerreißend wie immer. Nur ist sie jetzt größer. Alles ist enger miteinander verbunden. Wenn es dir nicht gefällt, wo du bist, ist es nicht nötig, dass du deine gesamte Familie zusammenpackst und alles verlässt, was du kennst und liebst. Du musst lediglich eine andere Geschichte aus dem Regal ziehen.«

Da drang aus der Küche Gelächter. Catherine stand auf und glättete die nicht vorhandenen Knitterfalten in ihrem Rock. Dann grinste sie das gleiche Grinsen, das ich so oft auf Zachs Gesicht gesehen hatte, und winkte mir, ich solle ihr folgen.

»Vergiss das Gestern«, zitierte sie. *»Lass die Toten ruhen. Alles läuft wie am Schnürchen und nur darauf hat man zu achten.«*

Ihre Worte riefen eine schwache Erinnerung hervor. »Ist das aus *Sturmhöhe*?«, fragte ich stirnrunzelnd. Wir gingen in die Küche, wo alle so glückstrahlend auf uns warteten, dass ich glaubte, mir müsse das Herz vor Freude zerspringen. »Oder warte. *Wendekreis des Krebses*?«

»Aus *Psycho* natürlich«, sagte sie lachend. »Einer Geschichte, in der es um Tod und verrottende Matriarchinnen geht und die zudem mit einer überraschenden Wendung endet, konnte ich noch nie widerstehen.«

Leseliste der Bibliothek der geborgten Herzen

Sturmhöhe, Emily Brontë
Wendekreis des Krebses, Henry Miller
Wer die Nachtigall stört, Harper Lee
Die Farbe Lila, Alice Walker
Spuk in Hill House, Shirley Jackson
Der Hund von Baskerville, Arthur Conan Doyle
In einem anderen Land, Ernest Hemingway
Der alte Mann und das Meer, Ernest Hemingway
Der Herr der Ringe, J. R. R. Tolkien
Die Brautprinzessin, William Goldman
Ilias, Homer
Im Westen nichts Neues, Erich Maria Remarque
Die rote Tapferkeitsmedaille, Stephen Crane
North & South, Elizabeth Gaskell
Fern vom Treiben der Menge, Thomas Hardy
Der geheime Garten, Frances Hodgson Burnett
The Lonely Hearts Book Club, Lucy Gilmore
Die Geheimnisse von Udolpho, Ann Radcliffe
Little Women. Beth und ihre Schwestern, Louisa May Alcott
Nur der Sommer zwischen uns, Dodie Smith
Moby Dick, Herman Melville
Fifty Shades of Grey, E. L. James
Psycho, Robert Bloch
Die Akte Harrison, Dorothy L. Sayers
Anne auf dem Weg ins Glück, L. M. Montgomery

Pregnesia, Carla Cassidy
Rebecca, Daphne du Maurier
Die Frau in Weiß, Wilkie Collins
»Die Legende von Sleepy Hollow«, Washington Irving
Der gute Ton in allen Lebenslagen, Emily Post (fiktiver deutscher Titel von *Etiquette in Society, in Business, in Politics, and at Home)*
Lady Chatterley, D.H. Lawrence
Stolz und Vorurteil, Jane Austen
Vor ihren Augen sahen sie Gott, Zora Neale Hurston
»Annabel Lee«, Edgar Allan Poe
Frühstück bei Tiffany, Truman Capote
Die Geschichte von Peter Hase, Beatrix Potter
Buch für die amerikanische Hausfrau (fiktiver deutscher Titel von *America's Housekeeping Book,* New York Herald Tribune Home Institute)

Ergänzung der Leseliste durch die Übersetzerin

Wilbur und Charlotte, E.B. White
Wem die Stunde schlägt, Ernest Hemingway
Fiesta, Ernest Hemingway
Paris, ein Fest fürs Leben, Ernest Hemingway
Haben und Nichthaben, Ernest Hemingway
Sturmfluten des Frühlings, Ernest Hemingway
Alice im Wunderland, Lewis Carroll
Report der Magd, Margaret Atwood
1984, George Orwell

Battle Royale, Koushun Takami
Die Parabel vom Sämann, Octavia E. Butler
Der Marsianer, Andy Weir
Der Herr der Fliegen, William Golding
April entdeckt die Männer, Frederick Kohner
König Lear, William Shakespeare
Cyrano de Bergerac, Edmond Rostand
Dracula, Bram Stoker
Frankenstein, Mary Shelley
Robinson Crusoe, Daniel Defoe
Romeo und Julia, William Shakespeare
Dune, Frank Herbert
»Der Rabe«, Edgar Allan Poe
Warrior-Cats, Erin Hunter
Charlie und die Schokoladenfabrik, Roald Dahl

Diese Autoren haben einen titellosen Auftritt

Lucy Foley
Louis L'Amour
H.P. Lovecraft
Walt Whitman
Marquis de Sade

Quellenangaben

Goldman, William, Die Brautprinzessin
In der Übersetzung von Wolfgang Krege

Hemingway, Ernest, Der alte Mann und das Meer
In der Übersetzung von Werner Schmitz

Hemingway, Ernest, In einem anderen Land
In der Übersetzung von Werner Schmitz

Jackson, Shirley, Spuk in Hill House,
In der Übersetzung von Wolfgang Krege

Miller, Henry, Im Wendekreis des Krebses
In der Übersetzung von Kurt Wagenseil, neu durchgesehen unter Mitarbeit von Renate Gerhardt

Shakespeare, William, König Lear
In der Übersetzung von Frank Günther